Edith Kermer-Berger

Halt und Kuss

Edith Kermer-Berger

HALT UND KUSS

WESSEN HERZ NUR DIR GEHÖRT

Roman

HALT UND KUSS

Deutsche Erstausgabe
2024

Herausgeber: Edith Kermer-Berger
Josef Schöffelstrasse 34, A-2384 Breitenfurt bei Wien

Lektorat: Sandra Krichling, www.text-theke.com
Buchsatz: Petra Weymar, www.lektorat-ps.com
Cover: Katharina Strobl, www.grafik-raum.at
Coverbilder: Freepik, Adobe Stock, Adobe Firefly,
Midjourney, Shutterstock, iStock, Gertrude Skotnik
Verlag & Druck: epubli – ein Unternehmen der Neopubli GmbH, Berlin

Bibliografische Information der Deutschen Nationalbibliothek:
Die Deutsche Nationalbibliothek verzeichnet diese Publikation in der Deutschen Nationalbibliografie; detaillierte bibliografische Daten sind im Internet über dnb.d-nb.de abrufbar.

Für Gerti

EINLEITUNG

Als ich von meiner Cousine Tilly den Reiterhof erbte, hatte ich keine Ahnung, welche Kapriolen mein Leben machen würde. Kapriolen sind Luftsprünge, bei denen man aufpassen muss, dass man nicht abgeworfen wird – und von denen machte mein Leben damals mehr als genug! Eine Reise nach Capri spielte eine wichtige Rolle, und so wurden diese Turbulenzen zu meinen „Capriolen".

Als sich endlich die Lage beruhigt hatte und mit Paul ein neuer Mann in mein Leben getreten war, begannen jedoch die nächsten Verirrungen. Der darauffolgende Sommer entwickelte sich abermals sehr turbulent. Diverse Wendungen und Drehungen, sogenannte Pirouetten, prägten diese Zeit. Ich gebe zu, etwas zu viel Bier war ebenfalls schuld daran, dass mir schwindelig wurde. Und so tanzte ich meine ganz eigenen „Bierouetten".

Schlussendlich aber gingen auch diese verrückten Zeiten vorbei und meine Zukunft schien nun endlich in ruhigere Gewässer zu schippern. Zumindest dachte ich das. Einige Jahre später muss ich zugeben, dass das Leben noch lange nicht alle Trümpfe ausgespielt hatte und noch einige Prüfungen auf mich warteten.

Nun kann ich behaupten, angekommen zu sein. Unser Leben verläuft endlich, wie ich es von Anfang an erhofft hatte. Zurückblickend war diese Anfangszeit einer Dressurreitaufgabe sehr ähnlich. Es gab Höhen und Tiefen, schwierige Passagen und wunderbare Momente. Am Ende einer jeden Dressurprüfung heißt es: Halt und Gruß. Dann ist dieses Kapitel abgeschlossen und man kann dem Pferd einen längeren Zügel geben. Das ist der Moment, wo man durchatmen darf.

Dort bin ich nun angekommen – beim Ende meiner Geschichte, in gewohnter Abänderung des Namens: „Halt und Kuss“. In Dankbarkeit für diesen wunderbaren, starken Mann an meiner Seite, der zu meinem Anker geworden ist und dessen Küsse mir jeden Tag seine Liebe zu mir und dem Lindenhof beweisen.

PROLOG

Die Tür flog zu mit einem Knall. Danach herrschte Stille. Man konnte die einsame Stubenfliege, die am Fenster summte, hören. Offenbar war sie mit Moses hereinkommen. Als draußen ein Motor aufheulte, seufzte ich tief.

Wieder einmal war alles schiefgelaufen. Ich fragte mich, warum ich mich nicht daran gewöhnte: an ein falsch verstandenes Wort, an heftige Wortgefechte und den darauffolgenden Abgang. Max war aufbrausend, wenn etwas nicht nach seinen Vorstellungen lief. Oft reichte eine Kleinigkeit, um ihn zum Ausrasten zu bringen. Andererseits provozierte er mich auch oft mit seiner diktatorischen Art, sodass ich mich zu emotionalen Diskussionen hinreißen ließ.

Ich stand auf und räumte den Papierkorb wieder ein, den er mit einem Fußtritt durchs Zimmer befördert hatte. Dann ging ich zum Fenster, um die Fliege hinauszulassen.

Es war ein wunderschöner Frühlingstag. Die Luft roch nach den ersten Blüten und die Sonne streichelte meine Haut. Ich atmete tief durch. Wie war ich nur in diese Beziehung geraten? Warum gestattete mir das Leben keine Verschnaufpause? So viel war in den letzten Jahren passiert, wunderschöne Momente und Erlebnisse waren immer wieder von Chaos und Verzweiflung abgelöst worden. Natürlich war das in jedem Leben so, doch ich hatte schon den Eindruck, dass mir das Schicksal ein Sonderticket verpasst hatte.

Nachdem das ganze Sinnieren nichts brachte, wandte ich mich dem Haushalt zu: Mit dem Staubwedel machte ich mich an die vernachlässigte Bücherwand in der Stube. Da standen Fachbücher neben Romanen und Klassikern. Vieles war noch von meiner Cousine Tilly, anderes hatte ich mitgebracht und beigefügt. Wie das beim Zusammenräumen so vorkommt, blieb ich natürlich immer wieder an einem Buch hängen, nahm es heraus und blätterte kurz darin. Als ich schon fast fertig war, entdeckte ich, etwas nach hinten gerückt, einen schmalen Einband. Neugierig zog ich ihn hervor und hielt zu meinem Erstaunen ein schmales Fotoalbum in meinen Händen.

Vorsichtig öffnete ich es und traute meinen Augen nicht. Ich sank auf die Couch und starrte auf die Bilder: Tilly und mein Mann Paul auf Urlaub in den Bergen. Fröhliche Gesichter mit windzerzausten Haaren vor Almhütten und Gipfelkreuzen lachten mir entgegen. Und während ich diese Bilder fixierte, brachen mit einem Mal wieder all die mühsam geheilt geglaubten Wunden auf und die Erinnerungen rissen mich mit sich.

KAPITEL 1

„Du musst dir die Ausstrahlung dieses Pferdes ansehen, es symbolisiert für mich Anmut, Kraft und Unbesiegbarkeit. Es ist einfach so schön!“, steigerte ich mich beim Anblick des Urlaubsfotos hinein. Ich saß mit meiner Tochter Sarah in der Stube und zeigte ihr die Fotos von unserer Paris-Reise. Und einmal mehr konnte ich mich von dem „Horse with a harrow“, das ich im Musée d'Orsay fotografiert hatte, nicht losreißen. Sarah betrachtete das Bild eingehend, ehe sie sagte:

„Ich weiß, was du meinst. Es strotzt vor Energie und wirkt so erhaben über alle Hindernisse.“

„Vermutlich wollte das der Künstler ja auch ausdrücken, indem er die Egge umgedreht hat. Vielleicht berührt es mich ja auch deshalb so sehr“, stimmte ich ihr zu.

Ich genoss diesen Nachmittag mit meinem so groß gewordenen Kind. Man konnte wunderbare Gespräche mit ihr führen und ganz besonders über Pferde, die unsere beiden Herzen für immer erobert hatten. Nach den letzten Bildern sah sie mich nun neugierig an und fragte:

„Ja, und wie war das dann mit Paul?“

Ich lächelte versonnen und schaute auf den Brillanten an meinem Finger, der das Licht in alle erdenklichen Farben aufsplitterte.

„Na ja, wir standen am Seineufer und ich konnte mich an dem funkelnden Eiffelturm gar nicht sattsehen. Als das Schauspiel geendet hat, wandte ich mich wieder Paul zu und da hat er einfach inmitten all dieser fremden Menschen vor mir gekniet.“

„Paul vor dir kniend, das kann ich mir gar nicht vorstellen.“ Sarah lachte.

Ich nickte.

„Ich habe sicher auch nicht sehr vorteilhaft ausgesehen, so mit offenem Mund, weil ich mehr als überrascht war“, bestätigte ich ihren Kommentar und schüttelte grinsend den Kopf.

„Es ist aber schon sehr romantisch“, meinte mein Kind.

„Ja, das war es tatsächlich.“

„Wie war das eigentlich damals mit Papa?“, wollte sie nun wissen.

Ich blickte nachdenklich aus dem Fenster, denn ich musste tatsächlich überlegen, wie das gewesen war.

„Hm“, sagte ich, „das war nicht so romantisch. Wir waren ja schon länger zusammen, und als ich merkte, dass du in mir wächst, habe ich ein schönes Abendessen vorbereitet, mit Kerzen und Servietten. Er hat sich sehr gefreut und zum Nachtisch habe ich dann heiße Liebe serviert. Du weißt schon, Vanilleeis, heiße Himbeeren und Schlagobers. Und als Dekoration habe ich einen Zuckerschnuller auf seine Portion gelegt. Er hat mich verdutzt angeschaut und ich habe lächelnd genickt. Da hat er einen Schluck Wein genommen und gesagt: *Na, dann lass uns heiraten.* Und das war's.“ Ich zuckte mit den Schultern, als mich Sarah mit großen Augen ansah.

„Und das war's?“, fragte sie nach.

Ich dachte nach.

„Ja, das war's. Am nächsten Tag haben wir es den Eltern gesagt und überlegt, wann und wo die Trauung stattfinden sollte.“

„Papa, immer nur pragmatisch“, stellte sie fest und sah mich liebevoll an. „Und wie geht's jetzt mit Paul weiter?“, fragte sie.

„Ja, das steht noch in den Sternen. Wir sind noch am Planen. Aber du bist die Erste, die erfährt, wenn wir Näheres wissen“, versprach ich ihr, und weil es gerade so passte, fragte ich ebenfalls gleich nach: „Und wie steht's zwischen dir und Daniel?“

Sie sah mich ernst an und sagte:

„Gut, denke ich. Wir haben in den Weihnachtsferien viel gemeinsam unternommen. Und während des Studiums haben wir ja sowieso nicht so viel Zeit. Ich freue mich schon auf die Semesterferien. Da wollen wir ein paar Tage Schifahren gehen.“

„Na, hoffentlich klappt das besser als letztes Jahr“, neckte ich sie ein wenig.

„Na, Daniel wird ja hoffentlich keine neue Frau mitbringen!“, rief sie und wir lachten kopfschüttelnd über den vorjährigen Totalreinfall des Schiurlaubs von Sarah mit ihrem Vater Kurt. Dann sah sie auf die Uhr und meinte:

„Wie sieht es aus, möchtest du bei der Springgymnastik mitmachen? Die Stunde beginnt in fünfundvierzig Minuten.“

Das ließ ich mir nicht zweimal sagen, denn mittlerweile hatte ich mich an die Bewegungsabläufe beim Springreiten gewöhnt und es machte mir unglaublich viel Spaß. Außerdem war es eine nette Abwechslung zum täglichen Hallentraining. Der Winter hatte uns nämlich wenig Schnee, jedoch sehr viel Glatteis beschert, sodass Ausreiten unmöglich gewesen war.

Als ich mich also eine gute Stunde später auf die Anweisungen unseres Reitlehrers Michael konzentrierte, bemerkte ich nicht, dass wir Zuseher bekommen hatten. Amor nahm die Sprünge mit Leichtigkeit und ich konzentrierte mich mittlerweile auf die technischen Anforderungen eines Parcours.

Als Michael rief: „So, meine Damen, Schluss für heute, lasst die Pferde austraben", klopfte ich begeistert Amors Hals ab und gab ihm etwas längere Zügel. Wir trabten entlang der Bande, als ich plötzlich Paul und einen mir fremden Mann im Lodenmantel auf der Tribüne entdeckte. Ich parierte mein Pferd zum Schritt durch und strahlte die beiden an.

„Hallo! Seid ihr schon länger da? Ich habe euer Kommen gar nicht bemerkt", sagte ich.

Paul rief:

„Wir wollten dich nicht ablenken. Aber wie ich sehe, werde ich eine fantastische Springreiterin heiraten."

Ich lachte auf.

„Du meinst die Mutter einer fantastischen Springreiterin."

„Stell dein Licht nicht unter den Scheffel, das sieht schon sehr professionell aus", sagte nun Paul und fuhr fort: „Ich möchte dir meinen Freund Maximilian Hohenstein vorstellen. Wir warten im Haus auf dich."

Maximilian grüßte freundlich, dann verließen die zwei Männer die Reithalle und ich stieg ab, um Amor zu versorgen.

Im Stall sagte Sarah zu mir:

„Wen hat Paul denn da mitgebracht?"

Ich zuckte mit den Schultern.

„Einen Freund. Aber ich kenne ihn auch nicht. Ich kann mich nicht erinnern, dass er einen Maximilian Hohenstein je erwähnt hätte."

„Na, dann sind wir gespannt, wer das ist. Zumindest sieht er richtig gut aus", sagte sie und wandte sich zum Gehen. Ich folgte ihr.

Die Männer saßen in der Stube bei einem Glas Rotwein. Ich begrüßte unseren Gast, entschuldigte mich aber sofort wieder, weil ich aus den Reitklamotten herauswollte.

Ich sprang schnell unter die Dusche und zog mir ein bequemes Outfit an. Dann ging ich hinunter zu den Männern.

„Theresa, mein Freund Maximilian ist nach einigen Jahren, die er in Amerika verbracht hat, wieder nach Salzburg in den Familienbesitz zurückgekehrt. Wir waren ziemlich beste Freunde auf dem Gymnasium und auch später noch oft zusammen. Nun freue ich mich, ihn wieder in meiner Nähe zu haben. Er wird mein Trauzeuge sein."

Wow, das waren ja interessante Nachrichten, die er da so kurzerhand verbreitete. Ich sah mir den guten Freund also näher an: Groß gewachsen mit fast aristokratischen Gesichtszügen wirkte er sehr elegant. Die Haare von tiefem Schwarz, nur, schon fast kitschig, mit grauen Schläfen dekoriert. Sein Blick war stechend, sein Mund schön geschwungen und sinnlich. Paul, der ja selbst sehr attraktiv war, verblasste fast ein wenig neben dieser Erscheinung.

„Wie lange waren Sie denn in Amerika?", fragte ich unseren Gast.

„Etwas über fünfzehn Jahre", antwortete er freundlich.

„Maximilian war in den USA verheiratet", klärte mich nun Paul auf.

„Und jetzt wohnen Sie wieder in Salzburg?", fragte ich nach.

„Nicht direkt, etwas außerhalb", blieb Maximilian vage.

Paul half sofort aus:

„Maximilians Familie besitzt das Schloss Hohenstein in einem Seitental östlich von Salzburg. Maximilian hat dort das Paradies. Sogar eine arrondierte Eigenjagd und einen Fischteich. Wie man da nach Amerika auswandern kann, wird mir ewig ein Rätsel bleiben." Mit diesen Worten knuffte er seinen Freund mit dem Ellenbogen. Maximilian lächelte, während ich ihn nun noch aufmerksamer studierte. *Also doch aristokratisch*, dachte ich. Natürlich war meine Neugierde nun geweckt und ich wollte mehr wissen:

„Entschuldigen Sie meine Neugierde, aber nach Pauls Schilderung möchte ich nun doch zu gerne wissen, was Sie nach Amerika gedrängt hat."

Maximilian nahm sein Glas in die Hand und versenkte für einen Moment seinen Blick in der schimmernden Flüssigkeit. Dann sah er mir direkt in die Augen und sagte:

„Wie Paul schon erwähnt hat, sind wir alte Freunde. Ich freue mich, dass er in Ihnen, Theresa, nun ein neues Glück gefunden hat. Deshalb gestatten Sie mir die Bitte, das unpersönliche Sie wegzulassen. Ich weiß, dass nach der Etikette Sie das vorschlagen müssten. Jedoch beim Du erzählt es sich viel leichter. Und als Pauls Trauzeuge werden wir nun sicher öfters zusammenkommen. Ich bin Maximilian, aber meine Freunde nennen mich Max." Er hielt mir sein Glas zum Anstoßen entgegen.

Ich war einen Moment verblüfft, ging mir das doch ein wenig zu schnell. Andererseits hatte er ja recht. Er war Pauls Freund und würde in Zukunft sicher öfters bei uns ein und aus gehen, wozu also die Sache verkomplizieren? Also erhob ich ebenfalls mein Glas und sagte:

„Ich heiße Theresa, aber meine Freunde nennen mich Thesi." Wir stießen an und küssten uns dann traditionsgemäß links und rechts auf die Wange. Danach lehnte sich Max behaglich zurück und meinte:

„Schön habt ihr's hier."

Ich verstand: Er wollte über die Vergangenheit nicht sprechen. Also versuchte ich mich in unverfänglicher Konversation und fragte:

„Haben Sie sich, äh, du dich schon wieder eingelebt? Ich denke, dass der Lifestyle in Salzburg doch ein wenig anders ist im Vergleich zu den USA."

Er lächelte ein äußerst charismatisches Lächeln und erwiderte:

„Die Wurzeln der Heimat sind prägend. Zu Hause ist zu Hause. Abgesehen davon waren wir ja immer wieder einmal im Urlaub da. Für Amerikaner ist Salzburg ungeheuer attraktiv, sie verbinden es mit ‚Sound of Music'."

Ich nickte wissend und nahm einen Schluck vom Wein, da ich nichts weiter zu fragen wusste. Das war auch nicht nötig, da nun Paul Max wieder voll in Beschlag nahm und sie sich über gemeinsame Bekannte und alte Geschichten unterhielten. Ich hörte zu, weil hier auch durchaus neue Seiten von Paul zum Vorschein kamen.

Nach einer guten Stunde verabschiedete sich Maximilian, Graf zu Hohenstein, wie er genau genommen hieß, und Paul kehrte zu mir in die Stube zurück.

„Was war das jetzt eben?", fragte ich nach.

Er grinste.

„Max hat mich angerufen, dass er nun wieder fix nach Hause gekommen ist, und ich habe ihn spontan eingeladen", erklärte er mir.

„Ja, aber irgendwie ist er merkwürdig", stellte ich fest.

Er zuckte mit den Schultern.

„Adel halt, die sind alle ein bisschen versnobt."

„Weißt du, warum er wieder da ist?", fragte ich nach.

„Er ist frisch geschieden. Seine Frau Anne ist Schauspielerin in den USA. Sie hat das Haus behalten, an dem ihm wohl nicht so sehr gelegen war. Beruflich hat er in der Immobilienbranche gearbeitet. Offensichtlich war das aber auch kein Grund für ihn, in Amerika zu bleiben. Die Familie ist im Holzhandel tätig. Er scheint da einsteigen zu wollen."

„Hat er Kinder?"

„Ja, eine Tochter: Carol. Sie ist ungefähr zwölf Jahre alt, lebt aber bei der Mutter."

„Wieso ist er so spontan dein Trauzeuge?", wollte ich jetzt noch wissen, da mir diese Entscheidung doch sehr überstürzt vorkam.

„Das war Max' Vorschlag, als ich ihm von unseren Plänen erzählt habe", sagte er leichthin.

Ich zog die Augenbrauen hoch. Irgendetwas störte mich an der Geschichte.

„Jetzt schau doch nicht so, wir waren tatsächlich gute Freunde. Das kann man doch wieder aufleben lassen. Max ist ein guter Typ, du wirst es sehen, wenn du ihn näher kennengelernt hast", versuchte Paul, mich zu überzeugen.

KAPITEL 2

Nach diesem ersten Zusammentreffen wurde Maximilian Hohenstein ein fester Bestandteil unseres Lebens. Ich lernte bei seinen Einladungen das Stammhaus derer von Hohenstein kennen, ein schmuckes Jagdschloss mit – für meinen Geschmack – zu vielen toten Tieren in der Eingangshalle. Allerdings war das das Einzige, was zu bemängeln war. Maximilian entpuppte sich als fantastischer Gastgeber, der zu dem selbst erlegten Wild immer hervorragende Weine kredenzte. Paul genoss offensichtlich die neu aufgeflammte Freundschaft und verbrachte nun viel seiner Freizeit mit Max. Denn neben der Jagd hatte er ein ganz besonderes Hobby: Er sammelte Oldtimer und nahm auch hin und wieder an Rallyes teil.

Wann immer sie zu einer Ausfahrt aufbrachen, neckte ich Paul.

„Gehen die großen Buben wieder Auto spielen?“, fragte ich dann grinsend. Meist stieg Paul auf mein Scherzchen ein und sagte:

„Genau, ihr Mädels spielt mit euren Barbie-Pferden und wir gehen in der Zwischenzeit zu unseren Seifenkisten.“

U

Neben diesen Ausflügen und der täglichen Arbeit blieb wenig Zeit für Hochzeitsvorbereitungen. Immerhin deckten sich unsere Vorstellungen zur Zeremonie nahezu: Selbstverständlich wollten wir in Tracht heiraten. Ich träumte davon, das Fest auf der Wiese zwischen dem Hof und dem Teich stattfinden zu lassen. Hier war es ungemein romantisch und man hatte einen fantastischen Fernblick auf die Alpen. Ich wollte einen schönen Pavillon aufstellen, der sich, weil etwas abseits gelegen, auch danach wunderbar für gemeinsame Stunden eignen würde. Paul sprach hingegen von einem Festzelt, wegen der Unsicherheit mit dem Salzburger Schnürlregen. Ich schlug das Catering vom Dorfwirt vor. Es war zwar rustikal, aber berühmt für seine Qualität. Paul hatte sich dazu noch nicht geäußert. Und über die Musik wollten wir noch beratschlagen. Die Hochzeitstorte wollten unbedingt meine Mutter und Sophie machen, die ja mittlerweile zu einem gut eingespielten Team zusammengewachsen waren.

Überhaupt hatte sich die Familie Holzmeister sehr in unser Leben integriert. Sophie kam nach der Schule zu mir, aß zu Mittag mit mir und ihrem Vater und blieb dann bis zu seinem Dienstschluss auf dem Hof. Manchmal traf sie sich mit Freundinnen oder ging zu meiner Mutter, um irgendwelche Rezepte auszuprobieren. Meine Mutter hatte sie wie ein zweites Enkelkind adoptiert, nachdem Sarah ja ihrer Fürsorge entwachsen war.

Leo Holzmeister machte als Stallchef einen guten Job. Er war nach wie vor sehr ruhig, was aber bei der Arbeit mit Pferden sowieso ein großer Vorteil war. Einzig das Wohnungsangebot hatte er ausgeschlagen, da Sophie noch an ihrem Zuhause hing.

Ab und zu kam Sepp vorbei und half aus, wenn Leo oder Sorin frei hatten. Damit hatte er dem

Pensionsschock keine Chance gegeben, wie er augenzwinkernd sagte:

„Wast, Thesi“, erklärte er immer wieder, „de Ross san mei Herzbluat. Fia mi woa des nie a Orbeit. Und wann i da aushöfen kann, dann is des mei grösste Freid!“ Natürlich war es für uns alle eine Freude und die perfekte Lösung, da solch ein erfahrener Mann nicht mit Gold zu bezahlen ist. Auch seine humorvolle Art war immer wieder erfrischend. Und auch Mama fand den gelegentlichen Abstand durchaus angenehm, konnte sie dann doch für ein paar Stunden ihren Bedürfnissen unkommentiert nachgehen, wie sie schmunzelnd erklärte.

Es war einer der ersten milden Frühlingsabende, als Paul ungewöhnlich früh auf den Hof fuhr. Ich hatte gerade die Hunde Elly und Fixi zum Spaziergang gerufen und war erstaunt stehen geblieben. Paul, wie immer im perfekt sitzenden Anzug, sprang aus dem Wagen und rief:

„Gehst du gerade weg?“

„Ich wollte zu meiner Hunderunde aufbrechen“, erklärte ich.

„Würdest du auf mich warten?“, fragte Paul und fuhr fort: „Ich würde gerne mitgehen, muss mich aber schnell umziehen.“

Ich nickte.

„Ja klar, warte ich. Es freut mich, wenn du mich begleitest.“

Paul verschwand im Haus und ich setzte mich auf die Bank unter der Linde im Hof. *Ob etwas passiert ist, dass Paul so früh heimkommt?*, sinnierte ich.

Fünf Minuten später sprang er sportlich die Stufen herunter, lässig in Jeans und Hoody gekleidet. Ich beobachtete ihn. Dieses legere Outfit stand ihm ebenso gut wie der Anzug. Er küsste mich strahlend und fragte:

„Wohin gehen wir?"

„Ich möchte gerne hinten hinaus durch die Streuobstwiese. Die Bäume blühen und am Abend ist der Blick auf die Berge besonders schön", sagte ich und stand auf. Augenblicklich begann die Hunde aufgeregt zu bellen und sprangen begeistert um uns herum.

Wir gingen im abendlichen Licht aus dem Hof, als Paul meine Hand nahm. Ich empfand das als schöne Geste und lächelte ihn zärtlich an. Er blieb stehen, drehte mich zu sich um und sah mich mit glänzenden Augen an.

„Wann wollen wir heiraten?"

Mit dieser Frage hatte ich nun gar nicht gerechnet, da wir bisher nur so allgemein über die Hochzeit gesprochen hatten.

„Ich weiß es nicht", antwortete ich wahrheitsgemäß. „Hast du einen Vorschlag?"

Er strahlte mich an.

„Ich nicht, aber Max!" Ich runzelte die Stirn. Auch wenn die beiden jetzt wieder unzertrennlich waren, so war das doch wohl unsere Sache. „Thesi, schau nicht so, die Idee ist fabelhaft!", rief nun Paul, dem mein Zweifel sofort aufgefallen war. „Lass dir davon erzählen", fuhr er aufgeregt fort. „Hör zu, Maximilian meint, dass es doch viel stilvoller wäre, wenn wir bei ihm auf dem Schloss heiraten würden. Er würde uns bei allen Vorbereitungen unterstützen. Als Termin hat er den achtzehnten August vorgeschlagen, das ist der Geburtstag von Kaiser Franz Josef." *Kaiser Franz Josef? Was geht mich dessen Geburtstag an, wenn es um meine Hochzeit geht?*, wunderte ich mich. Und bevor mir etwas voreilig herausrutschte, dachte ich: *Thesi, überlege jetzt gut, was du sagst.*

Also stellte ich vorsichtig die Frage:

„Ich wusste gar nicht, dass du Monarchist bist."

Paul lachte.

„Bin ich auch nicht, aber Maximilian schon aus Tradition. Er meint, dass ist ein besonderes Datum hier auf dem Land und außerdem ist der August im Salzburgischen immer mit gutem Wetter gesegnet."

Wir waren wegen der Hunde weitergegangen.

„Paul, aber was hat das alles mit uns zu tun?" Ich sah ihn nun an.

„Max ist mein Trauzeuge und möchte sich eben einbringen. Und das Schloss ist ja schon ein anderer Rahmen als die Wiesen hinterm Lindenhof", erklärte mir mein Geliebter.

„Aber der Lindenhof ist unser Zuhause, hier leben alle, die wichtig sind", warf ich ein.

„Wir müssen das ja nicht jetzt sofort entscheiden, lass uns über den Vorschlag einfach einmal nachdenken", sagte Paul nun versöhnlich und legte den Arm um meine Schultern, während wir in den rosafarbenen Sonnenuntergang marschierten und eine Amsel ein spätes Lied anhob.

KAPITEL 3

Das Thema schwelte aber zwischen uns weiter. Auch wenn mir Max tatsächlich keinen Grund gab, ihn nicht zu mögen, störte er mich gewaltig. Irgendwie hatte er mir Paul weggenommen. Auch wenn das vielleicht kindisch war, fühlte es sich für mich so an. Mittlerweile war er stets in unseren Gesprächen präsent.

Als Sarah über Ostern zu Hause war, sprach sie mich beim Frühstück geradeheraus darauf an:

„Sag, Mama, was hat Paul denn nur mit diesem Max?"

Ich zuckte mit den Schultern.

„Was weiß ich! Ich habe mich nach den vielen Missverständnissen des letzten Jahres so über die Gewissheit gefreut, dass Paul mich liebt. All dieses Hin und Her der letzten Jahre wurde nun von diesem Gefühl, angekommen zu sein, abgelöst. Ich dachte, dass ich und unsere Hochzeit nun das Wichtigste für ihn wären. Aber seit dieser Maximilian aufgetaucht ist, fühle ich mich minderwertig. Alles, was ich will, ist nicht gut genug. Mit den Verlockungen des Adels kann und will ich nicht mithalten. Ich bin enttäuscht, habe ich mir diese Zeit doch so romantisch ausgemalt." Ich schaute zu den Weiden am Teich hinaus, die schon im zarten Grün schimmerten, und kämpfte plötzlich mit den Tränen. Auf der wunderschönen Wiese davor wollte ich feiern. Sarah sagte gar nichts, sondern rührte in ihrem Joghurt herum. Wahrscheinlich hatte sie mit solch einem Gefühlsausbruch nicht gerechnet. Ich eigentlich auch nicht, aber es war die erste Gelegenheit gewesen, mit jemandem darüber zu reden.

„Hast du das Paul schon einmal so gesagt?", fragte sie nach einer Weile.

Ich sah sie mit großen Augen an.

„Nein, aber er spürt es. Wann immer er mit einem ‚Max schlägt vor' daherkommt, beruhigt er mich gleich danach. Also weiß er, was ich davon halte."

Meine Tochter legte den Löffel weg und sah mich an.

„Er weiß, dass du die Vorschläge von Max nicht gutheißt. Aber weiß er auch Bescheid über deine Gefühle?" Ich sah sie verdutzt an. „Geht doch einmal schön essen. Und dann rede mit ihm offen. Vielleicht kommt er ja gar nicht auf die Idee, dass du dich vernachlässigt fühlst", sagte sie.

Wann war sie nur so erwachsen geworden? Ich nickte.

„Vielleicht hast du recht. Einen Versuch ist es wert", stimmte ich ihr zu und nahm mir fest vor, Paul um ein Abendessen in der Stadt zu bitten.

KAPITEL 4

Wie es der Zufall wollte, ritt ich am Nachmittag mit meiner Freundin Roswitha aus. Nach einigen Turbulenzen und Missverständnissen im Vorjahr war sie tatsächlich meine beste Freundin geworden. Wir ritten regelmäßig gemeinsam, gingen manchmal an einem „Weiberabend" essen oder shoppen. Ich mochte sie, weil sie immer eine klare Sicht auf die Dinge hatte und sie zumeist auch aussprach.

An diesem Nachmittag verströmte der Frühling intensiv seine Gaben: Die Luft roch nach frischer Erde, die Wiesen zeigten ihr erstes Grün, an den Palmkätzchen summten Bienen und Hummeln und über uns spannte sich azurblauer Himmel. In der Ferne schimmerten schneebedeckte Gipfel und am Wegrand murmelte ein Bächlein.

„Ach, was ist das für ein herrlicher Tag", schwärmte ich nach der ersten Trabstrecke, die unsere Pferde freudig absolviert hatten. Roswitha tätschelte ihrem ‚Lord of the dance' den Hals und lachte.

„Ja, aber heute werde ich mit dir nicht über Männer reden."

Ich sah sie verwundert an.

„Ich verstehe dich gerade gar nicht, was haben denn die Männer mit dem herrlichen Frühlingstag zu tun?", fragte ich jetzt nach.

Roswitha schenkte mir ein Grinsen.

„Lass uns hier galoppieren, ich helfe deinem Gedächtnis später auf die Sprünge." Damit gab sie ihrem Pferd die Hilfe und schon flogen wir den Waldrand entlang. Als wir wieder zum Schritt parierten, lachte ich und rief:

„Gutes Ablenkungsmanöver, aber jetzt will ich wissen, was du gemeint hast."

Sie sah mich plötzlich ernst an und sagte:

„Vor ungefähr einem Jahr sind wir auch an solch einem schönen Tag ausgeritten. Und dann habe ich darauf losgeplappert, ohne nachzudenken. Na ja, und was das für ein Chaos ausgelöst hat, daran will ich lieber nicht mehr denken."

„Roswitha, dafür konntest du doch nichts", versuchte ich, sie zu beruhigen.

„Ich habe mich trotzdem schlecht gefühlt", erklärte sie nun.

„Aber es ist alles gut geworden. Und genau genommen erst durch das ganze Chaos", stellte ich fest."

„Apropos, da fällt mir eine Neuigkeit ein!", rief sie nun und hatte wohl im nächsten Moment ihren Vorsatz vergessen. „Der Hannes wird Vater!", platzte sie heraus und verdrehte die Augen.

„Wow, das ist tatsächlich eine Neuigkeit", bestätigte ich diese Neuigkeit. „Woher weißt du das?", wollte ich wissen.

„Ich habe seinen Freund Peppi getroffen. Wir sind uns in Salzburg über den Weg gelaufen und haben ein wenig getratscht."

„Und ist Hannes glücklich?", fragte ich nach.

„Angeblich schwebt er im siebten Himmel, noch dazu wird es ein Stammhalter. Wenn das kein Happy End ist, dann weiß ich auch nicht." Sie grinste und fügte hinzu: „Und angeblich hat er seinen Kuhbestand auch wieder aufgestockt."

Das freute mich wirklich, da er doch sehr an den Tieren hing.

„Ich glaube, ich muss tatsächlich einmal die kleine Thesi besuchen fahren“, sagte ich mehr zu mir als zu ihr.

„So klein wird die Thesi nicht mehr sein.“ Roswitha lachte und meinte: „Hannes freut sich sicher. Das solltest du tatsächlich einmal machen. Wie reiten wir weiter?“ Wir waren an einer Weggabelung angekommen und sie sah mich fragend an.

„Das kommt darauf an, wie viel Zeit du hast“, antwortete ich.

Sie sah auf ihre Armbanduhr und sagte:

„Ausreichend. Ich bin für jede Schandtat bereit.“

„Dann lass uns doch nach links den Weg über den Holber Forst nehmen“, schlug ich vor und Roswitha lenkte ihren Wallach schon in die angegebene Richtung.

Nach einer Strecke, die durch Wiesen und noch brachliegende Felder führte, erreichten wir den Wald. Hier war der Boden besonders weich durch die herabgefallenen Nadeln. Wir galoppierten also unsere Pferde an und ließen sie weit ausholen. Die warme Frühlingsluft umschmeichelte meine Wangen und ich genoss jede Sekunde. Als plötzlich eine Motorsäge in unmittelbarer Nähe aufheulte, erschraken Amor und ich gleichermaßen. Amor machte einen Satz zur Seite und sprang dabei in einen kleinen Graben, der neben dem Weg angelegt worden war. Dadurch strauchelte er und rutschte auf dem feuchten Boden aus. So sehr er sich bemühte, er konnte sich nicht auf den Beinen halten. Als er vorne niederging, katapultierte mich der Schwung des Galopps aus dem Sattel. Und während ich mit einer Rolle vorwärts zwischen den Baumstämmen landete, überschlug sich Amor in dem Graben. Was dann geschah, lief in Super-Slowmotion ab: Ich sah, wie Roswitha mühsam ihr Pferd zum Stehen brachte, ich sah, wie Amor versuchte, aufzustehen und ich hörte das Rauschen des Blutes in meinen Ohren. Ich sah Roswitha vom Pferd springen und auf mich zulaufen. Sie rief etwas, das ich nicht hören konnte, und dann war es aus. Filmriss. Dunkelheit. Thesi hatte sich ausgeklinkt.

Ich erwachte in mir völlig fremder Umgebung. Es schaukelte. Ein fremder Mann sah mich kritisch an und ich verstand vorerst einfach gar nichts. Wo war ich? Was war geschehen?

„Frau Klingenbach? Können Sie mich hören?“ Der Mann, der gesprochen hatte, sah mich erwartungsvoll an.

Ich versuchte zu nicken und zuckte zusammen, da eine Bodenwelle den Krankenwagen heftig erschütterte und ein stechender Schmerz in meinen Kopf fuhr. Erschöpft schloss ich wieder die Augen.

Als ich das nächste Mal aufwachte, war alles ruhig und Paul saß bei mir. Er rief flüsternd:

„Schwester, sie ist wach!“

„Paul, was ist denn los?“, fragte ich verwirrt.

„Ausritt, Sturz, kurze Bewusstlosigkeit. Erinnerst du dich nicht?“ Paul sah mich besorgt an. Ich dachte nach.

„Ausritt ja, Sturz hmmm. Ist Amor etwas passiert?“ Plötzlich war ich völlig munter. Wenn ich gestürzt war, was war geschehen? War mein Pferd verletzt? Panik ergriff mich und ich wollte mich aufsetzen. Doch Paul drückte mich sanft, aber bestimmt aufs Bett.

„Beruhige dich, Amor ist okay. Wir haben Dr. Süßenbacher angerufen, er wird ihn sich ansehen. Aber er konnte nach Hause gehen, also ist nichts Schlimmes zu befürchten.“

Ich atmete auf.

„Und wo bin ich?“, wollte ich nun wissen.

„Im Krankenhaus. Nachdem du bewusstlos warst, wollen sie dich zur Sicherheit eine Nacht hier behalten. Du hast auf jeden Fall eine Gehirnerschütterung."

„Ich hatte doch einen Helm auf", sinnierte ich.

„Ja, Gott sei Dank!", rief Paul. „Der ist ganz schön kaputt. Nicht auszudenken, was ohne Reithelm geschehen wäre." Ich kicherte. Paul sah mich verstört an: „Thesi, alles in Ordnung?", fragte er.

Ich musste grinsen.

„Jetzt passen wir noch besser zusammen. Jetzt haben wir beide einen Dachschaden", erklärte ich und gluckste.

Paul schüttelte den Kopf.

„Deinen Humor möchte ich haben", erwiderte er.

KAPITEL 5

Am nächsten Tag durfte ich unter der Auflage, mich wieder niederzulegen, heim gehen. Roswitha kam vorbei und war bestürzt.

„Immer, wenn wir ausreiten, endet das in einer Katastrophe", murmelte sie. Ich lag in meinem abgedunkelten Zimmer und nahm sie bei der Hand.

„Sag doch nicht solch einen Unsinn", redete ich auf sie ein. „Vom Pferd kann man immer fallen, genauso wie von der Haushaltsleiter. Es ist ja nichts Schlimmes passiert. Bei meinem Kopf kann eh nichts kaputt gehen und Amors Sehne ist nur leicht überdehnt, das wird auch wieder. War halt ein dummer Zufall, dass gerade dort der Graben ist, wo die Motorsäge aufgeheult hat."

Sie fuhr sich durchs Haar.

„Ja, Tillys Unfall war auch ein dummer Zufall, trotzdem ist sie jetzt tot."

Ich dachte nach, denn natürlich hatte sie damit recht. Dann sagte ich:

„Wie etwas ausgeht, liegt nicht in unserer Hand. Ich hatte einfach mehr Glück als Tilly." Sie nickte und sah noch immer unglücklich aus. Also fuhr ich fort: „Roswitha, nimm dir die Sachen nicht so zu Herzen. Ich bin so froh, dich zur Freundin zu haben. Versprich mir, dass wir auch weiterhin ausreiten, schwimmen und essen gehen."

Nun lächelte sie ein wenig und entgegnete:

„Versprochen, du verrücktes Huhn. Aber jetzt werde bitte schnell wieder fit."

Nachdem ich mich so ausgeknockt hatte, übernahm meine Mutter die Organisation des Osterfestes. Das war in vielerlei Hinsicht ein Gewinn, denn erstens kochte sie viel besser als ich und zweitens musste ich das Haus nicht putzen.

Wir saßen bei mir in der Küche und besprachen den Ostersonntag.

„Wir gehen zum Gottesdienst, kommst du auch mit?", fragte sie.

Ich überlegte: Einerseits drängte es mich äußerst selten in die Kirche, andererseits wäre ein Dankeschön für meine Gesundheit wohl angebracht. Außerdem war Monsignore Pfeiffer ein netter und kluger Mensch, den man durchaus würdigen konnte. Daher sagte ich:

„Ja, das ist gar keine schlechte Idee."

„Gut", meinte Mutter und fuhr fort: „Sag bitte dem Rest der Familie, dass es um zwölf Uhr Mittagessen gibt."

„Soll ich dir bei den Vorbereitungen helfen?", bot ich an, worauf sie mich entsetzt ansah.

„Na, sicher nicht!", rief sie und ergänzte: „Du kannst nach der Messe ein bisschen spazieren gehen, das wird dir guttun. Ansonsten schonst du dich gefälligst, mit einer Gehirnerschütterung ist nicht zu spaßen."

Ich nickte und wechselte das Thema:

„Leo würde im Juli gerne zwei Wochen in Urlaub gehen, meinst du, dass Sepp uns aushelfen könnte?"

„Warum denn nicht? Er freut sich doch immer, wenn ihr ihn braucht", versicherte sie mir.

„Wolltet ihr nicht auch wegfahren?", fragte ich nun, weil ich mich an eine Andeutung zu erinnern glaubte.

„Ja, aber wir fahren schon Ende Mai, da ist es noch nicht so heiß", bestätigte sie meine Erinnerung.

„Und wohin?“, wollte ich nun wissen.

„Wir machen eine Busreise nach Dresden und Mecklenburg-Vorpommern. Da gibt es viele Schlösser und Sehenswürdigkeiten“, klärte sie mich auf.

„Ich wusste gar nicht, dass sich Sepp für Schlösser interessiert.“ Ich lachte, weil ich ihn mir beim Sightseeing so überhaupt nicht vorstellen konnte.

„Wir haben einen Pakt geschlossen“, informierte sie mich. „Einen Urlaub sucht er aus, den anderen ich. Er war mit Südtirol dran, jetzt darf ich aussuchen. Und ich wollte schon immer einmal die Semperoper, die Frauenkirche und den Zwinger sehen. Außerdem besuchen wir Schloss Pillnitz und machen eine Bootsfahrt auf der Elbe. Und speziell für Sepp gibt es auch eine Führung durch eine Brauerei. Die machen wir an einem freien Nachmittag.“

Ich sah sie aufmerksam an. Sie hatte so viel Energie und war so aufgeblüht, seit sie hierhergezogen war. Früher hatte sie oft genörgelt, das kam nun überhaupt nicht mehr vor. Ich freute mich für sie und sagte:

„Das klingt ziemlich anstrengend. Aber ihr zwei jungen Hüpfer werdet das schon machen.“

„Wer rastet, der rostet“, erklärte sie mir mit einem verschmitzten Grinsen und erhob sich. „So, mein Kind, ich muss dann wieder. Versprich mir, vernünftig zu sein und Ruhe zu geben. Im Moment ist ja sowieso Sarah da, die kümmert sich schon um alles. Erhol dich!“

„Ja, Mama“, sagte ich artig und verdrehte die Augen.

„Das habe ich gesehen!“ Sie drohte mit dem Finger, dann ging sie hinaus.

Ich atmete durch und streichelte unser rotweißes Kätzchen Sunny. Die genoss die ungewohnte Aufmerksamkeit und begann zu schnurren, während sie ihr Köpfchen an mir rieb. Es dauerte nicht lange, da schob Elli, unsere Irish-Wolfshound-Hündin, ihren riesigen Kopf in meine Hand.

„Ja, du bekommst natürlich auch Streicheleinheiten", tat ich ihr schön. „Du brauchst nicht eifersüchtig zu sein", erklärte ich ihr, während ich nun beide Hände in den beiden Pelzen vergrub.

KAPITEL 6

Den Samstag verbrachte Paul am Attersee, um sein Segelboot wieder auszuwintern. Ich ging ein wenig spazieren und freute mich schon auf den Sonntag, den wir gemeinsam verbringen wollten. Gegen Abend kam dann jedoch ein Anruf, der mich ein wenig traurig machte:

„Theresa, ich bin noch am See und schaffe es heute nicht mehr zu dir. Wir sehen uns dann morgen beim Mittagessen bei Hanna und Sepp", erklärte mir mein Verlobter.

„Schade, ich habe schon Sehnsucht nach dir", murmelte ich.

„Du brauchst doch sowieso Ruhe. Denk daran, was die Ärzte gesagt haben", versuchte er, seine Abwesenheit schönzureden.

„Na dann, bis morgen", sagte ich traurig und legte auf.

Der Ostersonntag kam mit strahlend blauem Himmel und angenehmen Temperaturen in den Flachgau gezogen. Die Vögel zwitscherten und bauten eifrig Nester, die Pferde auf den Koppeln freuten sich über die ersten grünen Halme. In der Ferne blinkten die

Schneefelder vom Untersberg, als ich gemütlich zur Messe wanderte. Eigentlich genoss ich diese Tage, die mich zum faulen Nichtstun verurteilt hatten. Bei uns war immer viel los und es gab genug zu tun. So eine Auszeit war geradezu ein Geschenk. Insbesondere, weil Sarah zu Hause war. Somit konnte ich getrost meinen Krankenstand genießen.

Die Kirche war erstaunlich gut besucht. Als ich mich zu Mama und Sepp setzte, nickten mir von allen Seiten die Menschen zu. Ich fand es besonders schön, dass man sich hier auf dem Land kannte und auch Anteil am Schicksal des Anderen nahm. Natürlich hatte das auch seine Schattenseiten, denn der Tratsch blühte besonders gut.

Monsignore Pfeiffer legte wie immer eine schwungvolle Predigt hin, sodass die Stunde nur so verflog. Vor der Kirche verabschiedete er sich von seinen Schäfchen persönlich und so fand er auch für mich Zeit.

„Theresa, wie schön, dass Sie heute mit dabei waren, wie geht es Ihnen?“, fragte er und wirkte besorgt.

Ich lächelte.

„Danke, es geht schon wieder. Gott sei Dank bin ich gegen keinen Baum gestoßen. Dadurch ist es nicht so schlimm“, antwortete ich.

Er legte den Kopf leicht schief und meinte:

„Ja, ja, ihr Pferdefrauen seid aus einem besonders harten Holz geschnitzt, das weiß ich schon von Mathilda. Trotzdem sollten Sie sich schonen.“

„Das sagt mir meine Mutter jeden Tag.“ Ich lachte.

„Sie hat recht!“, rief der Pfarrer und fuhr fort: „Mir ist zu Ohren gekommen, dass eine Hochzeit ansteht?“

„Ja, Hochwürden, aber leider sind wir ja Sünder und fallen somit nicht in Ihre Klientel“, erwiderte ich mit einem verschmitzten Grinsen.

Nun lachte er auf.

„Gerade um die Sünder muss ich mich doch kümmern, mein Kind! Um die Gottesfürchtigen brauche ich mich nicht zu sorgen. Ihr aber", damit zeigte er schelmisch grinsend auf mich, „ihr benötigt meinen Segen."

Ich schaute ihn verwirrt an.

„Wie meinen Sie das?", wollte ich wissen.

„Nun, trauen darf ich euch nicht, aber meinen Segen kann ich euch geben. Und falls ihr das wollt, bin ich gerne dabei", erklärte er und sah mich erwartungsvoll an.

Ich starrte erstaunt zurück und wusste nicht, was ich sagen sollte. Schließlich räusperte ich mich und antwortete:

„Das ist ein wirklich schönes Angebot. Ich werde es mit Herrn Wolkenstein besprechen. Haben Sie vielen Dank." Ich drückte ihm die Hand und ergriff die Flucht in Richtung Friedhof.

Als ich bei Tillys Grab ankam, war ich ziemlich außer Atem und merkte, dass ich doch nicht so fit war, wie ich dachte. Ich setzte mich daher auf die Einfassung des Nebengrabs und atmete durch.

„Tilly, dieses Landleben bringt mich noch immer durcheinander", begann ich. „Stell dir vor, Monsignore Pfeiffer möchte uns bei der Hochzeit seinen Segen geben. Ich weiß nicht, wie Paul das finden wird. Überhaupt weiß ich nicht so genau, was jetzt tatsächlich passieren wird. Paul will auf dem Schloss von Maximilian heiraten, ich würde gerne auf dem Lindenhof bleiben, mit allen, die dazugehören. Aber Paul ist das zu primitiv, wie es scheint." Ich hielt einen Augenblick inne. „Irgendwie habe ich mir diese Vorbereitungszeit anders vorgestellt", fuhr ich fort. „Ich weiß nicht wie, aber harmonischer und zielorientierter. Vermutlich war ich da naiv wie ein Teenager. Einen Dr.

Paul Wolkenstein heiratet man nicht auf einer Wiese." Jetzt, wo ich es aussprach, wurde mir das mit einem Mal klar. Ich betrachtete die hübschen Frühlingsblumen auf dem Grab nachdenklich. Eine dicke Hummel bemühte sich, in einen zarten Kelch zu kommen. Versonnen sah ich ihr zu, als Tilly zu mir sprach:

Thesi, du brauchst Paul nicht. Ich schreckte richtig auf. Was war mit diesem Gedanken gemeint? Die Antwort kam prompt: *Du hast dich aus einer dominanten Beziehung befreit und bewiesen, dass du sehr gut allein zurechtkommst. Wenn du nun also erneut eine Partnerschaft eingehst, dann sorge dafür, dass ihr euch auf Augenhöhe bewegt. Lass dich nicht wieder bevormunden. Beharre auf deine Wünsche, du hast ein Recht auf sie! Kompromisse sind gut, aber nur, wenn jeder einen gleich großen Schritt macht. Überlege also gut, wie viel Macht du ihm geben willst.*

Ich betrachtete das schmiedeeiserne Kreuz nachdenklich. Tilly sprach immer wieder mit mir, zumindest kamen mir meist konkrete Antworten in den Sinn, wenn ich mich mit ihr zu verbinden versuchte. Ich nahm das irgendwie als ganz selbstverständlich hin, besonders, seit ich im letzten Winter die Hunde auf den Friedhof mitgenommen hatte und sie sehr aufmerksam und ruhig am Grab gesessen hatten. Damals war es offensichtlich gewesen, dass sie mit ihren feinen Antennen Tillys Anwesenheit spürten. Deshalb nahm ich diese Worte auch sehr ernst. Tilly hatte recht. Ich durfte mich nicht wieder in eine Abhängigkeit ziehen lassen, nur weil Paul ein wunderbarer Mann war.

„Du hast recht", sagte ich also. „Jedoch bedeutet eine Partnerschaft doch, den anderen glücklich machen zu wollen."

Stimmt, antwortete sie, *das gilt aber für beide Seiten. Wenn du Paul glücklich machst und selbst unglücklich bist, ist es falsch. Ihr müsst euch die Zeit nehmen und alles ansprechen. Nur so könnt ihr beide zufrieden sein.*

Damit war Tilly nach Sarah die Zweite, die das so sah.

„Ich werde mich bemühen“, sagte ich und erhob mich von meinem Sitzplatz.

„Wobei wirst du dich bemühen?“, erklang nun Pauls belustigte Stimme hinter mir. Ich fuhr herum.

„Habe ich das laut gesagt?“, fragte ich verwirrt.

Er lachte.

„Ja, hast du.“

„Was machst du eigentlich hier?“, wollte ich nun wissen.

Er sah mich liebevoll an.

„Meinst du nicht, dass ich dich mittlerweile ein bisschen kenne? Ich habe mir gedacht, dass du die Zeit bis zum Mittagessen hier verbringen wirst. Ich will dich abholen, damit du dich nicht überanstrengst.“ Mit diesen Worten nahm er mich in den Arm und schaute mir forschend in die Augen.

Paul! Was war er doch für ein rücksichtsvoller Mensch. Warum haderte ich im Moment so mit ihm? Nur weil sein Jugendfreund ihn manchmal von mir ablenkte, brauchte ich doch nicht solch ein Drama zu machen. Ich nahm mir also vor, die Ratschläge zu beherzigen und öfters das Gespräch mit ihm zu suchen.

KAPITEL 7

Das Mittagessen war wie immer, wenn Sepp dabei war, sehr launig verlaufen. Als ich mit Paul dann zum Hof fuhr, sah er mich von der Seite an.

„Was gibt's?“, wollte ich wissen.

„Bist du müde?“, fragte er.

„Ein wenig, wir könnten ja jetzt ein ruhiges Stündchen auf der Couch verbringen.“ Ich sah ihn dabei zweideutig lächelnd an.

„Das solltest du unbedingt machen“, sagte er und fuhr fort: „Macht es dir etwas aus, wenn ich noch eine Spritzfahrt mit Max mache? Das Wetter ist so schön und er hat seinen Porsche 356 aus dem Winterschlaf geholt.“

Ich schluckte. Sollte ich jetzt einmal Zeit für mich einfordern? Wie würde der Nachmittag dann verlaufen? Mit Sicherheit nicht so harmonisch, wie ich es gerne hätte. Andererseits hatte ich doch auch das Recht, meine Bedürfnisse geltend zu machen. Ich seufzte. Er sah mich fragend an, wartete aber eine Antwort von mir nicht ab. Stattdessen sagte er:

„In zwei Stunden bin ich wieder da. Ruh du dich nur schön aus, damit du bald wieder ganz gesund bist.“ Und damit war die Nachmittagsplanung besprochen und mein Geliebter fort.

Paul kam aufgekratzt von seinem Ausflug nach Hause. Er erzählte von den kurvigen Bergstraßen und wie gut der 356er lag. Dann berichtete er, wen er am Vortag alles am See getroffen hatte und wie sehr er sich auf die erste Ausfahrt freuen würde.

„Es ist schön, dass dir nicht die Lust am Segeln vergangen ist", kommentierte ich seinen Bericht.

„Du steigst ja auch wieder aufs Pferd, nehme ich an", antwortete er darauf.

„Ja natürlich", stimmte ich ihm zu.

„Na also, warum sollte ich nicht mehr segeln?"

„Na ja, dich hat es schon schlimmer erwischt als mich", meinte ich schulterzuckend.

„Um Angst zu haben, ist das Leben zu kurz", sagte er und küsste mich sanft und zärtlich.

Es wurde dann noch ein schöner Abend, an dem er mich alle meine Bedenken vergessen ließ. Als wir Arm in Arm beieinander lagen, sagte ich:

„Paul?"

„Mhm?"

„Können wir bitte abends essen gehen? So richtig schön? Mit Kerzen und Wein und so richtig romantisch?"

Er drehte sich zu mir, stützte sich auf seinem Arm auf und sah mich fragend an.

„Gibt's dafür einen Grund?", wollte er wissen.

„Nein, ja, nun, ich möchte einfach mehr Zeit mit dir allein verbringen", erklärte ich. Er lächelte.

„Wenn's weiter nichts ist, dann gerne", flüsterte er und küsste zärtlich meinen Hals.

Kapitel 8

Nach den Feiertagen kehrte der Alltag zurück. Sarah war wieder in München, Paul in Salzburg und Sophie in der Schule. Also versuchte ich, schön langsam, in meinen Arbeitsablauf hineinzufinden. Ich erledigte gerade ein paar liegen gebliebene Rechnungen, vereinbarte einen Termin mit dem Tierarzt, der einige Pferde impfen sollte, und ging notwendige Bestellungen durch, als das Telefon läutete.

„Klingenbach“, meldete ich mich.

„Thesi, Gott sei Dank erreiche ich dich!“

Am anderen Ende war Kurt, mein Ex-Ehemann, der völlig hysterisch klang. Das alarmierte mich sehr, denn Kurt war vieles, aber niemals hysterisch.

„Kurt, du klingst merkwürdig, ist etwas passiert?“, fragte ich also.

„Das kann man wohl so sagen“, hörte ich ihn schnaufen. Er schien höchst erregt, als er fortfuhr: „Chantal wurde soeben ins Krankenhaus eingeliefert, sie muss am Blinddarm operiert werden.“ Chantal war seine neue Partnerin und Mutter seines sechs Monate alten Sohnes Moritz.

„Oh, das tut mir aber leid“, sagte ich höflich.

„Das ist der Supergau“, stöhnte er.

„Ist es so schlimm?“, erkundigte ich mich nun doch etwas besorgt.

„Nein, ich denke nicht. Also ich hoffe nicht“, stammelte er jetzt daher. Was war es dann? Die Antwort kam postwendend: „Ich muss morgen beruflich nach Helsinki. Dabei kann mich niemand ersetzen. Dieser Termin ist höchst wichtig für die Firma. Ich weiß nicht, was ich mit Moritz machen soll.“

„Nun, Chantal wird doch Angehörige haben, die ihn nehmen können. Was ist mit den Großeltern?“, fragte ich.

„Die sind auf den Malediven. Theresa, darf ich ihn dir bringen? Bitte!“, kam er gleich zur Sache.

„Äh, Kurt, ich hatte einen Unfall. Ich bin selbst noch nicht fit“, versuchte ich, diese Bitte abzuwehren.

„Chantals Schwester lebt in New York. Es ist niemand da, der einigermaßen erreichbar ist und den ich bitten könnte. Thesi, bitte! Du hast doch deine Mutter in der Nähe. Ihr kennt euch doch aus mit Kindern“, flehte er nun.

„Wie du weißt, ist das Kleinkind fast zwanzig Jahre alt, wir sind also auch nicht mehr in Übung“, versuchte ich, ihm die Idee auszureden.

„Ich könnte um circa fünfzehn Uhr bei dir sein“, sagte er nun völlig unbeeindruckt von meinen Ausführungen.

Ich atmete durch.

„Kurt, so leid es mir tut, ich kann dir nicht helfen“, sagte ich so bestimmt wie möglich.

„Thesi, tue mir das nicht an!“, rief er nun völlig aufgebracht ins Telefon. „Thesi! Bitte hilf mir! Wenn du es schon nicht für mich tust, dann doch bitte für Moritz!“

„Kurt, du hast den Kontakt zu uns aufs Äußerste reduziert. Warum soll jetzt gerade ich dir helfen?“, sagte ich nun sehr ruhig und gefasst. Am anderen Ende war Stille. Vorerst.

„Ich weiß, dass ich manchmal ein Arsch sein kann“, hörte ich dann zu meiner Verwunderung. „Und ich weiß, dass mein letzter Abgang nicht gerade ruhmreich war. Das tut mir leid. Aber ich bitte dich in meiner

Verzweiflung, mir zu helfen. Es ist wirklich wichtig und du bist meine einzige Rettung“, flehte er abermals. Ich ärgerte mich über mich selbst, als ich sagte:

„In Gottes Namen, bring ihn her. Aber vergiss nichts, was er braucht, denn ich bin nicht auf ein Baby eingerichtet.“

„Das vergesse ich dir nie!“, rief er, während ich nur die Augen verdrehte.

Als er aufgelegt hatte, rief ich meine Mutter an.

„Mama, wir bekommen ein Baby und ich brauche deine Hilfe“, sagte ich.

„Waaaaas? Wer?“, rief sie ins Telefon. Bevor sie einen Herzinfarkt bekam, erklärte ich ihr schnell die Sachlage und sie versprach, um fünfzehn Uhr ebenfalls da zu sein. Das beruhigte mich, denn ich spürte, dass diese Aufregung noch etwas zu viel für mich war.

Pünktlich bog ein Minivan in die Einfahrt, gleich dahinter meine Mutter mit ihrem Kleinwagen. Ich trat also vor die Tür, um alle zu begrüßen. Kurt schälte sich aus dem Wagen und eilte auf mich zu.

„Theresa, du Engel!“, rief er dabei.

„Kurt, bitte! Hör auf, so ein Theater zu machen. Mama und ich helfen aus, damit das Kind ordentlich untergebracht ist und Chantal sich keine Sorgen machen muss. Bilde dir nicht ein, dass wir es dir zuliebe machen. Und gleich vorweg: Das hier ist ein Einzelfall. Haben wir uns verstanden?“, unterbrach ich ihn in seiner Euphorie.

Inzwischen war auch meine Mutter dazu gekommen und sagte:

„Hallo Kurt! Vielleicht ist Familie doch nicht so unpraktisch, wie du immer tust.“

Kurt hob die Hände.

„Hohes Gericht, ich bekenne mich in allen Punkten schuldig."

„Gut so, dann mal her mit dem Zwerg", sagte meine Mutter trocken.

Ich musste lächeln, denn nun hatten wir ihn endlich einmal klein. Diese Erkenntnis tat ungemein gut. Kurt wuselte also zurück zu seiner neuen Familienkutsche und holte Moritz aus seinem Kindersitz. Als er ihn mir in die Arme drücken wollte, mischte sich Mama gleich wieder ein:

„Gib ihn mir, Theresa ist noch nicht ganz gesund", erklärte sie ihm.

Kurt stutzte.

„Wieso? Was ist mit dir?", wandte er sich an mich.

„Ich habe schon am Telefon erwähnt, dass ich nicht fit bin. Doch das hast du geflissentlich überhört. Ich hatte einen Reitunfall", klärte ich ihn auf.

„Ach, diese Reiterei! Ihr werdet euch noch den Hals brechen", tat er wieder einmal seine Meinung kund, ohne sich nach meinem Befinden zu erkundigen und ging mir damit augenblicklich auf die Nerven. Nun waren wir wieder an dem Punkt, wo wir vor einem guten halben Jahr aufgehört hatten.

„Mag sein. Dich wird voraussichtlich einmal jemand erschlagen", sagte ich mit einem aufgesetzten Lächeln und fuhr fort: „Bring alles ins Haus, ich koche schnell einen Kaffee."

Eine halbe Stunde später war er wieder weg, weil er ja noch so viel vorzubereiten hatte für Helsinki. Mama und ich verstauten Moritz' Sachen, der erstaunlich ruhig in seiner Babywippe lag und uns beobachtete. Wir bereiteten ein Fläschchen vor, und als er das getrunken hatte und frisch gewickelt war, schlief er friedlich ein. Mama fuhr heim und wollte am Abend wieder kommen, um beim Baden zu helfen.

Als gegen neunzehn Uhr Paul heimkam, lag ein zufriedener Moritz in seiner Wippe, neben ihm saß Sunni und tapste mit den Pfoten nach den Mobilefiguren, die lustig auf und ab hüpften. Moritz gurrte vor Vergnügen und ich saß erschöpft auf der Bank beim Kachelofen und beobachtete das Schauspiel. Paul, der schwungvoll zur Tür hereingekommen war, blieb wie angewurzelt stehen. Da fiel mir ein, dass ich völlig vergessen hatte, ihn vorzuwarnen.

„Was ist denn da los?“, entfuhr es ihm anstatt einer Begrüßung.

„Hallo Paul. Darf ich vorstellen: Das ist Moritz, der für ein paar Tage unser Gast sein wird“, sagte ich ruhig.

Er sah mich verständnislos an.

„Moritz? Etwa *der* Moritz?“

Ich nickte.

„Ja, der Moritz von Chantal und Kurt.“

„Und was macht er hier?“, fragte Paul verblüfft.

Ich konnte es ihm nicht verübeln. Schließlich hatte Kurt ja einen beeindruckend schlechten Abgang bei seinem letzten Besuch hingelegt. Dass nun sein Baby in unserer Küche lag, war nicht so einfach zu verstehen. Ich seufzte und begann, die Sachlage zu erklären.

„Und wie lange wird er nun bleiben?“, wollte mein Geliebter wissen.

Ich zuckte mit den Schultern.

„Ich habe keine Ahnung“, sagte ich wahrheitsgemäß.

Paul zog die Stirn kraus.

„Und ich wollte mit dir am Wochenende zum Boot fahren“, sagte er nun vorwurfsvoll und es klang leicht verstimmt.

„Glaub mir, ich habe nicht einfach so zugestimmt. Denn eigentlich fühle ich mich für diese Herausforderung noch gar nicht wieder fit genug“, versuchte ich, ihn von meiner Unschuld zu überzeugen.

„Du hast ihm gesagt, dass du verletzt bist, und er hat ihn trotzdem gebracht? Das ist doch wieder einmal typisch für diesen egoistischen Egomanen“, brauste Paul nun auf. Moritz wurde augenblicklich unruhig und ich konnte sehen, wie sich seine Stimmung änderte.

„Paul! Bitte nicht so laut“, flehte ich, doch da war es schon zu spät. Moritz fing an zu weinen.

„Na super“, stöhnte Paul und sagte: „Warum zum Teufel hast du zugestimmt?“

Ich zuckte mit den Schultern.

„Kurt hat mich angefleht. Er muss morgen dringend nach Helsinki und Chantals Eltern sind am anderen Ende der Welt, genauso wie ihre Schwester.“ Ich machte eine Pause, ich war plötzlich schrecklich müde.

„Du willst mir doch nicht erzählen, dass dein Kurt sonst keine Freunde hat, die ein Kind für einen Tag nehmen können?“, ließ Paul nicht locker.

„Ich weiß doch auch nicht, wie er gerade auf mich gekommen ist“, versuchte ich mich zu rechtfertigen.

„Ah, das kann ich dir schon sagen“, warf Paul dazwischen. „Weil Thesi ja nur allzu gerne Mutter Theresa spielt. Sie hat ein gutes Herz, ihr kann man alles hineindrücken, wenn man nur skrupellos genug ist.“ Er nahm ein Bier aus dem Kühlschrank und schenkte sich ein. Ich beobachtete ihn, während ich das Baby zu beruhigen versuchte.

„Mag sein, dass du recht hast“, lenkte ich ein.

„Ich habe recht“, sagte Paul und nahm einen großen Schluck.

KAPITEL 9

Die Nacht verlief erstaunlich ruhig, sodass ich das frühe Quengeln von Moritz gleichmütig zur Kenntnis nahm. Vorsichtig verließ ich mit ihm das Schlafzimmer, um Paul nicht aufzuwecken. Er kam eine Dreiviertelstunde später geduscht und fürs Büro fertig zum Frühstück. Moritz lag frisch gewickelt und satt in seiner Wippe und schien ein unsichtbares Orchester zu dirigieren. Dabei gurrte er fröhlich vor sich hin. Paul beobachtete das Baby über seinen Kaffee hinweg.

„Ist er nicht süß?“, wagte ich zu fragen.

„Geht so“, war die Antwort.

„Nun komm, sei nicht so“, schmeichelte ich. „Er war doch die ganze Nacht brav. Und dass, obwohl er uns gar nicht kennt. Er ist wirklich ein unkomplizierter Gast.“

Paul sah mich nachdenklich an, bevor er seinen Kaffee austrank. Dann stand er auf, küsste mich auf die Wange und sagte:

„Ich muss los, ich habe um neun den ersten Termin. Und am Abend wird es auch später, ich werde also in Salzburg bleiben.“

Ich sah ihn mit großen Augen an, denn das gab es mittlerweile selten. Doch bevor ich dazu etwas sagen konnte, war er zur Tür draußen. Seufzend schenkte ich mir Kaffee nach. Moritz versuchte währenddessen, in

Fixis Nasenloch zu bohren. Fixi nahm das erstaunlich gelassen zu Kenntnis, wofür ich ihr unendlich dankbar war.

Beim Mittagessen lernten dann Leo und Sophie Moritz kennen. Auch die beiden waren erstaunt, Kurts Sohn in meiner Küche zu sehen. Als ich ihnen erklärt hatte, warum das Baby bei mir gelandet war, boten sie gleich ihre Hilfe an. Während Leo den Kleinen von der Krabbeldecke aufhob und ihn vorsichtig auf seinen Schoß setzte, sagte Sophie:

„Ich gehe, nachdem ich die Hausaufgaben gemacht habe, mit ihm spazieren. Dann kannst du dich ein bisschen ausruhen."

Ich betrachtete die beiden und freute mich über die Herzlichkeit, die ich bei Paul vermisst hatte. Moritz blieb auf Leos Schoß sitzen und schien völlig mit sich und der Welt zufrieden zu sein.

Leo lächelte.

„Sophie, ich kann mich noch gut daran erinnern, als du so klein warst, wolltest du immer selbst essen. In jeden Teller hast du gegrapscht. Das war jedes Mal eine schreckliche Sauerei."

„Warum müssen Eltern immer die peinlichen Geschichten ihrer Kinder erzählen?", fragte sie.

Ich lachte.

„Weil die Eltern sie nicht peinlich finden, sondern süß."

Sie verdrehte die Augen und sagte:

„Moritz ist okay, der kann ruhig noch ein paar Tage da bleiben."

Wie auf Kommando läutete mein Handy und Kurt war dran.

„Thesi, wie geht's euch?", war seine Begrüßung.

„Danke, Moritz ist ein unkomplizierter Gast“, sagte ich und hörte, wie er aufatmete.

„Da bin ich froh, ich werde nämlich noch etwas länger in Helsinki bleiben müssen“, kam er gleich zur Sache.

„Wie lange denn?“, fragte ich etwas irritiert.

„Keine Ahnung, drei oder vier Tage vielleicht.“

„Und wie geht's Chantal?“

„Ja, danke, alles gut verlaufen“, erklärte er mir entspannt.

„Wann wirst du Moritz holen?“, wollte ich nun wissen, um Paul informieren zu können.

„Thesi, ich weiß es nicht. So lange Chantal in der Klinik ist, vermutlich nicht.“

„Wie bitte?“, entfuhr es mir jetzt.

„Ja, was soll ich denn tun, ich kann gerade in dieser heiklen Phase keinen Urlaub nehmen“, erklärte er mir und es klang genervt.

„Kommst du eigentlich auf die Idee, dass andere Menschen auch heikle Phasen haben könnten?“, fragte ich nun leicht verärgert.

„Thesi, komm, bitte! Du kannst dir doch deine Zeit einteilen. Solch einen Stress, wie ich ihn habe, kennst du doch gar nicht“, erklärte er mir nun mein Leben. Ich wurde richtig sauer.

„Ah, du meinst, in meiner Immenhofidylle laufen wir ja eh völlig entspannt und singend durch die Welt. Da fällt so ein Baby doch gar nicht ins Gewicht.“

„Nun sei doch nicht gleich eingeschnappt“, ruderte er zurück. „Aber jetzt einmal ehrlich: So mega stressig ist es bei euch eher nicht. Und genau darum habe ich dich auch gebeten, Moritz zu nehmen. Weil es bei euch ruhig und beschaulich ist. Und die Luft ist auch viel gesünder.“

„Ich habe aber am Wochenende keine Zeit“, versuchte ich, ihm Druck zu machen.

„Gut, ich lasse mir etwas einfallen“, sagte er jetzt. *Na bitte, geht doch*, dachte ich und sagte versöhnlich:

„Ja, bitte, das wäre mir sehr recht.“

Eine halbe Stunde später rief mich Sarah an.

„Hallo Mama, sag, was ist denn bei dir los?“, wollte sie wissen.

Ich runzelte die Stirn.

„Nichts Besonderes, warum fragst du?“

„Na, Papa hat mich gerade angerufen und gesagt, ich muss unbedingt am Wochenende nach Hause kommen, weil du ja auf Moritz aufpasst, aber am Wochenende keine Zeit hast.“

„Er hat was?“

„Er will, dass ich am Wochenende auf Moritz aufpasse, weil du unmöglich Zeit hast. Und jetzt wollte ich eben wissen, was los ist“, erklärte sie mir.

„Ich fasse es nicht!“, rief ich ins Telefon. „Dieser Mensch hat echt keine Skrupel. Zuerst hängt er mir das Baby für einen Tag um und jetzt ist die Dauer plötzlich unabsehbar. Und wenn ich nicht mitspiele, spannt er eben dich ein. Sag ihm, du hast eine Prüfung! So leicht kann er es sich nicht machen“, schnaubte ich.

„Ich habe schon zugesagt“, vermeldete Sarah nun kleinlaut.

Ich stöhnte.

„Das kann doch nicht wahr sein!“

„Ja, was hast du denn nun am Wochenende vor?“, wollte sie abermals wissen.

„Ich habe nichts vor. Paul möchte, dass ich mit ihm zum Boot fahre. Es geht eigentlich mehr ums Prinzip. Kurt kann uns nicht einteilen, wie es ihm gerade passt“, erklärte ich ihr nun.

„Na ja, jetzt ist es auch egal. Ich komme sowieso nach Hause, dann kann ich auch ein bisschen auf Moritz schauen“, meinte mein Kind diplomatisch.

KAPITEL 10

Von versöhnlichen Gefühlen war ich weit entfernt. Kurt hatte sich wieder einmal als das präsentiert, das er war: ein Narzisst wie aus dem Lehrbuch, der es immer wieder schaffte, uns zu seinem Spielball zu machen. Nachdem aber Sarah sich ja Moritz annehmen wollte, schrieb ich Paul eine kurze Nachricht:

Wochenende gesichert, ich freue mich.

Am Abend rief er mich zurück.

„Na, endlich hat Kurt verstanden, dass wir keine Kinderabgabestelle sind“, begann er das Gespräch und fuhr fort: „Ich finde es gut, dass du dich endlich durchsetzt. Das wurde höchste Zeit.“

Dieser Kommentar gefiel mir ganz und gar nicht. Ich hatte mir ein „Liebling, ich freue mich auch auf das Wochenende“ oder Ähnliches vorgestellt.

Paul redete unterdessen weiter:

„Kurt benutzt dich, wie es ihm passt, ich hoffe, dass ist dir klar geworden. Du bist nicht mehr seine Frau, du musst gar nichts mehr für ihn tun.“

Seit wann verbiss sich Paul so in meinen Exmann? Früher hatte er sich immer elegant herausgehalten. Wieso mischte er sich plötzlich ein? Die ganze Geschichte nervte gewaltig und so beschloss ich, ihn nicht über die neue Sachlage zu informieren. Stattdessen sagte ich:

„Und was hast du jetzt fürs Wochenende geplant?“

Er war für einen Augenblick still, dann sagte er:

„Ich habe nochmals nachgedacht. Für dich ist ein Tag am See sicher noch zu anstrengend. Ich möchte ein paar neue Teile einbauen und dann eine Probefahrt machen. Das Schaukeln ist sicher auch noch nicht gut für deinen Kopf. Du solltest dich doch noch schonen."

Auch wenn er damit wahrscheinlich recht hatte, war ich augenblicklich sehr enttäuscht. Dabei ging es nicht ums Segeln, sondern um die gemeinsame Zeit. Hoffnungsvoll fragte ich daher:

„Das heißt, wir verschieben das und machen etwas Beschaulicheres?"

„Nein, Thesi, so habe ich das nicht gemeint", klang es jetzt an mein Ohr. „Ich werde Max mitnehmen. Er will mir zur Hand gehen und freut sich schon auf den Samstag."

Ich ließ die Hand sinken und blickte zum Fenster hinaus. Die hellgrünen Weidenäste bewegten sich anmutig im Wind, auf der Wiese davor saß unser Kater Moses und wartete wohl auf eine Maus.

„Thesi? Thesi, bist du noch dran?", klang es nun aus meinem Schoß.

Ich hob das Handy ans Ohr und sagte:

„Ja, Moritz hat mich gerade abgelenkt. Na, dann ist ja alles klar. Kommst du morgen wieder heim?"

„Voraussichtlich ja. Schön, dass du das verstehst", sagte Paul und legte auf.

Ich verstehe gar nichts und ich will es auch nicht verstehen!, grollte es in mir. Sarah und Tilly hatten recht: Es musste unbedingt ein Gespräch her. Also schrieb ich Paul:

Morgen um neunzehn Uhr im Sternbräu, dann musst du nicht aufs Land fahren.

Als Nächstes rief ich meine Mutter an und bat sie, am nächsten Abend auf Moritz aufzupassen.

Ich hatte mir große Mühe mit meinem Styling gemacht. In einem schicken Trachtenensemble saß ich bereits seit fünfzehn Minuten am Tisch, als Paul offenbar gehetzt auftauchte.

„Hallo Liebling, entschuldige bitte, ein Klient hat mich noch aufgehalten", sagte er und gab mir einen Kuss auf die Wange.

Ich lächelte, doch es wirkte sicher gekünstelt. Tief in mir fühlte ich mich mutlos, denn ich war nicht vorbereitet auf ein vernünftiges Gespräch. Ich hatte dieses Essen voreilig angesetzt.

Wir bestellten Wein und Wasser und schmökerten in der Speisekarte. So rechten Hunger verspürte ich nicht. Als wir unsere Bestellung endlich abgegeben hatten, sagte Paul:

„Das war eine fantastische Idee von dir, dass wir uns hier treffen könnten. Du bleibst doch heute Nacht bei mir in der Stadt?"

Ich sah ihn erstaunt an.

„Äh, nein, ich muss wegen Moritz nach Hause. Ich kann Mama doch nicht die ganze Nacht mit ihm allein lassen."

„Wie, der ist noch immer hier?"

„Ja, Kurt ist noch nicht zurück, er hat Sarah gebeten, am Wochenende auf ihn zu schauen", erklärte ich jetzt.

Paul nickte dem Kellner zu, der soeben die Getränke gebracht hatte, und probierte vom Wein. Dann sagte er:

„Das ist jetzt nicht dein Ernst, oder?"

Ich nickte.

„Doch, was ist denn daran bitte so schlimm?"

„Siehst du es wirklich nicht? Er manipuliert euch. Und ihr sagt nach all diesen unsäglichen Dreistigkeiten von ihm auch tatsächlich Ja." Er schüttelte den Kopf.

Ich musste von dem unsäglichen Kurt-Thema weg, deswegen war ich nicht in die Stadt gefahren. Deshalb sagte ich:

„Es ist jetzt, wie es ist. Lass uns doch lieber über unsere Pläne reden. Immer kommt etwas dazwischen. Deshalb bat ich um dieses Essen auf neutralem Boden. Hier stört uns niemand und wir können endlich einmal über uns reden."

In diesem Moment brachte der Kellner die Suppen.

„Bitte schön, einmal das Kaiser Schöberl und einmal die Grießnockerl", sagte er höflich und stellte die Teller vor uns ab. *So viel zu nicht stören*, dachte ich und sah Paul an. Der nahm jedoch den Löffel zur Hand und sagte:

„Sehr gut, ich habe einen Bärenhunger."

Nachdem er den Löffel weggelegt hatte, wischte er den Mund mit der Serviette ab und fragte:

„So, was möchtest du denn besprechen?"

Ich legte meinen Löffel ebenfalls beiseite.

„Meinst du nicht, dass Max ein bisschen zu viel in unserem Leben präsent ist? Damit meine ich, dass du immer öfter etwas mit ihm unternimmst als mit mir. Ich hatte mir erhofft, dass wir unsere Hochzeit planen würden. Und dass ohne Einmischung."

Paul sah mich einen Augenblick an. Er schien erstaunt.

„Thesi, ich habe nicht gewusst, dass Maximilian dich so stört. Ich denke, er will sich nicht einmischen. Er meinte es gut und ich empfinde sein Angebot als äußerst großzügig. Aber wenn du das alles nicht möchtest, dann suchen wir doch nach einem Kompromiss. Es wird doch zwischen Wiese und Schloss etwas zu finden sein, dass uns beiden behagt", sagte er und griff über den Tisch, um meine Hand zu nehmen. Ich ließ es zu und beobachtete den Brillanten, der im Licht fantastisch funkelte. So funkelnd hatte ich mir auch mein Leben an Pauls Seite vorgestellt, doch davon war bisher nicht viel zu bemerken gewesen.

„Ist die Wiese tatsächlich so schlimm für dich?", fragte ich jetzt vorsichtig.

„Die Wiese ist wunderschön, aber doch sehr rustikal", antwortete Paul diplomatisch.

„Ich bin auch rustikal", bemerkte ich und betrachtete meine Hände, denen man die Arbeit ansah.

Paul lächelte liebevoll.

„Du bist einfach angepasst. In Paris oder auf Capri ist von alledem nichts zu bemerken gewesen. Genau das finde ich sehr anziehend an dir. Du bist so wandelbar, sodass man immer wieder eine neue Frau in dir entdeckt."

Diese Worte schmeichelten mir durchaus, auch wenn ich wusste, dass er gerade ein bisschen dick auftrug. Gerade, als ich ein Kompliment zurückgeben wollte, kam der Hauptgang. Wir hatten beide die Forelle nach Müllerin Art bestellt, sodass unser Gespräch fürs Erste beendet war. Der Fisch verlangte unsere volle Konzentration.

Danach war die Stimmung nicht mehr dieselbe. Das Zärtliche war verschwunden. Paul sagte zu mir:

„Nun, wie hast du dir denn jetzt die Hochzeit vorgestellt?"

Ich sah ihn leicht verstört an.

„Paul, ich bin nicht mehr fünfundzwanzig. Ich möchte, dass wir gemeinsam alles aussuchen und planen. Da fällt mir ein, ich habe vergessen, dir etwas zu erzählen: Monsignore Pfeiffer hat angeboten, uns seinen Segen zu geben. Was sagst du dazu?"

Paul ließ das Glas, das er gerade zum Mund führen wollte, wieder sinken.

„Er hat was?"

„Ja, er würde uns gerne segnen, wenn wir das wollen", bestätigte ich die Geschichte.

„Das ist eine nette Geste", kommentierte er nun und ich konnte nicht erkennen, ob sie ihm gefiel oder nicht. Ohne weiter darauf einzugehen, sagte er: „Ich werde einmal ein paar Locations ausfindig machen und dann schauen wir uns die an einem Wochenende an. Was hältst du davon?“

Ich dachte an meine Wiese und sagte nur:

„Ja, gut.“

„Na prima! Und nun sag mir, wie lange dieser Moritz noch bleiben wird.“

Ich seufzte.

„Keine Ahnung, ich hoffe, dass Kurt ihn am Sonntag holen kann.“

„Du musst ihm einfach mehr Druck machen, sonst wird das vielleicht noch zur Gewohnheit.“

„Sarah passt ja auf. Machen wir am Sonntag etwas gemeinsam?“, versuchte ich abermals, vom Thema wegzukommen.

Paul sah mich versonnen an.

„Ich lasse mir etwas einfallen“, versprach er und rief den Kellner, um nach der Rechnung zu verlangen.

KAPITEL 11

Am Freitagabend läutete mein Handy. Kurts Stimme klang fröhlich.

„Hallo Theresa, wie geht's euch mit unserem Sonnenschein?“, wollte er wissen.

„Ein Sonnenschein ist er wahrlich“, ich lachte und fuhr, an Pauls Worte denkend, fort: „Moritz ist wirklich sehr pflegeleicht, trotzdem musst du ihn holen. Wir haben im Moment so viel zu tun, wir können uns nicht länger um ihn kümmern.“

„Das müsst ihr auch nicht!“, rief Kurt nun ins Telefon. „Alle Verträge sind unter Dach und Fach. Ich werde ihn morgen abholen. Chantal darf aus der Klinik. Zwar darf sie nichts heben, aber am Montag kommen ihre Eltern zurück, somit ist alles in Butter. Ich bin dir sehr, sehr dankbar.“

Wow, wie aufgekratzt und fröhlich er wirkte. Keine Spur des Ekelpakets, das er sein konnte.

Und die Nachricht von Moritz' Abholung war auch erfreulich, denn dadurch hatte Sarah noch Freizeit am Wochenende. Sie würde sicher gerne die Pferde reiten, bevor sie wieder nach München fuhr. Also sagte ich:

„Das freut mich zu hören, wann wirst du kommen?“

„Ich werde gegen Mittag da sein.“

„Möchtest du mit uns zu Mittag essen?“

„Da sage ich nicht Nein." Er lachte und verabschiedete sich.

Als Kurt am Samstag gegen halb eins in den Hof fuhr, war bereits alles gerichtet: Das Equipment von Moritz war verpackt, der Tisch gedeckt und die Speisen fertig. Da Sarah größtmöglich auf den Fleischkonsum verzichtete, gab es eine Frittatensuppe und einen überbackenen Gemüseauflauf.

Kurt stieg mit einem riesigen Blumenstrauß strahlend aus dem Wagen, umarmte uns innig und herzte Moritz. Wir setzten uns zu Tisch und er fragte nach unserem Wohlbefinden und wie es Sarah beim Studium so ginge. Alles war harmonisch, wir aßen die Suppe, während er auch ein wenig über seinen Deal in Helsinki erzählte, der ihm nun möglicherweise einen Karrieresprung einbrachte. Dabei bedankte er sich nochmals überschwänglich.

Als ich dann den Auflauf zu Tisch brachte und verteilte, betrachtete er interessiert die Speise.

„Gibt's dazu kein Fleisch?", wollte er wissen.

„Nein, Sarah ernährt sich eher vegetarisch. Sie möchte das Tierleid in der Lebensmittelproduktion nicht unterstützen", erklärte ich ihm.

Kurt sah sie fassungslos an.

„Echt jetzt?", war sein Kommentar.

Sarah atmete hörbar aus.

„Ja, echt jetzt. Ich denke, du hast keine Ahnung, wie es in der Fleischindustrie zugeht", sagte sie.

Ich hielt den Atem an. *Bitte nicht schon wieder eine Eskalation*, dachte ich. Es musste doch möglich sein, dass sich diese Familie an einen Tisch setzen konnte, ohne dass es in einer unerfreulichen Szene endete. Und offenbar hatte Kurt diesmal feine Antennen. Oder er war noch voll im Dankbarkeitsmodus, als er ganz gemäßigt antwortete:

„Liebes Kind, mir ist durchaus bewusst, wie viel Tierleid die Lebensmittelindustrie verursacht. Auch ich schau Dokus und lese Zeitung. Aber gerade hier auf dem Land habt ihr doch die besten Voraussetzungen, vom Direktvermarkter die Produkte zu beziehen. Und für mich als Konsumenten geht's nicht um Fleisch oder nicht Fleisch, sondern um Haltung und Schlachtung."

Sarah musste jetzt lächeln und sagte gutmütig:

„Du solltest zu Oma Schnitzel essen gehen, die kauft das Fleisch beim Pölzlbauern, wo die Schweine sogar ins Freie dürfen."

Damit war die Situation umschifft und bei Kaffee und Kuchen endete das Intermezzo in bester Harmonie.

Kapitel 12

Am nächsten Morgen rauschte Paul mit seinem eleganten Mercedes in den Hof und stieg fröhlich vor sich hin summend aus dem Wagen. Er hatte frisches Gebäck zum Frühstück mitgebracht und schien allerbester Laune.

„Wie geht's dir, mein Schatz? Bist du bereit für neue Abenteuer?", fragte er augenzwinkernd.

Ich kicherte.

„Abenteuer? Muss ich mich fürchten?"

„Unsinn! Wir wollen dein hübsches Köpfchen doch nicht überanstrengen", rief er. „Aber es ist etwas Bezauberndes, das dir sicher gefallen wird", sagte er und sah mich erwartungsfroh an.

„Was muss ich anziehen?"

„Wir fahren in die Berge, also gutes Schuhwerk und am besten mehrere Schichten. Es scheint ein schöner Tag zu werden, jedoch kann es dort noch empfindlich frisch sein. Also solltest du am besten auch eine winddichte Jacke mitnehmen."

Ich zog die Augenbrauen hoch.

„In die Berge, spannend", sagte ich, weil ich tatsächlich keine Ahnung hatte, was er plante.

Als wir aus dem Hof fuhren, ritt Sarah gerade mit Princess auf den Springplatz, wo Michael sie schon erwartete. Ich betrachtete die Szene im Vorbeifahren und Neid regte sich in mir. Wie gerne würde ich da jetzt mitmachen, stellte ich fest und beschloss, in den nächsten Tagen wieder in den Sattel zu steigen.

Paul fuhr in Salzburg auf die Autobahn auf und es ging zügig Richtung Süden. Es war tatsächlich ein wunderschöner Frühlingstag, der schon fast frühsommerliche Temperaturen mit sich brachte. Die Wiesen im Tal lagen im satten Grün, während von den Bergen glitzernde Schneefelder grüßten. Als wir an einer bunt gescheckten Kuhherde mit entzückenden Kälbern vorbeifuhren, musste ich an die süße Thesi meiner Vorjahresliebelei Hannes denken. Unsere „Güllegrubenaffaire", wie Sarah es genannt hatte, war erst ein Dreivierteljahr her. Mir erschien es viel, viel länger und genau genommen, als hätte ich das alles nur geträumt.

„Schatz, du bist so schweigsam", riss mich Paul aus meinen Gedanken.

Ich seufzte.

„Weißt du, manchmal habe ich den Eindruck, mein Leben rauscht wie die Landschaft hier an mir vorbei. Es ist nie Zeit zu verweilen, den Moment zu genießen. Dauernd passiert etwas und hält uns in Atem."

Paul lächelte.

„Würdest du zurückwollen in dein altes Leben?"

Nun musste ich herzhaft lachen.

„Eins zu null für dich! Schon allein wegen meiner Tiere wäre das unvorstellbar. Unsinn, nicht nur wegen der Tiere, die Landluft, die Weite der Landschaft, die Menschen um mich herum, nein, nie im Leben würde ich zurückwollen."

In der Zwischenzeit hatten wir den Hiefler Tunnel, der unter dem Pass Lueg hindurchführt, passiert. Nun hatte sich das Landschaftsbild augenblicklich verändert. Die Felswände des Tennen Gebirges ragten hoch empor und gaben nur wenig vom blitzblauen Himmel preis.

Hier merkte man deutlich, dass der Winter noch nicht allzu lang gewichen war. Die Wiesen waren zumeist noch braun und auf den Zweigen der Weiden entlang der Salzach lag erst der Frühlingsflaum.

In Bischofshofen verließen wir die Autobahn und nach einiger Zeit erreichten wir Wagrain. Paul fuhr zielorientiert und ich war nun wirklich schon neugierig, wo unsere Reise enden würde. Als es auf einer schmalen Bergstraße steil bergauf ging, traten abermals Erinnerungen vor meine Augen: Eine Silvesternacht in den Kitzbühel Bergen und eine einsame Almhütte. Ralf! Wie es ihm wohl ging? Das Leben war schon merkwürdig, kam mir in den Sinn. Da tauchten plötzlich großartige Menschen auf und ebenso plötzlich verließen sie wieder die Bühne.

Im nächsten Augenblick wurde ich aus meinen Gedanken gerissen. Vor uns lag ein wunderschönes, sicher uraltes Bergbauernhaus. Ein großer Dachvorsprung beschützte die weißen Sprossenfenster, die von grünen Fensterläden eingerahmt waren. Das Holz des Hauses war dunkelbraun, fast schwarz und über die ganze Front verlief ein prachtvoller Balkon. Vor dem Haus parkte eine teurer Mercedes Geländewagen, wie ihn Jäger sehr gerne fuhren.

„Voilà!", rief Paul und strahlte mich an. Ich blickte mich um. Von hier hatte man einen fantastischen Blick ins Tal.

„Wow, hier ist es aber schön", bestätigte ich seine Begeisterung.

Im nächsten Moment ging die Haustür auf und heraus trat ein großer drahthaariger Jagdhund und dahinter Max! In der Sekunde war meine Begeisterung verschwunden. Ich schluckte. *Reiß dich zusammen, Thesi*, mahnte ich mich und stieg lächelnd aus.

„Da seid ihr ja, ihr Lieben! Herzlich willkommen auf Asten." Er gab mir ein Küsschen auf die Wange und klopfte Paul freundschaftlich auf die Schultern. Dann trat er einen Schritt nach vorne und umfasste die Landschaft mit einer großen Handbewegung.

„Thesi", sagte er, „hier ist mein Kraftplatz. 1.400 Meter über dem Meer ist man dem Himmel nahe. Nur das Rauschen des Windes in den Wipfeln. Alle Sorgen bleiben da unten zurück." Mit diesen Worten zeigte er ins Tal. „Hier kann sich die Seele erholen. Was sagst du?"

Ich musste zugeben, dass seine Begeisterung mir imponierte. Ich nickte.

„Es ist wunderschön, wirklich."

„Wir wollen hier heute ein paar gemütliche Stunden verbringen. Die Bergluft wird dir guttun. Jetzt kommt erst einmal hinein, ich habe eine ordentliche Brettljause vorbereitet."

Wie zu erwarten, strahlte das Haus tiefste Behaglichkeit aus. Holzvertäfelungen, breite Kastenfenster mit stilvollen Vorhängen gaben den Räumen eine wunderbare Optik. Unter dem Herrgottswinkel stand ein großzügiger Jogltisch, der einiges Mehr an Besuchern vertragen hätte.

Wir nahmen Platz und Max tischte seine Wildspezialitäten auf. Dazu ein grobes, aber ungemein würziges Bauernbrot, Fassl Butter und verschiedene Käsesorten. Dazu reichte er Rotwein und Wasser. Beim Anblick dieser Köstlichkeiten bemerkte ich, dass ich tatsächlich Hunger hatte.

„Wer kommt noch zum Essen?", fragte ich.

Max lachte.

„Ja, manchmal gibt es hier schon viele Gäste. Besonders im Winter, wenn man gleich hinter dem Haus zum Schifahren aufbrechen kann. Aber heute sind wir nur unter uns. Langt also bitte kräftig zu."

Ich ließ mir das nicht zweimal sagen und kostete mich durch alles durch.

Nach dem Essen gab es einen kleinen Schnaps.

„Zirbe", erklärte der Gastgeber. Die feine harzige Note war gut zu schmecken und er rann ölige die Kehle hinab. Ich lehnte mich wohlig zurück.

„Max, erzähle doch von diesem Haus", bat ich. Ich sah ihm an, dass er nichts lieber tat, als meiner Bitte nachzukommen.

„Es wurde bereits 1651 erbaut und ist als das höchst gelegene Bauernhaus in der Wagrainer Chronik erwähnt."

Ehrfurchtsvoll fuhr ich mit den Fingern über das Holz. Was mochte es schon alles gesehen haben?

„Ist es schon lange im Besitz deiner Familie?", wollte ich wissen.

„Nein, erst mein Vater hat es entdeckt, erworben und zu renovieren begonnen."

„Mit viel Fingerspitzengefühl", mischte sich nun auch Paul in das Gespräch mit ein. Er saß neben mir auf der Bank und hatte den Arm um mich gelegt.

Während Max den Tisch abräumte, raunte er mir zu:

„So schlimm ist Max doch nicht, oder?"

„Er ist ein angenehmer Gastgeber, mit dem man gut Konversation betreiben kann", stimmte ich zu. „Max in kleinen Dosierungen ist ja auch völlig okay, nur zu viel von ihm und zu wenig von dir behagt mir nicht", stellte ich klar.

Paul küsste mich sanft.

„Das verstehe ich, mir geht's genauso."

Ich schubste ihn.

„Mach dich nicht lustig über mich", sagte ich.

„Tu ich nicht, ich meine das völlig ernst." Er hob zum Schwur zwei Finger.

„Störe ich?" Max lehnte lässig im Türrahmen und grinste.

Der Nachmittag auf Asten verflog wie im Nu. Nach einem gemütlichen Spaziergang saßen wir an der von der Sonne gewärmten Hauswand bei Kaffee und Kuchen. Max erzählte ein paar heitere Geschichten aus dem Wagrainer Tal, dazwischen ließen wir einfach die Seele baumeln. Es war ein unkomplizierter, netter Tag voller Harmonie. Als die Sonne hinter den Bergen versank und es schnell kühl wurde, brachen wir wieder in Richtung Heimat auf. Ich kuschelte mich gemütlich in die feudalen Sitze und dachte über Max nach. Genau genommen konnte ich meine Abneigung nicht verstehen. Er war nett, gebildet und trotz seines Adelstitels natürlich geblieben. Daher war es auch nicht verwunderlich, dass Paul diese neu aufgeflammte Freundschaft genoss. Mit einem Mal fühlte ich mich ein wenig kindisch.

Währenddessen zog die dämmrige Landschaft vorüber. Irgendwie erinnerte mich die Stimmung an meinen ersten Bootsturn mit Paul am Attersee. Das war damals ebenso ein netter Tag gewesen. Und ebenso wie damals ließ die Wirkung von der vielen frischen Luft und dem ruhigen Brummen des Motors nicht lange auf sich warten und ich glitt selig ins Traumland.

KAPITEL 13

Am darauffolgenden Montag beschloss ich, den Ruhetag zu nutzen und nach meinem Unfall das erste Mal wieder aufs Pferd zu steigen. Fröhlich ging ich in den Stall, um Amor zu putzen. Erstaunt blieb ich stehen, als ich sah, dass seine Box leer war.

„Leo?“, rief ich und erhielt keine Antwort. „Sorin?“ Auch nichts. Verwundert machte ich mich auf die Suche. Kein Mitarbeiter war in Sicht. „Leo, Soriiiiin!“, rief ich abermals ohne Erfolg. Also fingerte ich mein Handy aus der schmalen Beintasche meiner Reithose und rief Leo an.

Zuallererst hörte ich nur Schnaufen, als er abhob. Dann endlich: „Thesi, was gibt's?“

„Das frage ich dich! Was ist los? Mein Pferd ist nicht im Stall und ihr auch nicht.“

„Ja, das ist ja das Problem. Ich versuche, ihn gerade hinter der Streuobstwiese zu fangen“, erklärte mir nun der schwer atmende Leo.

„Was ist denn passiert? Ich komme schon!“, rief ich ins Telefon und rannte los.

Als ich an den Koppeln entlang zur Streuobstwiese lief, sah ich Sorin auf dem Boden sitzen. Er war über und über mit Schlamm beschmiert und ächzte leicht.

„Um Gottes willen, Sorin! Was ist passiert?“, fragte ich und hockte mich neben ihn.

„Deppates Moped hat Amor erschreckt", erklärte er mir.

„Ist dir etwas passiert?"

„Weiß nicht, Schulter tut weh", murmelte er.

„Bleib einmal sitzen, ich helfe nur schnell Leo", sagte ich und rannte weiter.

Zwischen den Bäumen sah ich bereits ein allerliebstes Fangenspielen. Amor stand auf der Wiese mit hoch erhobenem Kopf und Schweif und schnaubte laut. Leo näherte sich ihm langsam, gut auf ihn einredend. Amor beobachtete ihn ganz genau und ließ ihn bis auf zwei Meter heran. Dann drehte er sich auf den Hinterhufen mit einer halben Pirouette um und jagte aufs andere Ende der Wiese. Offensichtlich hatte er gerade Spaß und wollte seine unverhoffte Freiheit noch ein wenig ausnutzen. Leo stöhnte auf und griff sich in die Leiste.

„Bist du auch verletzt?", rief ich voller Sorge.

„Nein, ich habe nur Seitenstechen", erklärte er mir mit grimmigem Gesicht.

Nun wandte ich mich meinem Pferd zu:

„Amor, was machst du denn für Sachen?", tadelte ich ihn. Er spitzte die Ohren. Also redete ich gleich weiter auf ihn ein, während ich fieberhaft nach einem Leckerli in meiner Hosentasche suchte. Und tatsächlich schien ihn diese Handbewegung zu interessieren, denn er ließ mich tatsächlich bis zu sich heran. Ich streckte meinen Arm aus und zeigte ihm meinen Schatz. „Brav, Amor. Schau, ich habe etwas für dich", tat ich ihm schön. Er schien zu überlegen, ob es das wert war, die Freiheit gegen ein Leckerli zu tauschen. Doch dann war ich mit einem schnellen Schritt bei ihm und fasste seinen Strick, der Gott sei Dank noch am Halfter hing.

„Endlich, ich renne schon seit zwanzig Minuten dem Mistvieh nach", schnaufte Leo hinter mir.

Ich musste lachen, auch wenn es gemein war.

„Morgensport", witzelte ich.

„Darauf kann ich gerne verzichten", meinte nun mein Stallmeister.

„Was ist denn eigentlich genau passiert?", wollte ich wissen.

„Der Sohn vom Windisch ist mit seinem Moped in einem verrückten Tempo ums Eck gekommen, gerade, als Sorin Amor von der Weide holen wollte. Der ist gestiegen und hat Sorin umgeschmissen. Aber Sorin hat nicht losgelassen und so hat Amor ihn noch ein Stück durch den Matsch mitgezogen. Zum Glück habe ich es vom Misthaufen aus gesehen und gerufen: ‚Lass los!' Wer weiß, was sonst noch passiert wäre." Er fuhr sich durch die Haare.

„Und der Windisch-Bub?", fragte ich.

Er zuckte mit den Schultern.

„Weg, der Rotzlöffel."

„Na, da werde ich wohl seinem Vater einen Besuch abstatten müssen", sagte ich und drückte Leo mein Pferd in die Hand.

Während Amor in seine Box gebracht wurde, ging ich zurück zu Sorin. Der saß noch immer auf dem Boden, mittlerweile an einen Zaunpfahl gelehnt.

„Sorin, kannst du aufstehen?"Er seufzte, stand aber tatsächlich auf, wenn auch etwas wackelig. „Was tut dir weh?" Er griff sich auf die rechte Schulter. „Kannst du den Arm heben?", wollte ich wissen. Er nahm, ohne nachzudenken, die linke Hand und hob damit seinen rechten Arm in die Höhe. Ich lachte. „Nicht mogeln! Ohne Hilfe. Kannst du sie ohne Hilfe aufheben?" Ich machte es ihm vor. Er probierte, dann schüttelte er bedauernd den Kopf. „Na, dann müssen wir die Rettung rufen. Komm mit, du musst dich umziehen", erklärte ich ihm und zeigte auf sein schlammiges Outfit.

Als wir durch den Stall gingen, rief ich nach Leo. Als er auftauchte, bat ich ihn:

„Könntest du bitte Sorin beim Umziehen helfen? Ich rufe in der Zwischenzeit die Rettung. Seine Schulter scheint verletzt zu sein."

Leo seufzte, legte dann gutmütig den Arm um Sorin und sagte:

„Na komm, wir gehen dich einmal grundreinigen."

Sorin trottete mit hängendem Kopf neben ihm her, während ich den Notruf wählte.

Während ich hinter dem Ambulanzwagen herfuhr, rief ich Sepp an.

„Thesi, wos gibt's denn?", fragte er auch sogleich. Also erzählte ich ihm die Geschichte und fragte, ob er einspringen könnte. „Jo, klar!", rief er und schien richtig erfreut. „Wast eh, dass ma de Rösser abgehn. I ziag mi nur um, dann kum i dem Leo höfn", erklärte er und legte auf.

Ich atmete durch. Gott sei Dank hatten wir Sepp! Er war ein Geschenk Gottes.

KAPITEL 14

Sorin hatte sich eine Sehne im Schultergelenk abgerissen und musste operiert werden. Die Ärzte sprachen von mindestens sechs Wochen Reha. Gerade, als ich wieder ins Auto stieg, um den Heimweg anzutreten, läutete mein Handy. Es war meine Mutter.

„Theresa, weißt du schon mehr?"

„Ja, ich bin gerade auf dem Heimweg", erklärte ich ihr und fuhr fort: „Würde es dir sehr viel ausmachen, uns Sepp für sechs Wochen zu leihen?"

„Sechs Wochen? Ja, was hat Sorin denn?", fragte sie nun überrascht.

Also erklärte ich den Sachverhalt und endete mit:

„Uns wäre natürlich sehr geholfen. Für so lange Zeit kann Leo den Stall nicht allein machen."

„Ja, das ist mir doch sowieso klar", unterbrach sie mich. „Doch eine Woche musst du Ersatz finden. Du weißt ja, Dresden!"

„Ach ja! Dresden. Na, das werden wir schon schaffen. Hauptsache, Sepp hilft die restliche Zeit aus", beruhigte ich sie.

Als ich wieder auf dem Hof ankam, werkelte Sepp schon fleißig mit dem Traktor herum. Ich ging zu ihm, worauf er gleich den Motor abstellte.

„Grias di, Thesi", sagte er, nachdem er die Tür geöffnet hatte.

„Sepp, danke, dass du uns hilfst", begrüßte ich ihn.

Er lachte.

„Oba geh, erstens is des do eh klor und zweitens füh i mi glei um zehn Johr jünger."

„Also ist das hier Männerwellness? Gut zu wissen. Das werde ich bei Gelegenheit Leo sagen." Ich lachte ebenfalls. Sepp hingegen war schon wieder todernst.

„Klor! Wer rastet, der rostet. Des hobm schon meine Öltern immer gsogt", meinte er und fuhr fort: „Brauchst wos? Weil i miassat jetzt weiter tuan."

Ich hob beschwichtigend die Hände.

„Lass dich nicht aufhalten", sagte ich und ging einen Schritt zurück, als er den Motor wieder anwarf.

Es war mittlerweile früher Nachmittag geworden und irgendwie war mir die Lust zum Reiten vergangen. Also beschloss ich, gleich meinen Nachbarn aufzusuchen. Als ich in deren Hof kam, lag der Übeltäter auf dem Boden und schraubte an seinem Moped herum. Ich trat zu ihm und schaute ihm zu. Dann fragte ich:

„Funktioniert es nicht?"

„Fehlzündungen."

„Das haben wir heute Morgen schon gemerkt."

„Wieso?"

„Na, weil du mein Pferd erschreckt hast und mein Pferdepfleger jetzt im Spital liegt", erklärte ich ihm ruhig.

Er setzte sich abrupt auf und starrte mich ungläubig an.

„Was?"

Ich atmete durch.

„Na, mit deinem närrischen Fahrstil hast du heute Morgen für ein echtes Chaos gesorgt."

Er kratzte sich am Kopf.

„Sorry, aber das war ich nicht."

„Verstehe, vermutlich ein Geist", kommentierte ich.

„Nein, ich schwör's! Sie können meinen Vater fragen. Er hat mich ausnahmsweise sogar in die Schule gefahren, eben weil das Moped Probleme macht."

Ich verstand gar nichts mehr.

„Meine Mitarbeiter haben dich doch erkannt, also erzähl mir nicht so ein Märchen."

Er sprang jetzt aufgeregt in die Höhe.

„Nein, ich war das nicht, glauben Sie mir doch!"

Ich seufzte.

„Und wer war's dann?"

„Das werde ich herausfinden", ereiferte sich nun der Junge.

„Bitte. Und dann kommst du ohne Moped zu mir hinüber und klärst mich auf", sagte ich und wandte mich zum Gehen.

„Was hat denn der Stallbursche?", rief er mir nach.

Ich drehte mich nochmals um.

„Sehne gerissen, mindestens sechs Wochen Pause und OP", sagte ich.

„Scheiße."

„Ja, das kann man so sagen. Aber wenn dir langweilig ist, wir könnten deine Hilfe gut gebrauchen", sagte ich forsch und ging davon. Ich wusste, dass er mir nachstarrte.

Bevor Leo nach Hause ging, kam er noch bei mir vorbei. Ich saß auf meiner Bank an der Hauswand und streichelte gerade unseren Kater Moses. Die Hunde schnüffelten auf der Wiese vorm Weiher herum und der Himmel verfärbte sich in ein blasses Rosa.

„Und? Hast du den Windisch-Buben erwischt?", fragte er und setzte sich neben mich.

„Ja und nein. Was weiß ich“, antwortete ich. Er sah mich fragend an. „Ja, also, ich habe ihn erwischt, er streitet es aber ab. Er schwört, dass er in der Schule war. Hat der Windisch mehrere Söhne?“

Leo kratzte sich am Kopf.

„Da müssen wir morgen Sepp fragen, ich bin mir nicht sicher“, meinte er und fuhr fort: „Sag, eigentlich wollte ich dich etwas anderes fragen: Wie sieht es denn eigentlich finanziell aus?“

Ich sah ihn erstaunt an.

„Ähm, darf ich fragen, wie du jetzt darauf kommst?“

Er lachte.

„Na, wegen der Gehaltserhöhung!“

Ich schluckte. Leo war ja erst etwas über ein halbes Jahr bei uns und dieses Begehren erschien mir doch etwas verfrüht. Ich überlegte, wie ich anfangen sollte, als ich ihm ins Gesicht sah. Und da entdeckte ich in seinen Augen den Schalk funkeln. So locker hatte ich unseren schüchternen Stallmeister noch nie gesehen. Also stieg ich augenblicklich auf das Spiel ein und sagte todernst:

„Schlecht, sehr schlecht sieht es mit den Finanzen aus. Ich überlege schon die ganze Zeit, ob wir dem Sorin nicht die Stunden reduzieren könnten.“ Dabei machte ich ein bekümmertes Gesicht.

Nun hatte ich ihn! Er sah mich tief erschrocken an und stammelte:

„Echt? So schlimm ist es?“

Leider konnte ich nun beim besten Willen nicht mehr ernst bleiben. Ich prustete los, während ich sagte:

„Wer andern eine Grube gräbt ...“

Nun griff er sich an die Stirn, dann lachte auch er los. Als wir uns wieder beruhigt hatten, fragte ich abermals:

„Also, wofür brauchen wir Geld?“

„Der Sepp und ich haben heute eine Idee geboren. Na ja, eigentlich trage ich sie schon länger mit mir herum. Aber ohne Sepp ginge es nicht und bis jetzt hat sich noch keine Gelegenheit ergeben, mit ihm darüber zu reden."

Jetzt war er wieder da, der Leo, den ich bisher gekannt hatte. Ich sah ihn durchdringend an.

„Leo? Magst du mir nicht endlich sagen, worum es eigentlich geht?"

„Also, ich habe mir gedacht, dass uns etwas fehlt. Etwas, das uns allen zugutekommen würde."

„Leo, bitte spucke es endlich aus!"

„Der Sepp und ich würden gerne eine Schrittmaschine bauen." Nun strahlte er mich an. Ich schaute wohl so erstaunt, dass er vor Begeisterung einfach nach meinen Händen griff, bevor er loslegte: „Wenn Sorin wieder fit ist, würde mir Sepp immer am Nachmittag helfen. Du weißt, er kann unglaublich gut schweißen. Wir brauchen nur das Material, die Planung und die Durchführung machen wir ganz allein. Was meinst du, wie so eine Schrittmaschine unsere Pferde fit halten würde! Im Winter, wenn sie nicht so viel hinauskommen, verletzte Pferde, die nur kontrolliert Schritt gehen dürfen, Sarahs Turnierpferde, das würde Michael entlasten, und so weiter!" Er hatte sich so hineingesteigert in seine Begeisterung, dass er gar nicht bemerkt hatte, dass er noch immer meine Hände hielt. Als er es nun doch registrierte, ließ er erschrocken los und wurde tomatenrot.

Ich fuhr mir fahrig durch die Haare, denn ich stellte fest, dass mir sein Loslassen ein wenig leidtat. Dann fasste ich mich und sagte:

„Wow, was für eine grandiose Idee. Das wäre tatsächlich eine Bereicherung für den Stall. Ich bin überzeugt, dass es auch unsere Einsteller begeistern würde."

Leo war noch immer blutrot, als er sagte:

„Dann dürfen wir uns einmal durchrechnen, was es kosten würde?"

„Ja, natürlich, bitte!", rief ich und stand auf, weil Sophie um die Hausecke kam.

„Ach, da seid ihr", sagte sie und fuhr fort: „Ich habe dich schon gesucht, Paps. Gibt es etwas Wichtiges oder können wir dann nach Hause fahren?"

Leo war auch aufgestanden.

„Ich musste mit Thesi noch etwas besprechen, aber wir sind bereits fertig. Wir können gleich fahren. Ich erzähle dir beim Abendessen von meiner Idee", antwortete er und wirkte mit einem Mal sehr stolz.

Ich musste lächeln.

„Ich wünsche euch einen schönen Abend", sagte ich und rief die Hunde, um noch eine kleine Runde mit ihnen zu drehen.

KAPITEL 15

Eine gute Stunde später deckte ich gerade den Tisch, als Paul in die Küche kam. Er küsste mich liebevoll, ehe er schnuppernd die Nase hob.

„Was gibt's denn heute Gutes?", wollte er wissen.

„Sorry, Schatz, es musste schnell gehen. Heute war wieder einmal so ein Tag, den man völlig anders plant, als es dann kommt. Es gibt Schinkenfleckerl mit grünem Salat", erklärte ich und zuckte mit den Schultern.

„Ach, Schinkenfleckerl sind völlig okay, ich hatte heute noch gar keine Zeit zum Essen, ich habe einen Bärenhunger", entgegnete mein verständnisvoller Verlobter und öffnete den Kühlschrank. „Ich habe Lust auf ein kühles Bier, möchtest du auch eines?"

„Ja, bitte, heute nehme ich auch eines", stimmte ich seinem Vorschlag zu.

Und so saßen wir dann im gemütlichen Herrgottswinkel und langten kräftig zu. Wir erzählten vom Tag und beschlossen dann, früh ins Bett zu gehen.

„Nachdem Sorin jetzt nicht da ist, muss ich noch die Abendstallrunde machen", sagte ich zu Paul, der mich in das Obergeschoss ziehen wollte.

Er machte ein bedauerndes Gesicht und sagte:

„Na, dann mach schnell. Ich möchte mich für das gute Essen bedanken."

Ich lachte, küsste ihn und versprach:

„Ich bin in fünf Minuten zurück."

Als ich über den Hof zum Stall ging, bemerkte ich, dass die Tage nun schon sehr lang waren und die Dämmerung erst eingesetzt hatte. Ein milder Abendwind streichelte mein Gesicht und ich atmete genussvoll die würzige, frische Luft. Wie genoss ich doch so stille, laue Abende. Eine Fledermaus huschte durch die Dämmerung und ich blieb einen Augenblick stehen, um ihren flattrigen Flug zu beobachten. Dann dachte ich an Paul, der sicher schon auf mich wartete, und ging zügig weiter. Als ich in den Stall trat, stieg ich ins Wasser. Abrupt blieb ich stehen und lauschte. Irgendwo plätscherte ein Bächlein. Nachdem wir keines hatten, musste irgendwo ein Schaden aufgetreten sein. Ich drehte das Licht auf und rannte über den nassen Boden durch den Stall, in jede Box schauend. Und tatsächlich wurde ich bei Harlekin fündig: Seine automatische Tränke baumelte am Wasserschlauch und ein üppiger Strahl ergoss sich in seine Box. Harlekin stand da und schaute völlig unschuldig.

„Echt jetzt? Das ist die zweite Tränke in diesem Monat", schimpfte ich mit ihm. Er begann, desinteressiert an seinem Heu zu knabbern. „Eine Tränke bricht nicht einfach so ab, tu also nicht so, als ob es dich nichts angehen würde", maulte ich, während ich zum Hauptwasserhahn lief, um die Überflutung zu stoppen. Dann rief ich Paul an, der nicht abhob. Also wählte ich Sepps Nummer, der ebenfalls nicht ans Telefon ging. Das konnte doch jetzt nicht wahr sein. Ich schaute auf die Uhr, es war zwanzig Uhr dreißig. Da es ein Notfall war und wir nicht den ganzen Stall ohne Wasser lassen konnten, rief ich Leo an. Der hob auch sofort ab:

„Thesi! Wo brennt's?"

„Es brennt Gott sei Dank nirgends, eher das Gegenteil ist der Fall", sagte ich und berichtete von „Klein-Venedig".

Er lachte über diesen Ausdruck, dann sagte er:

„Ich bin gleich da, ich sage nur Sophie Bescheid, dass ich nochmals wegfahre."

Als ich auflegte, brummte mein Handy. Es war Paul.

„Ich vermisse dich", schnurrte er ins Telefon.

„Ich dich auch", schnurrte ich zurück und fuhr gleich fort: „Und zwar hier im Stall, Harlekin hat alles unter Wasser gesetzt."

„Nicht wirklich", stöhnte er jetzt.

„Doch, würdest du bitte herunterkommen, Leo ist auch auf dem Weg."

„Es bleibt mir ja wohl nichts anderes übrig", sagte er resignierend und legte auf.

Die beiden Männer betraten zeitgleich den Stall. Während Leo sofort den Tränker begutachtete, lehnte sich Paul mit den Händen in den Hosentaschen an den Türrahmen und schaute auf den See zu seinen Füßen. Er wollte wohl nicht ins Wasser steigen. Ich hatte in der Zwischenzeit schon mit dem Ausmisten und Trockenlegen der Pferdeboxen begonnen.

„Der Tränker ist heil, nur heruntergerissen!", rief Leo von der anderen Seite.

„Na immerhin etwas", antwortete ich. „Morgen müssen wir uns trotzdem etwas überlegen. Das ist schon das zweite Mal in diesem Monat. Beim ersten Mal war zufällig Sorin in der Nähe und hat es gleich bemerkt."

„Na ja, für heute montiere ich sie wieder. Dann können wir das Wasser wieder aufdrehen und alle Pferde sind versorgt."

„Vielen Dank! Ich habe dich übrigens als Letztes angerufen. Eigentlich wollte ich dich nicht stören. Aber alle anderen Männer waren nicht erreichbar", erklärte ich mit einem provokanten Blick zu Paul.

„Ich war unter der Dusche", kam auch gleich aus Richtung Tür die Rechtfertigung.

„Aber jetzt bist du da. Würdest du mir bitte helfen?", wagte ich zu fragen.

„Thesi, ich bin frisch geduscht, habe keine Stall-Klamotten dabei und muss morgen sehr früh raus. Ihr schafft das doch sicher allein", sagte er, hob den Daumen aufmunternd hoch, drehte sich um und war verschwunden.

Während ich ihm noch sprachlos hinterherschaute, war Leo hinter mich getreten.

„Kein Problem, ich helfe dir schnell", sagte er und ergriff die Schubkarre, um damit auf den Misthaufen zu fahren.

Als wir nach einer guten Stunde fertig waren und alle Pferde wieder auf trockenem Stroh standen, sagte ich:

„Vielen Dank, selbstverständlich bekommst du die Überstunden bezahlt. Jetzt schau, dass du nach Hause zu Sophie kommst."

Leo grinste und meinte:

„Die hatte nun einen freien Abend und ist sicher glücklich. Entweder hat sie mit Freundinnen gechattet oder sich irgendeine Soap reingezogen, die ich nicht erlaubt hätte."

„Ja, schon klar, trotzdem habe ich ein schlechtes Gewissen", erklärte ich ihm.

„Brauchst du nicht zu haben, ich bin es gewöhnt, zu jeder Zeit zu Einsätzen zu fahren."

Das stimmte, ich musste an Heiligabend vor einem Jahr denken. Damals hatten wir uns kaum gekannt und er hatte mir Sophie einfach vorbeigebracht. Als Feuerwehrmann war das für ihn nichts Außergewöhnliches.

„Ich weiß, trotzdem betrachte ich es als nicht selbstverständlich. Ich möchte, dass du das weißt."

Er nickte, dann hob er die Hand zum Gruß und sagte:

„Gute Nacht, Thesi."

„Gute Nacht, Leo", flüsterte ich und schaute ihm nach, wie er mit federndem Gang zu seinem Auto lief.

Als ich zurück zum Haus über den Hof schlenderte, wurde ich immer langsamer. Eigentlich hatte ich gar keine Lust, nun zu Paul zu gehen.

Nachdem die Luft noch immer lau war, setzte ich mich noch kurz unter den Lindenbaum, um durchzuatmen. Moses kam vorbei und strich um meine Beine. Ich seufzte. Irgendwie wurde ich aus Paul nicht schlau. Manchmal war er so kumpelhaft und hilfsbereit, und manchmal war er mir so fremd. Was war das eben? Er hatte befremdlich arrogant auf mich gewirkt. Ich schüttelte den Kopf. Nein, er hatte eben nach einem langen Arbeitstag einfach keine Lust auf ein abendliches Stall-Workout gehabt. Das sollte ich akzeptieren. Schlussendlich war es ja mein Stall. Also musste auch ich damit zurechtkommen.

Mental so gestärkt stand ich auf und ging ins Haus.

KAPITEL 16

Paul schaute von seiner Zeitung auf.

„Endlich", sagte er und lächelte vielversprechend.

Ich schluckte. Dann ging ich einfach wortlos ins Bad. Ich drehte das Wasser in der Dusche mit starkem, hartem Strahl auf und ließ es auf mich herabprasseln. So stand ich eine ganze Weile und versuchte, mich zu entspannen. Doch irgendwie wollte mir das nicht ganz gelingen. Da ich aber auch keine Diskussion über den Abend führen wollte, verließ ich, in meinen kuscheligen Bademantel gehüllt, eilig das Schlafzimmer. Ich spürte, wie Paul mir erstaunt nachblickte. Unten in der Küche nahm ich mir ein großes Glas Wasser mit Holunder-Saft und ging in die Stube. Ich setzte mich auf das Sofa und atmete durch.

Während ich in kleinen Schlucken meinen Saft trank, starrte ich durchs Fenster hinaus in die sternklare Nacht. Paul war ein fantastischer Mann, charmant, gebildet, kultiviert, einfühlsam und liebevoll. Von all diesen Eigenschaften hatte ich stets geträumt. Und nun wollte mich dieser Traummann sogar heiraten! Wieso schwebte ich also nicht auf Wolke sieben? Wo kamen immer wieder Zweifel her?

Bei diesen Überlegungen kam mir in den Sinn, dass ich viel mehr auf ihn eingehen sollte. Andererseits konnte man das auch von ihm verlangen. Passten wir denn überhaupt zusammen? Oder machten wir uns etwas vor? Die körperliche Harmonie, meine Begeisterung für sein weltgewandtes Auftreten und die Faszination an dem so unterschiedlichen Partner – würden diese Attribute für eine Ehe reichen?

Ich hörte ihn die Stiegen herunterkommen. Er betrat wortlos den Raum und trat hinter mich. Dann begann er sanft, meine Schultern und meinen Nacken zu massieren. Augenblicklich entspannte ich mich und seufzte inniglich. Er strich den Bademantel von meinen Schultern und ließ seine Hände tiefer gleiten. In kreisenden Bewegungen lockerte er meine Muskulatur, bevor sie ganz sacht meine Brüste berührten. Als seine Fingerspitzen meine Brustwarzen zart umfassten, durchfuhr mich ein Stromschlag. Ich bäumte mich nach hinten und öffnete verlangend den Mund. Diese Einladung ließ sich Paul nicht entgehen. Sein sanfter und doch fordernder Kuss ließ alle Dämme brechen. Seine Liebkosungen wurden intensiver und einmal mehr bewies er mir eine seiner herausragenden Fähigkeiten.

Später, als wir aneinander gekuschelt auf dem weichen Teppich lagen, flüsterte er mir ins Haar:

„Habe ich es wieder gut gemacht?"

Ich lächelte.

„Entschuldigung angenommen", sagte ich und drehte mich auf ihn, um mir noch eine Zugabe zu holen.

Am nächsten Morgen beschloss ich, mein Reitvorhaben in die Tat umzusetzen. Voll des Tatendranges hatte ich Amor geputzt und gesattelt. Ich war gerade erst aufgestiegen und genoss die vertrauten Bewegungen, als plötzlich mein Nachbar Hubert Windisch am Hallentor stand und rief:

„Guten Morgen, Frau Klingenbach!“

Ich lenkte mein Pferd zum Tor und blieb stehen.

„Guten Morgen, Herr Windisch“, erwiderte ich seinen Gruß.

„Frau Klingenbach, mir ist diese merkwürdige Geschichte von gestern zu Ohren gekommen. Was ist da genau passiert?“, wollte er wissen.

Also erzählte ich eine Kurzfassung von Sorins Unfall. Er schüttelte bedauernd den Kopf, als er sagte:

„Mir ist das sehr unangenehm. Sie müssen wissen, dass es tatsächlich nicht mein Sohn Alex, dem das Moped gehört, war. Den habe ich persönlich in die Schule gebracht. Jedoch dürfte mein jüngerer Sohn Peter der Übeltäter gewesen sein. Offensichtlich ist er nicht zur Schule gegangen. Wir haben das gestern Abend aus ihm herausgelockt. Der Kerl ist manchmal unser Sorgenkind.“ Er seufzte.

„Nun, Kinder neigen manchmal zu Unsinnigkeiten. Wie hat er es denn aufgenommen, dass er einen folgenschweren Unfall provoziert hat?“

„Tja, bei dieser Nachricht ist er dann sehr kleinlaut geworden. Immerhin etwas. Jedoch möchte ich ihm, wenn Sie das erlauben würden, gerne eine angebrachte Strafe aufbrummen.“

Ich hob erwartungsvoll die Augenbrauen, während Amor unter mir ungeduldig wurde. Ihm schien das lange Herumstehen nicht zu gefallen. Also versuchte ich, das Gespräch abzukürzen.

„An was haben Sie gedacht?“

„Wenn Sie es erlauben, soll er jetzt jedes Wochenende, bis Ihr Mitarbeiter wieder fit ist, bei Ihnen mithelfen. Ihnen ist geholfen und ihm wird es eine Lehre sein.“ Er sah mich erwartungsvoll an.

„Wenn Sie ihm erklären, dass er sich genau an unsere Anweisungen zu halten hat, dann soll es mir recht sein“, antwortete ich.

„Keine Sorge, das werde ich ihm schon entsprechend klar machen“, sagte er grinsend.

„Sieben Uhr ist Dienstbeginn.“ Ich nickte Herrn Windisch zu, um Amor endlich wieder antreten zu lassen. Der nahm meine Hilfe auch sofort dankbar an und legte einen flotten Schritt in die Bahn.

„Auf Wiedersehen!“, rief der Windisch-Bauer mir noch nach. Ich musste lächeln, denn das würde sicher noch heiter werden mit dem Bürschchen.

KAPITEL 17

Am darauffolgenden Samstag stand also der vierzehnjährige, schlaksige Übeltäter vor der Tür und stammelte:

„Guten Tag, ich bin der Windisch Peter."

Ich musste grinsen.

„Guten Morgen. Geh nur gleich hinüber in den Stall, Leo und Sepp erwarten dich schon", begrüßte ich ihn.

Lachend kehrte ich an den Frühstückstisch zurück, wo Paul und Sarah mich erwartungsvoll anschauten.

„Na, ich bin neugierig, wann er die ersten Blasen an den Händen hat", sagte ich.

„Der Sepp wird ihm schon das Wilde herunterreißen." Sarah kicherte.

„Garantiert", pflichtete ich ihr bei und nahm einen guten Schluck Kaffee.

Paul hatte in der Zwischenzeit in der Zeitung gelesen. Als Sarah aufstand, um ihren vollgefüllten Tagesplan zu beginnen, sah er auf und sagte:

„Theresa, bist du im Stress oder kann dich der Hof für ein paar Stunden entbehren?"

Ich legte den Kopf schief.

„Was haben wir vor?", fragte ich.

Paul sah mir tief in die Augen.

„Ein paar Hochzeitslocations anschauen. Was hältst du davon?"

Ich schluckte. Paul sah mich forschend an. Also beeilte ich mich zu sagen:

„Wow, damit habe ich nicht gerechnet. Ich habe gar nicht gewusst, dass du gesucht hast. Wie aufregend. Dann gehe ich mich einmal hübsch machen."

Paul griff über den Tisch und hielt mich einen Augenblick fest.

„Zieh dir etwas Hübsches an. Hübsch bist du schon", sagte er liebevoll.

Wir fuhren durch das blühende Land und ich genoss das aufregende, prickelnde Gefühl, das sich in mir breitgemacht hatte. In den letzten Monaten war irgendwie nichts weitergegangen und das hatte zu gewissen Disharmonien geführt. Nun kam dieser Ausflug umso überraschender.

Erstaunlicherweise fuhren wir nicht nach Salzburg, sondern genau in die entgegengesetzte Richtung. Ich sah Paul fragend an. Er lächelte geheimnisvoll. Die Fahrt dauerte auch gar nicht lange und wir erreichten den Mattsee. Schließlich parkte Paul auf einer Halbinsel. Vor uns erhob sich das eher schlichte Ambiente von Schloss Mattsee.

Nun war ich sehr neugierig. Wir wurden von den Besitzern herzlich empfangen und auch sogleich umhergeführt. Die Räumlichkeiten waren wunderschön, schlicht und trotzdem elegant. Die Gewölbe, die von Steinsäulen getragen wurden, gaben den Räumen einen ganz besonderen Stil. Hier konnte ich mir eine Trachtenhochzeit gut vorstellen, denn der Trauungssaal war etwas ganz Besonderes: In ihm waren die Felsen integriert, auf denen das Schloss gebaut worden war. Das gelbliche Gestein bildete einen wundervollen Kontrast zu dem weißen Gemäuer. Mit rotem Samt bezogene Stühle sorgten für ein stilvolles und elegantes Ambiente. Draußen überzeugte der Blick von den romantischen Terrassen auf den See. Es war eine Location, die bei jedem Wetter wundervoll sein würde. Ich war ehrlich überrascht und strahlte Paul an.

„Ich habe mir schon gedacht, dass das deinen Geschmack treffen wird“, meinte er, als wir wieder im Auto saßen und ich aufgeregt vor mich hingeplappert hatte. Ich schlug lachend die Hände vors Gesicht.

„Benehme ich mich gerade kindisch?“, fragte ich.

Er blieb in einer Straßenbucht stehen und drehte sich zu mir.

„Nein, Theresa, genau das liebe ich an dir. Diese Begeisterungsfähigkeit, die dich so zum Strahlen bringen kann.“ Er zog mich zu sich und küsste mich sanft und inniglich. Ich spürte, wie mein Körper auf ihn reagierte und zog mich näher an ihn. Denn plötzlich wollte ich ihn so sehr, dass sämtliche Vernunft belanglos war. Als meine Hand zwischen seine Beine glitt, stöhnte er leise auf. Ich brannte wie Feuer und auch Paul schien den gleichen Wunsch wie ich zu haben. Er begann an einem meiner Blusenknöpfe zu nesteln, als plötzlich hinter uns ein lautes Tuuuuuut erklang. Wir fuhren panisch auseinander.

Paul zischte: „Shit“ und startete hektisch den Wagen. Beim Wegfahren sah ich, dass wir an einer Bushaltestelle gehalten hatten. Ich blickte zu Paul, der ziemlich verstört dreinschaute. Jetzt musste ich kichern. Der seriöse Herr Notar hatte sich wie ein Teenager benommen.

Paul grinste.

„Sieh nur, was du mit mir machst!“, sagte er und schüttelte den Kopf.

Als die Situation und unsere Körper sich beruhigt hatten, erklärte mir Paul die weiteren Ziele unseres Ausflugs. Er hatte noch drei Locations ins Auge gefasst und fuhr nun in Richtung der Stadt Salzburg. Genau genommen hatte ich zu weiteren Besichtigungen gar keine Lust mehr. Schloss Mattsee schien ein wunderbarer Kompromiss zwischen meiner Wiese und dem Sitz derer von Hohenstein zu sein. Jedoch wollte ich Pauls Bemühungen würdigen und so verbrachten wir den ganzen Tag an durchaus reizvollen Orten. Ermattet kehrten wir auf den Hof zurück und sahen gerade noch Peter nach Hause gehen. Ich ließ das Autofenster hinunter und fragte:

„Na, Peter, wie war dein erster Tag im Strafgefangenenlager?"

Er sah völlig fertig aus. Sepp und Leo hatten wohl kein Mitleid walten lassen.

„Einen Ponyhof habe ich mir anders vorgestellt", antwortete er schlagfertig.

Ich musste lachen.

„Ja, das glaube ich dir. Mir geht es auch manchmal so. Auf jeden Fall wirst du heute gut schlafen."

Er nickte und wandte sich zum Gehen.

„Tschüss, Frau Klingenbach."

„Tschüss, Peter, bis morgen!", rief ich ihm nach und drehte mich zu Paul um. „Gehst du schon ins Haus, ich möchte noch schnell mit den Männern reden", bat ich ihn.

Im Stall traf ich auf Sepp, der gerade mit dem Zusammenkehren fertig war.

„Grias di, Thesi", sagte er und räumte die Schubkarre weg.

„Servus Sepp, na, wie war es mit unserem Jungspund?", wollte ich wissen.

Auf Sepps faltigem Gesicht breitete sich ein Grinsen aus.

„Jo mei, murgn wird er schon olle Muskln spian. Oba eigentlich hot er sich net dumm ogstellt. Und mit de Ross kann er a ganz guat umgeh“, berichtete er.

„Schau an, das klingt ja ganz ordentlich. Wo ist denn eigentlich Leo?“

„Der hot sie heit Nochmittog frei gnumma, wie er gsehn hot, dass der Peter brav mithüft. Und es woa die Orbeit a leicht zum schaffn. Er woit mit da Sophie zum Einkaufen foan. Weil de hot jo boid Schullandwoche und do brauchts no a poor Sochn“, erklärte er mir nun.

„Ja, von der Sportwoche hat sie am Mittwoch beim Mittagessen erzählt. Leo hat noch die Augen verdreht, was sie dafür alles braucht“, fiel mir die Episode wieder ein.

„I warat dann a fertig“, meinte Sepp nun und sah mich fragend an.

„Ja klar, geh heim zu deiner Liebsten, die hat sicher schon Sehnsucht nach dir“, machte ich ein Späßchen.

„Hoffentlich! I brauch eh ihre liebevollen Händ auf meinem Körper“, witzelte Sepp gleich los.

Ich sah ihn erstaunt und lachend an.

„Sepp, keine Intimitäten!“

„Zum Einschmiern von mein Kreiz, wos host denn du docht?“ Er zwinkerte mir grinsend zu.

Ich schüttelte den Kopf. Er war einfach ein Original.

KAPITEL 18

Als er den Hof verließ, sah ich ihm nachdenklich hinterher. Mama hatte mit ihm einen echten Glücksgriff gemacht. Er war meistens gut drauf, tüchtig, immer hilfsbereit und zu ihr stets liebevoll. Ein Mann, auf den man sich hundertprozentig verlassen konnte. Bei diesen Gedanken fühlte ich einen Stich, denn plötzlich hatte ich das Gefühl, einen Sepp an meiner Seite zu vermissen. Kurt war niemals sehr lustig gewesen, von rücksichtsvoll ganz zu schweigen. Mit Hannes konnte man zwar viel Spaß haben, doch als Fels in der Brandung wäre er für mich tatsächlich zu jung gewesen. So gesehen hatte Sepp damals recht gehabt. Und wie stand es nun mit Paul?

Ich lehnte an der Stalltür und beobachtete die Schwalben, die eifrig ein- und ausflogen. Paul zeigte mir, dass er mich liebte. Paul war für mich da, wann immer eine Sache schieflag. Doch war Paul tatsächlich der richtige Partner in meinem Leben? Seit er sein Pferd in Pension geschickt hatte, schien ihn der Reitsport nicht mehr allzu sehr zu interessieren. Er verbrachte viel lieber die Zeit mit Max und den Oldtimern oder auf seinem Segelboot. Passten wir denn überhaupt zusammen? Natürlich war der Sex mit ihm fantastisch. Auch seine Weltgewandtheit faszinierte mich stets aufs Neue, doch hatten wir genug Gemeinsamkeiten, um auf lange Sicht als Paar zu bestehen?

Genau in diese Überlegungen platzte meine Freundin Roswitha, die zu ihrem Pferd „Lord of the dance" kam.

„Thesi, ist etwas passiert?", fragte sie, als sie neben mir stehen blieb.

„Nein, ich genieße nur den lauen Abend", versuchte ich abzuwiegeln.

Sie legte den Kopf ein wenig schief.

„Du hast eben sehr nachdenklich gewirkt, ist wirklich alles in Ordnung?"

Ich lächelte. Sie kannte mich einfach schon zu gut. Um sie abzulenken, sagte ich:

„Wir waren heute Hochzeitslocations besichtigen."

Sie stieg sofort auf mein Manöver ein und fragte:

„Echt? Na endlich! Und, war etwas dabei, das euch gefallen hat?"

Ich nickte und augenblicklich war die düstere Stimmung von vorhin wie weggeblasen.

„Schloss Mattsee hat mir besonders gut gefallen", vertraute ich ihr an.

Sie zog die Augenbrauen hoch und meinte:

„Schloss Mattsee. Ja, das passt zu euch. Einerseits sehr elegant und festlich und andererseits doch auch für eine ländliche Hochzeit geeignet."

Ich runzelte die Stirn. Irgendwie gefiel mir diese Aussage nicht.

„Wie meinst du das?", fragte ich leicht pikiert.

Roswitha aber sagte, was sie sich dachte, so, wie sie es immer tat.

„Na ja, der angesehene Herr Notar kann mit dem edlen Ambiente bei seinen Gästen punkten und trotzdem ist es nicht so elitär, als dass sich deine Gäste nicht auch wohlfühlen könnten."

Ich starrte sie an. Sie sprach genau das aus, worüber ich vorher nachgedacht hatte: Genaugenommen prallten bei Paul und mir zwei völlig unterschiedliche Welten aufeinander.

„Hast du Lust, mit mir noch eine kleine Runde auszureiten?“, riss sie mich aus meinen Gedanken.

Ich stieß mich von der Stalltür ab und sagte:

„Heute geht’s leider nicht, Paul wartet im Haus auf mich. Hab noch einen schönen Ritt und komm gut heim.“

„Schade. Dir auch noch einen schönen Abend“, erwiderte Roswitha und wir gingen auseinander. Sie zu ihrem Wallach und ich zu meinem Hengst. Bei diesem Gedanken musste ich dann doch schmunzeln.

Als ich die Stube betrat, bot sich mir ein beschauliches Bild. Paul hatte es sich auf dem Sofa mit einem Buch bequem gemacht, auf dem Teppich lagen ausgestreckt die zwei Hunde und auf einem der Sessel lag zusammengerollt Sunny, unser Katzenfindelkind. Paul schaute von seinem Buch auf.

„Alles in Ordnung?“, fragte er.

Ich nickte.

„Ja, der junge Windisch-Bub scheint doch gar nicht so verkehrt zu sein. Leo hat sogar Sepp und ihn allein gelassen, um mit Sophie für die Sportwoche einkaufen zu gehen. Das finde ich beachtlich.“ Ich setzte mich zu ihm und er legte seine Lektüre weg.

„Na, dann können wir ja dort weitermachen, wo uns ein Busfahrer gestört hat“, sagte er mit einem frechen Grinsen.

„Ist Sarah denn nicht da?“, fragte ich und hielt seine Hand fest, die schon auf Erkundungstour war.

Er knabberte an meinem Ohr und hauchte:

„Die ist vorhin zu Freundinnen gefahren, wir haben sturmfreie Bude.“

„Ah!“, stöhnte ich und damit war auch schon alles für die nächste halbe Stunde gesagt.

Später fragte Paul dann:

„Und, wie ist dein Resümee des heutigen Tages?“

„Du hast dir sehr viel Mühe gegeben“, antwortete ich zweideutig.

„Böses Mädchen, *das* habe ich nicht gemeint.“ Paul lachte.

Ich schaute unschuldig.

„Na, ich doch auch nicht!“

Wir alberten herum, bis wir schließlich doch auf den Punkt kamen und ich ihn fragte, welche Location seine Priorität hätte. Er nahm mich zärtlich in den Arm und sagte:

„Wo du glücklich bist, bin ich auch glücklich, so lange es nicht die Wiese hinterm Haus ist.“

Ich strahlte ihn an und gab mich geschlagen.

„Okay, ich habe es schon verstanden. Also für mich ist Schloss Mattsee der perfekte Ort. Da könnte ich mir ein schönes Fest sehr gut vorstellen.“

„Das habe ich dir angesehen.“ Er schmunzelte. „Na, dann lass uns doch dort einen Termin suchen.“

KAPITEL 19

Am nächsten Morgen gesellte sich Sarah zu uns zum Frühstück.

„Gibt's was Neues?", fragte sie.

„Gibt's bei dir etwas Neues? Wir sind seit deiner Ankunft am Freitagabend noch gar nicht zum Reden gekommen", stellte ich nun fest.

„Ja, das Training gestern war richtig gut und Michael hat schon einige Turniertermine herausgesucht."

„Und was macht das Studium und das Studentenleben?", fragte ich nun nach.

Sie biss herzhaft von ihrer Marmeladensemmel ab, ehe sie antwortete.

„Ja, es läuft alles nach Plan", meinte sie, ohne näher auf meine Frage einzugehen.

„Das freut mich, danke für die detaillierte Auskunft."

Paul lachte.

„So ist das, wenn sie flügge geworden sind", sagte er.

„Daran muss ich mich erst gewöhnen", stellte ich fest.

„Ja, Mama, was willst du wissen? Die Prüfungen sind alle okay und sonst ziehen wir halt manchmal durch die Münchner In-Lokale. Aber das ist ziemlich teuer, also kommt's nicht allzu oft vor. Party feiern bei einem Studienkollegen ist da günstiger und meistens auch lustiger."

Ich nickte und sagte nichts, obwohl mich ihr Privatleben schon brennend interessiert hätte. Wie war das mit den Studienkollegen und dem in Wien weilenden Daniel? Ich musste bei Gelegenheit einmal Paul unter vier Augen fragen, ob er Näheres wusste.

„Wollen wir heute ausreiten?“, wechselte ich also das Thema.

„Sorry, Mama, aber Michael möchte heute nochmals mit mir arbeiten, ich bin dann ja wieder die ganze Woche weg, und wenn wir bei den Turnieren erfolgreich sein wollen, dann müssen wir die Zeit nutzen.“

Ich seufzte. Paul sah mich mitfühlend an.

„Wollen wir zum Boot fahren?“, fragte er.

Ich sah aus dem Fenster. Es schien ein freundlicher Tag zu werden, zwar nicht wolkenlos, jedoch mild und trocken. Also stimmte ich zu und wir fuhren eine halbe Stunde später in Richtung Attersee.

Als wir von der Autobahn abfuhren, lag der See glitzernd vor uns. Die Sonne hatte sich doch durch die dünnen Wolken gekämpft und versprach uns nun einen fabelhaften Tag am Wasser. Und obwohl vor einem Dreivierteljahr Paul hier einen schweren Unfall gehabt hatte, schien auch er sich zu freuen. Seine Augen hatten einen eigenen Glanz bekommen, als wir auf dem Parkplatz des Jachtclubs hielten.

Als wir eine Stunde später mit einer leichten Brise aus dem Hafen glitten, bemerkte ich ein seltsames Gefühl in mir. Es war majestätisch, wie lautlos wir durch das Wasser pflügten. Es ließ sich mit der Leichtigkeit eines Galopps über grüne Wiesen vergleichen und vermittelte unendliche Freiheit. Ich blickte zu Paul, der souverän das Steuerrad bediente.

„Ich verstehe dich, Paul“, sagte ich zu ihm. Er sah mich fragend an. „Ich verstehe die Leidenschaft zu diesem Sport. Es vermittelt ein unbeschreibliches Feeling."

Er lächelte und sagte:

„Es freut mich, dass du es auch so empfindest. Ich hatte ein wenig Sorge, dass dir der Unfall den Spaß genommen hat."

„Man kann auch vom Pferd fallen, wie ich vor gar nicht allzu langer Zeit bewiesen habe", erklärte ich ihm jetzt.

Er nickte und meinte:

„Solange der Schutzengel aufpasst, ist alles gut. Und wie hat Vincent van Gogh schon gesagt? Was wäre das Leben, hätten wir nicht den Mut, etwas zu riskieren."

Danach schwiegen wir für lange Zeit, die wunderbare Stimmung am See genießend.

Später auf der Terrasse des Restaurants des Jachtclubs sitzend, streckte ich behaglich die Beine unter den Tisch. Offensichtlich war ich doch ein wenig angespannt gewesen, das merkte ich erst jetzt. Ich nippte an meinem Aperol Spritz, als Paul mich durchdringend ansah.

„Wohin möchtest du auf Hochzeitsreise fahren?", fragte er.

Wieder einmal war ich völlig überrumpelt. Daher sagte ich wahrheitsgemäß:

„Darüber habe ich noch gar nicht nachgedacht. Schließlich ist das ja eine Sache, die uns beiden gleichermaßen gefallen sollte. Hast du denn schon etwas im Auge?"

Pauls Augen verengten sich und sein Blick ließ meine Augen nicht mehr los.

„Was hältst du von der Karibik?", fragte er und fixierte mich, um wohl genau meine Reaktion mitzubekommen.

Ich riss die Augen auf und setzte mich aufrecht hin.

„Ist das dein Ernst?", stammelte ich.

Nun brach er in ein heiteres Lachen aus.

„Meinst du, ich mache Witze?“ Ich atmete durch. Dieser Mann raubte mir immer wieder den Atem. „Du sagst ja gar nichts“, bemerkte er etwas unsicher.

„Ich bin gerade überfordert“, erklärte ich, woraufhin er aufstand, um den Tisch herumging, meinen Kopf in seine Hände nahm und mich zärtlich küsste. Als er wieder saß, schaute ich ihm tief in die Augen.

„Das wäre ein Traum. Weißt du, vor wenigen Jahren war Capri noch ein unerreichbares Ziel. Das habe ich dann mit dir erleben dürfen und ich werde diese Sonnenuntergänge mein Leben lang nicht vergessen. Es war einfach magisch! Besonders, als dann im Hafen ein junger Mann mit der Ziehharmonika die Capri-Fischer gespielt hat. Erinnerst du dich?“ Ich machte eine kurze Pause, um das Erlebte nochmals Revue passieren zu lassen. „Und nun fragst du mich allen Ernstes, ob ich mit dir in die Karibik reise? Das übersteigt einfach alle meine Träume. Für mich wäre schon Teneriffa ein zu fern gestecktes Ziel.“ Ich holte Luft und nahm dann einen ordentlichen Schluck Aperol.

Paul griff über den Tisch und nahm meine Hände.

„Sei nicht immer so bescheiden, Thesi. Lerne, dass du es wert bist, verwöhnt zu werden. Lass dich verwöhnen und genieße die schönen Momente, die das Leben dir schenkt.“

Nun standen mir die Tränen in den Augen. Ich war so erfüllt mit Dankbarkeit, dass ich meine Gefühle nicht mehr zurückhalten konnte und wollte.

KAPITEL 20

Am darauffolgenden Wochenende war es dann für Mama und Sepp so weit: Die Busreise nach Dresden startete am frühen Morgen von Salzburg aus. Wieder einmal waren sie schrecklich aufgeregt. Sepp machte sich Sorgen, dass wir ohne ihn nicht zurechtkämen und Mama überlegte, ob sie das Bügeleisen und die Kaffeemaschine abgedreht hatte. Nachdem ich ihr versprochen hatte, nachzuschauen, setzte ich die beiden zeitgerecht ab und machte mich auf den Weg zurück zum Hof. Wie fast immer, wenn ich in Salzburg war, blieb ich noch bei einem großen Supermarkt stehen, um gleich den Wocheneinkauf zu erledigen. So ersparte ich mir das sichere Kreuzverhör unseres Nahversorgers, das manchmal meinen Geduldsfaden ziemlich strapazierte. Hier konnte ich völlig anonym und ungestört meine Einkaufsliste abarbeiten. In der Obst- und Gemüseabteilung blieb ich einen Augenblick stehen, um die Preise vergleichen zu können, als hinter mir eine vertraute Stimme erklang.

„Thesi?“

Ich wandte mich um und starrte direkt in die graugrünen Augen von Maximilian Hohenstein.

„Max! Na, hier hätte ich nicht mit dir gerechnet“, rutschte es mir heraus.

Er legte den Kopf leicht schief und grinste.

„Wieso nicht?“, fragte er amüsiert.

„Ähm, ja, weil ich nicht dachte, dass du selbst einkaufen gehst“, stammelte ich dumm.

Jetzt lachte er lauthals.

„Was dachtest du denn? Dass ich mich nur vom selbst erlegten Wildbret ernähre?“

Ich spürte, wie ich rot wurde, und das war mir nun erst richtig peinlich.

„Nein, natürlich nicht. Aber hast du dafür nicht Personal?“

„Ich nicht. Meine Familie hat Personal, das durchaus auch einkaufen geht. Aber ich bin ein großer Junge und kann das schon allein. Außerdem gustiere ich gerne selbst.“ Er zwinkerte mir zu.

Irgendwie fiel mir darauf gerade gar nichts Gescheites ein, also wechselte ich schnell das Thema, denn ich wollte nicht in noch ein Fettnäpfchen treten.

„Max, es ist nett, dich hier zu treffen, jedoch musst du mich jetzt entschuldigen, ich muss wirklich weiter. Wir haben ja im Moment einen personellen Notstand im Stall und ich sollte beizeiten wieder daheim sein.“

Er nickte verständnisvoll, dann sagte er:

„Ja, Paul hat so etwas anklingen lassen. Falls du doch abkömmlich bist, dann komm doch heute Nachmittag mit Paul zu mir.“

„Danke für die Einladung, ich fürchte nur, dass ihr auf meine Gesellschaft verzichten müsst. Leo ist mit unserem Nachbarsbuben allein. Sarah konnte dieses Wochenende nicht heimkommen, sie hat eine wichtige Prüfung am Donnerstag. Aber habt eine schöne Zeit miteinander“, antwortete ich.

„Schade“, sagte Max und küsste mich zum Abschied auf beide Wangen. Dann setzten wir getrennt unseren Einkauf fort, wobei ich Max schon noch heimlich beobachtete. Er war sportlich gewandet und doch umgab ihn eine Aura, die Eleganz und Status vermittelte.

Dieses Auftreten verunsicherte mich immer wieder, obwohl mir Max niemals Anlass gegeben hatte, mich nicht standesgemäß zu fühlen.

Zu Hause wartete eine Überraschung auf mich. Neben Leo und Peter war auch Sophie im Stall zugange. Dies war erstaunlich, da sie Pferde zwar mochte, aber an intensiverem Kontakt zu ihnen kein Interesse hatte. Die drei hatten die morgendlichen Arbeiten schon fast geschafft.

„Wahnsinn, ihr seid ja unglaublich tüchtig“, lobte ich sie.

„Ich habe hier zwei sehr fleißige Helfer“, bestätigte Leo mein Lob.

„Nun, dann kommt in zehn Minuten zum zweiten Frühstück“, sagte ich und wandte mich zum Gehen.

Später saßen wir dann in der Küche und ich beobachtete die beiden Kinder, wie sie ordentlich zulangten.

„Wie kommen wir denn zu der Ehre, dass du im Stall mithilfst?“, fragte ich nun Sophie.

Sie griff sich aus dem Brotkörbchen noch eine Semmel und sagte:

„Na ja, ich weiß doch, dass Hanna und Sepp heute weggefahren sind. Da habe ich Papa angeboten, mitzukommen und zu helfen.“

„Ich finde das großartig von dir“, bedankte ich mich und blickte zu Peter. „Und du, Peter? Wie geht es dir im Straflager?“

Er grinste schief und meinte:

„Na ja, das frühe Aufstehen am Wochenende ist schon hart. Aber sonst finde ich es eigentlich ganz okay.“ Dabei blickte er verstohlen zu Sophie. *Hoppla*, dachte ich amüsiert, sagte aber nichts.

Als die Kinder wieder gegangen waren, fragte ich Leo:

„Wie sieht's denn am Nachmittag aus? Brauchst du Hilfe?"

„Nein, Thesi, wenn du noch ein gutes Mittagessen für uns hast, sind wir vollauf zufrieden. Du kannst getrost den Nachmittag Amor widmen." Er war aufgestanden, zwinkerte mir zu und ging den Kindern nach.

Dies war eine überraschende Wendung in meiner Tagesplanung und ich überlegte, ob ich nun doch Paul zu Max begleiten sollte. Als ich jedoch aus dem Fenster blickte, stellte ich fest, dass sich der morgendliche Dunst aufgelöst hatte. Es war nun ein wunderschöner Frühsommertag. Ich hörte in mich hinein: Max oder Amor? Spontan beschloss ich für mich, dass einmal Max am Tag ausreichte. Also legte ich das Handy wieder beiseite, das ich schon in der Hand gehabt hatte, um Paul anzurufen. Er schien jedoch meine Gedanken gespürt zu haben, denn nun rief er an.

„Hallo, mein Schatz. Hast du die Oldies gut zum Bus gebracht?", wollte er wissen.

Ich lachte.

„Wenn die beiden dich hören könnten! Da gäbe es ordentlichen Protest. Sepp und Mama fühlen sich garantiert nicht wie Oldies."

„Stimmt, sind sie auch nicht. Zumindest so lange man nicht auf ihre Geburtsurkunde schaut", giggelte er.

Ich lachte, dann fragte ich ihn:

„Kommst du zum Mittagessen?"

„Nun, das ist der Grund meines Anrufes. Kannst du bis zum Abend auf mich verzichten?"

„Das kommt darauf an, was du vorhast."

„Max möchte Anfang Juli bei einem Oldtimerrennen teilnehmen und hat mich gefragt, ob ich sein Copilot sein möchte. Dafür wollen wir ein wenig üben. Heute ist so ein herrlicher Tag", erklärte er mir und ich konnte seine Vorfreude auf einen Bubennachmittag förmlich spüren.

„Wenn ich am Abend entsprechend entschädigt werde, dann ausnahmsweise“, sagte ich mit einem Lächeln im Gesicht.

„Das lässt sich machen. Warte nur, du wirst es nicht bereuen! Was habe ich nur für eine großherzige Frau gefunden“, schnurrte er jetzt durchs Telefon.

Ich schüttelte lachend den Kopf. Männer blieben doch immer Kindsköpfe.

„Ich nehme dich beim Wort. Versprochen ist versprochen.“

„Und wird auch nicht gebrochen“, ergänzte er.

„Übertreibt es nur nicht, fahrt vorsichtig“, bat ich und kam mir ein bisschen dämlich vor.

„Thesi, es ist ein Oldtimer und kein Formel-1-Wagen“, erinnerte er mich.

„Ja, ich weiß.“ Ich lachte und fügte hinzu: „Aber bei euch wilden Burschen weiß man ja nie, was ihr vorhabt.“

„Wir sind auch ganz brav“, beruhigte mich Paul nun.

„Na hoffentlich, ich will meine Großzügigkeit belohnt haben“, erinnerte ich ihn nochmals, ehe wir uns voneinander verabschiedeten.

KAPITEL 21

Nach dem Mittagstisch ging ich beschwingt in den Stall. Ich hatte Roswitha angerufen und wir waren zu einem Ausritt verabredet. Als wir aus dem Hof ritten, atmete ich tief durch. Die Luft war klar und rein und die Sonne streichelte sanft meine Haut. Mir entfuhr ein „Ach, ist das herrlich“.

Roswitha schien es genauso zu gehen, denn sie nickte und blickte versonnen zu den Bergen, deren letzte Schneefelder herabgrüßten.

„Du solltest jetzt darüber nachdenken, was du im Freien immer anziehst“, sagte sie plötzlich.

„Wie kommst du denn darauf?“, wunderte ich mich.

Roswitha sah mich streng an, bevor sie sagte:

„Na ja, du willst heiraten. Nachdem du dein Hochzeitsdirndl noch nicht ausgesucht hast und somit nicht weißt, welchen Ausschnitt es haben wird, solltest du darüber nachdenken, was an dir braun werden soll. Weißes Dekolleté und Holzkopf könnten den Bräutigam irritieren.“

Ich lachte lauthals los.

„Das ist doch wahr!“, verteidigte sich Roswitha und lachte mit.

„Ja, natürlich hast du recht“, stimmte ich ihr zu. „Ich habe mir nur noch keine Gedanken darüber gemacht.

Das heißt aber im Klartext, dass ich mit der Kleidersuche beginnen sollte."

„Unbedingt! Und ich will dabei sein! Habt ihr denn nun schon ein Datum für den großen Tag?"

„Wir haben das erste Septemberwochenende im Auge", erklärte ich ihr und verspürte bei diesen Worten ein angenehmes Kribbeln in mir.

„Hat Schloss Mattsee diesen Termin noch frei?", wollte sie jetzt wissen.

„Eigentlich wäre er schon vergeben gewesen, aber sie haben uns angerufen und gesagt, dass das gebuchte Geburtstagsfest verschoben wurde und somit diesem Datum nichts im Wege stehen würde", berichtete ich und konnte mein Strahlen nicht unterdrücken.

„Gratuliere! Der September ist sowieso vom Wetter her am beständigsten. Und so heiß ist es dann auch nicht mehr. Klingt für mich perfekt", resümierte sie.

In der Zwischenzeit waren wir am Krahbichlbauern vorbei und unsere Pferde verlangten nach Aufmerksamkeit. Also ließen wir sie in einen leichten Trab fallen und genossen schweigend den herrlichen Tag.

Später am Waldrand gingen wir dann in einen kontrollierten Galopp über. Amor bewegte sich leichtfüßig unter mir, stets auf gleicher Höhe mit Roswithas Lord. Einmal lag ein kleiner Baumstamm im Weg, den wir mit einem eleganten Sprung meisterten. Ich strahlte mit der Sonne um die Wette, als wir durchparierten und unseren Pferden die Zügel etwas länger gaben.

„Gibt es schon weitere Details?", wollte Roswitha nun wissen. Auch sie sah glücklich und zufrieden aus.

„Nichts Konkretes."

„Na, dann wird es aber höchste Zeit, sonst bekommst du nur zweite Wahl!", rief sie erstaunt.

„Na ja, wir haben schon eine ziemlich genaue Vorstellung, was wir wollen. Und Maximilian haut sich in seine Rolle als Pauls Trauzeuge richtig hinein. Er ist im Hintergrund schon fleißig am Organisieren. Das hat Paul mir erzählt", beruhigte ich sie.

„Lass dich da nur nicht überfahren. Sag ganz genau, was du möchtest und was nicht. Maximilian mag alles gut meinen, trotzdem ist er manchmal zu dominant", versuchte sie, mich jetzt zu warnen.

Ich lachte.

„Ja, ich habe schon gemerkt, dass er Paul bei manchen Dingen zu viel beeinflusst."

„Na, dann ist es ja gut", sagte sie und wir trabten wieder an.

Unser Weg führte entlang von Wiesen, die gerade in voller Blüte standen. Margeriten, Glockenblumen und Arnika standen im Wettstreit mit rosa blühendem Klee. Dazwischen wiegten sich feine Grashalme im lauen Wind. Ich erfreute mich an dem üppigen Unterwuchs, denn er ließ auf eine gute Heuernte hoffen.

Als wir wieder im Schritt nebeneinanderher ritten, fragte Roswitha:

„Macht ihr eigentlich auch eine Hochzeitsreise?"

Ich sah sie verblüfft an.

„Habe ich dir davon noch gar nicht erzählt?"

„Nein, aber wenn ich dich ansehe, machst du mich neugierig."

Ich grinste übers ganze Gesicht.

„Paul hat die Karibik vorgeschlagen", sprudelte es nun aus mir heraus.

Roswitha riss die Augen auf.

„Wow, Wahnsinn. Gute Wahl, dieser Mann. Der lässt sich nicht lumpen." Sie nickte anerkennend.

Ich dachte darüber nach und stellte fest, dass ich gar keine Ahnung über die Karibik hatte. Klar, unglaubliche Strände, blaues Meer, Palmen. Aber was steckte eigentlich hinter den klingenden Namen Santa Lucia, Dominica und Santo Domingo? Sie alle wurden in alten Schnulzen besungen. Diese Lieder vermittelten allesamt Sehnsucht nach der Ferne und klangen nun in meinen Ohren. Und plötzlich konnte ich es gar nicht mehr erwarten, all diese Plätze zu bereisen.

„Da müsst ihr euch nur gut erkundigen, denn in dieser Region beginnt die Hurrikan-Saison“, riss mich Roswitha aus meinen Träumen.

Ich starrte sie an.

Sie lachte.

„Im September geht's glaube ich noch, aber macht euch trotzdem schlau. Und außerdem, du bist ja Turbulenzen gewöhnt, dich kann sowieso nichts umhauen.“ Sie zwinkerte mir lachend zu. „Was ist, geht noch ein Galopp bis zum Wald?“

KAPITEL 22

Wir kehrten glücklich in den Stall zurück. Zu schön war dieser Ritt gewesen. Und die Gespräche über die Hochzeit hatten mich in freudige Erwartung versetzt. Ich war plötzlich im siebten Himmel. Als ich von Amor hinunterglitt, kam Leo zu mir. Er sah mich an und stutzte.

„Was ist passiert?“, fragte er.

„Was soll passiert sein?“

„Du siehst so anders aus. Irgendwie so strahlend“, formulierte er es.

Ich freute mich über dieses versteckte Kompliment.

„Ach, es war einfach nur ein herrlicher Ritt.“

„Das freut mich. Ich wollte dich bitten, ob du zu Abend füttern könntest. Alles andere ist schon gemacht. Den Peter habe ich auch schon entlassen, damit er noch etwas von dem schönen Tag hat. Eigentlich ist er ganz in Ordnung. Und dumme Sachen haben wir in unserer Jugend auch gemacht.“ Er sah mich grinsend an, sodass ich lachen musste.

„Du vielleicht, ich war immer ganz brav“, giggelte ich.

„Sagt die, die das Feuerwehrfest gerockt hat.“ Er grinste.

Ich schlug die Hände vors Gesicht.

„Oh, mein Gott! So werden einem kleine Ausrutscher also nachgetragen“, stöhnte ich belustigt.

„Brav ist eh langweilig. Du verstehst wenigstens zu leben“, sagte er jetzt ernst und sah mich bewundernd an.

„Wenn das Dauerchaos impliziert, dann hast du vielleicht recht.“ Ich lächelte nachdenklich.

Als alle weg waren, setzte ich mich mit einem Holunder-Wasser unter die Linde. Die Hunde lagen bei mir im Schatten, während Moses an der Stallwand in der Sonne lag. Es war ruhig und friedlich um mich herum und ich ließ meinen Blick über den Hof schweifen. Meine Gedanken wanderten zurück zu den Gesprächen am Nachmittag und ich verspürte wieder die Vorfreude auf die Hochzeit. Genau genommen konnte ich es nun gar nicht mehr erwarten. Am liebsten wäre ich gleich losgezogen, um ein Brautdirndl zu kaufen. Ich musste über mich selbst schmunzeln. *Du alte Kuh*, dachte ich und fühlte mich wunderbar. Und wie war das mit meinem Leben gewesen? Sahen mich die Leute so? Dass ich zu leben verstand? Mir war das nicht bewusst gewesen. Doch bei genauerer Betrachtung musste es wohl so sein. Im Gegensatz zu normalen Leben war meines voll mit Abenteuern. Auch wenn das wahrlich nicht immer leicht war, war es doch prickelnd wie Champagner.

Passend zu diesem Gedanken rauschte der Mercedes meines Geliebten in den Hof.

„Na, haben die Buben schön gespielt?“, neckte ich ihn.

Er setzte sich lachend neben mich auf die Bank und gab mir einen Kuss.

„Ja, es war wunderbar. Der Porsche liegt so gut in den Kurven, wir hatten viel Spaß. Und was hat die Prinzessin heute gemacht? Musste sie die Äpfel der edlen Rösser jonglieren oder durfte sie auch den herrlichen Tag genießen?“

„Die Prinzessin war ausreiten, getragen von Gott Amor persönlich und begleitet von Freifrau Roswitha“, erklärte ich ihm nun schmunzelnd.

„Gott Amor! Nun, ich hoffe, er hat dein Herz für mich geöffnet“, ulkte Paul weiter.

Ich schüttelte nur lachend den Kopf, ehe ich wieder ernster fortfuhr:

„Das hat er in der Tat. Weißt du, wir haben über die Hochzeit gesprochen und urplötzlich war da so eine Vorfreude in mir. Es hat richtig geprickelt und jetzt kann ich es gar nicht mehr erwarten.“ Ich strahlte ihn an und er strahlte zurück.

„Du bist wunderschön, wenn du so von innen leuchtest“, sagte er und küsste mich nun zärtlich. Ich schmiegte mich in seinen Arm, den er um mich gelegt hatte, und war einfach nur unfassbar glücklich.

KAPITEL 23

Ab Montag war ich allein mit Leo im Stall. Die Kinder waren in der Schule, Sarah in München, und so blieb mir nichts anderes übrig, als wieder einmal kräftig mitanzupacken.

Immerhin ersparte ich mir ein teures Fitnessstudio. Bauch, Bein, Po wurden da automatisch gestrafft und auch meine Oberarme profitierten vom Schubkarre-Fahren. So gesehen war es also ein gutes Workout. Leo, der ja anfangs sehr schüchtern gewesen war, war mittlerweile aufgeblüht und trug mit seinem heiteren Gemüt zu einer guten Stimmung bei der Arbeit bei.

Um zehn Uhr gönnten wir uns ein Gabelfrühstück unter der Linde. Sowohl die Katzen als auch die Hunde belagerten uns in der Hoffnung, auch ein Häppchen abzubekommen.

„Montage sind schon etwas Schönes im Stall", sinnierte ich vor mich hin.

„Du meinst die herrliche Ruhe nach dem gut gebuchten Wochenende?" Leo lachte.

„Ja. So nett die meisten Reitgäste sind, so anstrengend ist es trotzdem. Jeder möchte mit mir plaudern oder etwas wissen. Die Kinder brauchen Hilfe und die Mütter haben tausend Fragen. Auch wenn das meiste Michael abbekommt, bleibe ich auch nicht verschont. Ah, die Chefin! Entschuldigen Sie, darf ich

Sie etwas fragen? Und dann bekommst du die ganze Lebensgeschichte inklusive eigener Reiterfahrungen serviert." Ich seufzte.

„Die Menschen wollen eben in ihrer Freizeit unterhalten werden", meinte nun mein Stallmeister und fuhr fort: „Aber ich habe das Gleiche mit unseren Einstellern. Auch die sind allesamt lieb und nerven trotzdem manchmal gewaltig. Meinst du, mein Pferd ist zu dünn? Schatzi braucht mehr Einstreu. Kommt er lang genug auf die Koppel? Kannst du bitte diese Mineralstoffmischung einmal täglich füttern?"

Ich lachte.

„Du hast recht. Jobs, die mit Kunden zu tun haben, sind deren Stimmungen und Wünschen ausgeliefert. Da ist eine freundliche Bitte oder Frage noch das Harmloseste. Verkäuferinnen oder Kellner tun mir da oft wirklich leid. Was die aushalten müssen, ist manchmal nicht zu glauben."

Leo trank seinen Kaffee aus, dann fragte er:

„Wie sieht's aus, wollen wir weitermachen?"

Ich nickte.

„Ich räume nur noch schnell den Tisch ab, dann komme ich nach."

Leo stellte die Teller aufs Tablett und sagte:

„Ich helfe dir, dann brauchst du nicht zweimal laufen."

Am Abend war ich redlich müde. Ich goss noch schnell den Gemüsegarten und das Staudenbeet, denn mittlerweile waren die Tage schon sehr warm. Dann setzte ich mich auf meine Bank an der Hauswand und streckte die Beine von mir. Paul rief an und wir erzählten uns vom Tag, da er in Salzburg bleiben wollte. Irgendwie fand ich das schade, ich hätte meine müden

Glieder gern an ihn gekuschelt ausgeruht. Gerade, als wir uns verabschiedeten, kam Leo ums Eck.

„Störe ich?", fragte er.

„Nein, nein, wir sind schon fertig. Paul bleibt heute in der Stadt, deshalb haben wir telefoniert. Komm, setz dich noch zu mir, wenn du magst."

„Gerne, für einen Augenblick."

„Magst du ein Bier?"

„Wenn du auch eines trinkst."

Ich stand auf, um ins Haus zu laufen. Da fuhr die Erschöpfung so richtig in meinen Körper. Die ersten Schritte waren ähnlich einer Hundertjährigen.

Leo lachte.

„Komm, bleib sitzen, ich hole es!", rief er.

„Nein, danke, lass mich meinen Körper bewegen. Wenn ich hier sitzen bleibe, komme ich nie wieder weg." Ich lachte nun auch. Dann ging ich tapfer in die Küche und holte den Gerstensaft.

Als ich wieder neben Leo saß, fragte ich:

„Wie geht's dir eigentlich mit der Lunge?"

Er nahm einen genüsslichen Schluck von der Flasche, dann blickte er versonnen zum Weiher hinüber, der im abendlichen Licht lag.

„Ich habe gar keine Probleme mehr. Das verdanke ich dir, Thesi. Die Fabrik hätte mich kaputt gemacht. Und außerdem sehe ich mein Kind jetzt viel mehr, das ist besonders schön. Dafür sind wir dir unendlich dankbar. Du hast ihr nach dem Tod ihrer Mutter wieder eine Art Familie gegeben. Du und Hanni. Ihr habt uns aufgefangen."

Ich schluckte, weil ich plötzlich einen Kloß im Hals hatte. Nach einer Weile sagte ich:

„Ihr habt uns ebenso geholfen. Schau, durch dich kann Sepp jetzt seine Pension genießen und ich habe einen perfekten Stallmeister. Und meine Mutter hat viel Freude mit Sophie, weil sie sich so fürs Kochen interessiert und so ein liebes Mädel ist. Sie ist für sie wie eine zweite Enkeltochter. Du siehst, es ist eine Win-Win-Situation."

Darauf sagte nun er nichts. Also schauten wir beide zum Teich, an dessen Rand die Weiden im leisen Abendwind schaukelten und ein Wildentenpärchen zum Landeanflug ansetzte. Wir hingen unseren Gedanken in stiller Zweisamkeit nach. Es war ein erfüllender und wunderschöner Moment.

KAPITEL 24

Am nächsten Tag erklärte mir mein Körper, dass er diese Arbeit nicht gewohnt war. Natürlich ließ ich mir nichts anmerken und half fleißig mit. Doch offensichtlich sah man mir die Müdigkeit an, denn Sophie sagte nach dem Mittagessen:

„Thesi, ich helfe Papa. Du hast sicher noch im Büro zu tun."

Ich sah sie erstaunt an.

„Bist du dir sicher?", fragte ich.

„Ja, klar. Heute haben wir fast keine Hausaufgaben, die kann ich auch am Abend machen."

Leo lachte, als er meinen zweifelnden Blick sah.

„Nimm das Angebot an, so oft wird das nicht vorkommen", prophezeite er mir.

„Nun gut, dann sage ich danke." Ich schmunzelte und war insgeheim wirklich sehr dankbar.

Als die beiden wieder im Stall waren, gönnte ich mir tatsächlich eine halbe Stunde auf dem Sofa, was sonst nie vorkam. Dann jedoch zwang ich mich, leichten Schrittes wieder nach dem Rechten zu sehen. An der Stalltür blieb ich verwundert stehen. Da schwang doch tatsächlich Peter die Mistgabel.

„Peter, hast du dich im Tag geirrt?", fragte ich belustigt.

Er blickte auf und begann doch tatsächlich zu stottern:

„Hallo, äh, Frau Klingenbach. Ich, ähm, habe gehört, dass Hilfe benötigt wird, und da bin ich eben schnell herübergekommen“, erklärte er seine Anwesenheit.

„Ich bin ehrlich beeindruckt“, lobte ich ihn und bedankte mich für seine Hilfe. Ob seine Anwesenheit vielleicht noch einen anderen Grund hatte, hinterfragte ich diskret nicht.

Damit hatte ich tatsächlich den Nachmittag frei und fuhr zu Mamas Garten, um dort die Blumen zu gießen. Danach setzte ich mich ein bisschen unter den Nussbaum und genoss die Ruhe. Ein Eichkätzchen turnte im Geäst herum und ich beobachtete entzückt seine Geschicklichkeit. Eigentlich sollte ich auch Tillys Grab besuchen. *Wer weiß, ob dort nicht schon alles welk ist*, kam mir in den Sinn, während ich in die Baumkrone starrte. Also machte ich mich auf den Weg.

An der Friedhofstür traf ich Monsignore Pfeiffer.

„Frau Klingenbach, wie schön, Sie wieder einmal zu treffen“, begrüßte er mich.

Wir tauschten also Höflichkeiten aus und ich wollte schon weiter, als er sagte:

„Wie sieht's denn mit der Hochzeit aus? Mein Angebot steht noch. Haben Sie nun schon einen Termin?“

Ich spürte, wie ich rot wurde. Ich hatte das völlig vergessen. Was sollte ich jetzt sagen? Er sah mich fragend an.

„Ja, wie es aussieht, werden wir im September heiraten“, hielt ich mich vage. Er merkte, dass ich ihm keine Zusage machen wollte.

„Nun, der September ist ein ausgezeichneter Monat“, sagte er und entließ mich mit den Worten: „Ich wünsche Ihnen noch einen schönen Tag. Und wie gesagt, ich bin gerne für Sie da, falls Sie es wünschen." Mit diesen Worten drehte er sich mit einem Kopfnicken um und ging in Richtung Pfarrhaus.

Pffft, da hatte ich noch einmal die Kurve gekratzt. Ich fand die Idee mit dem göttlichen Segen eigentlich ganz schön. Wie Paul das sah, wusste ich noch immer nicht genau. Ich nahm mir vor, ihn darauf anzusprechen.

Dann stand ich auch schon vor dem schmiedeeisernen Kreuz, das Tillys Grab bewachte. Erstaunt stellte ich fest, dass wohl irgendwer die von Mama gesetzten Blumen gegossen hatte. Ich zupfte ein wenig an ihnen herum. Als ich mich wieder aufrichtete, spürte ich Tillys Anwesenheit.

Na, bist du auch wieder einmal da?, fragte sie.

Ich griff mir in den schmerzenden Rücken und antwortete:

„Als Stallbesitzerin ist das mit der Freizeit so eine Sache, hast du das schon vergessen?"

Und was führt dich dann hierher?

„Die Blumen, wenn du es genau wissen willst", murmelte ich nun trotzig.

Ach, wie langweilig, gar keine Männersorgen?

„Nein, ganz im Gegenteil, mit Paul ist alles bestens. Wir werden im September auf Schloss Mattsee heiraten", erklärte ich ihr. Dabei war ich nie sicher, was sie nicht ohnehin schon wusste.

Nun, dann sollte ja endlich Ruhe einkehren.

„Zumindest, was mein Liebesleben betrifft." Ich lachte.

Das ist doch das Wichtigste! Wenn das passt, erträgt man alle anderen Stürme leichter. Ich wiegte den Kopf hin und her. *Meinst du nicht?*, hinterfragte sie meine Geste.

„Ich liebe Paul wirklich sehr, und ich weiß, dass ich mich hundertprozentig auf ihn verlassen kann. Was aber den Stall betrifft, stehe ich allein da. Er hat ja sein

Pferd in Pension geschickt und nun scheint er doch das Interesse an der Reiterei ein wenig verloren zu haben. Natürlich hört er sich meine Geschichten an, als ich jedoch unlängst seine Hilfe gebraucht hätte, hat er sich deutlich distanziert."

Nun, als Notar hat er wohl genug um die Ohren, das musst du auch verstehen.

„Mach ich ja, aber es hat mich gekränkt. Wenn sein Freund Max ruft, ist er gleich zur Stelle", beschwerte ich mich nun.

Männerfreundschaften, Thesi, da kommen wir nicht ran. Am besten, du nimmst das nicht persönlich, das hat nichts mit eurer Beziehung zu tun.

„Vielleicht für Paul nicht, für mich schon", motzte ich.

Tilly lachte.

Sei nicht kindisch, freu dich auf deine Hochzeit.

Und damit war sie wieder weg.

Ich atmete durch und machte ein Kreuzzeichen.

„Danke, dass du immer wieder meine Seele tröstest", sagte ich und blickte zu einer kleinen Wolke auf, die rasch weiterzog.

KAPITEL 25

Die nächsten Tage arbeitete ich mich wieder ein. Leo überließ mir die leichteren Arbeiten und manchmal halfen die Kinder ein wenig mit. So verging Sepps Urlaubswoche unaufgeregt.

Am Donnerstagabend kam dann schon Sarah heim, um uns ebenfalls zur Hand zu gehen, und alles in allem waren wir ein gutes Team.

Freitagnachmittag überredete mich Michael, wieder einmal an einer Springstunde teilzunehmen. Und obwohl ich ja schon ein wenig müde von der Arbeit war, funktionierte das Training besonders gut. Michael stellte die Sprünge höher ein, ohne dass es mich gestört hätte. Als ich am Ende glücklich Amors Hals klopfte, sagte Michael:

„Das war schon beachtlich. Das hast du sehr gut gemacht."

„Wie hoch war das denn?", wollte ich nun stolz wissen.

„Ein Meter zehn", erklärte unser Trainer und fuhr fort: „Möchtest du nicht auch einmal auf einem Turnier starten? Lizenzfrei. Das ist dann bei Weitem nicht so hoch wie der heutige Parcours."

Ich starrte ihn ungläubig an, während Sarah rief:

„Klar, Mama, das machst du! Du wirst sehen, das macht richtig Spaß!"

„Seid ihr jetzt alle verrückt geworden? Ich erinnere mich noch sehr gut an deinen Sturz im letzten Jahr! Während du da elastisch über den Rasen gekullert bist, würden bei mir alle Knochen brechen. Wollt ihr das riskieren?", fragte ich kopfschüttelnd.

„Die Knochen kannst du dir überall brechen. Beim Autofahren, beim Stiegen steigen oder beim Fallen von der Leiter. Und natürlich auch beim Reiten. Sei kein Frosch. No risk, no fun." Michael grinste mich schelmisch an.

„Ich überlege es mir", sagte ich diplomatisch und glitt halb elegant vom Pferd.

Als ich in den Stall kam, sagte Leo zu mir:

„Respekt, das würde ich mich nie trauen."

Ich sah ihn erstaunt an.

„Du hast zugeschaut?"

„Ich habe den letzten Ritt gesehen und bin beeindruckt. Ich wusste gar nicht, dass du so gut reiten kannst."

„Ich auch nicht." Ich lachte und sattelte Amor ab.

Beim Abendessen erzählte ich Paul vom Training und Michaels Vorschlag.

„Aber bitte nicht vor der Hochzeit", war sein einziger Kommentar, bevor er das Thema wechselte: „Wann musst du morgen die Oldies abholen?"

Ich war enttäuscht. Immerhin war Paul selbst jahrelang geritten und musste wissen, dass ein Meter zehn ganz beachtlich war. Dementsprechend bissig fiel meine Antwort aus:

„Um sechzehn Uhr. Warum willst du das wissen?"

„Max und ich wollen noch mal eine Runde mit dem Porsche drehen", sagte er völlig unbeeindruckt.

„Aha und wann und wie lange?"

„Keine Ahnung, wir treffen uns um vierzehn Uhr. Mal sehen, wohin es uns verschlägt."

„Ist das jetzt jedes Wochenende so?", fragte ich nun etwas verärgert nach.

„Stört es dich?", wunderte sich mein Geliebter.

„Warum sollte es? Unter der Woche gibt es deine Arbeit und am Wochenende Max. Apropos, kommt er auch auf die Hochzeitsreise mit?", fragte ich nun zynisch.

Paul legte das Besteck zur Seite.

„Was ist nur mit dir los? Ich dachte, dein heutiger Tag war gut. Wieso bist du jetzt so übellaunig?"

Er verstand tatsächlich nichts. Mein sensibler, aufmerksamer Traummann verwandelte sich in ein 0-8-15-Modell.

„Wie oft bist du in den letzten Monaten mit Max unterwegs gewesen und wie oft mit mir?", entfuhr es mir jetzt.

„Also, Thesi, bitte."

„Ich meine das ernst. Wir unternehmen nichts. Okay, einmal segeln und einmal Hochzeitslocation-Tour ausgeschlossen. Ach ja, und den Ausflug zu Maximilians Bergbauernhaus darf ich auch nicht vergessen. Wobei, zählt das für mich oder für Max?"

Ich hatte mich in Rage geredet. Paul schob den Teller von sich.

„Was wird das jetzt?", fragte er irritiert.

„Es wird nicht, es ist eine Krise. Abendessen gehen, Kino, Theater oder auch nur ein Spaziergang mit den Hunden. Das alles wären hin und wieder schöne Dinge, die man zu zweit machen könnte. Ich dachte eigentlich, dass du der Mann bist, der die Bedürfnisse einer Frau kennt. Doch offensichtlich ist dein Interesse schon jetzt erloschen, nachdem die Beute eingesackt ist." Ich hatte zornig zu sprechen begonnen, doch jetzt klang ich nur noch traurig.

Paul blieb einen Augenblick stumm sitzen. Dann erhob er sich und kam um den Tisch herum. Er zog mich vom Sessel hoch und nahm mich in die Arme.

„Du hast recht“, sagte er und zog mich an sich. Ich machte mich steif. „Ich dachte, du bist mit den Pferden und all dem rundherum voll ausgelastet und zufrieden. Das war dumm von mir. Ich mache es wieder gut, versprochen. Darf ich morgen trotzdem mit Max eine Runde drehen? Du musst ja am Nachmittag sowieso Hanna und Sepp abholen. Und am Abend unternehmen wir etwas. Denk nach, was dir Spaß machen könnte.“ Sein Blick war bettelnd und ich wurde weich. Er küsste mich sanft und zärtlich hinter dem Ohr. Augenblicklich bekam ich Gänsehaut.

„Versprichst du, dass du in Zukunft mehr Zeit für mich hast?“, hauchte ich.

„Versprochen“, murmelte Paul und vergrub seinen Mund in meinem Halsansatz.

KAPITEL 26

Als die beiden aus dem Bus kletterten, sah ich sofort, dass die Reise ein Erfolg gewesen war. Sie strahlten förmlich und ich umarmte sie herzlich.

Als wir im Auto saßen, fragte Sepp natürlich gleich nach, wie es denn ohne ihn gelaufen sei.

„Woas eh net zu vü fia di, Thesi?"

Ich lachte über seine Fürsorge.

„Na, am Anfang habe ich schon gespürt, dass ich einen Körper habe", witzelte ich. „Aber es ist wirklich gut gegangen. Du wirst es nicht glauben, Peter und Sophie haben mitgeholfen. Nicht nur am Wochenende, nein, auch unter der Woche nach der Schule."

„Der Peter is net so verkehrt. A Lausbua hoit, oba wanns drauf ankommt, kann man sich auf ihn verlossn", meinte Sepp, ehe ich fragte:

„Nun erzählt doch mal, wie war es?"

„I hätt net docht, dass oide Stana so sche sein kenna", erklärte mir nun Sepp.

„Die Reise war super organisiert, die Unterkünfte sauber und nett und das Programm abwechslungsreich", mischte sich nun meine Mutter in das Gespräch ein.

„Jo, und a Brauerei hobm ma a besucht. Tadellos, des Bier", lobte Sepp die deutsche Braukunst, um gleich hinzuzufügen: „Oba mit dem Essen hobm sie es net so. Mit der Tunke, die gor net dazu passt, verhauens a jedes Essen.“ Er schüttelte den Kopf und ich musste lachen.

„Na ja, es ist ja bekannt, dass deutsche Gerichte nicht so ganz den Geschmack der Österreicher treffen.“

„Na, ganz so, wie Sepp tut, ist es auch nicht. Wir haben ein paar Mal sehr gut gegessen“, meinte Mama.

„Mit a poar Mal manst wohl zwa Mal, oder?“, blödelte Sepp nun.

„Ach geh! Du mit deinen Witzen. Immer musst du alles ins Komische ziehen“, wies Mama ihn zurecht.

Ich bog mich vor Lachen.

„Lass ihn bitte, seine Wortmeldungen sind einfach göttlich.“

„Ja, vielleicht, wenn du sie nicht dauernd hörst“, seufzte sie und Sepp, der neben mir saß, zwinkerte mir verschmitzt zu.

Als ich die zwei zu Hause abgesetzt hatte, fuhr ich zurück zum Lindenhof. Während ich die leicht gebogene Zufahrt hinauffuhr, betrachtete ich mein Anwesen mit einem verliebten Blick. Es war eine schöne Anlage, im Stil des Flachgaus erbaut. Meine Blumen leuchteten im Abendlicht zu mir herüber und einmal mehr erfüllte mich Freude und Dankbarkeit. Tilly war sicher zufrieden mit uns und unserer Arbeit.

Als ich den Wagen abstellte, stürmte Fixi freudig auf mich zu, während Elly faul neben der Stalltür lag. *Genau wie damals, als ich das erste Mal auf den Hof gekommen bin*, kam mir in den Sinn. Nur Sepp fehlte zur perfekten Szene. Dafür aber kam Leo nun heraus, grinste mich an und sagte:

„Und, sind sie gut zurückgekommen?“

Ich nickte.

„Ja, es scheint nett gewesen zu sein. Sepp dürfte das Essen nicht so geschmeckt haben."

Leo lachte.

„Das kann ich mir vorstellen. Der Sepp ist schon ein Feinspitz. Wenn auch im bürgerlichen Sinn."

Nun musste ich lachen, denn das traf es auf den Punkt.

„Ich würde jetzt Feierabend machen, wenn es dir recht ist", sagte er.

„Ja, klar, danke, dass du die Woche so gestemmt hast."

„Ich hatte ja Helferlein, alles halb so wild", meinte er und wandte sich zum Gehen.

KAPITEL 27

Wie spät ist es eigentlich?, kam mir in den Sinn. Der Blick auf die Armbanduhr sagte achtzehn Uhr. *Nun würde sicher gleich Paul kommen*, dachte ich und mir fiel ein, dass wir ja etwas unternehmen wollten. Himmel, wonach stand mir der Sinn? Ich überlegte und kam zu dem Schluss, dass ein Bummel durch die Getreidegasse nett wäre. Wir konnten uns die exquisiten Auslagen in den Passagen anschauen und dann gemütlich im *Sternbräu* einkehren. Die Nacht würden wir in Pauls Wohnung in der Altstadt verbringen, damit wir vielleicht auch noch zu späterer Stunde eine Bar besuchen konnten. Ich freute mich auf ein gutes Gespräch, für das Paul immer zu haben war.

Zufrieden mit dieser Idee schlüpfte ich ins Bad, um mich frisch zu machen.

Das Wasser der Dusche prasselte auf mich hernieder, als ich mein Handy läuten hörte. Ich registrierte es und duschte weiter. Ach, war das herrlich. Ich drehte mich unter dem Massagestrahl und achtete nicht darauf, dass es zum zweiten Mal läutete.

Gerade, als ich mich genussvoll abfrottierte, läutete es zum dritten Mal. Ich schaute aufs Display: Daniel rief an. Was der wohl wollte? Wir telefonierten sehr selten. Unser Kontakt verlief zumeist über Sarah.

„Daniel! Welch nette Überraschung! Wie geht's dir denn so?", begrüßte ich ihn.

„Thesi ..." Seine Stimme klang fremd. Weiter sagte er nichts.

Ein ungutes Gefühl kroch in mir hoch.

„Daniel? Ist etwas passiert?" *Wo ist eigentlich Sarah? Ist sie mit ihm unterwegs?*, blitzte ein Gedanke auf.

„Thesi ..." Dann wieder Funkstille.

„Daniel! Sprich doch bitte. Was ist los?" Jetzt schrillten in mir Alarmglocken. Mein Puls hatte sich verdreifacht. „Ist etwas mit Sarah?", fragte ich.

„Nein, mit Papa."

In meinen Ohren rauschte das Blut.

„Was ist mit Paul?" Mein Herz schlug bis zum Hals.

„Er hatte einen Unfall", hauchte die plötzlich ganz fremd klingende Stimme von Daniel.

Ich setzte mich aufs Bett, weil ich entsetzlich zu zittern begann.

„Was ist passiert? Was ist mit ihm?" Stille. „Daniel, jetzt sprich doch endlich!" Mittlerweile überschlug sich meine Stimme hysterisch.

„Er ist … Er wurde aus dem Wagen geschleudert."

Bilder tauchten vor mir auf. Ein Déjà-vu des Schreckens: Italien und der Unfall. Damals wurde ich auch aus dem Wagen geschleudert. Doch nach dem ersten Schrecken flackerte ein Hoffnungsschimmer in mir auf: Ich lebte, ich war wieder gesund geworden. Also kein Grund zur Panik. Ich atmete durch und versuchte, mich zu sammeln. Am anderen Ende war es still. Gefasster sagte ich:

„Okay, weißt du mehr darüber? Wie geht es ihm? Wurde er ins Spital gebracht? Weißt du, wo er ist?"

„Thesi, er ist tot!", schrie nun Daniel weinend ins Telefon. Seine Stimme war vom Schluchzen überlagert und kaum zu verstehen.

Ich ließ das Handy sinken. Das war jetzt wohl eine Sinnestäuschung. Ich hatte mich sicher verhört. Meine Nerven spielten mir einen Streich, denn das konnte nicht sein. Ich hob das Telefon wieder ans Ohr.

„Daniel, ich habe dich nicht richtig verstanden. Was ist mit dem Boot?"

Am anderen Ende hörte ich ein noch heftigeres Weinen.

„Thesi, Papa ist auf dem Weg ins Krankenhaus gestorben. Er ist tot."

Mein Herz setzte aus, um mich drehte sich alles. Nach einer Weile fragte ich heiser:

„Was ist passiert?"

„Der Porsche ist aus einer Kurve geflogen, mehr weiß ich auch nicht."

Sein Wimmern ging mir durch Mark und Bein. Meine Hand, die das Handy hielt, zitterte unkontrollierbar. Ich schluckte.

„Weißt du, was mit Max ist?"

„Nichts Genaues. Er wurde ins Spital gebracht." Seine Worte waren von heftigem Schluchzen unterbrochen.

„Wo bist du, Daniel?"

„Noch in Wien, ich werde jetzt heim kommen", stammelte er. *Um Gottes willen, so darf er sich jetzt nicht hinter das Steuer setzen*, durchfuhr es mich.

„Daniel, hör mir zu, bitte! Nimm die Bahn, bitte! Sarah soll dich vom Bahnhof abholen. Bitte fahr jetzt nicht selbst", flehte ich ihn an und wunderte mich, wie ruhig und rational ich plötzlich war.

„Ja, aber …"

„Nichts aber. Sei bitte vernünftig. Es ist, wie es ist. Zeit ist jetzt kein Faktor. Komm heim, aber nimm die Bahn, bitte versprich mir das."

Ich redete weiter auf ihn ein und nach einigem Zögern stimmte er mir zu. Ich atmete auf.

Als er aufgelegt hatte, ging ich wackelig ins Bad zurück. Völlig emotionslos kleidete ich mich an und ging hinunter in die Küche. Dabei beobachtete ich mich verwundert, wie ich zum Küchenschrank ging und den Himbeerschnaps herausholte. Meine Hände zitterten beim Einschenken und ich sah ihnen dabei zu. Auch, dass ich so einiges verschüttete, sah ich völlig emotionslos. Dann setzte ich mich auf die Kachelofenbank und schaute zum Herrgott, der über dem Esstisch in der Ecke hing. All das erlebte ich fast wie ein Zuschauer, als würde ich neben mir stehen. Ich starrte das Kreuz an und in mir wuchs eine ungeheure Wut heran.

„Was denkst du dir eigentlich dabei? Du willst ein gnadenvoller Gott sein? Du bist ein zynisches Ungeheuer!“, spie es aus mir heraus. „Du gibst uns gar nichts, du nimmst nur! Zuerst Tilly in ihren besten Jahren, dann Sophies Mutter viel zu jung und nun auch noch meinen Mann. Was haben wir dir getan, dass du uns so bestrafst?“ Ich fixierte den geschnitzten Körper, als ob ich eine Antwort erwarten würde. Irgendwann ertrug ich den Anblick nicht mehr. „Mein Gott bist du nicht, nie mehr!“, rief ich hasserfüllt und trank den Himbeerschnaps mit einem Zug aus. Augenblicklich musste ich husten, so sehr brannte er in meiner Kehle.

Ermattet ließ ich den Kopf sinken. Dabei fiel mein tränenloser Blick auf den Verlobungsring. Er funkelte und strahlte mich an, als ob ein Feuerwerk in ihm explodieren würde. Ich versank in dem Farbenspiel und dieses Glitzern brannte sich spürbar in mein Herz. Und nun, urplötzlich, begann meine Brust zu beben. Sie hob und senkte sich und ich spürte, wie sich das Unvermeidliche einen Weg aus mir bahnte. Und mit einem lauten Schrei öffnete sich meine Seele, um die ersten Tränen freizugeben, die ich bisher nicht hatte weinen können.

Als ich den Kopf hob, stand Sarah in der Tür und starrte mich erschrocken an.

KAPITEL 28

Die nächsten Wochen erschienen mir unwirklich. Ich wandelte wie in Watte gepackt umher. Menschen kamen und gingen, ohne dass ich recht Kenntnis von ihnen nahm. Worte verhallten auf dem Weg von ihnen zu mir. Ich wusste nicht, welcher Tag war oder wie das Wetter war. Sarah war zerrissen zwischen Daniel und mir.

Das verschlimmerte sich noch drastisch, als es um die Beisetzung ging. Ich war davon ausgegangen, dass Paul bei uns und Tilly die letzte Ruhestätte finden würde. Monsignore Pfeiffer hätte die richtigen Worte gefunden, um den Abschied erträglicher zu machen. Doch nun musste ich feststellen, dass ich ein Nichts war und nichts zu sagen hatte. Das Aufgebot war noch nicht bestellt worden und somit erschien ich nirgends als seine Partnerin oder zukünftige Frau. Und damit hatte Daniel das alleinige Sagen. Selbstverständlich besprach er sich mit seiner Mutter, und so kam es, dass ich wie im vergangenen Jahr im Krankenhaus völlig ausgebootet wurde. Man fragte mich nicht einmal, ob ich mitreden wollte und meine Weinkrämpfe blieben ungehört.

Das alles setzte Sarah ungemein zu und trieb nun auch in ihre Beziehung zu Daniel einen Keil.

Zu guter Letzt fuhren Mama, Sepp, Sarah und ich zu Pauls Beerdigung nach Salzburg. Wir standen in einer riesigen Menschentraube am offenen Grab und wurden von einigen Bekannten verstohlen angeschaut. Segelfreunde, Klienten aus unserem Dorf, Pauls Sekretärin. Sie alle nickten bestenfalls, für mehr reichte ihr Mut wohl nicht, obwohl doch ich die eigentliche Witwe war. Einzig Max trat an mich heran. Er hatte den Arm im Gips, schien aber sonst unversehrt zu sein.

„Theresa, es fehlen mir die Worte, um dir sagen zu können, wie leid mir das alles tut“, sagte er.

Ich starrte ihn nur an und suchte in mir nach irgendeinem Gefühl. Mittlerweile wusste ich, dass Paul am Steuer gesessen hatte und in einer Kurve mit Rollsplitt zu schnell gewesen war. Max' Schuld belief sich einzig und allein auf die Tatsache, dass er Paul zu dieser Spritztour eingeladen hatte.

Wut, Trauer, Hass, irgendetwas musste doch in mir sein. Doch da war einfach nichts außer unendlicher Leere.

„Darf ich dich einmal besuchen kommen?“, fragte Maximilian mich nun. Ich nickte und er umarmte mich kurz, bevor er wieder an seinen Platz zurückging.

Die Rede des Pfarrers war unpersönlich. Daten, Fakten, bla, bla. Als er geendet hatte, traten die Trauergäste nacheinander an das offene Grab. So auch ich. Ich legte drei rote Rosen auf den Sarg, dann drehte ich mich um und ging, ohne Daniel und seiner Mutter zu kondolieren, davon. Geradezu fluchtartig verließ ich den Friedhof. Vor dem Friedhofstor blieb ich stehen und hob den Kopf. Ich blickte hinauf zu den Bergen. Erst jetzt registrierte ich, dass es ein schöner Sommertag war. Wie erwachend schaute ich mich um: in Mamas sorgenvolles Gesicht und in Sarahs versteinerte Miene. Als ich Sepp anschaute, sagte er:

„Es ist, wias ist. Manchmal versteht ma hoit des Leben net. Oba wia miassn weita tuan. Und du, Thesi, muasst jetzt vorwärts schaun, a wenns schwer is. Drum gen ma jetzt z'haus zum Dorfwirten essen, des tät der Paul sicher guat finden."

„Ich komme mit", erklang da hinter uns die Stimme von Roswitha, die nun den Arm um mich legte und mich in Richtung Parkplatz schubste.

KAPITEL 29

Nach diesem Tag ging es mit mir langsam aufwärts. Roswitha ließ nicht locker, bis ich wieder aufs Pferd stieg. Sepp und Leo lenkten mich nun mit ihren konkreten Plänen zum Bau der Führanlage ab und Mama fütterte mich mit Apfelstrudel. Sarah war wieder in München und absolvierte ihre letzten Prüfungen vor dem Sommer, was Michael ausnutzte, um mich mit seinen Plänen zu bombardieren.

„Thesi, du musst jetzt unbedingt endlich den Hänger-Führerschein machen. Am besten gleich gemeinsam mit Sarah. Ihr braucht ihn beide! Hier auf dem Hof kann immer mal ein Notfall sein. Und auch für die Turniere ist es ein Vorteil, wenn ihr unabhängig seid. Schau, ich habe dir hier einen Prospekt mitgebracht", überfiel er mich.

All diese gutgemeinten Aktionen holten mich sukzessive in den Alltag zurück, sodass ich wieder meinen normalen Geschäften nachging. Im Büro hatte sich ein Stoß Papierkram angesammelt, der dringend gesichtet werden musste. Ich saß also an meinem Schreibtisch, als es an der Tür klopfte. Herein trat unser Postbote Hans Hintersteiner.

„Grüß dich, Thesi", sagte er.

„Hallo Hans, was treibt dich zu mir?", fragte ich erstaunt.

„Ein Einschreiben." Er zuckte mit den Schultern und überreichte mir den Brief. Wir wechselten noch ein paar Worte über das Wetter, dann wünschten wir uns gegenseitig einen schönen Tag und schon war er wieder weg.

Ich betrachtete das Kuvert. Kanzlei Wolkenstein & Partner stand darauf und augenblicklich stand ich unter Strom.

Ich drehte den Brief hin und her und wusste nicht, ob ich ihn aufmachen wollte. Schließlich nahm ich den schweren Brieföffner mit der Münze am oberen Ende, die den heiligen Georg darstellte. Der heilige Georg war der Schutzpatron der Reiter und so auch für mich zuständig. Zumindest hoffte ich das.

Ich öffnete den Brief: „Einladung zur Testamentseröffnung" stand da und ich musste plötzlich hysterisch lachen. Genau mit solch einem Brief hatte alles fast auf den Tag genau vor drei Jahren angefangen. Und welch ein geschmackloser Witz des Schicksals, mich nun abermals in die Kanzlei am Salzachufer zu berufen.

Drei Jahre! Was war da nicht alles passiert! Mir kam es mindestens doppelt so lange vor. Was hatte dieses erste Testament nicht für Kapriolen ausgelöst! Ich dachte an Kurt und sein Bestreben, den Hof zu verkaufen. An Paul, der so feinfühlig dieses Chaos begleitet hatte. Dann war in Villach meine Entscheidung für den Lindenhof gefallen, als ich Kurts Untreue entdeckt hatte. Ich schüttelte ungläubig den Kopf. Wenn ich es nicht selbst erlebt hätte, würde ich es nicht glauben. Meine kurze Affäre mit Ralf, die verzögerte Scheidung und dann der Urlaub mit Paul auf Capri zogen an meinen Augen vorüber. Bei der Erinnerung an Capri blieb ich hängen.

Mein Sehnsuchtsort aus frühester Jugend hatte uns unvergessliche Stunden geschenkt. Mein Gott, war das schön gewesen! Ich lächelte versonnen vor mich hin, als Leo den Raum betrat.

„Thesi, störe ich?“, fragte er und blieb in der Tür stehen.

„Nein, komm nur rein. Ich habe nur soeben eine Einladung zur Testamentseröffnung bekommen und ließ meine Gedanken schweifen“, erklärte ich.

„Du hast so einen glücklichen Gesichtsausdruck gehabt“, stellte Leo fest und es klang ein wenig verwundert.

Ich lächelte.

„Ja, ich habe an meine Reise mit Paul nach Capri gedacht. Es war unser erster Urlaub. Diese Insel ist sehr romantisch, das Meer ist tintenblau, überall duften Zitronenbäume und die Sonnenuntergänge sind atemberaubend.“ Ich hatte wohl wieder diese verklärte Miene, denn Leos Augen begannen bei meiner Schilderung auch zu leuchten.

„Jetzt verstehe ich“, sagte er. „So wie du das schilderst, ist es unwiderstehlich.“

„Das ist es“, bestätigte ich und fragte: „Aber was führt dich zu mir? Du wolltest ja wohl kaum meinen Träumen zuhören.“

Er lächelte.

„Stimmt. Es war trotzdem ein schöner Moment. Eigentlich wollte ich dich fragen, ob wir uns draußen den Platz anschauen könnten, der Sepp und mir für die Führanlage als ideal erscheint.“

„Nichts lieber als das“, erwiderte ich. „Die Sichtung des liegengebliebenen Papierkrams macht mir sowieso keine Freude.“

Am darauffolgenden Wochenende kehrte Sorin vollständig genesen zurück. Wir alle waren erleichtert. Peter ging tatsächlich zu ihm und sagte:

„Hallo, ich bin der Peter von nebenan. Ich habe das Moped von meinem Bruder gefahren und es tut mir wirklich leid, dass ich Amor so erschreckt habe. Ich hoffe, dass es dir wieder gut geht. Wenn du mal Hilfe brauchst, dann melde dich bei mir. Mittlerweile kenne ich mich schon gut aus, ich habe am Wochenende immer mitgeholfen."

Sorin riss die Augen auf, so erstaunt war er.

„Danke, geht schon wieder", murmelte er und sah mich hilfesuchend an.

Ich lächelte.

„Ja, Peter hat jetzt gelernt, worauf es bei Pferden ankommt. Unter anderem, dass Geräusche sie sehr erschrecken können. Und er ist wirklich tüchtig und fleißig." Ich nickte anerkennend und Peter wurde ein wenig rot.

„Dann ist gut", meinte Sorin in seinem gebrochenen Deutsch und fragte dann: „Leo wo ist?"

Ich lachte.

„Der ist mit Sepp hinter dem Haus. Sie haben ein neues Projekt. Geh nur mal zu ihnen." Ich deutete in die entsprechende Richtung, während Sorin mich fragend anschaute. „Ja, geh nur, sie werden sich freuen, dich zu sehen", schickte ich ihn zum Schrittmaschinenplatz, wo die beiden gerade zugange waren.

Als ich mich gerade umdrehen und ins Haus gehen wollte, fragte Peter hinter mir:

„Thesi? Darf ich auch weiterhin vorbeikommen?"

Ich drehte mich langsam um.

„Selbstverständlich. Wir würden uns sehr freuen, wenn du auch weiterhin herüberkommst."

Er strahlte mich an und lief hinter Sorin her.

KAPITEL 30

Dann kam der Tag der Testamentseröffnung näher und ich war schrecklich nervös. Nicht nur, weil ich nicht wusste, was mich erwarten würde. Nein, es war auch die Tatsache, dass ich Daniel und vermutlich auch seine Mutter wiedersehen würde. Zwischen Sarah und Daniel herrschte mittlerweile Funkstille, was die Sache irgendwie unangenehm machte. Und Pauls Ex-Ehefrau in ihren Designerkostümchen gab mir ohnehin immer das Gefühl, ein Landei zu sein.

Dazu kam, dass ich nicht wusste, wie ich mich kleiden sollte. Genau genommen war ja ich die trauernde Witwe. Doch diese Rolle hatte mir Daniel insofern abgenommen, indem er mich in keine einzige Entscheidung eingebunden hatte. Also beschloss ich, meine Mutter bei einem Kaffee zu befragen, wie sie die Sache sah.

Ich saß in mich gesunken auf ihrer Bank und betrachtete das Blümchenmuster ihrer Tischdecke. Sie sah mich lange nachdenklich an, bevor sie sagte:

„Lass dich nicht einschüchtern, Kind. Das hast du doch nicht nötig. Du bist die erfolgreiche Chefin vom Lindenhof, mit der Paul sein weiteres Leben verbringen wollte. Egal, was in der Kanzlei passiert, du wirst mit hoch erhobenem Kopf über allem stehen. Denn du bist seine letzte Liebe. Vergiss das niemals."

Ich sah sie mit großen Augen an. Sie hatte diese Worte mit so viel Kraft und Entschlossenheit gesagt, dass sie mich richtig wachrüttelten. Sie hatte absolut recht! Ich spürte förmlich, wie sie mein Selbstbewusstsein aufrichtete. Mama lächelte traurig.

„Schau, du hast in den letzten Jahren so viel ertragen müssen. Trotzdem bist du ungemein tapfer und taff. Und für die schwachen Momente hast du deine Familie. Dafür brauchst du dich auch gar nicht zu schämen. Wann immer du etwas auf dem Herzen hast, komm zu mir. Denn dafür sind Mütter da."

Ihre Worte bewegten mich zutiefst, und als ich mich später verabschiedete, bedankte ich mich inniglich. Sie nahm mich für einen kurzen Moment ganz fest in die Arme.

Nach diesem Gespräch durchforstete ich meinen Kleiderschrank und entschied mich schlussendlich für ein elegantes, graues Kostüm mit einer schwarzen Seidenbluse, deren Ausschnitt Pauls funkelndes Brilliant-Hufeisen freigab. Und wenn die Highheels auch ungewohnt waren, machten sie doch das Outfit erst komplett.

So gerüstet fuhr ich dann also an einem grauen Mittwochmorgen nach Salzburg. Die Wolken hingen schwer zwischen den Bergen und ließen Regen befürchten. Schon die Zufahrtsstraße war verstopft. Offensichtlich wollten an diesem Tag alle mit dem Auto in die Stadt. Ich war rechtzeitig weggefahren, doch nun rückten die Zeiger der Uhr erbarmungslos immer weiter nach vorne. Ich trommelte auf das Lenkrad. Als ich nach einer gefühlten Ewigkeit endlich mein Ziel erreichte, war nirgends ein Parkplatz zu finden. Mein praktisches Geländeauto war für die Stadt einfach zu groß. Ich drehte bereits die dritte Runde, als ich sah, dass ein großer Wagen in einiger Entfernung ausparkte. *Gott sei Dank, endlich!*, stieß ich ein Stoßgebet aus und beeilte mich, schnell hinzukommen. Als ein Jaguar aus einer Seitenstraße herausschoss und mir die Vorfahrt nahm, musste ich kräftig in die Pedale treten, um einen Zusammenstoß zu verhindern.

„Was für ein Idiot!“, rief ich erbost und atmete durch. Das war knapp gewesen. Doch das war noch nicht alles! Nun nahm er mir auch noch den einzigen Parkplatz weg!

„So ein Arschloch! Der glaubt, er kann sich mit seiner Bonzen-Karre alles erlauben“, spuckte ich Gift. Nun ließ ich mir extra viel Zeit. Ganz langsam rollte ich neben den Wagen, denn diesen rücksichtslosen Typen wollte ich mir genauer ansehen. Gerade, als ich neben ihm war, stieg der Fahrer im geschmackvollen Anzug aus.

„Max!“, entfuhr es mir und ich bremste abrupt zum Stillstand ab. Dieser stutzte ebenfalls und schaute nun genau in meine Augen. Dann lief er auf meine Wagenseite. Ich ließ das Fenster hinunter.

„Bist du immer so ein rücksichtsvoller Autofahrer?“, fauchte ich ohne Begrüßung.

„Thesi, sorry, ich habe dich nicht erkannt. Und ich bin spät dran, der Verkehr ist heute ein Wahnsinn!“, versuchte er, sich zu rechtfertigen.

„Ach nein, tatsächlich?“, entgegnete ich zynisch und fuhr fort: „Was machst du hier eigentlich?“

„Ich habe einen Termin bei Pauls Kompagnon“, erklärte er mir und sah auf seine goldene Rolex.“

„Interessant“, kommentierte ich diese Nachricht.

„Ja, klar, ich bin zur Testamentseröffnung eingeladen, wusstest du das nicht?“, fragte er verwundert.

„Nein, wusste ich nicht. So und nun lass mich bitte einen Parkplatz suchen“, sagte ich verstimmt.

„Nein, stopp. Steig aus, ich suche und du gehst schon mal hinauf", entschied Max und öffnete meine Fahrertür. Ich starrte ihn überrascht an. „Na klar, ich habe dir diesen Parkplatz weggeschnappt, also suche ich jetzt für dich weiter." Hinter uns hupte jemand.

„Wirklich? Das willst du für mich tun?", fragte ich nach.

„Ja, und jetzt hopp, sonst werden wir hier noch gelyncht."

Ich griff nach meiner Handtasche und versuchte, elegant aus dem hohen Geländewagen zu gleiten. Dann trat ich zur Seite und schon war Max davongebraust. Ich blickte ihm verwirrt nach.

Als ich in den vertrauten Räumen der Kanzlei ankam, erwartete man mich schon ungeduldig. Ich begrüßte die Anwesenden, die eher reserviert dankten. *Du bist die Frau, mit der er sein weiteres Leben hatte verbringen wollen*, klangen die Worte meiner Mutter in meinem Kopf nach. Ich atmete aus, streckte mich und hob mein Kinn leicht an. Dann sagte ich:

„Maximilian von Hohenstein entschuldigt sich für seine Verspätung, er sucht noch einen Parkplatz."

Daraufhin geleitete Pauls Partner Dr. Joachim Rumpler uns in sein Büro und reichte Kaffee und Wasser, während wir warteten. Irgendwie hatte ich gedacht, dass wir in Pauls Räumen zusammenkommen würden, und war nun ein wenig enttäuscht. Ich wusste selbst nicht, warum, doch ich hatte gehofft, ihn in seinem Büro zu spüren. Nun saß ich hier etwas verlassen und harrte der Dinge, die da kommen würden. Dabei dachte ich nach, ob Paul auch einen persönlichen Brief wie meine Cousine Tilly hinterlassen hatte. Diese letzte Nachricht hatte mich damals tief im Herzen berührt. Nun hoffte ich, auch von Paul noch ein paar Worte zu hören.

Fünf Minuten später stürzte Max ziemlich aufgelöst in die Kanzlei. Ich musste schmunzeln, denn sicher hätte er elegant und souverän auftreten wollen. Nun aber sah er zwar noch immer elegant, aber doch sehr abgehetzt aus. *Das kommt davon, wenn man zuerst ein Arschloch ist und dann doch gut dastehen will*, dachte ich ein bisschen schadenfroh.

Sobald Max Platz genommen hatte, eröffnete Pauls Kompagnon die Sitzung.

Selbstverständlich hatte Paul ein professionelles Testament hinterlassen, wie es nicht anders zu erwarten gewesen war.

Daniel ging als Haupterbe hervor, was nicht verwunderlich war.

Elisabeth, Pauls Exfrau, erhielt ein paar Gemälde, an denen ihr wohl sehr gelegen war und die offensichtlich auch wertvoll waren. Man konnte sehen, dass sie sich darüber freute. Ich dachte nach, doch eigentlich waren sie mir nicht als so bedeutend erschienen. *Deshalb hat auch sie die Bilder geerbt und nicht ich*, musste ich jetzt innerlich schmunzeln.

Dann richtete Dr. Rumpler das Wort an mich. Ich setzte mich kerzengerade auf und spürte, wie meine Wangen zu glühen begannen, als mich alle Anwesenden anschauten. Ich presste meine Lippen zusammen und knetete meine Hände. Meine Hoffnungen auf einen letzten Brief von Paul wurden nun zunichte gemacht. Außer Fakten gab es keine Botschaft. Paul hatte mir ein sehr gut gefülltes Sparbuch, einige Wertpapiere und die wunderschöne, geschnitzte Madonna aus seiner Wohnung hinterlassen. Und wenn der Geldregen auch sicherlich das Geschenk war, das am meisten Sinn machte, weil im Stall immer etwas zu investieren war und mir von nun an finanzielle Sorgen abgenommen waren, so erfüllte es mich doch mit tiefer Traurigkeit.

Es war so unpersönlich! Einzig die Madonna würde mir also als Erinnerung und Verbindung zu ihm bleiben. Bei diesem Gedanken drängten die Tränen bedenklich an die Oberfläche. Damit ich nun nicht völlig die Contenance verlor, fingerte ich schnell ein Taschentuch hervor, um meine Augenwinkel zu betupfen.

Als Letztes war Maximilian an der Reihe. Ihm überreichte Dr. Rumpler ein verschlossenes Kuvert, das mich augenblicklich neidisch machte. Wieso bekam er ein Kuvert und ich nicht? Während ich ihn überrascht anstarrte, schien er es völlig gelassen hinzunehmen, geradezu so, als wüsste er, was darin steht. Paul vermachte ihm des Weiteren ein Oldtimer-Motorrad, von dessen Existenz ich nicht einmal etwas gewusst hatte.

Als Pauls Partner die Sitzung schloss, räusperte ich mich und sagte:

„Wäre es bitte möglich, dass ich noch einmal in Pauls Büro dürfte?"

„Wozu soll *das* denn gut sein?", fragte Daniel sofort misstrauisch.

Ich sah ihn traurig an, er hatte sich sehr verändert.

„Ich habe deinen Vater hier das erste Mal getroffen. Der Anlass war ebenso traurig, denn es war Tillys Testament, das uns zusammengeführt hat. Nun möchte ich mich hier von ihm verabschieden. Es würde mir sehr viel bedeuten." Bei den letzten Worten wackelte meine Stimme bedenklich. Trotzdem fuhr ich fort: „Du brauchst keine Angst zu haben, ich werde nichts an mich nehmen, auch nichts durchsuchen. Ich möchte einfach noch einmal ein paar Minuten allein in seinem Büro sitzen und an gemeinsame Momente denken."

Bevor Daniel etwas sagen konnte, mischte sich Dr. Rumpler ein, indem er entschied:

„Nun, Frau Klingenbach, ich denke, dass das natürlich möglich ist. Wenn sonst alles geklärt ist, würde ich Sie hinüberbegleiten."

Erleichtert atmete ich aus und erhob mich. Daniel sagte nichts. Max trat jedoch an mich heran und meinte:
„Wenn du erlaubst, würde ich auf dich warten?"
Ich sah ihn überrascht an. Er lächelte.
„Du weißt ja gar nicht, wo dein Wagen parkt."
Ich nickte, dann folgte ich Dr. Rumpler in Pauls Büro.

Der vertraute Raum empfing mich freundlich. Pauls feines Aftershave hing zart in der Luft. Ich ging ans Fenster und blickte hinaus, während Pauls Partner dezent das Zimmer verließ. Unten floss die Salzach in grauem Grün dahin und ich verlor mich für einen Augenblick: Wie gleichmäßig und beständig sie ihren Weg nahm, ungeachtet aller Freude und allen Leids auf dieser Welt. Sie floss immerzu unbeirrt weiter. Gegenüber, hoch am Kapuzinerberg thronend, machte es ihr die beeindruckende Hohen Feste Salzburg gleich. Sie blickte auf die Stadt hinab, wissend, dass die Zeit dahinfloss und alles, was uns beschäftigte, verwehen ließ.
Mit einem Ruck riss ich mich von der Aussicht los und wandte mich dem Raum zu. Ich lehnte mich ans Fensterbrett, hinsetzen konnte ich mich nicht.
„Paul, bist du da?", fragte ich in der Hoffnung, ihn wie meine Cousine Tilly erreichen zu können. Doch so sehr ich in mich fühlte, Paul war nicht da. Ich ließ den Blick nochmals durch den Raum schweifen und plötzlich erfüllte mich tiefste Traurigkeit. Denn erst hier und jetzt begriff ich, dass ich ihn endgültig verloren hatte. Und diese Erkenntnis schockierte mich zutiefst, denn offenbar hatte ich das bis jetzt nicht realisiert. Und nun kamen die Tränen, die in dieser Form noch nicht geweint worden waren, und ich stürzte entsetzt aus dem Zimmer.

Beim Empfang stand Max und sprach mit Pauls Sekretärin, von Daniel und Elisabeth war keine Spur mehr zu sehen. Als er mich anschaute, begriff er in der Sekunde, was passiert war. Er ging langsam auf mich zu und nahm mich behutsam in die Arme. Und ich lehnte mich an seine Brust und weinte bitterlich, bis sein edler Anzug einem feuchten Lappen glich. Als meine Tränen vor Erschöpfung versiegten, sagte er leise:

„Komm, lass uns von hier verschwinden." Dann nahm er mich bei der Hand und führte mich hinaus aus diesem Haus voller Erinnerungen.

Wir gingen an das nahe Salzachufer und setzten uns wortlos auf eine Bank. Er sagte nichts, ließ mir Zeit, mich zu sammeln. Nach einigen Momenten, die ich wieder in das Wasser gestarrt hatte, sagte ich:

„Danke. Ich habe es erst jetzt kapiert."

Er nickte.

„Das habe ich gesehen. Du warst die ganze Zeit so gefasst, das musste irgendwann kommen."

Dann schwiegen wir wieder für lange Zeit. Irgendwann wurde es dann leichter, so, als ob die Salzach meine Trauer mit sich genommen hätte. Max bemerkte das, denn er sagte:

„Wollen wir eine Kleinigkeit essen gehen?"

Ich nickte und stand wackelig auf. Er legte seinen Arm um meine Schulter und so schlugen wir den Weg in die Altstadt ein, um langsam wieder ins Leben zurückzukehren.

KAPITEL 31

Dann war endlich das Sommersemester vorbei und Sarah kam heim. Sie war schmäler geworden und ihre Unbekümmertheit schien ihr abhandengekommen zu sein. Oft sah ich sie allein an der Hauswand oder unter dem Lindenbaum sitzen. Sie tat mir unendlich leid.

Eines schönen Nachmittags ging ich zu ihr und fragte:

„Ist es okay, wenn ich mich zu dir setze?"

Sie schaute auf und sagte:

„Ja, klar."

Ich hatte Holunder-Saft mitgebracht, den ich nun mit den Gläsern auf den Tisch stellte. Ich schenkte uns ein, sagte aber nichts, hoffend, dass sie von sich aus beginnen würde zu sprechen.

Als nichts von ihr kam, ergriff ich die Initiative:

„Weißt du", begann ich, „das Leben ist schon wirklich merkwürdig. Immer wenn man denkt, dass man wo ankommt, schubst es einen aus der Komfortzone. Und schon muss man erneut von vorne beginnen. Dabei kann man nur hoffen, dass bei allem Chaos doch ein tieferer Sinn in allem steckt."

„Ich bewundere dich, Mama, wie du das alles wegsteckst", sagte nun mein Kind und nahm einen Schluck Saft.

Ich lachte auf.

„Was bleibt mir schon anderes übrig? Ich hatte keine Wahl, ich muss einfach hinnehmen, was passiert ist. Du hingegen tust mir unendlich leid. Dass sich ein Mensch so verändern kann, ist schon ein harter Schlag. Ich kann mir vorstellen, wie verletzt du bist. Du bist das wahre Opfer in dieser Tragödie."

Sie dachte einen Augenblick nach, dann sagte sie:

„Die Enttäuschung ist wirklich sehr groß, denn ich habe Daniel als klugen und gewissenhaften Mann eingeschätzt. Dass er sich so von uns abwendet, hätte ich nie gedacht. Aber ich komme schon darüber hinweg. Ich werde den Sommer mit den Pferden genießen, und wenn im Herbst das neue Semester beginnt, dann bin ich sowieso wieder abgelenkt."

„Recht hast du, andere Mütter haben auch schöne Söhne. Du bist noch so jung, da werden dir schon noch ein paar Märchenprinzen über den Weg laufen." Ich zwinkerte ihr zu.

Sie lachte hell auf und ich lachte mit ihr mit, denn nun erzählte sie von ihren schrägen Bekanntschaften in München. Und plötzlich waren wir wieder im vertrauten Mutter-Tochter-Modus.

„So viel zu Märchenprinzen", schloss sie ihre Erzählung, um dann ernst fortzufahren: „Wirst du über Paul hinwegkommen?"

Ich schaute Moses zu, der sich gerade in der Sonne räkelte.

„Ich habe keine Ahnung. Weißt du, es war nicht alles so perfekt. Manchmal hatte ich Zweifel, ob wir überhaupt zusammenpassen würden. Paul war tatsächlich ein Märchenprinz, doch ob wir auf lange Sicht glücklich geworden wären, weiß ich nicht. Solch ein Reitstall ist schon sehr fordernd, und ob die gegenseitige Toleranz in schwierigen Zeiten gereicht hätte, kann man nicht sagen."

Sarah starrte mich erstaunt an.

„Du meinst das ernst, oder?"

Ich nickte.

„Ja, unsere Welten waren doch sehr verschieden. Schau mal genau hin. Liebe kann sich im Alltag abnutzen, und wenn es dann nicht genug Gemeinsamkeiten gibt, dann bleibt nur noch Frust." Ich ließ die Worte ein wenig wirken, bevor ich fortfuhr: „Vielleicht hat uns das Schicksal davor bewahrt. So wird Paul auf ewig mein strahlender Traummann bleiben." Ich zuckte mit den Schultern und lächelte Sarah an. Dann sagte ich: „Und wann reiten wir das erste Turnier?"

Einige Tage später kam Sepp zu mir in die Küche. Ich bereitete gerade das Mittagessen zu, als er die Nase zur Tür hereinstreckte.

„Störe ich?", fragte er.

Ich schob den Auflauf ins Rohr und sagte:

„Nein, nein, komm nur herein."

„Na, du soist aussa kumma", klärte er mich auf.

Ich sah ihn erstaunt an.

„De Schrittmaschin is fertig, da Leo und ich würden sie dir gerne zeigen." Er strahlte mich an.

„Wirklich? So schnell? Das ist ja Wahnsinn!", freute ich mich und schlüpfte in meine Schuhe.

Hinter dem Stall stand das Meisterstück. Leo lehnte lässig beim Eingang und strahlte mit der Sonne um die Wette. Als ich näherkam, drückte er einen schwarzen Knopf und augenblicklich begannen sich die Zwischenwände zu drehen. Ich klatschte begeistert in die Hände. Leo drehte nun an einem Schalter und die Geschwindigkeit änderte sich. Nach einiger Zeit blieb sie stehen und änderte die Bewegungsrichtung. Ich war ehrlich beeindruckt.

„Dass ihr das selbst gebaut habt, glaubt kein Mensch. Sie sieht so professionell aus, damit könntet ihr in Serie gehen“, bewunderte ich das Werk.

Leo lachte.

„Wäre eine Überlegung wert, hat richtig Spaß gemacht. Jedoch brauchst du dann einen neuen Stallmeister.“

„Um Gottes Willen, nein!“, rief ich. „Bitte nicht!“

Sepp grinste.

„I glaub, die Hanni hätt a wos dagegen. In letzter Zeit woar i net fü daham. Sie hot scho gefragt, wanns denn endlich fertig wird. Sie wünscht sich nämlich a klans Gloshaus.“

„Na, dann bist du ja sowieso gut gebucht. Somit wird dir eh nicht langweilig“, neckte ich ihn.

„Na, na, dei Mama was mi scho zu beschäftigen“, bestätigte jetzt Sepp.

„Aber vergiss nicht, dass Leo in drei Wochen in Urlaub geht und du ihn vertreten musst“, erinnerte ich ihn nun vorsichtshalber.

„Ka Sorge, meine Pferd vergiss i scho net“, beruhigte mich Sepp. „I geh jetzt essen, Mahlzeit“, sagte er und wandte sich zum Gehen.

„Um Gottes Willen, der Auflauf!“, rief ich und rannte los. Den hatte ich völlig vergessen.

KAPITEL 32

Wir saßen bei Tisch unter der Linde. Sarah, Leo, Sophie und ich versuchten, den etwas knackigen, weil leicht angebrannten Nudelauflauf zu essen, als ein eleganter Jaguar in den Hof rollte. Alle blickten neugierig auf. Ich runzelte die Stirn. Dieses Auto hatte ich schon einmal gesehen. In dem Moment schwang die Tür auf und Max stieg im lässigen Freizeitoutfit aus. Er kam lächelnd auf uns zu und sagte:

„Verzeiht meinen Überfall. Ich war gerade in der Nähe und da dachte ich, ich schaue einmal bei euch vorbei. Ich hoffe, ich störe nicht."

Ich war aufgestanden, um ihn zu begrüßen.

„Selbstverständlich störst du nicht. Nur kann ich dir leider nichts zum Essen anbieten, der Nudelauflauf ist unserer neuen Führanlage zum Opfer gefallen."

Er warf einen Blick auf die verschmorten Nudeln und begann zu lachen.

„Hm, die sehen interessant aus." Er grinste.

Ich zuckte mit den Schultern.

„Zum Glück haben wir noch gute Zähne."

„Jetzt noch immer?", giggelte Max und alle lachten.

„So, jetzt räume ich diese Schande weg und bringe Kaffee und Kuchen. Möchtest du auch einen?", beendete ich das Desaster.

„Wenn er nicht abgebrannt ist, gerne“, nahm mich Max weiter auf die Schippe, während die anderen unseren Schlagabtausch interessiert verfolgten.

Die Kaffeerunde wurde dann von Max gut unterhalten, hatte er doch wie immer etwas zu erzählen. Als sich die Gesellschaft aufgelöst hatte und wir allein unter der Linde saßen, fragte er mich:

„Wie geht’s dir?“

Ich atmete aus.

„Gut, denke ich. Zum Glück gibt es hier immer so viel zu tun, dass ich wenig Zeit zum Nachdenken habe.“

Er sah mich interessiert an. Das war mir unangenehm, sodass ich gleich von mir ablenken wollte. Daher fragte ich, was mich ohnehin brennend interessierte:

„Hast du Kontakt zu Daniel?“

Er kniff ein wenig die Augen zusammen, als ob er überlegen musste, was er antworteten sollte. Dann sagte er:

„Was soll ich sagen? Die ganze Situation hat ihn ziemlich überfordert. Natürlich hat er Unterstützung bei seiner Mutter gesucht. Sein Erbe ist beträchtlich: Das Haus an der Salzach, in dem die Kanzlei ihren Sitz hat, ist allein schon Millionen wert. Dann das Haus in der Altstadt, in dem Pauls Wohnung liegt.“

„Moment“, unterbrach ich ihn. „Das ganze Haus gehörte ebenfalls Paul?“

Max sah mich erstaunt an.

„Ja, klar. Wusstest du das nicht?“ Ich schüttelte nur den Kopf, wieder einmal erschüttert über die Geheimniskrämerei meines Verlobten. „Nun ja“, fuhr Maximilian fort, „dann das Mietshaus in Hallein.“

Ich sog hörbar die Luft ein. Max sah mich irritiert an.

„Lass gut sein“, bat ich. „Der Junge hat mit einem Mal ziemlich viel Verantwortung, mit der er überfordert ist, ich verstehe“, sagte ich in einem schärferen Ton als beabsichtigt. Max schwieg und gab mir Zeit.

Dann, nach einer Weile, sagte er vorsichtig:

„Theresa, ich möchte mich entschuldigen. Ich wollte nicht so viel Leid über euch bringen. Es ist ein entsetzlicher Gedanke, was ich mit meiner Narretei verursacht habe."

Ich sah ihn müde an.

„Man kann seinem Schicksal nicht entgehen, Max. Warum also quälst du dich? Paul wollte mit dir fahren. Paul hat diese Kurve falsch eingeschätzt. Er allein hat diesen Unfall zu verantworten."

Max legte eine Hand auf meine.

„Ich bewundere dich, Thesi. Du bist so gefasst in all diesem Wirrwarr."

Ich lächelte traurig.

„Was bleibt mir schon anderes übrig? The Show must go on."

„Darf ich dich einmal nach Asten einladen? Der Bergsommer verschwendet gerade seine besondere Blütenpracht."

Ich blickte ihn erstaunt an.

„Warum eigentlich nicht? Ein Ausflug wird mir sicher guttun", sprach ich aus, was ich dachte.

Am Abend setzte ich mich allein in die Stube. Hier hatte ich einen schönen Platz für Pauls Madonna gefunden. Ich hoffte noch immer, dass ich über sie mit Paul in Kontakt treten konnte. Ich sah sie also lange an, registrierte ihr zartes Lächeln, das im letzten Abendlicht einen ganz besonderen Ausdruck bekam, und fragte:

„Wieso stoße ich immer wieder auf Geheimnisse von dir? Ich habe dir vertraut. Das hast du offensichtlich nicht, wie sonst kann ich mir die immer noch auftauchenden Neuigkeiten erklären? Was werde ich noch über dich erfahren? Und warum war ich dir keine persönlichen Worte wert? Wer war ich für dich?“

Ich starrte die Heiligenstatue an, doch nichts geschah. Paul war fort und mit ihm all die Antworten, die mir so wichtig gewesen wären.

KAPITEL 33

Dann kam das nächste Wochenende mit meinem ersten Turnierstart, zu dem ich mich leichtsinnigerweise von Michael hatte überreden lassen. Selbstverständlich war der Fanclub mit dabei: Mama und Sepp und sogar Sophie, die sich dieses Ereignis nicht entgehen lassen wollte.

Die drei fuhren mit Mamas Kleinwagen hinter unserem Pferdeanhänger her. Ich war darüber sehr froh, da ich vor Nervosität keine Nerven für Smalltalk gehabt hätte. Michael steuerte konzentriert und stumm den Wagen und Sarah saß schweigsam auf der Rückbank. Ich starrte auf die Straße vor mir und bereute mit jedem Kilometer, den wir dem Turnierplatz näher kamen, meine Entscheidung. *Du alte Kuh. Das hast du ja fein hinbekommen. Zuerst denken und dann reden! Das solltest du mittlerweile schon gelernt haben. Aber nein, nur keine Schwäche zeigen. Das hast du jetzt davon*, haderte ich mit meiner spontanen Zusage. Ich seufzte. Michael sah mich von der Seite an.

„Bleib cool. Du kannst das und du hast einen Profi als Partner."

Ich sagte nur: „Mhm." Zu mehr war ich nicht imstande. Ich rutschte unruhig auf dem Sitz umher in der Hoffnung, bald anzukommen. Denn nun meldete sich auch noch mein Gedärm, das dringend um Entleerung bat.

Als ich endlich auf Amors Rücken saß, wurde es besser. Genau genommen hatte mich schon die Parcoursbesichtigung ein wenig beruhigt. Die Linie war flüssig und die Höhe der Hindernisse für Amor ein Kinderspiel. Nun beobachteten mich meine Begleiter am Abreiteplatz, wo schon einiges los war. Michael stand neben einem Aufwärmsprung und gab mir Anweisungen, während ich voll damit beschäftigt war, keinen anderen Reiter zu behindern. „Sprung frei" ging es im Sekundentakt von allen Seiten und ich musste mich erst an den Tumult gewöhnen. Mit der Zeit aber hatte ich den Dreh heraus und gliederte mich in das Geschehen ein.

„Noch ein Reiter, Thesi!", hörte ich Michael rufen.

Ich wendete Amor, um beim Einritt zu halten.

Da stand meine Mutter mit einem Plastikbecher in der Hand.

„Ist das Wasser?", fragte ich, weil meine Kehle ziemlich trocken war. Sie nickte und reichte mir den Becher aufs Pferd. Gierig trank ich einen großen Schluck, während die Reiterin vor mir den letzten Sprung absolvierte. Die Flüssigkeit nahm mir den Atem, denn von Wasser war keine Rede! Der Wodka lenkte dermaßen meine Aufmerksamkeit auf sich, dass ich wie im Rausch in den Parcours einritt. Ich grüßte das Richterkollegium, dann ertönte die Glocke als Zeichen der Startfreigabe. Von nun an lief alles von allein ab: Ich wendete Amor, trabte an und zeigte ihm am Weg zur Startlinie noch ein paar Hindernisse, genau wie Michael es mir gesagt hatte. Dann galoppierte ich an und fixierte den ersten Sprung. Alles ging ganz leicht. Mit jedem Sprung wurde ich selbstsicherer, und als ich durch die Ziellinie ritt, hörte ich den Jubel meiner Lieben.

„Null Fehler in der Zeit", hörte ich den Platzsprecher, während ich mich nach vorne beugte und Amors Hals tätschelte. Schwungvoll trabte ich vom Platz.

An der Absperrung stand nun meine begeisterte Familie und, ich konnte es kaum glauben, Maximilian von Hohenstein. Alle klatschten und riefen mir lobende Worte zu. Ich lachte von einem Ohr zum anderen und ließ Amor den Zügel lang.

Nach ein paar Minuten glitt ich vom Pferd, lockerte seinen Bauchgurt und ging zu Michael, der neben Sarah und dem Rest der Fangemeinde stand.

„Gut gemacht", lobte er und klopfte Amors Hals. „Und wie ich sehe, dürfte es dir auch gefallen haben."

„Ja, es war ein unglaubliches Erlebnis. Jetzt kann ich Sarah verstehen, die so gerne hoch hinauswill. Beim Turnier ist das noch einmal ein ganz anderes Feeling."

„Es war sehr schön anzusehen. Ich bin sehr stolz auf euch", meldete sich nun meine Mutter zu Wort.

Ich sah sie an und augenblicklich fiel mir die Wodkafalle wieder ein.

„Apropos. Was war denn das für eine bescheuerte Aktion?", fragte ich sie nun streng.

Sie kicherte.

„Nun, du warst so nervös. Gib zu, er hat dich beflügelt."

„Beflügelt hat mich Amor. Beseelt trifft es besser."

„Ist es nicht egal, was er gemacht hat? Hauptsache, du bist etwas lockerer geworden", stellte sie ohne die geringste Spur von Reue fest.

Ich schüttelte den Kopf, dann wandte ich mich Sarah zu:

„Wann bist denn du dran?", fragte ich und blickte auf die Uhr.

„Ich habe die Startnummer fünfzehn. Jetzt gibt es die Siegerehrung für deinen Bewerb. Dann werden die Sprünge höher gemacht und dann gibt es wieder eine Besichtigung. Na ja, und anschließend bin ich ca. zwanzig Minuten später dran", erklärte sie mir. Mit diesen Worten drehte sie sich um und ging zu Princess.

Erst jetzt fiel mir wieder ein, dass Max ja auch da war. Den hatte ich in all der Aufregung völlig vergessen.

„Maximilian, was machst denn eigentlich du hier?", fragte ich fast ein wenig unhöflich.

Er sah mich leicht spöttisch von oben herab an und sagte:

„Mir ist zu Ohren gekommen, dass die berühmte Lindenhofchefin heute ihr erstes Turnier bestreitet. Und so etwas wollte ich mir einfach nicht entgehen lassen. Im Übrigen, ich denke, du wurdest gerade aufgerufen."

„Echt?" Ich blickte mich verwirrt um und sah, dass die anderen Reiter, die fehlerfrei geblieben waren, bereits auf den Platz zur Siegerehrung ritten. „Mist, das habe ich überhört!", rief ich und sah mich nach einer geeigneten Aufstiegshilfe um. Denn Amor war sehr groß und die Steigbügel zum Springreiten sehr kurz. Teufel, wie sollte ich jetzt schnell aufs Pferd kommen? Doch da stand Max auch schon neben mir.

„Brauchst du Hilfe?", fragte er amüsiert.

„Äh, ja, bitte", stöhnte ich und hielt ihm mein abgebogenes Bein hin. Er fasste es am Knie, hob mich hoch und schon saß ich im Sattel.

„Los, beeil dich!", rief Mama und ich trabte augenblicklich los, gerade noch rechtzeitig, um meine erste Schleife in Empfang zu nehmen.

Viel Zeit blieb mir nicht, Amor abzusatteln und zu versorgen. Denn schon kurz darauf musste ich mich um Princess kümmern, während Sarah und Michael den Parcours besichtigten. Bei ihr lief alles sehr routiniert ab. Ein Jahr nach ihrer Lizenzprüfung sah der Ritt schon ganz anders aus. Princess war noch immer ein „Überflieger", wie man in der Reiterei so schön sagte, doch nun wusste mein Kind, wie die Energie der Stute gezielt eingesetzt werden konnte. Michael war sehr zufrieden mit den beiden, obwohl ein Flüchtigkeitsfehler eine Platzierung vereitelt hatte. Max hatte an meiner Seite den Ritt mitverfolgt. Nun sagte er:

„Ich habe euch zwei springen sehen, als ich das erste Mal mit Paul bei euch war. Es hat mich damals schon beeindruckt. Hier jedoch, in dieser Atmosphäre, hat es etwas Magisches. Ich bereue es nicht, hierhergekommen zu sein."

Ich lächelte ihn an, denn seine Worte taten mir wirklich gut.

„Dankeschön", sagte ich also, „ich freue mich, dass es dir gefällt. Für mich war das eine echte Überwindung und ich bin froh, dass es so gut gelaufen ist."

Er sah mich geradezu zärtlich an.

„Nach dem Wodka im Plastikbecher warst du die zweite Überraschung des Tages."

Ich lachte und stellte fest, dass ich mich tatsächlich sehr über seinen Besuch freute. Paul war kein einziges Mal auf ein Turnier mitgefahren.

„Wos hobts denn zum Plaudern?", fragte Sepp, der gerade zu uns gestoßen war.

„Ich spreche über die Überraschungen des heutigen Tages", erklärte ich ihm.

Er legte den Kopf schief und meinte:

„A so a Überraschung woa dein Ritt a net. Da Amor is ja a oida Turnierhos."

„Der Amor schon, aber ich nicht." Ich lächelte. „Davon habe ich aber gar nicht gesprochen, vielmehr von Mamas Wodkaanschlag."

Jetzt lachte er auf.

„Jo, de Hannerl, des hots guat gemocht. Dei Gsicht hättest sehn soin! Des woar afoch göttlich."

„Na, Hauptsache, ihr hattet euren Spaß."

„Na, na. Des hot da gholfn, glaub ma des."

Ich dachte nach.

„Wahrscheinlich hast du recht. Ich war schon sehr verkrampft“, gab ich ihm recht und er nickte zufrieden.
„Apropos, gehen wir noch etwas trinken?“, fragte nun Max.

KAPITEL 34

Auf der Heimfahrt analysierten Sarah, Michael und ich die Ritte nochmals ganz genau. Sarah hatte schon weitere Turniere geplant und fragte mich nun:

„Na, Mama, wie sieht es aus? Bist du mit dabei?"

„Klar ist sie mit dabei", ließ mich Michael gar nicht zu Wort kommen.

Genau in diesem Moment begann plötzlich ein merkwürdiges Klopfen im Motorraum.

„Was ist denn das jetzt?", fragte meine Tochter aus dem Fond des Wagens. Michael und ich sahen uns an. Das Klopfen ging in ein scharrendes Geräusch über und unser Trainer schaltete die Warnblinkanlage ein, während er den Wagen am Fahrbahnrand zum Stehen brachte.

„Was kann das sein?", wandte ich mich an ihn.

„Die Wassertemperatur ist ziemlich schnell nach oben gegangen, vermutlich ist die Wasserpumpe kaputt", mutmaßte er.

Ich stöhnte.

„Meinst du, wir können weiterfahren?"

Er kratzte sich am Kinn.

„Soviel ich weiß, ist das keine gute Idee."

„Was machen wir denn jetzt?", mischte sich Sarah ein.

„Wir müssen ein anderes Zugfahrzeug organisieren", meinte Michael.

„Habt ihr gesehen, mit welchen Auto Maximilian da war?“, fragte ich.

Michael schüttelte bedauernd den Kopf, während Sarah sagte:

„Ich glaube, ich habe ihn zu einem Mercedes gehen sehen. Das war wohl so einer, wie ihn Jäger oft fahren.“

Augenblicklich wählte ich Maximilians Nummer.

„Thesi, schon Sehnsucht nach mir?“, scherzte er, als er abhob.

„Eher nach deinem Auto, wo bist du denn schon?“, fragte ich frech und erklärte ihm die Sachlage.

Nach fünfzehn Minuten war Max zur Stelle, die beiden Männer hängten den Anhänger professionell um und sie fuhren mit Sarah und den Pferden nach Hause. Ich blieb bei meinem Wagen und wartete auf den Pannendienst. Dieser lobte unsere Vernunft, nicht mehr weitergefahren zu sein, und schleppte das Auto ab.

Maximilian ließ es sich nicht nehmen, mich von der Werkstatt, zu der mein Auto gebracht worden war, abzuholen.

„Jetzt hast du den ganzen Tag wegen uns verloren“, sagte ich auf der Heimfahrt.

„Halb so schlimm“, antwortete er und fuhr leicht verschmitzt fort: „Außerdem gibt es jetzt im Stall den warmen Apfelstrudel deiner Mutter. Und wie ich gehört habe, sollte man sich den nicht entgehen lassen.“

„Na, dann sage ich jetzt einfach mal danke.“

„Keine Ursache, wann fahren wir übrigens einmal nach Wagrain? Du hast es versprochen.“

„Geht das auch unter der Woche? Jetzt in den Ferien sind die Wochenenden immer sehr stressig.“

„Klar, das kann ich mir einteilen. Ich rufe dich in den nächsten Tagen an.“

Damit bogen wir schon in den Hof hinein, wo Mama bereits fleißig den Tisch unter der Linde deckte.

Es war das erste Mal, dass meine Mutter Maximilian näher kennenlernte. Bis dahin hatte sie nur meine Erzählungen gekannt, die ja zumeist nicht sehr schmeichelhaft gewesen waren. Nun erlebte sie seine Weltgewandtheit, seine Bildung und natürlich seine hervorragenden Manieren hautnah. Er führte gepflegte Konversation, auch mit Sepp, und fügte sich dadurch wunderbar in die Gesellschaft ein. Ihren Apfelstrudel lobte er in höchsten Tönen, und als er nach einer Stunde zum zweiten Mal aufbrach, glänzten ihre Augen bei der Verabschiedung, die da gelautet hatte:

„Gnädige Frau, Ihr Apfelstrudel hätte auch Kaiser Franz Josef beeindruckt."

Ich schmunzelte in mich hinein. Was für ein Charmeur er doch war! Ich musste aber zugeben, dass er mittlerweile auch mich ein wenig für sich eingenommen hatte. Das verwunderte mich selbst ein bisschen. Beim näheren Nachdenken verstand ich aber, dass Paul mit seiner Begeisterung zu dieser Männerfreundschaft zwischen uns gestanden hatte. Nun, da Paul nicht mehr da war, konnte ich Maximilian in einem objektiveren Licht sehen.

KAPITEL 35

Eineinhalb Wochen später holte mich Max um acht Uhr ab, um mit mir nochmals nach Asten zu seinem geliebten Bergbauernhaus zu fahren. Es war ein schöner Sommermorgen und ich genoss die Fahrt in dem feudalen Wagen. Nur ein paar Monate war es her, dass ich mit Paul diesen Weg genommen hatte. Der Gedanke daran erschien mir unwirklich. *Paul, warum sprichst du nicht mit mir?*, fragte ich ihn in Gedanken und war mit einem Mal sehr traurig. Max fiel meine Schweigsamkeit auf.

„Theresa, du bist so still. Bedrückt dich die Fahrt nach Asten? Bereust du deine Zusage?"

Ich sah ihn an. Konnte ich mit ihm offen reden?

„Nein, ich freue mich auf den Tag in den Bergen", sagte ich also vorsichtig.

„Aber?"

„Nichts aber. Es ist nur so, dass ich mit meiner Cousine Tilly noch immer Kontakt habe. Halte mich für verrückt, aber es ist so. Sie war eine sehr kluge Frau. Wenn ich nicht weiter weiß oder Kummer habe, ist sie noch immer für mich da, so komisch das auch klingen mag." Max schwieg. Ich merkte, dass er mich damit einlud, weiterzusprechen. „Ich habe so gehofft, dass es mit Paul genauso wird. Aber er ist nicht da. Er hat mich einfach wortlos verlassen. Da wäre so vieles noch zu sagen. Manchmal spreche ich mit seiner Madonna. Es kommt aber nichts zurück. Und das macht mich einsam."

Maximilian nickte, wartete aber noch mit einer Antwort. Dann, nach einer Weile, sagte er:

„Mit der Geisterwelt und ihren Regeln kenne ich mich nicht aus. Ich kann dir nur anbieten, mit mir zu reden, wann immer du magst. Natürlich kann ich Paul nicht ersetzen. Aber ich kann dir ein guter Freund sein, wenn du das möchtest."

Ich sah zum Fenster hinaus. Dann sagte ich:

„Wie es aussieht, bist du das schon geworden."

Der Tag auf Asten spielte alle Stückerln. Neben Maximilians legendärer Gastfreundschaft ließ der Bergsommer all meine negativen Gedanken verblassen. Wir wanderten auf einem schmalen Weg entlang neben üppig blühenden Almweiden. Immer wieder blieb ich stehen, um besonders hübsche Blumen zu bewundern oder sogar zu fotografieren.

„Schau nur, da blüht Enzian!", rief ich entzückt.

Max lachte.

„Ja, und dort drüben leuchtet der Almrausch herüber, siehst du ihn?"

Ich sprang über die Wiesen wie ein kleines, lustig über Steine hüpfendes Kind, das gerade die Wunder der Natur entdeckt. Max beobachtete mich dabei. Ihm schien meine Begeisterung zu gefallen.

Weit oben am Berg setzten wir uns schließlich ins weiche, kurze Gras und schauten versonnen in das tief unter uns liegende Tal. Wie klein die Welt da unten war. Und auch mein Kummer schien dort unten in dieser anderen Welt geblieben zu sein. Ich bemerkte ihn in mir fast gar nicht mehr und das war ein wunderbares Gefühl.

Der warme Wind sang in den Bäumen und über uns segelten Alpendohlen. Ich legte mich zurück in das kurze Gras und beobachtete ihren Flug.

„Hier ist man dem lieben Gott ganz nah", sagte ich nachdenklich. „Obwohl ich mit ihm über Kreuz bin, muss ich das zugeben."

Max sah mich erstaunt an.

„Warum bist du mit Gott über Kreuz?", fragte er.

Ich setzte mich abrupt auf.

„Weil er nicht gütig ist, wie uns die Pfarrer und Religionslehrer immer erzählen wollen. Er verhindert nichts. Sei doch mal ehrlich: Würde ein gütiger, liebender Gott so viel Leid zulassen?"

Max blickte ins Tal.

„Ich glaube, für unser Schicksal ist er nicht zuständig. Das wurde schon woanders geschrieben. Was er aber kann, ist, uns in schwierigen Zeiten Halt geben. Er pflanzt die Hoffnung und die Zuversicht, wenn wir nicht mehr weiterwissen. Wir Menschen erkennen das nur zumeist nicht. Wir erwarten von ihm Wunder, wie es die Kirche verspricht. Ich denke jedoch, das war schon immer nur ein Marketing-Gag, den der findige Klerus erfunden hat."

Jetzt musste ich laut lachen.

„Cooler Gedanke", gluckste ich und Max lächelte zufrieden.

KAPITEL 36

Nach diesem schönen Tag hielt Maximilian den Kontakt. Nicht aufdringlich, sondern in einer fürsorglichen Art.

Als dann mein Geburtstag kam, rief er mich an und fragte:

„Thesi, heute ist dein Ehrentag. Herzlichen Glückwunsch! Dürfte ich irgendwann bei dir vorbeikommen?"

Ich freute mich tatsächlich sehr über seinen Anruf.

„Komm doch zur Kaffeejause am Nachmittag. Mama hat sicher wieder eine zuckerbäckerische Meisterleistung gezaubert."

„Ah, das lass ich mir nicht zweimal sagen! Sehr gerne komme ich. Wann steigt die Fete?"

Ich lachte.

„Fete wohl kaum, eher Kindergeburtstag. Wir haben fünfzehn Uhr dreißig vereinbart."

„Ich werde da sein!", rief er fröhlich ins Telefon und legte auf.

Ich musste schmunzeln, wie sehr sich doch unser Verhältnis verbessert hatte.

Weiter zum Nachdenken kam ich nicht, denn da läutete schon wieder das Handy. Diesmal war mein Ex-Ehemann Kurt dran.

„Happy Birthday to you, happy Birthday to youuuuuuu!", schallte es aus dem Lautsprecher.

„Vielen Dank!"

„Theresa, wie geht es dir? Wirst du heute ein wenig feiern oder ist das noch zu früh?"

Ich schluckte, denn eigentlich hatte ich mir vorgenommen, heute nicht sentimental zu werden.

„Ich feiere mit der Familie. Mama, Sepp, Sarah, Sophie, Leo, Michael und Roswitha kommen zum Kaffee. Ach, und Maximilian Hohenstein, den hätte ich jetzt fast vergessen", stillte ich seine Neugierde.

„Na, da hast du ja mittlerweile eine ganz schön große Familie", bemerkte Kurt.

„Ja, mittlerweile bin ich hier fest verwurzelt."

„Sag, dieser Maximilian Hohenstein, wer ist das?"

„Er war ein guter Freund von Paul."

„Aha, und jetzt tröstet dieser gute Freund die Witwe", kommentierte Kurt unnötigerweise.

Sollte ich mich darüber ärgern? Irgendwie hatte ich keine Lust, auf seine Spielchen einzusteigen. Deshalb sagte ich:

„Besser die lustige Witwe als der alte Mann und die junge Frau", in Anspielung auf Franz Lehár und Johann Nestroy.

„Sehr witzig. Ich lache später. Wie geht's eigentlich unserer Tochter? Die könnte sich auch einmal melden", knurrte Kurt.

Ich grinste und fand es schade, dass er nichts einstecken konnte.

„Gut. Sie hat alle Prüfungen geschafft und nutzt nun die Ferien, um Turnierpunkte zu sammeln."

„Das schon wieder!", stöhnte Kurt, der ja vom Springreiten nichts hielt. „Diese blöden Gäule haben euch völlig den Kopf verdreht."

Jetzt lachte ich lauthals durchs Telefon.

„Mag sein. Wie sieht es denn bei dir und deiner jungen Stute aus? Alles noch im Glück?"

Das war gemein, tat aber unheimlich gut.

„Thesi, echt jetzt?"

„Ja, echt jetzt. Wenn du immer über unser Leben herziehst, brauchst du nicht zu erwarten, dass du verschont bleibst. Wer austeilt, muss auch einstecken können."

„Alles klar. Lassen wir das doch lieber. Chantal und Moritz geht es gut und sie lassen ebenfalls lieb grüßen. Feiere schön und erinnere deine Tochter an ihren Vater und Geldgeber."

„Danke, das werde ich machen, liebe Grüße zurück", beendete ich das Gespräch und schüttelte den Kopf. Kurt schaffte es doch immer wieder, mich herauszufordern.

Der restliche Tag verlief, wie mittlerweile Geburtstage verlaufen: Die Glückwünsche über WhatsApp, Messenger und SMS wollten beantwortet werden und die Anrufe kosteten viel Zeit. Trotzdem freute ich mich über jeden einzelnen. Bevor die Gäste eintrafen, hatte ich mich noch umgezogen und hübsch gemacht. Als ich vorm Spiegel stand und mich schminkte, fielen mir plötzlich Pauls Worte ein: Zieh' dir etwas Hübsches an, hübsch bist du schon. Ich schluckte. Plötzlich war eine unendliche Traurigkeit in mir und ich fühlte mich schrecklich einsam. So stand ich einige Zeit da und starrte Löcher in die Luft, bis Sarah von unten rief:

„Mama? Bist du noch oben? Roswitha und Michael sind soeben eingetroffen."

Abrupt riss ich mich von meinem Spiegelbild los und streifte das bunte Sommerkleid über, das ich schon zurechtgelegt hatte.

Unter der Linde ging es schon lustig zu, denn mittlerweile waren auch die anderen Gäste gekommen. Es wurde gescherzt und gelacht und augenblicklich waren die düsteren Gedanken wie weggeblasen. Während ich meine Geschenke entgegennahm, stellte

Sarah die Blumensträuße ins Wasser und verscheuchte die neugierigen Katzen, die auf Kuchenbeutezug waren. Auch Maximilian war mittlerweile zu uns gestoßen und wartete geduldig, bis er mit der Gratulation an der Reihe war. Dann aber überreichte er mir einen magischen Blumenstrauß in Weiß und Rosa, der allgemeines Entzücken hervorrief.

„Theresa, herzlichen Glückwunsch zum Geburtstag. Du siehst umwerfend aus, wenn du mir das zu sagen gestattest. Möge das neue Lebensjahr dir einen Sonnenplatz schenken." Damit küsste er mich links und rechts auf die Wange und überreichte mir ein überaus geschmackvolles Kuvert. Ich bedankte mich bei ihm und allen anderen und bat sie, Platz zu nehmen.

Dann kamen Mama und Sophie aus dem Haus mit einer Torte, die einmal mehr ein Meisterwerk der Backkunst war. Ein allgemeines „Ah" und „Oh" war zu hören, während ich nun die Kerzen ausblies. Gerade als alle klatschten, stand plötzlich Peter vor mir. Er hatte einen selbst gepflückten Wiesenblumenstrauß in der Hand und sagte schüchtern:

„Hallo Thesi. Ich wollte nur kurz vorbeikommen, um dir auch zu gratulieren. Herzlichen Glückwunsch." Er streckte mir die Blumen entgegen und wurde tomatenrot.

Ich freute mich sehr über diese Geste.

„Peter, ich danke dir. Komm, setz dich zu uns und iss ein Stück Torte mit", sagte ich und deutete auf einen Platz neben Sophie. Das ließ er sich nicht zweimal sagen und schon ging es gemütlich weiter, bis Sophie fragte:

„Wann wirst du denn deine Geschenke auspacken?"

Daraufhin erhob ich mich, sagte: „Jetzt!" und öffnete nach und nach die Päckchen: Von Mama und Sepp bekam ich eine bunte Sommer-Handtasche, von Sarah eine weiße Turnierbluse mit Spitzeneinsatz, von

Sophie und Leo einen Liegestuhl, von Roswitha und Michael ein schickes Reitgilet, auf dessen Rückseite „RC Lindenhof" gestickt war.

„Ihr seid ja alle verrückt!" Ich lachte und Sepp ergänzte meinen Satz:

„So vül Geld ausgeben, des warat do net notwendig gewesen!" Dabei imitierte er meine Stimme und alle lachten.

Gerade als meine Gäste wieder anfangen wollten zu tratschen, rief ich:

„Einen Moment noch. Ich habe Maximilians Kuvert noch nicht aufgemacht." Dabei wedelte ich mit dem Umschlag in der Luft herum.

Nun schauten mich meine Besucher erwartungsvoll an und ich öffnete den eleganten Briefumschlag vorsichtig mit einem Messer. Heraus glitten zwei Eintrittskarten. Neugierig drehte ich sie um und mir stockte der Atem.

„Zwei Karten zum *Jedermann* am Domplatz am 21. August", flüsterte ich und sah Max ungläubig an.

Die Gesellschaft war tatsächlich auch beeindruckt, denn alle schauten nun Max an. Dieser lächelte wissend, während er sagte:

„Ich habe gehört, dass du gerne einmal den *Jedermann* sehen würdest. Das ist keine so große Sache, ich habe einfach meiner Familie diese Karten abgenommen. Sie sind im Förderkreis der Festspiele seit ewigen Zeiten. Ich hoffe, du freust dich."

Ich spürte, wie meine Wangen glühten, als ich sagte:

„Es ist sehr wohl eine große Sache. Ich weiß, dass die Vorstellungen schon ein Jahr im Voraus ausverkauft sind. Diese Überraschung ist dir wahrhaftig gelungen. Ich danke dir sehr und freue mich riesig."

Und während sich alle wieder einander zuwandten, klopfte Sepp Maximilian auf die Schultern und sagte laut heraus:

„Des host guat gemocht. Fia an Grofn bist a patenter Kerl."

Max wusste nicht recht, was er von diesem Kompliment halten sollte, wir anderen bogen uns vor Lachen.

Der Nachmittag ging fließend in den Abend über. Mama und Sophie trugen kalte Platten auf und zündeten Windlichter an. Es wurde gegessen, gelacht und natürlich auch so manches Gläschen geleert. Seit langer Zeit war es wieder einmal ein unbeschwerter Abend im Kreise der Menschen, die nun meinen Lebensmittelpunkt darstellten. Zu später Stunde verabschiedeten sich meine Gäste, so auch Maximilian:

„Von wegen Kindergeburtstag." Er lachte.

„Na ja, ungeplant entstehen die besten Feten", stellte ich nun fest, um gleich hinzuzufügen: „Vielen Dank noch einmal für dieses großartige Geschenk. Woher wusstest du, dass ich mir das schon lange wünsche?"

Max sah ein bisschen wehmütig auf mich herab.

„Paul hat es mir einmal erzählt, Thesi. Sieh es als ein Geschenk von ihm. Ich bin nur sein Bote."

Ich schaute ihn mit großen Augen an und merkte, wie plötzlich Tränen ins Freie drängten. Da nahm mich Max ohne Worte in den Arm und wiegte mich sanft hin und her. Dann flüsterte er mir ins Ohr:

„Du bist eine starke Persönlichkeit, Theresa Klingenbach. Doch das geht auf Dauer nicht. Auch du darfst deine Gefühle zeigen. Lass es einfach zu. Dir selbst zuliebe."

Ich nickte und stieß mich sanft von ihm ab, dann sagte ich:

„Danke, Max. Komm gut heim."

Er lächelte, dann erwiderte er:

„Schlaf gut. Und danke für den vergnüglichen Abend. Das war sehr erfrischend.“ Mit diesen Worten drehte er sich um und ging zu seinem Wagen.

Ich blickte ihm nach, wie er den Hof verließ. Max von Hohenstein war vom Feind zum Vertrauten geworden und das verwirrte mich noch immer.

KAPITEL 37

Die nächsten Wochen vergingen in ruhigen Bahnen. Sarah besuchte einige Turniere und sammelte mit der routinierten Princess fleißig Punkte für ihre Höherreihung der Lizenz. Ab und zu startete auch ich mit Amor in kleineren Springen, die mir völlig reichten. Es machte mir Spaß und mehr wollte ich nicht.

Mit Roswitha ging es manchmal an einen der wunderschönen Seen zum Baden, wenn nicht wieder irgendetwas im Stall dazwischenkam.

Leo und Sophie gönnten sich zwei Wochen Urlaub, in denen Sepp Leo vertrat. Peter schlich in dieser Zeit immer wieder herum und half sogar ein wenig im Stall mit. Ihm schien Sophie wirklich zu gefallen, was ich niedlich fand.

Von Daniel hörten wir nichts mehr und so hatten sich die Wolkensteinschen Männer buchstäblich in Luft aufgelöst. Das tat mir für Sarah unendlich leid. Sie hatte zu diesem Bruch gar nichts beigetragen, nahm es aber mit erstaunlicher Gelassenheit. Zumindest zeigte sie ihre wahren Gefühle nicht. Diese Eigenschaft hatte sie sich in der Zeit am Lindenhof angeeignet: nur keine Schwäche zeigen. Das schien ihr Lebenscredo in allen Situationen zu sein. Ihre Freizeit verbrachte sie mit verschiedenen Freundinnen und trainierte viel und ernsthaft mit Princess unter Michaels Anleitung. Von neuen Männerbekanntschaften erzählte sie nichts.

Maximilian kam ab und zu auf einen Kaffee vorbei und so verging der Sommer außergewöhnlich unaufgeregt.

O

Eines Tages fragte mich meine Tochter beim Frühstück: „Sag, was ziehst du eigentlich zum *Jedermann* an?"

Ich schaute von meinem Morgenkaffee erstaunt auf.

„Keine Ahnung, darüber habe ich noch nicht nachgedacht."

„Na ja, dann solltest du das tun. Immerhin bist du in bester Gesellschaft unterwegs. Salzburger High Society sozusagen."

Ich starrte sie regelrecht an, denn dieser Gedanke war mir überhaupt nicht gekommen. Für mich war Max einfach Max, sein gesellschaftlicher Status war mir einerlei. Andererseits hatte Sarah recht. Neben ihm musste mein Outfit schon gut bedacht sein. Also wählte ich kurz entschlossen seine Nummer. Nach dem zweiten Läuten war er dran.

„Theresa, wie schön! Was verschafft mir die Ehre?", begrüßte er mich ganz seiner Erziehung entsprechend. Ich musste lächeln, verdrehte aber zu Sarah die Augen.

„Hallo Maximilian", grüßte ich zurück und fuhr fort: „Ich möchte nicht zu lange deine Zeit in Anspruch nehmen." Jetzt verdrehte Sarah die Augen und grinste. „Ich wollte eigentlich nur nach dem Dresscode für den *Jedermann* fragen."

Nun lachte auch er.

„Na, Dresscode gibt es keinen. Aber wenn du mich fragst: Ich finde Tracht immer sehr passend, besonders in Salzburg, wo diese Kleidung ja tatsächlich noch zuhause ist. Was hältst du davon?", gab er mir nun die Möglichkeit, mitzubestimmen, was ich tragen wollte.

„Tracht ist perfekt, da stimme ich dir zu."

„Sehr fein, wie geht es euch sonst so?“

„Danke, dass du fragst. Im Moment ist Gott sei Dank alles in Ordnung. Wir genießen die schönen Tage und nutzen sie zum Durchatmen. Es ist bei uns immer so viel los, da ist eine Verschnaufpause schon angenehm.“

Wir übten uns noch ein wenig in Smalltalk, dann verabschiedeten wir uns.

Sarah sah mich erwartungsvoll an.

„Shoppen?“, fragte sie und legte den Kopf schief.

„Shoppen“, bestätigte ich und verspürte ein freudiges Prickeln in mir.

Im Gegensatz zu dem Einkaufsbummel vor einem Jahr war ich diesmal angenehm aufgeregt. Ich hatte mir schon lange nichts mehr Schönes gekauft. Wozu auch, gab es doch sowieso keine Gelegenheit, sich in Schale zu werfen. Für einen gelegentlichen Besuch im Dorfwirtshaus mit Mama und Sepp taten es die alten Klamotten auch. Nun aber lag ein besonderes Ereignis vor mir. Ein Abend in adeliger Gesellschaft! Wer hätte gedacht, dass ich so etwas einmal erleben würde!

Die Wahl fiel auf ein schwarzes, wadenlanges Seidendirndl. Die dazu passende Bluse hatte einen raffinierten Ausschnitt und brachte meine Körbchengröße C gut zur Geltung. Ein seidenes Schultertuch und die dazu passende Seidenschürze machten das Outfit sehr elegant und ich konnte mich an meinem Spiegelbild gar nicht satt sehen.

Wieder zu Hause musste ich es am Abend gleich Roswitha vorführen. Die beäugte mich kritisch und stellte fest:

„Du gehst also shoppen und nimmst mich nicht mit? Hmmm. Na ja, was soll ich sagen.“ Dabei zog sie die Stirn kraus und wiegte den Kopf hin und her.

Ich sah sie ängstlich an. Was war los? Wieso gefiel es ihr nicht? Ich war augenblicklich verunsichert. Als sie meinen verzweifelten Gesichtsausdruck sah, begann sie zu lachen. „Thesi, lass dich nicht foppen! Es ist wunderbar! Du siehst aus wie die Kaiserin Sissi in ihren Jugendjahren."

Nun lachte ich erleichtert auf.

„Du hast mir einen Schrecken eingejagt! Dieser kritische Blick von dir! Und du willst meine beste Freundin sein! Schäme dich."

Wir lachten beide herzlich, bis Roswitha wieder ernst sagte:

„Da muss aber schon eine ordentliche Frisur her. Ich mache dir einen Termin bei meiner Friseurin und keine Widerrede!"

Und so kam der große Tag näher und ich schwankte zwischen Vorfreude und Aufregung. Denn Maximilians Familie traf sich vor der Vorstellung zu einem kleinen Empfang in einem Lokal nahe dem Domplatz. Ich kannte seine Schwester und ihren Mann nur flüchtig. Seine Mutter hatte ich noch nie gesehen und dementsprechend mulmig war mir zumute. Obwohl das lächerlich war, denn ich war ja nur die Freundin seines verstorbenen Kumpels und so konnte es mir ja eigentlich egal sein, wie ich bei seiner Familie ankam. Es war mir aber nicht egal.

KAPITEL 38

Als ich mit Maximilian das Lokal betrat, empfing uns leise Klaviermusik und gedämpftes Gemurmel. Ich straffte meine Schultern, um meinem perfekten Aussehen auch die richtige Körpersprache zu geben. Doch entgegen allen Befürchtungen wurde ich freundlich empfangen. Wir tauschten Höflichkeiten aus und man stellte mir bedeutende Persönlichkeiten der Salzburger Politik und Wirtschaft vor. Ich nippte an meinem roséfarbenen Champagner und lauschte verschiedenen Konversationen, als plötzlich Dr. Joachim Rumpler an mich herantrat.

„Frau Klingenbach, wie schön, Sie wiederzusehen. Wie geht es Ihnen?"

Ich war ehrlich überrascht, Pauls Kompagnon anzutreffen, und stammelte daher etwas verworren:

„Herr Dr. Rumpler, welch eine Überraschung! Danke, dass Sie fragen, ja, es geht. Es muss ja. Wie geht es Ihnen?"

„Nun ja, es gibt sehr viel Arbeit. Alle liegengebliebenen Agenden von Paul müssen ja bearbeitet werden. Ich bin auf der Suche nach einem neuen Partner. Auch die diversen bürokratischen Erfordernisse verschlingen Unmengen an Zeit. Da ist diese Einladung, die ich übernehmen durfte, geradezu eine Wohltat." Er lächelte mich freundlich an.

Was hatte er da gesagt? Diese Einladung hatte er von Paul übernommen? Paul hatte diesbezüglich nichts erwähnt.

„Ach, Paul hat also auch eine Einladung erhalten, wie nett von der Familie Hohenstein“, sagte ich also leichthin.

„Aber selbstverständlich! Paul war ja als langjähriger Notar der Familie von Hohenstein jedes Jahr bei diesem Ereignis dabei“, bestätigte nun der gute Mann, der offenbar gar nichts checkte.

„Ja, natürlich! Wie hatte ich das nur vergessen können“, stotterte ich nun und beendete eilig das Gespräch mit dem Vorwand, mich frisch machen zu müssen.

Auf der Toilette starrte ich in mein Spiegelbild. Wer war diese Frau mit dem kunstvollen Haarknoten, der ihr Gesicht so perfekt zur Geltung brachte? Pauls Hufeisen glitzerte im Licht der Beleuchtung. Paul. Mit wem war Paul zu diesen Einladungen gegangen? Und warum hatte er mir nie die Chance gegeben, ihn zu diesen Kreisen zu begleiten? Hatte er nicht geglaubt, dass ich hier bestehen würde? Hatte er sich vielleicht für mich geschämt? Für mich, die Reitstall-Thesi? Ich schluckte und betupfte vorsichtig meine Augenwinkel, um das perfekte Make-up nicht zu zerstören. Dann ging ich wieder zurück zu der Gesellschaft, die Paul mir offensichtlich nicht zugetraut hatte.

Es wurde ein fantastischer Abend. Die Gäste der Familie Hohenstein waren reizend und ich genoss mit jeder Minute mehr ihre Gesellschaft. Nach dem allgemeinen Aufbruch zum Domplatz blieb Maximilian stets an meiner Seite. Wer uns nicht kannte, hielt uns sicher für ein perfektes Paar, denn unsere Outfits passten vorzüglich zusammen, geradezu, als hätten wir es gemeinsam ausgesucht.

Gebannt verfolgte ich das Leben und Sterben des reichen Mannes, beeindruckt von dem ausdrucksstarken Worten und der unglaublichen Kulisse. Salzburg war einfach wunderbar und ich spürte die Demut, die mich erfasste. An solch einem Ort leben zu dürfen, war ein Privileg, dessen man sich immer bewusst sein sollte.

Nach der Vorführung löste sich die Gesellschaft auf.

„Wollen wir noch eine Kleinigkeit essen gehen?", fragte mich Max. „Die Kanapees waren ja köstlich, meinen Magen haben sie jedoch nicht gefüllt."

Ich sah zu ihm auf und antwortete:

„Nachdem sie ja schon drei Stunden verdaut wurden, ist bei mir auch wieder Platz. Sehr gerne gehe ich noch mit."

Damit legte er wie selbstverständlich seinen Arm um meine Schultern und führte mich in die engen Gässchen der Altstadt.

Der Wein schimmerte golden in den Gläsern, das Kerzenlicht spiegelte sich in Maximilians Augen. Ich musste zugeben, dass er ein äußerst romantisches Lokal ausgesucht hatte. Wir ließen den *Jedermann* Revue passieren und genossen dabei spanische Tapas. So einen Abend hatte ich schon lange nicht mehr erlebt und ich genoss ihn in vollen Zügen, denn ich fühlte mich irgendwie besonders.

Maximilian brachte mich anschließend nach Hause und ich bedankte mich nochmals für das wunderschöne Erlebnis. Beim Aussteigen aus dem Wagen konnte ich aber nicht anders, ich musste ihn das einfach fragen:

„Maximilian, weißt du, mit wem Paul der Einladung deiner Familie in den letzten Jahren gefolgt ist? Dr. Rumpler hat erwähnt, dass er heuer an Pauls Stelle die Einladung übernommenen hat."

Max sah mich erstaunt an. Dann sagte er:

„Tut mir leid, Thesi, das weiß ich nicht. In den letzten Jahren war ich ja nicht dabei. Möchtest du, dass ich mich erkundige?“

Ich seufzte.

„Weißt du, Paul war ein Geheimniskrämer. Das hat uns den letzten Sommer gekostet, weil er mir seine Affäre mit meiner Cousine Tilly, Gott hab sie selig, verschwiegen hat. Und selbst jetzt tauchen noch Geheimnisse auf. Er hat die *Jedermann*-Einladung nie erwähnt. Manchmal habe ich das Gefühl, ihn gar nicht richtig gekannt zu haben. Das ist ein komisches Gefühl. Immerhin wollten wir heiraten.“

„Ich verstehe dich sehr gut. Wenn man einem Partner nicht hundertprozentig vertrauen kann, steckt immer ein Stachel in einem. Auch wenn uns Paul verlassen hat, solltest du dieses Geheimnis kennen. Ich werde mich bei meiner Mutter erkundigen. Und nun schlaf gut.“ Er lächelte mir zu, dann startete er den Wagen und fuhr los.

Nachdenklich ging ich ins Haus, meiner hin und her schwankenden Gefühle nicht sicher.

KAPITEL 39

Welch unglaubliches Glück wir an diesem Abend mit dem Wetter gehabt hatten, bemerkte ich am nächsten Morgen. Ich wurde geweckt vom heftigen Scheppern der Fensterläden. Vorsichtig öffnete ich meine Augen, um einen Blick aus dem Fenster zu werfen. Dicke Regentropfen wurden von Windböen gegen die Scheiben geschleudert, an denen sie sich ihren Weg in die Tiefe bahnten. Ich schaute auf die Uhr. Es war erst sechs Uhr und damit beschloss ich, dass der Tag ruhig noch ein Weilchen auf mich würde warten können. Genussvoll zog ich meine Decke bis zu den Ohren und schloss die Augen.

Ich musste wohl augenblicklich wieder eingeschlafen sein. Von erholsamem Schlaf konnte jedoch keine Rede sein. Wilde Träume suchten mich heim:

Ich fuhr mit Paul eine kurvenreiche Straße entlang und er fuhr viel zu schnell. Ich rief irgendetwas und er lachte mich aus. Plötzlich stand Kurt vor uns, deutete auf Paul und rief: „Jedermann!“ Am Straßenrand standen Mama und Sepp und riefen: „Jedermann, Jedermann!“ Daraufhin breitete Paul seine Arme aus und flog einfach davon, wie ein Vogel. Ich versuchte, ihn zu halten, doch ich fasste ins Leere. Mama stand neben mir mit einem Plastikbecher und sagte: „Trink, es ist nur Wasser.“ Ich rief nach Paul und wollte ihm nach. Doch etwas Weiches drückte mich zurück … Es war eine Samtpfote.

Schweißgebadet wachte ich auf und wusste gar nicht, wo ich war. Sunny saß vor mir und legte ihr Köpfchen schief.

„Mau?“, fragte sie.

Gott sei Dank, es war nur ein Traum, sickerte die Erkenntnis in mich. Ich atmete durch und schaute abermals auf die Uhr: neun Uhr dreißig! Ich fuhr hoch. Wie hatte das passieren können? Ich tapste ins Bad.

Als ich etwas später in die Küche kam, lümmelte Sarah auch noch in ihrer Jogginghose herum. Sie blickte auf.

„Auch schon wach?“ Sie grinste.

Ich schnaubte.

„Lass mich erst einen Schluck Kaffee trinken, bitte.“

Sie sah mich interessiert an.

„Hast du eine wilde Nacht gehabt?“

„Nein, einen wilden Traum“, belehrte ich sie und setzte mich.

Sie zog die Augenbrauen hoch.

„Erzähl!“, forderte sie mich auf.

„Vom Abend oder vom Traum?“

„Von beidem.“

„Der Abend war wunderbar. Ich habe beim Empfang viele bedeutende Leute kennengelernt und sie waren alle sehr nett“, begann ich und augenblicklich fiel mir Dr. Rumpler ein. „Obwohl …“

Sarah schaute mich fragend an.

„Obwohl was?“

„Dr. Rumpler war auch da. An Pauls Stelle, wie er sagte. Paul war angeblich jedes Jahr dabei. Nur ich habe das erst gestern das erste Mal gehört.“

„Interessant“, kommentierte mein Kind die Geschichte.

„Ja, das finde ich auch. Ich verstehe einfach nicht, warum er so viele Geheimnisse vor mir hatte.“

„Weißt du, mit wem er dieser Einladung gefolgt ist?“

„Nein. Max weiß es auch nicht. Aber er will seine Mutter, die übrigens sehr reizend ist, fragen."

Sarah nickte.

„Und wie ging der Abend weiter?"

Also erzählte ich ihr von der beeindruckenden Vorführung und dem romantischen spanischen Lokal in der Innenstadt. Ich war so im Schwärmen, dass ich darüber den schrecklichen Traum völlig vergaß. Gerade als ich geendet und den letzten Schluck Kaffee ausgetrunken hatte, platzte ein völlig durchnässter Leo in die Küche.

„Die Reithalle säuft ab, der Sturm hat einen Flügel vom Tor aus den Angeln gerissen. Das hat einen lauten Knall gemacht, dass Roswitha von ihrem Lord geflogen ist. Um sie kümmert sich gerade Michael. Könnt ihr bitte kommen? Wir müssen Lord suchen, der ist zur Tür raus und weg. Außerdem müssen wir einen Wall machen, damit nicht noch mehr Wasser in die Halle rinnt." Mit diesen Worten drehte er sich um und war schon wieder draußen.

Sarah und ich sprangen auf, dabei stieß sie die Kaffeekanne um, die scheppernd auf dem Boden zerbrach. Die dunkle Flüssigkeit verteilte sich gemächlich.

„Scheiße!"

„Lass, ist jetzt egal", sagte ich im Hinauslaufen und riss eine Regenjacke von der Wand.

Draußen peitschte mir der Regen gewaltig ins Gesicht. Es hatte stark abgekühlt und mich fröstelte augenblicklich. Doch zum Umkehren war jetzt keine Zeit. Sarah trat hinter mir ins Freie und ich rief gegen den Sturm:

„Hilf Michael in der Reithalle, ich hole Leo mit dem Wagen ab. Wir suchen Lord."

Sie nickte und rannte los, während ich in den Landrover sprang.

Bei der Halle stürzte Leo zu mir in den Wagen, einen Strick in der Hand. Das Wasser tropfte aus seinen Haaren, und wäre es nicht so dramatisch gewesen, hätte ich mich glatt einen Moment zu lang in seinem Anblick verloren. So stieg ich aber nur aufs Gas und brauste los. Der Wagen schlingerte im Schlamm leicht, während ich fragte:

„Wohin soll ich fahren? Was meinst du?"

„Wohin reitet ihr zumeist, wenn ihr ins Gelände geht?"

„Am Krahbichlbauern vorbei", antwortete ich und schlug schon den Weg ein. Die Scheibenwischer schafften kaum die Wassermassen, die vom Himmel stürzten. „Was ist mit Roswitha?", fragte ich.

„Scheint Gott sei Dank nicht schlimm zu sein. Sie ist gerade am Tor vorbei, als das passiert ist. Lord hat natürlich einen riesigen Sprung zur Seite gemacht, mit dem sie nicht gerechnet hat."

„Na, zumindest einmal eine gute Nachricht", sagte ich und suchte mit den Augen das Gelände ab. Der Weg, auf dem wir fuhren, glich eher einem Bachbett als der sonst so schönen Galoppstrecke. Doch mein Auto kämpfte sich tapfer weiter. Einmal mehr war ich froh, dass Tilly diesen Wagen gekauft hatte. Leo rutschte neben mir hin und her.

„Wenn er da weiter über den Acker gelaufen ist, dann kommt er zur Bundesstraße", meinte er und es klang sehr besorgt.

Im nächsten Augenblick sah ich den großrahmigen Wallach rechts von uns über eine Wiese traben.

„Schau, dort drüben!", rief ich und zeigte mit dem Finger in die Richtung des Pferdes.

„Er scheint in einem Bogen wieder in Richtung Stall zu laufen." Man hörte Leo die Erleichterung an.

„Dann werde ich mal wenden", sagte ich und suchte nach einer geeigneten Stelle. Doch wie konnte es anders sein? Der Wagen rutschte durch den nassen Wegrand ab und im nächsten Augenblick steckte ich fest im aufgeweichten Ackerboden.

„Scheiße!", rief ich. „Ruf Sarah an und gib ihr Bescheid, dass Lord nach Hause kommt."

Ich versuchte mit Untersetzung, den Wagen freizubekommen, jedoch war dies völlig aussichtslos. Also resignierte ich und nahm mein Handy. Sepp war augenblicklich dran.

„Sepp, wir stecken bis zum Unterboden im Acker hinter dem Krahbichlbauern. Kannst du bitte zum Hof fahren und uns dann mit dem Traktor hinausziehen?"

„Jessas, wos hobts denn scho wieda angestellt? Bei dem Wetter jogd ma do kann Hund vors Haus!", rief er, um gleich fortzufahren: „I beeil mi. Pfiat di." Und damit hatte er schon wieder aufgelegt.

Leo und ich sahen uns an. Und plötzlich mussten wir beide herzhaft lachen.

„So ein Chaos!" Er schüttelte den Kopf.

„Eh wie immer", gluckste ich. „Hauptsache, Roswitha und Lord sind heil geblieben. Was macht da schon eine Reithalle unter Wasser, ein feststeckender Land Rover und eine kaputte Kaffeekanne."

„Eine kaputte Kaffeekanne?", fragte nun Leo erstaunt, als sein Handy läutete: „Lord ist zu Hause", kam die erleichternde Nachricht.

Und nun saßen wir im Wagen, um uns versank die Landschaft im Grau und der Regen trommelte auf das Autodach. Das hatte etwas Meditatives und allmählich beruhigte sich unser Puls. Ich lehnte mich zurück und schloss für einen Moment die Augen. Ein ganz normaler Tag im Leben der Theresa Klingenbach. Mit solch einem Betrieb wusste man nie, was im nächsten Moment passieren würde. *Hätte da Paul wirklich hineingepasst?*, überlegte ich.

„Woran denkst du?“, hörte ich Leo fragen.

Ich öffnete die Augen und sah ihn an.

„Ich habe darüber nachgedacht, dass dieses Leben schon sehr speziell ist. Und darüber, ob es mit anderen Berufen überhaupt kompatibel ist“, sagte ich.

Leo sagte nichts. Er blickte geradeaus in die Ferne. Und da fiel mir plötzlich auf, dass wir so vieles gemeinsam hatten, worüber ich noch nie nachgedacht hatte.

„Bist du mit dem zufrieden, wie es jetzt ist?“, wagte ich zu fragen.

Er atmete hörbar aus, dann sagte er leise:

„Es ist, wie es ist, und es ist gut. Ob es wieder perfekt wird, weiß nur der Himmel.“ Wir starrten wieder durch die Windschutzscheibe, jeder seinen Gedanken nachhängend.

Bald darauf hörten wir das Tuckern des Traktors. Leo stieg aus und besprach sich mit Sepp. Es schüttete noch immer und das Hemd klebte an seinem Körper. Er gestikulierte eine Zeit lang herum, dann kniete er sich nieder, um das Abschleppseil zu montieren. Ich öffnete das Fenster einen Spalt, um seine Anweisungen besser hören zu können.

„So, los geht es. Nicht zu viel Gas, ja, sehr gut.“

Er trat zur Seite, um nicht auch noch den davonfliegenden Schlamm abzubekommen. Dabei stieg er in eine Ackerfurche, blieb mit den Stiefeln stecken, verlor das Gleichgewicht und fiel in das nasse Erdreich. Verdutzt blieb er sitzen, während mich Sepp kontinuierlich aus der nassen Erde zog. Ein Stück weiter ging der Feldweg in eine Schotterstraße über. Dort hielt Sepp an, um meinen Wagen wieder abzuhängen.

Leo kam dazu. Er sah aus, als käme er aus einem Kampf.

„Ach, du Schande“, entfuhr es mir, als ich ihn ansah. Ein Grinsen konnte ich mir dabei nicht verkneifen.

Sepp, als Einziger im richtigen Ölzeug und daher perfekt gerüstet, lachte über das ganze Gesicht und sagte:

„Wannst do stehen bleibst, kennan wir di glei als Vogelscheichn verwenden."

Leo, zumeist eher gutmütig, fand das aber gar nicht lustig.

„Wenn du nicht aufpasst, stelle ich gleich dich als Vogelscheuche in den Acker. Hast du schon mal in den Spiegel geschaut? Mit deinem lächerlichen Südwester-Hut schaust du wie Paddington Bär persönlich aus", konterte er.

Ich schaute von einem zum anderen, während mir meine Haare am Kopf klebten.

„Echt jetzt? Wir stehen da im ärgsten Dreck und ihr wisst nichts Besseres, als euch gegenseitig anzumachen? Könntet ihr das vielleicht auf später verlegen?"

„Später passts nimmer", stellte Sepp trocken fest und stieg wieder in den Traktor.

Leo sah mich fragend an. Nun musste ich lachen.

„Sorry, so wie du aussiehst, nehme ich dich ganz sicher nicht mit. Entweder du fährst im Traktor mit oder du gehst zu Fuß", erklärte ich ihm.

„So weit kommt's noch", knurrte Leo und stiefelte zum Traktor. „Nimm mich mit, alter Mann! Das hat man jetzt davon. Zuerst holt man sich da in der Wildnis den Tod und dann wird man auch noch ausgesetzt. Schöne Zustände sind das da", maulte er laut, während Sepp ihm die Tür einladend aufhielt und zu mir herübergrinste.

Zurück am Hof eilte ich sogleich zur Reithalle. Dort war ein ebenfalls nasser Michael gemeinsam mit Sorin mit Sandsäcken zugange, um das Wasser abzuhalten. Die hatten wir gekauft, nachdem schon im Vorjahr einmal ein Gewitter den Reitplatz zum Hallenbad umfunktioniert hatte. Nun würde sich zeigen, ob sie ihren Dienst taten.

„Kommt dann alle ins Haus, damit ich euch trockenlegen kann!“, rief ich und lief in den Stall.

Auf einem Strohballen sitzend fand ich die blasse Roswitha, während Sarah, ebenfalls völlig durchnässt, bei Lord in der Box war.

„Hat er sich verletzt?“, fragte ich.

„Nein, so wie es aussieht, nicht. Nur einen Ballentritt, den habe ich schon versorgt“, berichtete mein Kind. Damit wandte ich mich meiner Freundin Roswitha zu:

„Und was ist mit dir?“

Ihre Lippen bebten.

„Es geht schon. Ich dürfte mir die Hand verstaucht haben, aber sonst ist nichts passiert. Hauptsache, Lord ist heil nach Hause gekommen.“

Ich musste lächeln. Typisch Reiterin, das Wichtigste war immer das Pferd, egal, wie es einem gerade selbst erging.

„Na, dann komm doch gleich mit mir ins Haus“, sagte ich resolut und legte meinen Arm um ihre Schultern. Mittlerweile fröstelte es auch mich gewaltig. Beim Hinausgehen schaute ich auf das Thermometer neben der Stalltür: Es hatte auf neun Grad abgekühlt!

KAPITEL 40

Mit diesem Wettersturz verabschiedete sich der Sommer vom Salzburger Land. Der berühmte Schnürlregen ließ die Tage grau und düster wirken. Waren dazwischen trockene Tage, so begannen sie oftmals mit Nebel. Das Licht veränderte sich und der Herbst war deutlich zu spüren. Meine Dahlien und Astern hatten schrecklich durch den Regen gelitten und ich hatte das Gefühl, dass uns ein schöner Teil des Sommers geraubt worden war.

Als unser geplanter Hochzeitstermin vor der Tür stand, stellte ich fest, dass es ein regnerischer, kühler Tag geworden wäre. Nachdenklich saß ich in der Stube und blickte in die graue Landschaft hinaus. Ich fühlte mich einsam und dachte traurig an Paul. *Ach Paul, warum musste das alles so kommen? Du fehlst mir so. Und selbst heute erreiche ich dich nicht! Denkst du noch an mich? Wieso spüre ich dich gar nicht mehr? Ich würde so gerne mit dir sprechen.*

Ich sah seine Madonna an, die mir bisher keinen Trost hatte geben können. Sie war das einzige Stück, das mir geblieben war. Doch anstatt mir Trost zu spenden, sorgte sie nur für schmerzliche Erinnerungen.

Da läutete das Telefon und Maximilians Stimme sagte fast liebevoll:

„Theresa, wie geht's dir?"

Ich war so verblüfft, dass ich erst mal kein Wort herausbrachte. Ich räusperte mich, um meine Stimme in den Griff zu bekommen. Trotzdem klang sie dünn.

„Hallo Max, das ist ja nett, dass du anrufst. Nun, um ehrlich zu sein, geht es mir heute nicht so gut." Um nicht allzu kläglich zu klingen, fügte ich schnell hinzu: „Na ja, das Wetter lässt einen ja auch trübsinnig werden."

„Ja, da hast du recht. Was haben wir doch beim *Jedermann* für ein Glück gehabt! Das war genau genommen der letzte schöne Sommerabend", stimmte mir Max zu.

„Daran denke ich gerne zurück. Das war ein großartiges Erlebnis."

„Apropos, da fällt mir ein, dass ich ja meine Mutter nach Pauls Begleitung gefragt habe. Früher kam er mit seiner Frau Sissi, dann ein paar Mal mit Mathilda und nach ihrem Tod allein. Voriges Jahr ließ er sich entschuldigen."

Ich atmete durch.

„Danke für die Auskunft", sagte ich und dachte darüber nach, warum er mit Tilly beim Empfang war und mit mir nicht. Doch eine Erklärung fiel mir nicht ein. Das war auch nicht verwunderlich, da ich Tilly ja kaum gekannt hatte. Dazu hatten wir in den letzten Jahren vor ihrem Tod viel zu wenig Kontakt gehabt.

„Thesi? Bist du noch dran?", fragte nun Max.

„Ja, natürlich. Entschuldige! Ich war nur gerade in Gedanken."

„Das verstehe ich. Du solltest am heutigen Tag nicht allein sein. Hast du etwas vor oder darf ich dich am Abend zum Essen ausführen? Magst du aus deinem Mauseloch hervorkommen? Als Pauls Trauzeuge möchte ich, dass du heute nicht allein zu Hause sitzt."

Ich schaute erstaunt mein Handy an. Mauseloch? War es denn wirklich so? Wahrscheinlich hatte er recht.

„Nun, vermutlich hast du recht damit, dass ich hier rauskommen sollte“, sagte ich also.

„Prima Einsicht. Ich hole dich um achtzehn Uhr deißig ab, einverstanden?“

Ich sagte zu und ließ mich in die Kissen meiner Bank sinken. Dabei fiel mein Blick auf Pauls Madonna. Sie schien zu lächeln, was natürlich nur eine Lichtspiegelung sein konnte.

Wir fuhren gar nicht weit und trotzdem riss ich die Augen auf, als Max vor dem Restaurant *Pfefferschiff* einparkte. Sie war eine gastronomische Topadresse, ausgezeichnet von namhaften Restaurant-Testern. Ich schaute Maximilian verblüfft an.

„Wir gehen ins *Pfefferschiff*?“

Er lächelte.

„Eine besondere Frau muss an einem besonderen Tag in ein besonderes Lokal geführt werden. Das würde Paul genauso sehen.“

Ich schluckte kurz. Heute hätten wir auf Schloss Mattsee geheiratet. Wäre der Unfall später passiert, wäre vieles anders gelaufen. Ob Paul mich jedoch jemals hierher ausgeführt hätte, wagte ich mittlerweile zu bezweifeln. Genau betrachtet war ich mir nicht mehr so sicher, ob mich das Schicksal nicht vor einem großen Fehler bewahrt hatte. Ich straffte die Schultern, strahlte Maximilian an und sagte:

„Ich freue mich wahnsinnig, dass ich hier einmal dinieren darf.“

„Na, dann lass uns diesen Abend beginnen“, sprach Max heiter und sprang aus dem Wagen, um mir galant die Autotür zu öffnen.

Im romantischen, dezenten Ambiente speisten wir, wie nicht anders zu erwarten, vorzüglich. Max war ein unterhaltsamer, niveauvoller Begleiter, der die Zeit im Nu verfliegen ließ. Ich genoss jede Minute in vollen Zügen. Als beim Dessert eine kurze Gesprächspause eintrat, stellte ich eine Frage, die mich schon die ganze Zeit beschäftigte:

„Maximilian, jetzt muss ich dich das einfach fragen: Warum tust du das alles für mich? Du hast doch keinerlei Verpflichtung und du weißt doch sicherlich, dass ich dich anfangs nicht sonderlich mochte. Es gibt also gar keinen Grund, mich so zu verwöhnen."

Maximilian legte behutsam seinen Löffel weg und sah mich lange an. Sein markantes Gesicht gewann nochmals im sanften Schein der Kerzen.

„Theresa Klingenbach, auf die Idee, dass du der Grund sein könntest, bist du noch nicht gekommen?", fragte er mit rauer Stimme.

Ich ließ meinen Löffel sinken und starrte ihn an.

„Ist das dein Ernst?", stammelte ich.

Er legte den Kopf leicht schief und lächelte amüsiert.

„Was ist daran so absurd?"

„Der Graf und die Lindenhof-Thesi." Ich zuckte mit den Schultern.

„Was ist denn das für ein Blödsinn? Warum machst du dich klein? Du bist fantastisch. Meinst du, irgendeine verwöhnte, adelige Tussi ist mehr wert als du, nur weil sie in eine bestimmte Gesellschaftsschicht hineingeboren wurde?", echauffierte sich Max nun. Dann griff er über den Tisch und nahm meine Hand. „Ich finde dich wunderbar. Vom ersten Augenblick an, als ich dich in der Reithalle so beherzt springen gesehen habe, war's um mich geschehen. Dass das Schicksal mir tatsächlich eine Möglichkeit gibt, dir das einmal auch sagen zu können, hätte ich nie für möglich gehalten. Aber die Wege des Herrn sind unergründlich. Wir Menschen können aus seinen Entscheidungen nur das Beste machen. Und für mich ist es das Beste, hier nun mit dir zu sitzen." Seine Hand lag noch immer ruhig auf meiner und es war tatsächlich ein angenehmes Gefühl.

Auf der Heimfahrt dachte ich darüber nach, ob Maximilians Geständnis in Ordnung war. Mussten wir Paul gegenüber ein schlechtes Gewissen haben, wenn wir uns näherkommen würden? Denn irgendetwas hatte Maximilians Geständnis in mir bewegt, das nun ein heftiges Pochen in meinem Herzen ausgelöst hatte und mich verwirrte. Ich fühlte mich wieder lebendig, wie aus einem langen Schlaf erwachend.

„Du bist so still. Habe ich dich verstört?", fragte nun Max leise.

„Nein, eher überrascht. Ich denke nur über diese Dreiecksbeziehung nach. Was werden die Leute sagen?"

Augenblicklich bremste er den Wagen und fuhr an den Straßenrand. Dann drehte er sich zu mir und sagte:

„Wenn das ein Ja sein soll, dann kann es uns doch egal sein, was andere sagen. Wie kurz das Leben sein kann, haben wir gesehen. Es geht um uns. Und es ist keine Dreiecksbeziehung. Ganz im Gegenteil: Ich denke, dass Paul seine schützende Hand über uns hält. Er möchte uns sicher glücklich sehen. Und das ist das Einzige, was zählt." Und dann beugte er sich sanft zu mir und küsste mich ganz zart und vorsichtig. Und in mir explodierte ein Feuerwerk, das mich schier umriss.

„Komm mit zu mir", flüsterte er heiser. „Bitte."

Und nachdem ich nicht widersprach, startete er den Wagen und gab Gas.

Als im Dunkeln das Schloss auftauchte, stand ich bereits in Flammen. Ich verstand mich selbst nicht mehr, doch es war mir völlig egal. Ich wollte wieder leben und geliebt werden. Mein Körper gab mir eindeutige Signale. Doch selbst wenn es Maximilian genauso erging, war er viel zu viel Gentleman, um seinen Gefühlen freien Lauf zu lassen. Also führte er mich in den Salon und tauchte Minuten später mit Champagner und Kristallgläsern wieder auf. Wir stießen an und er sagte:

„Danke, dass du mitgekommen bist."

Ich lächelte, dann sagte ich:

„Du lässt mir keine andere Wahl."

Daraufhin zog er mich an sich und küsste mich stürmisch. Und da nun alle Dämme zu brechen schienen, nahm er meine Hand und führte mich über die mit rotem Teppich belegte Freitreppe in den ersten Stock. Er wandte sich nach rechts und geleitete mich bis ans Ende des Flurs. Und hier nun erwartete mich eine Überraschung.

Denn anders als angenommen waren die Räume hinter der Tür supermodern eingerichtet. Zur genaueren Betrachtung kam ich allerdings nicht mehr. Wir strebten beide zu dem großen französischen Bett. Doch wieder überraschte er mich.

„Schhhhht", sagte er leise. „Lass uns diese Momente zelebrieren." Sogleich küsste er mich sanft, um dann ganz, ganz langsam zu beginnen, meine Kleider aufzuknöpfen. Mit jedem Knopf verlangte mein Körper nach mehr und ich schien schier zu verbrennen. Ich wölbte mich ihm entgegen, war doch klar zu erkennen, dass es ihm wie mir erging. Und trotzdem ließ er sich Zeit, packte vorsichtig meine Brüste aus und küsste sie zärtlich. Ich stöhnte auf und verlor fast den Verstand. Als er endlich zu mir kam, brannte ich lichterloh. Wir verschmolzen in harmonischen Bewegungen, die uns forttrugen in eine andere Welt, in ein anderes Universum.

KAPITEL 41

Als Max mich gegen Mittag wieder auf den Hof brachte, lag dieser menschenleer da. Einzig Elli erhob sich von ihrem Lieblingsplatz neben der Stalltür, kam gemächlich näher und begrüßte mich. Als ich das Haus betrat, roch ich, dass in der Küche gekocht wurde. Neugierig trat ich ein und sah, wie Sarah und Sophie eifrig werkelten.

„Hallo, ihr beiden", sagte ich freundlich. „Das ist aber schön, dass ihr heute für das Mittagessen sorgt."

„Nachdem die Köchin spurlos verschwunden ist, bleibt uns ja nichts anderes übrig." Sarah sah mich streng an.

„Nun, auch der Köchin sei einmal eine Auszeit gegönnt", versuchte ich es schmunzelnd.

„Wir reden später", sagte meine Tochter streng.

Ich runzelte die Stirn. Was war das? Das klang irgendwie nach Rollentausch. Musste ich jetzt über mein Wegbleiben Rechenschaft ablegen?

„Ich geh mich mal umziehen", entwand ich mich der Inquisition und schlüpfte aus der Küche.

Das Mittagessen verlief äußerst frostig. Wortkarg schaufelten alle das Essen in sich hinein, was eine merkwürdige Stimmung verbreitete. Selbst Leo, der meistens Alltagsprobleme besprechen wollte, blieb stumm. Schnell verließ er den Tisch wieder und auch Sophie war nach dem Abräumen blitzschnell verschwunden. Ich sah Sarah genervt an.

„Könntest du mir bitte sagen, was los ist?“, fragte ich.

„Was denkst denn du, was los ist?“, fragte sie schnippisch zurück.

Ich wurde ärgerlich.

„Was soll das Theater hier? Spuck es schon aus, bevor ich richtig grantig werde“, fuhr ich sie an.

„Kannst du dir das nicht denken? Findest du dein Verhalten in Ordnung? Du bist einfach mal über Nacht weg. Keiner weiß was. Keiner weiß, wo du bist. Vielleicht gibt es hier ja Menschen, die sich um dich sorgen. Schon einmal auf diese Idee gekommen?“ Sarah hatte sich in Rage geredet, was mich aber nicht davon abhielt, ebenfalls zum Siedepunkt zu kommen.

„Seid ihr alle verrückt geworden? Ich bin hier nicht ein Inventar, über das ihr entscheiden könnt. Was ich in meiner Freizeit tue, geht euch alle gar nichts an. Und ich verbiete mir auch Einmischungen!“, fauchte ich nun.

Sarah stand auf und sah mich geringschätzig an.

„Wenn du das so siehst, bitte schön. Vergnüg dich nur. Aber erwarte dir kein Verständnis von uns. *Wir* haben Paul noch nicht vergessen.“ Mit diesen Worten ging sie zur Tür hinaus, die sie eher unsanft schloss.

Ich atmete durch. Ich war so erfüllt auf den Hof zurückgekommen und nun fühlte ich mich wie ein Luftballon, dem die Luft ausging. Ich sah mich um und wusste plötzlich nichts mit mir anzufangen. Also pfiff ich nach den Hunden. Ein Spaziergang würde mir nun guttun, denn ich musste meinen Kopf freibekommen.

KAPITEL 42

Die nächsten Tage verbesserte sich das Klima nicht wesentlich. Leo kam manchmal, um Stallangelegenheiten zu besprechen, Sarah war viel außer Haus, genauso wie der Rest der Mannschaft.

Maximilian rief mich an und ich traf mich mit ihm auf dem Schloss, um das Feuer nicht noch mehr zu schüren.

Eines Tages saß ich bei meiner Mutter bei Kaffee und Apfelkuchen, als sie mich auf die merkwürdige Situation ansprach:

„Sag, Thesi, was läuft denn da zwischen dir und diesem Maximilian?“, fragte sie schonungslos direkt.

Ich verschluckte mich fast an dem Bissen, den ich im Mund hatte, und prustete los. Keuchend nahm ich einen Schluck Kaffee, um die Krümel in die richtige Röhre zu spülen. Sie sah mir interessiert zu und sagte:

„Also stimmt es doch, was man so hört.“

Augenblicklich regte sich Widerstand in mir.

„Was hört man denn?“, entgegnete ich provokant.

„Thesi, rege dich nicht gleich auf. Schau, es geht mich ja nichts an. Jedoch fallen im Stall Bemerkungen, die Sepp mit nach Hause bringt. Sarah war die Tage mal da und hat auch zweideutig dahergeredet. Und die Traude vom Supermarkt hat eine Freundin, deren Freundin meint, dich im *Pfefferschiff* gesehen zu haben. Warst du wirklich im *Pfefferschiff*?"

Dies schien sie besonders zu interessieren. Und obwohl es in mir brodelte, versuchte ich mich in einem leichten Tonfall:

„Ja, ich war im *Pfefferschiff*", sagte ich daher leichthin.

Sie riss die Augen auf.

„Und, wie war es?"

Ich schaute sie verträumt an.

„Fantastisch!"

„So wie du jetzt dreinschaust, brauchst du mir keine weiteren Erklärungen zu geben", sagte sie und nahm einen Schluck Kaffee.

Dann schwiegen wir beide. Doch diese Situation fühlte sich nicht gut an, irgendwie war ich ihr eine Erklärung schuldig.

„Weißt du, das war so nicht geplant", fing ich also vorsichtig an. Sie sagte nichts dazu und so redete ich weiter. Denn genau genommen lastete die Sache schwer auf meiner Brust und ich brauchte jemanden, dem ich mich anvertrauen konnte. „Ich habe Maximilian gefragt, warum er immer wieder für mich da ist und mich einlädt. Und er hat mir gesagt, dass er vom ersten Moment an in mich verliebt war." Ich schüttelte den Kopf, weil ich es noch immer nicht fassen konnte. „Ich habe das nicht bemerkt. Ganz im Gegenteil! Er war mir ein Dorn im Auge. Ich war eifersüchtig auf ihn, weil Paul so viel Zeit mit ihm verbracht hat. Doch jetzt verstehe ich Paul. Maximilian ist ein kultivierter, aufmerksamer Mann, mit dem man gerne Zeit verbringt. Man kann über so viele Dinge reden, er ist belesen, weltgewandt und trotzdem zurückhaltend."

„Na, so zurückhaltend scheint er nicht gewesen zu sein", kommentierte meine Mutter meine Worte.

Ich atmete durch.

„Ja, mag sein. Aber das ist erst passiert, nachdem ich ihn nach dem Grund für die Einladung gefragt habe. Von ihm gab es kein Signal."

„Ein Gentleman." Mama sah mich forschend an. „Und was wird das nun? Meinst du, es ist nicht noch ein wenig früh für ein neues Techtelmechtel?"

„Ja, kann man sich das aussuchen?", rief ich jetzt aufgebracht.

„Du bist doch keine sechzehn mehr."

„Darf man Spontanität nur mit sechzehn ausleben? Warum tun jetzt alle so geschockt? Paul ist tot! Was wollt ihr von mir? Soll ich jetzt ein Jahr in Schwarz gewandet durch den Ort schleichen? Paul ist nicht einmal da begraben, man hat ihn mir weggenommen. Er ist gestorben, aber ich lebe noch und ich habe ein Recht darauf, mir ein neues Leben aufbauen zu dürfen, verdammt noch einmal!" Nun war ich doch in Rage geraten und atmete schwer.

Mama stand wortlos auf, ging zum Schrank und holte den selbstgemachten Nussschnaps hervor.

„Von den eigenen Nüssen, er ist wirklich gut geworden", sagte sie, während sie die braune Flüssigkeit in zwei Stamperl füllte.

„Danke."

Wir saßen eine Weile stumm beisammen, bis Mama das Wort an mich richtete:

„Weißt du, Thesi, du hast sicher recht. Man sollte die Möglichkeiten, die einem das Leben so bietet, nutzen. Zu oft vertut man Chancen aus Feigheit." Ich sah sie erstaunt an. „Ich bin noch nicht fertig", erklärte sie und fuhr fort: „Du darfst aber nicht vergessen, dass wir hier auf dem Land leben. Hier ist man halt konservativ und Paul war sehr beliebt. Viele der Bauern schätzten seine Arbeit als Notar sehr. Du warst die Frau an seiner Seite, und jetzt erwartet man von dir, dass du dich so verhältst, wie sie es für richtig halten." Ich öffnete den Mund, doch Mama hob die Hand. „Warte! Den Maximilian kann man nicht so recht einschätzen. Ein Großkopferter, wie man hier so schön sagt. Der war lang in Amerika und jetzt kommt er daher und meint, dass alles ihm gehört. So reden die Leute." Sie zuckte die Schultern. „Was ich sagen will, haltet euch halt noch ein Weilchen bedeckt."

Der Schnaps tat seine Wirkung nicht. Ich spürte den Groll in mir aufsteigen.

„Einen Schmarrn werden wir tun! Ich lass mir von niemandem mehr vorschreiben, was ich zu tun und zu lassen habe. Dieses Kapitel hat sich mit Kurt erledigt. Ein für alle Mal", sprudelte es aus mir heraus.

Mama seufzte.

„Kind, Kind, ich hoffe, du weißt, was du tust."

Als ich von meiner Mutter nach Hause ging, brodelte es in mir gewaltig. An der Abzweigung zum Friedhof blieb ich stehen. Sollte ich zu Tilly gehen? Wann war ich das letzte Mal eigentlich bei ihr gewesen? Ich dachte nach. Das war vor Pauls Unfall gewesen! Als Mama und Sepp in Dresden waren. Ich war mir dessen nicht bewusst gewesen. Ich hatte wohl im Unterbewusstsein den Friedhof gemieden, nachdem Paul hier nicht ruhen durfte.

Wollte ich jetzt dahin? Ich fühlte in mich hinein. Was würde mich da erwarten? Würde Tilly mit mir zu Gericht gehen? Ich seufzte, bog dann aber doch zu ihr ab.

Am Grab angekommen sah ich, dass Mama schon schöne Herbstblumen gepflanzt hatte. Ich betrachtete eine Weile stumm das Arrangement, dann sagte ich:

„Hallo Tilly." Ich wartete auf ihre Anwesenheit.

Thesi, lange nichts gehört, kam von der anderen Seite.

„Ja, ich weiß. Ist Paul bei dir?“, platzte es aus mir heraus, weil ich das unbedingt wissen musste.

Natürlich, wo sollte er denn sonst sein?

„Ich weiß nicht. Keine Ahnung. Aber wieso kann ich ihn dann nicht erreichen? Mit dir funktioniert das doch auch!“

Wer sagt, dass du ihn nicht erreichst? Nur weil du ihn nicht hörst, heißt das doch noch lange nicht, dass er dich nicht hört.

Ich starrte das schmiedeeiserne Kreuz an.

„Ich dachte, ich habe ihn verloren. Ich hätte ihn so gerne hier gehabt. So wie dich. Das hätte mir zumindest das Gefühl gegeben, ihm nahe zu sein.“ Tränen rannen über meine Wangen und ich wischte sie ungeschickt mit dem Handrücken weg. „Überhaupt ist das alles so schrecklich. Daniel hat sich sehr verändert. Er ist so kalt und unnahbar geworden. Irgendwie ist so vieles kaputt gegangen“, beklagte ich mich.

Aber dafür hast du mit Maximilian Frieden geschlossen.

Ich blickte erstaunt auf.

„Ja, jedoch weiß ich nicht, ob das rechtens ist. Alle reagieren befremdlich darauf.“

Glaube mir, es ist in Ordnung. Lass dich nicht fremd bestimmen. Tu, was immer du tun willst. Die Zukunft steht noch in den Sternen. Doch die Gegenwart kannst du bestimmen. Gehe einfach deinen Weg weiter.

Tilly. Warum war ich so lange nicht da gewesen? Sie hatte immer Trost für mich. Ich blieb noch eine Weile stehen, ließ ihre Botschaft in mir wirken. Dann atmete ich durch und ging gestärkter nach Hause.

KAPITEL 43

Und als ob der Himmel nun die Situation richten wollte, erwartete mich zu Hause eine Überraschung: Maximilian saß mit Sarah auf der Bank vorm Haus. Als ich den Hof betrat, winkten sie mir fröhlich zu.

„Hallo! Hier sind wir."

Verdutzt blieb ich stehen. Was war denn das jetzt? Wo kam die vertraute Zweisamkeit her? Langsam ging ich zu ihnen.

„Na, was habt ihr denn zu besprechen?", fragte ich direkt, fast ein wenig misstrauisch.

Max lächelte und Sarah sagte:

„Nichts Besonderes. Wir hatten ja bisher noch nicht so viel miteinander zu tun. Und als Max kam und du nicht da warst, habe ich die Gelegenheit ergriffen, ihn ein wenig auszufragen." Sie grinste mich verschwörerisch an.

Fragend sah ich Max an, der lachend meinte:

„Schau nicht so, wir haben uns hervorragend unterhalten. Man kann mit deiner Tochter sehr erwachsene Gespräche führen."

„Das freut mich", erwiderte ich, weil ich nicht wusste, was ich sonst sagen sollte.

Sarah erhob sich.

„So, wenn du jetzt da bist, kann ich mich wieder den Pferden zuwenden. Tschüss, Max, war nett, mit dir zu plaudern." Mit diesen Worten ging sie beschwingt in Richtung Stall.

Ich sah ihr verwundert nach.

„Interessant", kommentierte ich die Situation.

Max lachte.

„Komm, setz dich zu mir und erzähl, wo du dich herumgetrieben hast."

Also setzte ich mich zu ihm und erzählte von meinen Erlebnissen. Ich erzählte auch von Tilly und Paul, denn von diesen Gesprächen wusste Max ja bereits. Als ich geendet hatte, legte er den Arm um mich und sagte:

„Ja, das Landleben hat seine eigenen Gesetze. Worüber du dir aber keine Sorgen mehr machen musst, ist deine Tochter. Sie ist jetzt auf unserer Seite."

Ich sah ihn überrascht an.

„Wie hast du denn das hinbekommen?"

Max grinste, küsste sanft mein Ohr und flüsterte:

„Was denkst du? Mit meinem Charme natürlich."

Diesmal blieb er tatsächlich über Nacht auf dem Hof. Sarah war freundlich und zog sich bald zurück und ich genoss die Harmonie, die da unverhofft eingezogen war. Und damit hatte ich wieder einen Mann an meiner Seite.

Das Schöne an der Sache war, dass Maximilian so gut mit Menschen konnte. Nicht so wie Paul, der zwar ebenfalls zu jedem freundlich war, jedoch trotzdem immer ein wenig distanziert gewirkt hatte. Maximilian war leutselig, wie man so schön sagt. Er setzte sich neben Sepp auf einen Strohballen und unterhielt sich mit ihm auf Augenhöhe, was ihm ungemeine Sympathien einbrachte. Genauso machte er es mit Michael, Roswitha, Mama und sogar Sophie. Und bei allen fand er ein Thema, das sie mit ihm teilen konnten.

Einzig bei Leo biss er auf Granit. Leo ließ ihn einfach abblitzen, indem er zwar höflich auf eine Frage antwortete, sich aber im nächsten Augenblick umdrehte und geschäftig seiner Arbeit nachging.

KAPITEL 44

Eines Tages, Anfang Oktober, saß ich in meinem Büro, als plötzlich meine Mutter in der Tür stand.

„Mama, das ist ja eine Überraschung", sagte ich und schaute sie erstaunt an.

„Hallo Kind, ich muss dir etwas Unglaubliches erzählen."

Ich merkte, dass sie sehr aufgeregt war.

„Na, dann setz dich und erzähle. Möchtest du etwas trinken?"

Sie setzte sich auf einen Stuhl und wedelte mit der Hand.

„Nein, danke. Aber stell dir vor, wen ich vorhin im Supermarkt getroffen habe." Sie schaute mich erwartungsvoll an.

Ich verdrehte die Augen.

„Keine Ahnung, schieß schon los, bevor du einen Herzinfarkt bekommst."

„Maximilian!" Sie strahlte mich an wie ein Honigkuchenpferd.

Mit dieser Auskunft konnte ich nun gar nichts anfangen.

„Aha. Und?"

„Ja, stell dir vor, er war auf dem Weg zu irgendeinem Bauern wegen Tannen, die der zu verkaufen hat, und wollte sich eine kleine Wegzehrung besorgen."

„Mama, was ist daran jetzt besonders? Komm endlich auf den Punkt."

„Ja, jetzt hetze mich doch nicht so. Wir haben ein wenig getratscht, er ist ja ein so charmanter Zuhörer!" Sie schaute geradezu verliebt drein.

„Weiter", forderte ich sie auf.

„Ja, schon gut. Irgendwie sind wir auf meinen Geburtstag gekommen. Ich habe ihm erzählt, dass ich zum Siebzigsten schon gerne etwas Schönes machen möchte. Der Sepp hat ja den Dorfwirten vorgeschlagen. Aber das ist mir dann doch zu rustikal." Sie machte eine Pause und dachte wohl über das Ambiente des Dorfgasthauses nach.

„Okay. Und was war jetzt mit Max?", half ich ihr wieder auf die Sprünge.

„Ja, und da sagt der Maximilian doch tatsächlich, dass wir auf seinem Schloss feiern könnten! Theresa, stell dir vor, auf seinem Schloss!", wiederholte sie ehrfürchtig und sah mich wie Fixi an, wenn sie nach einem Stück Kuchen bettelte.

Das war nun wieder typisch Max. Damit hatte er hundert Punkte bei meiner Mutter. Und weil sie offensichtlich auf meine Meinung wartete, sagte ich:

„Na, das ist doch cool."

„Was heißt, das ist cool? Das ist ein Traum, Theresa! Ich kann das noch gar nicht richtig glauben. Ich bin so aufgeregt. Da musst du mir helfen. Wen soll ich einladen? Was soll ich anziehen? Wie soll das ablaufen? Wie machen wir das mit dem Essen?" Sie holte tief Luft. Dann schaute sie mich mit großen Augen an und fragte verunsichert: „Oder meinst du, dass das für Sepp zu vornehm ist?"

Ich lachte lauthals auf.

„Ach was. Die beiden verstehen sich doch gut, darüber brauchst du dir wirklich keine Gedanken zu machen."

„Ja, das weiß ich schon, aber was ist mit Maximilians Familie? Das sind doch Grafen!“

„Die sind auch sehr nett. Wenn Max das vorgeschlagen hat, dann passt das schon. Freue dich einfach.“

„Ich bin so aufgeregt“, stellte sie in sich hineinhörend fest.

„Na, das ist doch gut. Die Vorfreude gehört dazu. Und keine Sorge, wir werden das gemeinsam organisieren“, beruhigte ich sie.

Mit diesen Worten stand sie auf und sagte:

„Jetzt muss ich heim und es Sepp erzählen. Na, der wird Augen machen.“ Und schon war sie wieder draußen.

Ich schaute ihr durchs Fenster nach und schüttelte lächelnd den Kopf. Maximilian war einfach unglaublich, wie er Menschen für sich einnehmen konnte.

Als Maximilian am Abend zu mir kam, sprach ich ihn gleich darauf an:

„Was hast du nur mit meiner Mutter gemacht? Die ist im siebten Himmel.“

„Das ist eben meine Wirkung auf Frauen“, witzelte er.

„Muss ich eifersüchtig werden?“

„Na ja, verwöhnen solltest du mich schon, wer weiß, ob ich sonst nicht doch zu deiner Mama wechsle. Die kann einen fantastischen Apfelstrudel. Und Liebe geht durch den Magen, wie du weißt.“ Er zwinkerte mir zu und sah zum Anbeißen aus.

Ich legte meine Arme um ihn und sagte keck:

„Sollte nicht der Mann die Frau verwöhnen?“ Ich legte den Kopf schief, dann küsste ich ihn zärtlich.

„Stimmt. Was hältst du eigentlich davon, einmal Urlaub zu machen? Wann hast du das letzte Mal so richtig Urlaub gemacht?“, fragte er mich daraufhin.

„Ich war über Silvester mit Paul in Paris für ein paar Tage."

„Und davor?"

„Vor zweieinhalb Jahren waren wir für eine Woche auf Capri", sagte ich und bekam glänzende Augen.

Max sah mich jetzt sehr ernst an.

„Theresa, das ist ja viel zu wenig. Ich meine das ernst. Du lebst hier im Dauerstress, das geht auf lange Sicht nicht gut. Du musst mehr auf dich und deinen Körper achten."

Ich löste meine Arme von ihm und lehnte mich an den Kachelofen.

„Sepp sagt, das hier sei Urlaub."

„Der Sepp ist ein Depp."

Ich lachte.

„Na, so unrecht hat er nicht. Es ist halt mehr ein Abenteuer-Urlaub."

„Genau! Und dazu braucht man einen Ausgleich. Was hältst du von Ende November? Wir fliegen ins Warme. Und nach Weihnachten fahren wir dann nach Asten. Du wirst es lieben. Man kann so herrliche Schitage verbringen, die dann gemütlich am Kaminfeuer enden." Er hatte sich in Rage geredet, während in meinem Kopf die Bilder kreuz und quer purzelten: Ins Warme? Paul wollte mit mir in die Karibik! Auf die Almhütte zu Silvester? Das klang verdächtig nach Ralf und Kitzbühel. In diesem Gedanken-Wirrwarr hatte ich die Konzentration auf seinen Redeschwall verloren.

Maximilian verstummte und schaute mich an.

„Thesi? Bist du noch da? Hörst du mir überhaupt noch zu?", fragte er.

Ich schüttelte kurz den Kopf und bekannte mich schuldig.

„Es tut mir leid. Deine Begeisterung hat Erinnerungen hervorgerufen. Du hast recht, ich war gerade ganz weit weg."

Nun nahm mich Max sanft in den Arm.

„Ich verstehe dich schon, du hast in den letzten Jahren viel mitgemacht. Das muss man erst einmal alles verkraften. Und gerade darum benötigst du eine Auszeit. Ganz weit weg von allem, damit deine Seele und dein Körper zur Ruhe kommen können. Lass mich dich ins Paradies entführen, bitte!“

KAPITEL 45

Die nächsten Wochen waren ausgefüllt mit Vorbereitungen zu Mamas Geburtstagsfest. Zu unserer Überraschung gab es auf dem Schloss einen Bankettsaal. Natürlich nicht riesig, jedoch für fünfzig Personen durchaus groß genug. Daher konnte meine Mutter, neben ihren neuen, auch die alten Freunde aus Wien einladen, was sie völlig aus dem Häuschen sein ließ. Wir versandten Einladungen und besprachen das Menü mit dem Caterer. Maximilian schlug eine Drei-Mann-Band vor, die nach dem Essen mit Oldies und Tanzmusik den Abend gestalten sollte. Ebenso wurde Blumenschmuck ausgesucht und es glich schon mehr einer Hochzeit als einem Geburtstagsfest.

Nachdem sich kaum jemand die Einladung in ein Schloss entgehen lassen wollte, wuchs die Gesellschaft auf stattliche zweiundvierzig Personen an. Als ich einmal mit Sarah telefonierte, die wieder die meiste Zeit in München war, fragte ich sie:

„Bringst du eigentlich jemanden zu Omas Fest mit?“

„Nein, Mama. Im Moment gibt es niemanden, den ich der Familie vorstellen möchte.“

„So schlimm?“, hakte ich vorsichtig nach.

„Nein, gar nicht schlimm. Aber im Moment habe ich keinen Bock auf etwas Festes. Jetzt genieße ich einfach einmal mein Leben und mache nur das, was mir gefällt. Ohne irgendjemandem Rechenschaft abgeben zu müssen."

„Recht hast du! In deinem Alter war ich schon fix mit deinem Vater zusammen. Das kann gutgehen, muss es aber nicht, wie man gesehen hat. Irgendwann kommt dann jemand, bei dem es passt. Und je mehr Erfahrung man schon hat, umso eher kann es gutgehen. Theoretisch zumindest. Wenn einem nicht die Hormone in die Quere kommen."

Sarah lachte.

„Ja, genau. Wie man bei dir sieht!"

„Hallo, keine Untergriffigkeiten!" Ich lachte auch und freute mich, dass wir wieder so offen miteinander reden konnten.

KAPITEL 46

Als die ersten Gäste eintrafen, schien Mama förmlich zu strahlen. Sie stand am Fuß der Freitreppe wie eine Königin. Im nachtblauen, dezent funkelnden Kleid empfing sie neben Maximilian und dessen Familie ihre Gäste. Sepp hatte sich geweigert, ebenfalls im Mittelpunkt zu stehen.

„Na, na, des is Hannerl ihr Geburtstag, do mecht i net do vurn steh“, hatte er erklärt und war bei uns geblieben. Es wurde Champagner gereicht und Freunde und Familie standen zwanglos beisammen und plauderten.

Wir waren bereits vollzählig, als Kurt mit seiner Chantal eintraf. Als sein Blick auf mich fiel, blieb er verdutzt stehen. Ich spürte, wie er meine Erscheinung nicht fassen konnte. Ich hatte ein weinrotes Kleid an, dessen Dekolleté und die Ärmel aus Spitze waren. Mein Haar war hochgesteckt und ich trug beachtliche Perlenohrstecker. Sie waren zwar nur Modeschmuck, sahen aber nach Kronjuwelen aus. Ich lächelte und ging in meinen Highheels langsam auf ihn zu. Diesen Moment musste ich einfach auskosten. Chantal, nett, aber langweilig gewandet, sah viel älter aus als sie tatsächlich war. Kurt schien sie nicht zum Strahlen zu bringen. Während sie sich also in einem unsicheren Lächeln versuchte, begrüßte ich sie freundlich.

„Hallo, ihr Lieben! Wie schön, dass ihr den weiten Weg auf euch genommen habt. Mama freut sich sehr."

„Theresa, du siehst umwerfend aus", stammelte Kurt. Das ging runter wie Öl.

„Dankeschön." Ich lächelte charmant und wandte mich Chantal zu:

„Servus Chantal, wie geht's denn dem kleinen Moritz?" Chantal konnte offensichtlich ihren Blick nicht von mir abwenden, als sie antwortete:

„Ja, danke, es geht ihm gut. Er beginnt schon zu laufen. Danke für die Einladung." Nun blickte sie sich mit großen Augen um. Kurt legte den Arm um sie und sagte:

„Entschuldige, Thesi, wir werden nun einmal Hanna unsere Aufwartung machen."

Ich ging zurück zu Sepp, Michael, Sarah und Roswitha.

Michael grinste.

„Du scheinst Eindruck bei deinem Ex gemacht zu haben."

Ich lachte.

„Ich kann gar nicht sagen, wie gut das eben getan hat."

„Heit san lauta schene Leit do", bemerkte Sepp und schaute sich um. „Kannst sag'n, was du wüst, des Gwandl mochts Mandl."

Genau in diesem Augenblick klopfte Max an sein Glas. Augenblicklich verstummte das Gemurmel.

„Liebe Gäste unserer heutigen Jubilarin Hanna Eberlein! Ich möchte Sie auf Schloss Hohenstein herzlich begrüßen und darf Ihnen meine Familie vorstellen: zu meiner Linken meine Frau Mama, Charlotte zu Hohenstein, daneben meine Schwester Adele-Sophie mit ihren Gemahl August. Zu meiner Rechten unser Geburtstagskind, das Sie ja alle gut kennen, und unter den Gästen eine bezaubernde Frau, die mein Herz im

Sturm erobert hat: Theresa Klingenbach!" Mit diesen Worten deutete er mit einer eleganten Handbewegung auf mich und ich spürte, wie alle Augen auf mich gerichtet waren. Ich war einen Moment völlig überrumpelt. Wow, damit hatte ich nicht gerechnet und es freute mich sehr. Also nickte ich lächelnd in alle Richtungen, bevor Maximilian souverän fortfuhr: „Wir freuen uns, dass wir Hannas Geburtstag mit unserem Haus den richtigen Rahmen geben dürfen. Wir hoffen, Sie fühlen sich auf Schloss Hohenstein wohl und genießen den Abend mit unserem Ehrengast. Und nun darf ich Sie zu Tisch bitten." Er beugte sich galant ein wenig zu meiner Mutter hinunter und reichte ihr den Arm. Sie himmelte ihn an wie ein Kind den Weihnachtsmann und so schritten sie durch eine große Flügeltür neben der Treppe in den Bankettsaal. Alle Gäste schlossen sich aufgeregt murmelnd der Familie Hohenstein an.

Nun musste Sepp doch noch ran, denn selbstverständlich war sein Sitzplatz neben Mama. Zu seiner Erleichterung ging es aber neben ihm mit Maximilian und mir weiter. Und während alle noch Platz nahmen, sagte Max zu Sepp:

„Jetzt wird's gleich gemütlich. Wie schaut's aus, magst du auch ein Bier?"

Sepp strahlte Maximilian an und man konnte förmlich sehen, wie dankbar er für diese unkomplizierte Ansage war.

„Jo, gern, Max. Wast, des siasse Sprudlwossa ist hoit eher fia die Damen."

Max lächelte und orderte für ihn und Sepp zwei Bier, während uns Wein kredenzt wurde. Ich flüsterte ihm ins Ohr:

„Was bist du nur für ein aufmerksamer Gastgeber."

Er lächelte und sagte:

„Der Sepp soll sich doch auch wohlfühlen."

Und dafür hätte ich ihn knutschen können!

Kurt und Chantal saßen ein wenig weiter weg bei Sarah und der Stallgesellschaft. Sein Blick wanderte immer wieder zu mir.

Dann wurden die ersten Speisen aufgetragen und an den Tischen wurde es allmählich ruhiger. Die Auswahl der Speisen hatte Mama und ich getroffen. Sie waren allesamt aus der traditionellen österreichischen Küche, die für jeden etwas bereithielt. Dass dies die richtige Entscheidung gewesen war, bestätigte ein Blick in die Runde, denn allen schien es zu schmecken.

Während des Essens baute sich bereits eine heiter gelöste Stimmung auf. Die anfängliche Scheu vor dem herrschaftlichen Ambiente war verflogen, zeigte sich doch auch der Rest der Familie Hohenstein leutselig und unkompliziert. Neben Mama saß Maximilians Mutter und die beiden Damen verstanden sich auf Anhieb ausgezeichnet. Ich beobachtete sie verstohlen und freute mich riesig, dass der Abend so gut begann.

Nach dem Essen schmiss Max eine launige Rede, nach der alle begeistert applaudierten. Sarah gab ein Gedicht zum Besten, das ebenfalls sehr lustig war, und Sepp stand schließlich auch auf und sagte mutig:

„Liabe Hannerl! Der Herrgott hot's guat mit mia gmant, dass er mir di auf meine oiden Tog no g'schickt hot. I wünsch da olles Guade und hoff, dass ma no recht vü Zeit miteinander hobm. Und dia, Max, sog i dankschen, dass ma heit in dein schenen Schloss feiern dürfen! In so oide Stana schaun ma olle no richtig jugendlich aus." Den letzten Satz hatte er mit Augenzwinkern gesagt, sodass nun schallendes Gelächter ausbrach, bevor alle ihr Glas erhoben.

Es wurde gemeinsam „Happy Birthday" gesungen, während Mama ein paar Tränen vorsichtig aus dem Augenwinkel tupfte. Kaum war das Lied verklungen, ging das Licht aus und herein wurde eine unfassbare Torte getragen, die mit ihren siebzig Kerzen den Raum dezent erhellte. Mama stand auf und bewunderte das Meisterwerk, ehe sie tief Luft holte und die Kerzen ausblies.

Danach ging es munter weiter, denn nun hatten die Musiker Platz genommen und stimmten die ersten Lieder an. Daraufhin vermischten sich die Gäste, wanderten herum, bewunderten die Räumlichkeiten und schwangen das Tanzbein. Zum Auftakt hatte mich Maximilian als Erstes aufs Parkett gezogen, und nun erlebte ich also den ersten Tanz in seinen Armen. Es fühlte sich unbeschreiblich an. Maximilian war ein ausgezeichneter Tänzer, in dessen Führung man nur ein gutes Bild abgeben konnte. Außerdem wusste ich, dass wir das perfekte Paar abgaben, denn immer wieder verfolgten uns bewundernde Blicke und ich genoss das Bad in der Menge.

Während Mama nun mit ihren alten Freunden aus Wien plauderte und in Bewunderung badete, traf ich ein wenig später wieder auf Kurt und Chantal. Ich setzte mich zwanglos zu ihnen und beobachtete, wie Sarah mit Michael einen flotten Jive aufs Parkett legte. Da richtete Kurt auch schon sein Wort an mich:

„Sag, Theresa, was haben wir denn da verpasst? Das ist ja der Wahnsinn! Allein die Auffahrt zum Schloss durch die Feuerkörbe war schon beeindruckend. Aber das hier schlägt alles. Wie hast du dir denn jetzt wieder diesen Grafen geangelt?“

Ich atmete durch. Ich hätte ja wissen müssen, dass so etwas kommt. Also lächelte ich ihn an und sagte provokant:

„Nun, während manche Menschen auf der Stelle treten, entwickeln sich andere eben weiter. Wie geht's denn euch so? Erzählt doch ein bisschen.“

Davon fühlte sich Chantal angesprochen, die gleich eifrig das Wort ergriff, während ich am Champagner nippte. Offensichtlich wollte sie das Auf-der-Stelle-Treten nicht auf Kurt sitzen lassen.

„Hast du schon gehört, dass Kurt in die Chefetage aufgestiegen ist? Er hat einen phänomenalen Deal in Nordeuropa abgeschlossen, der hat ihn voll nach oben katapultiert“, erzählte sie voller Stolz und himmelte ihn an, während ich Kurt erstaunt ansah.

„So, so! Gratuliere“, sagte ich und merkte, dass ihm das Gespräch unangenehm war.

„Liebling, dazu wäre zu sagen, dass Theresa einen großen Teil zu dieser Entwicklung beigetragen hat. Und wir haben uns noch gar nicht richtig bedankt. Denn wenn du, Thesi, Moritz nicht betreut hättest, hätte ich nicht nur diese Chance vertan. Vielleicht hätte ich gar keinen Job mehr.“

„Ja, Kurt hat recht! Ich bin so dumm! Danke noch einmal dafür, dass du da eingesprungen bist. Das war wirklich mega von dir!“, ereiferte sich nun Chantal.

Ich winkte ab.

„Auch wenn es nicht der ideale Zeitpunkt gewesen ist, weil ich selbst nicht fit war, so sollte es doch in einer Familie selbstverständlich sein, dass man einander hilft.“

„Echt, du warst auch krank?“, fragte Chantal nun erstaunt.

„Ich hatte einen Reitunfall“, klärte ich sie auf. Es war wieder einmal typisch Kurt, dass er das gar nicht erwähnt hatte. Doch offensichtlich interessierte sie das sowieso nicht.

„Wirst du jetzt Gräfin?“, änderte sie spontan das Thema.

Ich sah sie erstaunt an.

„Wie kommst du jetzt darauf?“

„Na ja, so ein Fest macht man doch nicht nur aus Freundschaft. Gib’s zu, da läuft doch was.“

„Das hat Maximilian ja schon bei seiner kleinen Ansprache im Foyer gesagt. Deshalb werde ich aber nicht Gräfin“, belehrte ich sie.

„Den kannst du sicher um den Finger wickeln", kokettierte Chantal mit leuchtenden Augen und Kurt setzte noch eines drauf, indem er mir verschwörerisch zuzwinkerte.

„Der ist schon ein paar Mille schwer. Den würde ich an deiner Stelle nicht mehr von der Angel lassen."

Nun wurde es mir wirklich zu bunt. Diese Einstellung war so typisch für Kurt und offensichtlich hatte er in Chantal eine Gleichgesinnte gefunden. Geld ging ihm einfach über alles. Deshalb erhob ich mich und blickte meinen Ex-Ehemann bemitleidend an, denn nun würde ich ihm den Abend restlos verderben.

„Gott sei Dank bin ich mittlerweile finanziell unabhängig und habe es nicht nötig, jemanden wegen seines Besitzes um den Finger wickeln zu müssen. Daher kann ich euren Gedanken nicht so recht folgen. Genießt doch noch die Zeit auf Schloss Hohenstein", sagte ich und fügte lächelnd hinzu: „Ach, und Mama freut sich sicher, wenn du sie zu einem Tänzchen aufforderst." Mit diesen Worten stolzierte ich zu Maximilians Familie zurück, um mich mit wohltuend kultivierten Menschen unterhalten zu können.

Irgendwann überraschte dann die Kapelle mit einem Tusch. Mamas neue Freunde aus dem Ort standen auf und brachten ein lustiges Liedchen dar, das auf sie gereimt worden war. Beim Refrain mussten dann immer alle mitsingen und danach brandete tosender Applaus auf. Die Stimmung war ausgelassen. Dann ging es an den Gabentisch und Mutti musste unter zahlreichen „Ahs" und „Ohs" die Geschenke auspacken. Das Highlight war unser Familiengeschenk, bei dem wir Sepp unterstützt hatten: eine Gartenreise nach Südengland im nächsten Frühjahr. Mama konnte es gar nicht fassen. Dann wurde weitergefeiert, bis gegen Mitternacht die ersten Gäste aufbrachen. Wir hatten es gut, denn Maximilian hatte uns im Schloss untergebracht und so konnten wir den Abend gemütlich ausklingen lassen, während Sarah mit Michael und Roswitha zurück zum Hof fuhr.

Am nächsten Morgen genossen wir noch ein gemeinsames Frühstück mit der Familie Hohenstein und ließen den Abend Revue passieren. Mama war im siebten Himmel und so würde dieses fantastische Fest ihr ewig in Erinnerung bleiben. Dann packten wir alle Geschenke in meinen Wagen und wollten aufbrechen, als mich Max nochmals zurückhielt und fragte:

„Theresa, wie sieht es nun aus mit einem Last-Minute-Urlaub? Ich habe da etwas im Auge, das wäre in zwei Wochen verfügbar."

Ich schaute ihn überrascht an.

„Du hast das tatsächlich ernst gemeint?"

„Natürlich! Warum sollte ich scherzen?"

„Ja, ich weiß auch nicht. Du bist so spontan. Das bin ich gar nicht gewöhnt. Für wie lange wäre der Urlaub denn geplant?"

„Zehn Tage wären das."

„Jo klor mochts es des!", mischte sich nun Sepp ein, der mitgehört hatte. „Thesi, des wird da guat tuan. Glaub ma, immer nur orbeitn is nix. Ab und zua muas ma a ausse in die Welt. Dei Mutter hot ma des jetzt glernt."

„Siehst du, der Sepp hat's verstanden. Auch wenn der Hof sein liebster Urlaubsort ist." Max lachte und zwinkerte Sepp verschwörerisch zu.

„Und wohin soll es gehen?", fragte ich nun und in mir breitete sich eine verstohlene Vorfreude aus.

„Das wird eine Überraschung, mein Schatz", sagte Max und küsste mich zärtlich auf die Wange.

KAPITEL 47

Es war ein grauer, regenverhangener Spätnovembertag, an dem wir nach München fuhren. Die Autobahn war wie immer völlig überlastet und die Lkw-Kolonne schien nie abreißen zu wollen. Maximilian fuhr konzentriert, während ich meinen Gedanken nachhing. Hatte ich alles eingepackt? Waren alle Rechnungen bezahlt? Wusste Michael über den anstehenden Entwurmungstag und das Depot der Pasten Bescheid? Hatte ich Leo alle wichtigen Telefonnummern gegeben? Hatte ich genügend Hundefutter gekauft, sodass Sophie zurechtkam? Würde Mama den Rauchfangkehrer-Termin nicht vergessen? Ich seufzte leise.

„Bedrückt dich etwas?“, fragte Max.

Ich schüttelte den Kopf.

„Nein. Ich war nur noch nie so lange vom Hof weg und bin mir nicht sicher, ob ich alles bedacht und organisiert habe“, erklärte ich ihm.

„Na, die zehn Tage werden deine Leute schon ohne dich schaffen. Die schaukeln doch sonst auch das meiste ohne deine Hilfe.“

„Das stimmt, jedoch habe ich immer ein Auge auf ~~dem~~ Geschehen“, klärte ich ihn auf.

„Hast du auch das Bügeleisen abgedreht?“, fragte Max nun vollkommen ernst.

Ich starrte ihn verwirrt an.

„Äh. Ich weiß nicht."

Max biss sich auf die Lippen. Nun begriff ich: Er machte sich gerade über mich lustig!

„Du Schuft! Du hast mich jetzt tatsächlich irre gemacht. Ich habe ja gar kein Bügeleisen verwendet!", rief ich und er prustete los.

Und so ließ ich meine Sorgen hinter mir und freute mich auf den Süden. Und das war tatsächlich das Einzige, was ich wusste. Max hatte sein Geheimnis nicht verraten. Er hatte nur gesagt:

„Nimm wenig Gepäck: Sommerkleider, Badeanzüge, Sonnencreme, Flip-Flops und Sonnenbrille. Das genügt."

Nun, für diese Beschreibung kamen viele Destinationen infrage und es machte mich schier wahnsinnig, nicht mehr aus ihm herauslocken zu können.

Am Flughafen kam dann der erste Hinweis, der allerdings auch noch nicht viel aussagte: Dubai.

„Wir fliegen nach Dubai?"

„Vorerst ja."

„Maximilian, du machst mich wahnsinnig."

„Sei nicht so neugierig."

„Du bist ein Masochist."

„Mag sein, aber einer mit besten Absichten."

„Ha, das kann jeder sagen. Tatsache ist, dass du es genießt, wenn du mich leiden siehst."

Nun grinste er.

„Ein bisschen schon", sagte er und küsste mich.

Allein der Flug war schon ein Urlaub für sich: In den feudalen Sitzen der Emirates-Maschine konnte ich mich an dem Luxus gar nicht sattsehen. Köstliches Essen und Snacks wurden serviert und die neuesten Filme standen zur Verfügung. Die Stewardessen lasen einem jeden Wunsch von den Augen ab, und als wir in Dubai landeten, war die Zeit tatsächlich wie im Flug vergangen. Nun hatten wir drei Stunden Aufenthalt, der für mich wieder zu einem Erlebnis wurde. Denn der Flughafen war riesig und die elitärsten Firmen boten hier ihre Labels an. Wir schlenderten durch die Geschäfte, tranken Kaffee und beobachteten den kulturellen Mix der vorbeieilenden Menschen, den dieser Ort bot.

Als es dann endlich weiter zu unserem Terminal ging, blieb ich stehen und starrte die Schrift auf der Anzeigentafel an. „Male“ war hier zu lesen. Male, die Hauptstadt der Malediven! Wir flogen ins Paradies! Ich schaute Max an und meine Augen füllten sich mit Tränen.

„Thesi, um Himmels willen! Was ist denn los?“, fragte Max erschrocken.

„Ich bin einfach emotional überfordert. Nie im Leben hätte ich gedacht, einmal Urlaub auf den Malediven zu machen“, schniefte ich.

Max nahm mich zärtlich in den Arm. Da er ja um einiges größer als ich war, küsste er sanft meinen Scheitel. Und das war ein so unglaubliches Gefühl der Geborgenheit und Liebe, dass ich gleich nochmals losheulten musste.

Stunden später flogen wir in einem kleinen Wasserflugzeug über die Atolle, die weiß und türkis aus dem glitzernden Wasser leuchteten. Es war atemberaubend schön und ich wünschte, dass wir ewig so dahinfliegen könnten. Doch bald schon setzten wir zu der sanften und für mich trotzdem spektakulären Landung an. Ich war so erfüllt von all diesen Eindrücken, dass mein normales Leben einfach nicht mehr existent war. Ich hatte es irgendwo am Flughafen in Male vergessen.

Die Tage im Paradies waren schier unglaublich: Maximilian brachte mir das Schnorcheln bei und sehr bald war ich nicht mehr aus dem Wasser zu bekommen. Die Vielfalt und Farbenpracht entlang der Riffkante trieb mich immer wieder aufs Neue ins Meer. Dazwischen lagen wir einsam unter den Palmen, um uns puderzuckriger, weißer Sand, und atmeten die exotischen Düfte von Frangipani. Dabei konnte ich stundenlang den kleinen Riffhaien bei ihrer Jagd durch die unfassbaren Fischschwärme im seichten Wasser zusehen. Es war ein schillerndes Ballett, dem auch ein schneeweißer Reiher nicht widerstehen konnte. Mein Kopf saugte diese Eindrücke auf und es blieb einfach kein Platz, um an zu Hause zu denken. Die frühen, spektakulären Sonnenuntergänge genossen wir mit raffiniert kreierten Cocktails. Und wenn dann sehr schnell die unfassbar finstere Nacht anbrach, begeisterte mich der Flug der riesigen Flughunde, die manchmal hautnah an uns vorbeistreiften. Wir aßen im Schein der Fackeln am Strand und liebten uns mit allen Sinnen in dem exquisiten Bungalow. Zeit und Raum waren ausgeschaltet. Es gab nur uns und das genügte vollkommen.

KAPITEL 48

Zu Hause hatte es den ersten Schnee gegeben und der Advent stand vor der Tür. Ehrlich gesagt war dies eine brutale Ernüchterung. Ich spürte noch die Wärme auf meiner Haut und fror fürchterlich. Der Himmel war grau, ein scharfer Wind pfiff uns um die Ohren und am liebsten wäre ich an der Flughafentür umgekehrt.

Als wir uns dem Hof näherten, fragte ich Max:

„Bleibst du heute bei mir?"

„Möchtest du das?"

„Ja, bitte. Ich denke, ich brauche zur Eingewöhnung einen Abend vorm Kamin."

„Dann bleibe ich sehr gerne. Irgendwie kann ich mir gar nicht vorstellen, nach Hause zu fahren, ohne dich bei mir zu wissen." Ich starrte Max an. Er bemerkte es und lächelte. „Geht es dir nicht so?", fragte er.

„Doch", stotterte ich. „Doch, darum habe ich dich ja auch gebeten, bei mir zu bleiben."

Daheim wurden wir mit großem Hallo empfangen. Mama hatte ihren berühmten Apfelstrudel gebacken und alle brannten darauf zu erfahren, wie es uns ergangen war. Einzig Leo war nicht erschienen. Also ging ich ihn nach dem Willkommenskaffee im Stall suchen. Er arbeitete in der Futterkammer.

„Hallo Leo, wir sind wieder zurück", begrüßte ich ihn.

„Hallo Thesi, sehr schön", war die einsilbige Antwort, die ich versuchte zu ignorieren.

„Ist alles gut gelaufen oder gab's Probleme?", fragte ich ihn also.

Er hob den Kopf und sah mich müde an.

„Keine besonderen Vorkommnisse, Captain", versuchte er sich mit einem Scherzchen, das nicht recht gelang.

„Na, Gott sei Dank. Und bei euch ist auch alles in Ordnung?", fragte ich nach, da sich der zweite Todestag seiner Frau gejährt hatte.

„Ja, danke. Sophie hat eine Eins in ihrer Matheschularbeit geschrieben", lenkte er vom Thema ab.

„Wow, sehr brav", stieg ich darauf ein. Er drehte sich um und setzte seine Arbeit fort.

Ich verstand. Er wollte wohl kein Gespräch führen. Also ging ich noch zu Amor, der mich auch gleich freundlich anschnaubte. Ich tätschelte seinen Kopf und sog den vertrauten Geruch ein. Er stupste mich und suchte nach einer Leckerei. Als ich ihm eine Karotte, die ich fürsorglich eingesteckt hatte, hinhielt, nahm er sie ganz sanft aus meiner Hand. Und genau in diesem Moment war ich plötzlich unglaublich froh, wieder daheim zu sein. Ich umarmte mein Pferd und vergrub mein Gesicht in seinem Hals.

„Ach, mein Großer, wie habe ich dich vermisst. Morgen wollen wir gleich etwas Schönes unternehmen", flüsterte ich ihm zu.

„Würdest du aber bitte vorher mit mir etwas Schönes unternehmen?", vernahm ich plötzlich Maximilians Stimme. Er lehnte lächelnd im Türrahmen und sah mich treuherzig an. Ich musste hell auflachen.

„Ich habe dich gar nicht kommen gehört. Selbstverständlich unternehmen wir auch etwas Schönes", sagte ich und löste mich von Amor, um meine Arme um Max zu legen.

Auf der anderen Seite fiel die Stalltür laut ins Schloss.

Das Kaminfeuer knisterte gemütlich und tauchte den Raum in gedämpftes, warmes Licht. Schatten tanzten an den Wänden und die Madonna schien zum Leben zu erwachen. Ich lag in Maximilians Armen und genoss die heimelige Stimmung. Der Wein schimmerte in samtigem Rot und der Wind sang draußen ein Lied. Es war geradezu unvorstellbar, dass wir vor einem Tag noch unsere Füße in türkisblaues Wasser gesteckt hatten.

„Was denkst du?“, fragte Max.

„Ich habe soeben an die unwirkliche Schönheit der Insel gedacht, und dass es mir vorkommt, als hätte ich es nur geträumt.“

„Das stimmt, wenn man hier aus dem Fenster sieht, kann man sich gar nicht vorstellen, dass es woanders Sommer ist“, bestätigte Max.

„Weißt du, was komisch ist? Am Flughafen wollte ich am liebsten umkehren. Aber jetzt genieße ich es, wieder zu Hause zu sein. Ich freue mich sogar schon auf den Advent in Salzburg.“

Max küsste meinen Scheitel, wie er es gerne machte, und murmelte:

„Advent im Salzburger Land ist auch besonders romantisch. Den habe ich in Amerika immer vermisst. Dort ist es so hektisch und laut.“

„Vermisst du eigentlich deine Tochter?“, fragte ich jetzt vorsichtig.

„Nun, sie war auf einem Internat. Dadurch haben wir uns auch früher nicht so viel gesehen. Anne war ja durch ihren Beruf viel unterwegs. Und auch ich verkaufte Immobilien landesweit und war nicht oft zu Hause.“ Er seufzte. „In Wahrheit waren wir nur eine Holiday-Familie. Meistens nur für kurze Zeit beieinander. Das hat uns wohl auch entfremdet.“

„Hm, das klingt eigentlich traurig. Du kommst aus einer traditionsreichen Familie und hast dann so kontrovers gelebt.“

„Ja, the american way of life hat mir anfangs schon gefallen, gerade eben, weil hier alles so eng und geregelt war.“

Wir schwiegen einige Zeit, dann sagte er:

„Carol kommt über Weihnachten herüber. Du wirst sie also bald kennenlernen.“

Ich drehte mich zu ihm um und sah ihm in die Augen.

„Für die Feiertage sollten wir ohnehin einen Plan machen, was meinst du?“

Max sah mich erstaunt an.

„Nun, wir feiern auf dem Schloss und dann fährt the whole family nach Asten.“

Ich setzte mich auf.

„Stopp, stopp! Ganz so einfach ist das nicht. Wir haben auch unsere Traditionen. Aber lass uns das doch morgen in Ruhe besprechen. Ich würde jetzt gerne schlafen gehen. Der Tag war doch sehr lang.“

KAPITEL 49

Am nächsten Morgen fiel mir das Aufstehen sehr schwer. Obwohl es nur drei Stunden Zeitverschiebung waren, verspürte ich eine Art Jetlag. Dementsprechend schweigsam war ich beim Frühstück. Max dürfte es ähnlich ergangen sein, denn auch er war sehr still. Somit kam das Thema Weihnachtsplanung nicht zur Sprache.

Nachdem er nach Hause gefahren war, lümmelte ich noch weiter in der Küche herum. Die Hunde verlangten nach Streicheleinheiten, die sie nun vehement einforderten. Ich musste lächeln, wie süß Elly ihren riesigen Kopf in meinen Schoß legte und kräftig mit dem Schwarz wedelte, während Fixi ungeduldig meine Beine mit ihren Vorderpfoten bearbeitete.

„Na, Gott sei Dank habe ich nur zwei Hunde, sonst bräuchte ich noch weitere Arme“, sagte ich zu mir selbst. Daraufhin erhob sich wie auf Kommando Moses von der Fensterbank und stiefelte quer über den Tisch auf mich zu. Dann sprang er ebenfalls in meinen Schoß und begann, sein Köpfchen an meiner Brust zu reiben.

„Ihr seid mir eine Bande.“ Ich schüttelte den Kopf und freute mich insgeheim riesig über ihre Liebesbekundungen.

Als ich schließlich von ihnen aufschaute und aus dem Fenster sah, bemerkte ich, dass es wieder begonnen hatte zu schneien. *In drei Tagen ist der erste Advent,* fiel mir ein und ich erschrak über diese Erkenntnis. Mamas Geburtstagsfest und der Urlaub hatten meinen Jahresrhythmus ganz schön durcheinandergebracht. Ich sollte also langsam in die Gänge kommen, Haus und Stall dekorieren, über Weihnachtsgeschenke nachdenken und zuallererst einmal die liegengebliebenen Angelegenheiten erledigen.

Also schubste ich gottergeben die Tiere von meinem Schoß und stand auf. Gerade in diesem Moment klopfte es und Leo trat ein.

„Guten Morgen, Thesi, hast du einen Moment für mich?“, fragte er.

Ich sah ihn erstaunt an, bedeutete ihm aber, dass er sich doch setzen sollte, während ich sagte:

„Dir auch einen guten Morgen. Für dich habe ich immer Zeit. Möchtest du einen Kaffee?“

Leo lehnte dankend ab und setzte sich. Diese Geste störte mich, da er Kaffee eigentlich nie ablehnte. Augenblicklich hatte ich ein ungutes Gefühl im Bauch. Ich setzte mich also ebenfalls wieder hin und fragte:

„Was gibt es denn?“

Leo mied meinen Blick. In mir schrillten Alarmglocken. Ich wartete. Endlich schaute er mir in die Augen und sagte:

„Thesi, heute ist der 30. November, also Monatsende. Ich möchte hiermit kündigen.“

Ich starrte ihn an, unfähig, etwas zu sagen. In meinem Hals steckte plötzlich ein Kloß, der sämtliche Artikulierung verbat. Er rutschte ein wenig auf der Bank hin und her, ehe er weitersprach:

„Ich habe einen Job in einem Baumarkt als Berater gefunden. Die Arbeit ist nicht so schwer, die Arbeitszeiten sind fix und ich habe jeden Sonntag frei. Und zweimal im Monat auch samstags.“

„Aber …“ Ich verstummte. Ich konnte es einfach nicht fassen. „Aber wir können doch über alles reden.

Wenn du etwas geändert haben willst, lass uns doch nach Lösungen suchen."

„Nein, Thesi, es ist nett, dass du das sagst, aber ich habe das für mich schon entschieden. Ich kann am 2. Januar anfangen."

Ich merkte, wie meine Hände zu zittern begannen. Wenn Leo wegging, war das der Supergau! Ich erinnerte mich noch genau, wie schwierig es gewesen war, einen Nachfolger für Sepp zu finden.

„Und was wird aus Sophie?", fragte ich jetzt, mich an diesen Strohhalm klammernd.

„Sophie ist ja nun schon groß. Sie kann auch allein bleiben. Außerdem will sie in eine Tourismusschule gehen, da ist dann sowieso auch am Nachmittag Unterricht."

Mir stiegen die Tränen in die Augen. Das war zwar nicht professionell, doch in diesem Augenblick nicht zu ändern.

„Und ich dachte, es gefällt euch bei uns", stellte ich erschüttert fest.

Leo stand auf.

„Es war eine interessante Zeit, die Sophie und mir sehr geholfen hat", sagte er. „Dafür sind wir dir sehr dankbar. Doch dieser Job bietet mir neue Perspektiven, die ich gerne nutzen möchte. Ich hoffe, du kannst das verstehen." Mit diesen Worten ging er einfach wieder hinaus.

Irgendetwas zerbrach in diesem Augenblick in meiner Brust. Ich drehte mich um und schaute auf die Tür, die sich vor mir schloss. Es war wie ein symbolischer Akt.

„Nein, ich verstehe gar nichts!", rief ich und warf einen Apfel aus dem Obstkorb ihm hinterher. Der Apfel prallte an der Tür ab, verspritzte dabei ein wenig Saft und kullerte dann quer durch die Küche. Fixi sprang freudig auf und jagte ihm unter die Bank nach. Ich verfolgte teilnahmslos ihr Spiel mit dem vermeintlichen

Ball. Dann bedeckte ich bestürzt mein Gesicht mit beiden Händen und begann zu weinen. Zuerst nur ganz sacht. Doch Leos Worte hallten in mir wider und mit der Erkenntnis ihrer Tragweite erschütterte mich ein heftiger Weinkrampf.

Draußen hatte sich der Schneefall verstärkt. Ich schaute mit leeren Augen dem Flockenwirbel zu. Was hatte ich übersehen? Woher kam Leos Entschluss? Ich hatte das Gefühl, als würde meine heile Welt zusammenbrechen. Leo war nach Sepp unersetzlich. Wie sollte der Stall ohne ihn weiterhin funktionieren? Und auch die gemeinsamen Mittagessen hatten uns doch zusammenwachsen lassen! Das dachte ich zumindest. Ich fühlte mich plötzlich völlig allein und hilflos.

Mühsam erhob ich mich, um mich anziehen zu gehen. Dabei rief ich mit zitternden Händen meine Mutter an.

„Mama? Darf ich zu euch kommen?“, fragte ich zaghaft.

„Thesi, warum fragst du?“, wunderte sie sich und sagte im gleichen Atemzug: „Was ist passiert?“

„Ich erzähle es euch, wenn ich in fünfzehn Minuten bei euch bin“, antwortete ich mit zittriger Stimme und legte auf.

Auch wenn ich die Kälte nach den dreißig Grad auf den Malediven als entsetzlich empfand, beschloss ich, den Weg mit den Hunden zu Fuß zu gehen. Ich mummelte mich fest ein und stemmte mich gegen den Wind. Meine Nase begann zu rinnen und meine Wangen röteten sich. Dementsprechend aufgelöst traf ich bei Mama und Sepp ein.

„Kind, was ist denn bloß los?“, fragte sie sogleich besorgt.

Ich ließ mich auf die Eckbank sinken. Ich brachte kein Wort heraus.

„Jetzt red scho, Thesi, du mochst uns jo ganz narrisch“, sagte nun Sepp und setzte sich zu mir.

„Leo hat gekündigt“, sagte ich tonlos.

Mama, die gerade in einem Kochtopf gerührt hatte, ließ den Kochlöffel sinken und starrte mich an. Sepp fuhr sich mit der Hand über die Augen und sagte dann:

„Des derf do net wohr sein. Der Bua is so deppat.“

Das entlockte mir doch tatsächlich ein Schmunzeln, das jedoch gleich wieder erlosch.

„Er lässt nicht mit sich reden“, erklärte ich den beiden und zuckte mutlos mit den Schultern.

„Wüll er in dem Baumorkt orbeitn?“, fragte Sepp nun.

Ich nickte.

„Ja, er kann am 2. Januar dort anfangen. Du hast davon gewusst?“

„Gred hot er davon, oba i hob des net ernst gnumma“, erklärte Sepp.

„Ich hatte keine Ahnung, dass er sich überhaupt verändern will. Was soll ich denn jetzt nur machen? Ich erinnere mich noch mit Schrecken an die Suche für einen Nachfolger für dich.“ Mir stiegen schon wieder die Tränen in die Augen.

KAPITEL 50

Der Advent verstrich unter dem düsteren Schatten von Leos Kündigung. Ich hatte mit einem höheren Gehalt gelockt, die Hintertür über Sophie genommen, doch all das hatte nichts genutzt. Leo blieb freundlich, aber bestimmt bei seinem Entschluss.

Daneben gab es erste Spannungen mit Maximilian. Er wollte unbedingt, dass wir auf Großfamilie machten und alle Silvester in Asten feierten. Der Gedanke hatte ja durchaus etwas Verlockendes, war aber aufgrund der derzeitigen Situation nicht durchführbar. Ich versuchte, ihm zu erklären, dass es unmöglich war, selbst wenn wir bis dahin einen neuen Mitarbeiter gefunden hätten. Während der Einarbeitungszeit war ein Urlaub einfach undenkbar.

„Liebes, es wäre so wunderbar. Du würdest Carol kennenlernen und wir könnten fantastische Schitage erleben", schwärmte er mir vor.

Mittlerweile war ich genervt.

„Glaubst du wirklich, mir macht das Spaß? Dieser Stall ist ein Universum für sich. Es gibt tausend Kleinigkeiten, die wichtig sind. Ein neuer Mitarbeiter braucht Wochen, um auch nur irgendwie den Durchblick zu haben. Das beginnt beim individuellen Futter für jedes Pferd und endet bei den Koppelgemeinschaften. Von rechtzeitigen Bestellungen, Reparaturen und dem Erkennen von Krankheiten will ich erst gar nicht sprechen."

„Aber du hast doch noch Sorin. Und Sepp kann ja auch einspringen."

Ich fuhr mir durch die Haare.

„Ich kann nicht dauernd auf Sepp zurückgreifen. Er hat's im Kreuz. Und Sorin ist ein verlässlicher Arbeiter, eine leitende Position kann er aber nicht ausfüllen."

Maximilian sah mich mit einem treuherzigen Blick an.

„Und was machen wir dann?"

Versöhnlich sagte ich:

„Na, du verbringst wunderbare Tage auf Asten mit deiner Tochter und deiner Familie. Du wirst sehen, du wirst mich nicht vermissen."

Er zog mich an sich.

„Wie kannst du das behaupten? Ich werde vergehen vor Sehnsucht."

Nun musste ich doch lachen. Er lächelte und dann küsste er mich so, als wollte er seine Behauptung auf der Stelle beweisen.

Die Suche verlief erwartungsgemäß katastrophal. Wenn es Bewerber überhaupt bis zu einem Vorstellungsgespräch schafften, dann gab es mit Sicherheit irgendeinen Grund, warum es doch nichts wurde: die Arbeitszeiten, die zu lange Anfahrt, Angst vor Pferden, Rückenschmerzen, keine Sprachkenntnisse und und und …

Eines Tages kam dann auch noch Sorin zu mir.

„Chefin, möchte ich zu Weihnachten nach Hause fahren", erklärte er mir frei heraus.

Ich hatte gerade im Reiterstübchen aufgewaschen. Durch meine abrupte Drehung zu ihm streifte ich den Kübel, der ordentlich überschwappte. Ich starrte ihn an.

„Sorin, das kommt jetzt ziemlich ungelegen. Für wie viele Tage?", fragte ich.

Sorin kratzte sich am Kopf.

„Meine Schwester hat Kind bekommen und ganze Familie trifft sich. Muss ich auch kommen. Ist eine Woche in Ordnung?“, fragte er.

Ich atmete tief durch.

„Wann kommst du zurück?“

„Bin ich am 28. zurück“, versicherte er mir.

„Das musst du mir versprechen. Du weißt, dass Leo am 31. aufhört. Da brauchen wir dich unbedingt wieder hier.“

„Ich verspreche, Chefin. Danke, Chefin. Ich wieder gehen in Stall.“

Ich schaute ihm nach. Er hatte seit seinem Unfall keinen Urlaub genommen, so gesehen war sein Begehren also völlig in Ordnung. Trotzdem war das Timing nicht das beste.

Seufzend wandte ich mich der Lache am Fußboden zu, als Dr. Frauenschuh eintrat. Er war der Obmann unseres Reitvereines.

„Grüß dich, Theresa! Hättest du einen Augenblick für mich?“, fragte er höflich.

Ich nickte und schaute auf seine Stiefel, die sandig-matschige Spuren auf dem frisch gewischten Boden hinterließen.

„Selbstverständlich, was gibt es denn?“, wollte ich wissen.

„Ja, erstens möchte ich nochmals die Punkte zur Weihnachtsfeier durchgehen und zweitens wollte ich dich fragen, ob ich mir Sorin am 22. ausborgen dürfte. Nicht für lange, nur so zwei Stunden. Wir haben heuer einen so großen Baum, da bräuchte ich Hilfe beim Aufstellen. Meine Marie hat sich den gewünscht. Er soll mit seinen vier Metern die Eingangshalle schmücken.“ Er lächelte mich bittend an.

„Sorin ist über die Feiertage nicht da“, erklärte ich ihm und fuhr fort: „Die Lage ist zurzeit sehr angespannt, wie du weißt. Daher ersuche ich dich, auch für die Weihnachtsfeier dieses Jahr woanders um Unterstützung zu bitten. Vielleicht mag ja Roswitha mit organisieren. Ich werde natürlich wieder den Punsch wie jedes Jahr machen."

Er schaute mich erstaunt an, denn normalerweise beteiligte ich mich bei den Veranstaltungen des Reitvereines immer sehr intensiv. Er öffnete den Mund, doch bevor er zu reden anfing, überlegte er es sich doch anders. Nach einer kurzen Pause erhob er sich. Beim Gehen sagte er dann:

„Schade. Nun gut, da kann man nichts machen. Nur eines noch, Theresa: Nichts für ungut, aber an dem Schlamassel bist du selber schuld. Nun, ich werde schon eine Lösung für alles finden. Schönen Tag noch." Und schon war er wieder draußen, einzig seine schmutzigen Spuren erinnerten noch an ihn.

Ich setzte mich nieder. Was war denn das gewesen?

Ratlos blickte ich zum Fenster hinaus. Auf der kahlen Linde saßen ein paar Raben. Der Himmel, aus dem es ganz fein zu schneien begonnen hatte, war grau in grau. Die Trostlosigkeit fraß sich in mein Herz. Wie sollte das alles nur weitergehen? Und warum, zum Teufel, sollte ich jetzt auch noch die Schuld an dem Chaos tragen?

Am Abend fuhr ich zu Maximilian. Der Schneefall hatte mittlerweile zugenommen und ich musste mich sehr konzentrieren. Andererseits war ich froh, dem einsamen Abend zu entkommen, der mich doch nur hätte grübeln lassen. Das letzte Stück zum Schloss ging durch einen Tannenwald steil bergauf. Nun war ich wieder einmal froh, einen Landrover zu besitzen.

Als ich den Wald passiert hatte, lag auf einer leicht ansteigenden Wiese das Schloss vor mir. Aus den

Fenstern schimmerte warmes Licht und es schien mich geradezu willkommen zu heißen. *Hier könnte ich vermutlich leben*, durchfuhr mich ein Gedanke. Sorglos und elitär. Der ganze Alltagsmist würde Vergangenheit sein: keine Überflutungen, keine Koliken mitten in der Nacht, kein Strohmangel, kein vom Sturm abgedecktes Dach und vor allem keine Mitarbeiter-Probleme! Ein Bild eines sorglosen Lebens tat sich vor mir auf.

Ich schaltete den Motor ab und blickte zum Eingangstor oberhalb der kleinen Treppe. Sicher würde gleich jemand die Tür öffnen. Doch dieser Moment gehörte noch mir und meinen Gedanken allein. Und die Erkenntnis, die mich nun traf, war ernüchternd und doch von unfassbarer Gewissheit geprägt:

Niemals wieder würde ich ohne meinen Hof und die Pferde leben können! Niemals! Und mochten noch so viele Unannehmlichkeiten kommen, der Lindenhof und ich würden immer untrennbar miteinander verbunden bleiben.

KAPITEL 51

Wir dinierten in Maximilians Privaträumen, die ich mittlerweile gut kannte. Sie waren so anders als der Rest der Räumlichkeiten im Schloss. Hier gab es keinen Schnickschnack. Klare Linien dominierten in verschiedenen Grautönen. Kontraste waren in einem schönen Kirschrot gezielt gesetzt worden. Das alles wirkte sehr edel und teuer, wäre aber eher in einem New Yorker Penthaus zu vermuten gewesen als auf einem Salzburger Landsitz. Max hatte ein köstliches Hirschragout zubereiten lassen, wie er mir beim vollmundigen Rotwein gestand.

„Heute habe ich von unserer guten Agatha kochen lassen", sagte er und prostete mir zu.

Ich nahm einen Schluck, dann sagte ich leichthin:

„Es ist absolut köstlich! Ein Kompliment an deine Agatha. An solch einen Service könnte ich mich auch gewöhnen."

Maximilian sah mich nachdenklich an, sagte aber nichts.

Wir verbrachten einen gemütlichen, vertrauten Abend, liebten uns behutsam und ich schlief schließlich vollkommen erfüllt in Maximilians Armen ein.

Am nächsten Morgen erwachte ich ausgeruht und glücklich. Ich lag noch im Kingsize-Bett, als Maximilian einen Servierwagen, beladen mit den unterschiedlichsten Köstlichkeiten, hereinschob. Ich schnupperte.

„Mhh, der Kaffee riecht gut“, schnurrte ich und streckte mich genüsslich.

Maximilian schob den Wagen zu einem kleinen Tisch, der bei einem Fenster stand. Draußen fielen noch immer sanft die Flocken vom Himmel. Die Wälder ringsum waren in zauberhaftes Weihnachtsweiß gehüllt.

„Ach, ist das hier schön! Genau genommen hast du hier auch eine Insel. Weißt du eigentlich zu schätzen, wie prachtvoll du hier lebst?“, schwärmte ich und sah ihm verliebt in die Augen. Er lächelte zurück und um seine Augen bildeten sich diese feinen Fältchen, die ihn so ungemein attraktiv machten.

„Ich liebe deine Begeisterungsfähigkeit.“ Er griff über den Tisch und nahm meine Hand. „Ich habe nachgedacht. Ich verstehe natürlich, dass Leos Kündigung ein massives Problem darstellt. Aber könntest du nicht wenigstens Silvester mit mir auf Asten verbringen?“ Er sah mich flehentlich an.

„Ja, lass uns abwarten, ob Sorin tatsächlich am 28. wieder da ist“, wich ich einer konkreten Antwort aus.

„Und nun zu Weihnachten.“

Ich schluckte. Es war gerade noch so himmlisch gewesen, warum musste er mit diesen konfliktbeladenen Themen daherkommen? Ich aß mit Bedacht einige Stücke frisches Obst, bevor ich antwortete:

„Der Heiligabend wird auf dem Lindenhof gefeiert. Da gibt es nichts zu verhandeln.“

Maximilian zwickte ein wenig die Augen zu, als er mich abschätzend anschaute. Dann sagte er:

„Okay, Weihnachten auf dem Lindenhof, Silvester auf Asten.“

Ich lächelte ihn an.

„Du bist wunderbar“, bedankte ich mich für sein Verständnis.

Daraufhin stand er auf und zog mich abermals zum Bett.

„Der Schneepflug ist noch nicht gefahren, du kannst mir also gern noch mal zeigen, wie wunderbar du mich findest“, flüsterte er mir lächelnd ins Ohr.

Ich lag in den zerwühlten Laken, als mich plötzlich das schlechte Gewissen überkam. *Thesi, du rücksichtsloses Luder. Während du das süße Leben genießt, arbeiten andere schon seit Stunden bei Wind und Wetter.* Dabei dachte ich an Leo und plötzlich konnte ich es nicht mehr erwarten, heimzukommen.

KAPITEL 52

Als Sorin nach Hause aufbrach, kam Gott sein Dank schon Sarah aus München zurück. Sie half hauptsächlich Leo, wenn sie nicht gerade ritt. Auch Sepp und Peter kamen immer für ein paar Stunden vorbei und so war die Arbeit gut zu schaffen.

Währenddessen war ich mit den Vorbereitungen für Heiligabend ausgelastet. Nachdem Maximilian mit uns feiern wollte, waren mir das Menü und die Dekoration besonders wichtig. Ich plante, eine Maronischaumsuppe mit Schlagobershaube zu servieren. Danach sollte ein Rehrücken in Wurzelsauce mit Preiselbeeren und Kroketten gereicht werden, ehe ein Zimt-Parfait mit warmem Zwetschkenröster den Abschluss bilden würde. Mama hatte versprochen, mir zur Hand zu gehen, da auch sie den „Herrn Grafen" beeindrucken wollte.

Als es dann so weit war, schlüpfte ich in das rote Kleid, das ich zu Mamas Geburtstagsfest getragen hatte. Ich war gerade wieder in die Küche zurückgekehrt, als es klopfte.

„Herein!", rief ich, während ich den Braten wendete.

Leo stand vor mir und starrte mich an. Sein Blick brannte auf meiner Haut und ich merkte, wie ich rot wurde. Ich richtete mich auf und fragte:

„Leo, bist du schon fertig?"

Er nickte.

„Ja, ich wollte nur sagen, dass alles gemacht ist und ich jetzt auch gerne nach Hause gehen würde. Ich wünsche euch allen frohe Weihnachten." Seine Stimme klang rau und ich spürte, wie es ihn zum Gehen drängte.

„Warte!", sagte ich daher schnell. „Ich habe doch noch etwas für dich und Sophie. Schade, dass sie heute gar nicht da war. Ich hätte es ihr gerne persönlich gegeben." Ich rannte in die Stube, denn die Geschenke lagen bei den anderen unter dem Christbaum. Leo war mir gefolgt und stand nun im Türrahmen. Ich hob die beiden Päckchen auf und trat ihm gegenüber. „Ich wünsche euch ein frohes Fest! Und danke für die großartige Arbeit, die du gemacht hast." Meine Stimme zitterte ein wenig, als ich die Geschenke überreichte.

Leos Augen glänzten verdächtig, als er sagte:

„Dankeschön! Ich habe auch eine Kleinigkeit für dich, die steht vor der Tür." Nun wirkte er wieder so schüchtern und unsicher wie damals, als wir uns das erste Mal getroffen hatten.

„Wirklich?", sagte ich nun erfreut und ging voraus zum Eingang. Leos Lächeln gefror, als ich die Tür aufriss. Davor stand Maximilian, der gerade eintreten wollte und mit dem ich nun fast zusammengestoßen wäre.

„Hoppla, wohin so eilig?" Er lachte und sah mich fragend an.

„Ich, äh, hallo Max, frohe Weihnachten", stammelte ich.

Leo wollte sich diskret an uns vorbeischieben.

„Leo, halt!", rief ich und schob den verwunderten Max zur Seite. „Wo ist es?" Ich sah Leo fragend an.

„Hier." Er deutete hinter mich zur Hauswand.

Ich drehte mich um und da stand ein wunderschönes Deko-Kleeblatt, aus Hufeisen gefertigt. Ich war entzückt.

„Wow, danke! Hast du das gemacht?"

Leo nickte, dann sagte er:
„Es ist von Amors Eisen gefertigt und soll dir immer Glück bringen."
Diese Geste war so berührend.
„Es ist wunderschön", hauchte ich ehrfürchtig.
„Es freut mich, wenn es dir gefällt. Ich gehe dann mal. Frohe Weihnachten." Leo nickte Max zu, drehte sich um und ging zu seinem Wagen.
„Nettes Abschiedsgeschenk", meinte nun Max anerkennend nickend und ging vor mir ins Haus.
Ich starrte Leo nach. Mich fröstelte und das kam nicht nur von dem leichten Kleid.

Als die Familie um den Baum stand, war alle Hektik verflogen. Wir sangen Weihnachtslieder und tranken Champagner. Sarah verteilte die Geschenke und Max unterhielt sich ausgezeichnet mit Sepp. Es war tatsächlich ein gemütlicher Abend voller Harmonie. Als ich dann zu Tisch bat und sich alle auf ihre Stammplätze setzten, wies ich Maximilian den Sessel zu, auf den ich vor zwei Jahren Sophie, unseren damaligen Überraschungsgast, gesetzt hatte. Diese unbedeutende Handlung gab mir einen Stich. Damals hatte die Freundschaft zu Leo und seiner Tochter begonnen. Nun sollte sie bald zu Ende gehen.
„Theresa, du wirkst gerade unglücklich, ist etwas geschehen?", fragte mein aufmerksamer Geliebter. Ich schüttelte den Kopf.
„Nein, nein, alles gut", beeilte ich mich zu sagen und trug die Suppe auf.
Als ich mich auch zu Tisch setzte, stellte ich fest, dass in mir drinnen gar nichts gut war. Denn auch Pauls Platz war leer, und so sehr Maximilian sich um mich bemühte, vermisste ich ihn nun plötzlich ungemein.

Ich atmete tief durch und setzte zu einem heiteren Gespräch an, um die Geister zu vertreiben. Das wurde von den anderen auch gleich freudig aufgenommen und damit ging der Abend sehr schön vorüber.

Als wir dann allein waren und bei einem Glas Rotwein in der Stube saßen, sagte Maximilian nachdenklich:

„Das war ein netter Abend. So beschaulich und ohne großes Tamtam. Bei uns zu Hause war es ähnlich, auch wenn mein Vater sehr steif war und auf Etikette sehr viel Wert gelegt hat. In Amerika ist ja alles ganz anders. Alles ist so viel zu viel: zu viel Lichter, zu viel Musik, zu viele Gäste. Da wurde es erst am Morgen danach gemütlich, wenn wir nur zu dritt die Bescherung genossen."

Ich kuschelte mich an ihn.

„Ich mag Weihnachten hier auf dem Hof auch besonders. Es hat irgendwie ein ganz anderes Flair als in der Stadt. Apropos: Wollen wir in die Mette gehen?"

Maximilian sah mich erstaunt an.

„Ja, wieso eigentlich nicht? Das habe ich schon ewig nicht mehr gemacht."

Also zogen wir uns warm an und wanderten Hand in Hand durch die nächtliche Winterlandschaft der hell erleuchteten Kirche entgegen.

Drinnen waren die Bänke schon gut gefüllt, denn Monsignore Pfeiffer verstand es wirklich vorzüglich, seine Schäfchen in die Kirche zu locken. Unser Eintreten sorgte für Aufsehen, dessen ich mir nicht bewusst gewesen war. Augenblicklich verstummte das Gemurmel und alle Augen waren auf uns gerichtet. Ich vermutete, dass die Aufmerksamkeit hauptsächlich dem „Herrn Grafen" gewidmet war.

„Lass uns bitte gleich da hinsetzen, damit sie die Augen wieder nach vorne richten können", flüsterte ich Max zu.

Er grinste.

„Nix da, die wollen doch auch ein bisschen was haben für ihr Geld. Komm, machen wir ihnen doch die Freude." Somit ging er, freundlich nach links und rechts nickend, ganz nach vorne, wo noch einige Plätze frei waren.

Ich wusste, dass ich eine ordentliche Röte aufgezogen hatte. Als wir endlich saßen, raunte mir Max zu:

„Jetzt haben die Tratschweiber wenigstens für die nächste Woche Gesprächsstoff."

Ich kicherte.

„Mich werden sie auf dem Scheiterhaufen verbrennen als Ketzerin, die ihren Mann nicht genügend betrauert."

Er küsste mich sanft auf die Wange und sagte:

„Ich beschütze dich, mein Engel."

Und damit läutete der Ministrant und die Mette begann, während mir eine Träne über die Wange kullerte.

KAPITEL 53

Die Feiertage vergingen mit zu viel Essen. Da wir aber Sorin ersetzen mussten, fiel das nicht so ins Gewicht und es plagte uns kein schlechtes Gewissen.

Am 28. Dezember stand am frühen Nachmittag Sorin vor mir.

„Chefin, habe ich Freund mitgebracht. Wir machen Arbeit von Leo, kennt sich mit Pferden aus."

Hinter ihm stand abwartend ein Mann mittleren Alters mit Drei-Tage-Bart und einer Art Militärjacke. Ich war völlig überrascht, hatte Sorin doch diese Entwicklung mit keinem Wort angekündigt. Nachdem wir aber noch immer keinen brauchbaren Nachfolger für Leo gefunden hatten, fiel mir ein Stein vom Herzen. Immerhin hatten wir jetzt erst mal eine Aushilfe.

„Sorin, na, das ist ein Weihnachtsgeschenk!" Ich lachte und wandte mich dem Fremden zu:

„Herzlich willkommen auf dem Lindenhof!"

Der Mann nickte.

„Spricht er Deutsch oder Englisch?", fragte ich Sorin.

Er schüttelte bedauernd den Kopf.

„Nein, nur Rumänisch und wenig Russisch."

Ich atmete durch.

„Nun, wir haben ja dich und Google zum Übersetzen. Das wird schon gehen. Wie heißt er?"

„Alex."

„Nun gut, dann zeig doch Alex einmal das Zimmer, ich bringe dann frische Bettwäsche und Handtücher“, erklärte ich. Sorin wandte sich zum Gehen um, als ich ihm nachrief: „Sorin, danke! Damit hast du uns sehr geholfen!“ Sorin nickte und bedeutete Alex, ihm zu folgen.

Am Abend ging ich zu Leo in den Stall.

„Hast du Alex schon kennengelernt?“, wollte ich wissen. Er drehte sich zu mir um und sah ziemlich müde aus. Ich erschrak geradezu. „Ist etwas passiert?“

Er schüttelte den Kopf.

„Nein, Thesi, alles in Ordnung. Jetzt hast du ja doch noch Ersatz für mich bekommen. Somit kann ich jetzt aufatmen. Der Lindenhof kann problemlos weiterlaufen.“

Ich setzte mich auf einen Strohballen.

„Ja, das war wirklich die Rettung in letzter Minute. Hoffentlich funktioniert es einigermaßen.“

„Na, notfalls muss Sepp den beiden auf die Finger schauen. Das macht er ja sowieso gerne. Aber zumindest für die schweren Arbeiten hast du jetzt jemanden.“

Ich nickte. Ich wusste nicht, was ich sagen sollte, denn irgendwie lag eine Befangenheit zwischen uns und das machte mich traurig. Ich dachte an die vertrauten Gespräche, wenn wir den Arbeitstag auf der Bank an der Hauswand hatten ausklingen lassen. Auch Leo schwieg und starrte auf den Boden.

„Brauchst du noch etwas?“, unterbrach Leo schließlich die Stille.

Ich blickte auf.

„Nein, danke.“ Mein Herz klopfte wie wild. Eigentlich hätte ich noch so viele Fragen gehabt.

„Gut, dann würde ich jetzt gehen.“

„Ja, klar, habt einen schönen Abend“, sagte ich dumm und fühlte mich leer. Denn um noch etwas zu sagen, fehlte mir der Mut.

Ich glitt vom Stroh herunter und ging zu Amor. Ich begann, ihn mit ruhigen, gleichmäßigen Zügen zu putzen. Er schnaubte genüsslich, während auch ich mich langsam beruhigte. Nachdem ich nicht ins Haus zurückkehren wollte, beschloss ich, mein Pferd zu longieren. Also ging ich in die Sattelkammer, um die Ausrüstung zu holen.

In der Reithalle legte ich einige Stangen auf den Boden, um die Arbeit etwas zu intensivieren. Amor kannte diese Art der Gymnastizierung und arbeitete willig mit. Ich konzentrierte mich auf mein Pferd und genoss die Ruhe um mich herum. Doch diese dauerte nicht lange. Nach kurzer Zeit tauchte im Halleneingang Roswitha auf.

„Hallo Thesi! So allein am worken?“, fragte sie.

Ich blickte auf.

„Ja, im Moment ist es eher ruhig hier. Aber das stört mich ehrlich gesagt gar nicht. Im Gegenteil, ich genieße es, die Halle für mich allein zu haben.“

„Dürfte ich trotzdem dazukommen?“

„Na klar, komm ruhig rein, es ist ja genug Platz vorhanden“, lud ich sie ein.

Nach fünfzehn Minuten erschien sie mit ihrem „Lord of the dance“. Nachdem sie aufgestiegen war, ritt sie im Schritt um mich herum.

„Gibt’s was Neues?“, wollte sie wissen.

„Ja, Sorin hat einen Freund mitgebracht, was Leo sehr erleichtert hat. Er meint, jetzt könne er sorglos den neuen Job antreten.“

„Hmmm.“

„Na, das ist doch eine gute Nachricht, oder?“, versuchte ich, sie zu überzeugen, da sie ein nachdenkliches Gesicht machte.

„Bist du auch erleichtert?“, fragte sie nun.
Ich sah sie erstaunt an.
„Selbstverständlich! Spätestens, wenn Sarah wieder nach München geht, wäre das hier eine Katastrophe geworden.“
„Na, dann ist es ja für alle Beteiligten noch mal gut ausgegangen“, stimmte sie mir zu. Das klang komisch.
„Das klingt nicht danach, als wärest du auch der Überzeugung“, sagte ich und zog die Augenbrauen hoch.
„Doch, doch“, beeilte sich Roswitha zu sagen und trabte an.
Nach einer Weile brachte ich Amor zurück in den Stall und räumte anschließend die Bodenstangen weg.
Roswitha machte eine Schrittpause.
„Jetzt kannst du ja Silvester entspannt in den Bergen feiern“, sagte sie.
Ich stutzte kurz, denn in all dem Trubel hatte ich darüber noch nicht nachgedacht.
„Ja, Maximilian wird sich freuen. Jetzt könnte ich sogar etwas länger bleiben“, fiel mir ein und ich strahlte sie an.
Sie sagte nichts, nahm die Zügel wieder kürzer und galoppierte an. Ich sah ihr noch einen Augenblick zu. Ihr Verhalten war heute merkwürdig und ich wurde nicht schlau aus ihr. Deshalb beschloss ich, zurück zum Haus zu gehen.
„Tschüss, ich gehe jetzt!“, rief ich ihr noch zu und verließ die Halle.
Im Stall traf ich auf Sorin und Alex. Sorin erklärte gerade, was welches Pferd gefüttert bekam. Das war aber nicht sehr schwer, da jede Pferdebox genau beschriftet war. Ich lächelte den beiden zu und ging weiter.
In der Küche, an den Kachelofen gelehnt, traf ich auf Sarah, die irgendetwas lernte. Sie war belagert von den beiden Katzen und es sah sehr gemütlich aus. Als ich eintrat, hob sie den Kopf.

„Alles okay?"

„Ja, Sorin erklärt Alex gerade die Fütterung", berichtete ich und wechselte gleich das Thema, weil es nun ja tatsächlich aktuell geworden war: „Jetzt steht einem Jahreswechsel in den Bergen nichts mehr im Weg. Wie sieht's aus, möchtest du mitkommen? Max hat dich ja auch eingeladen."

Sarah schaute einen Augenblick an mir vorbei, ehe sie den Blick auf mich richtete und sagte:

„Ja, das ist sehr nett von ihm. Aber ehrlich gesagt möchte ich lieber hier bleiben. Eine ganze Gruppe feiert im Reiterstüberl und das wird sicher lustig. Außerdem bin ich dann vor Ort, wenn die Kracherei losgeht. Da schaue ich ganz gerne nach den Pferden."

„Du bist so schrecklich erwachsen geworden", sagte ich liebevoll.

Sie lachte.

„Na ja, wenigstens eine von uns beiden sollte das sein."

Ich schüttelte grinsend den Kopf.

„Du bist heute schon die Zweite, die sich merkwürdig missbilligend äußert. Dabei bin ich mir gar keiner Schuld bewusst."

Sarah verdrehte die Augen.

„Mein Gott, Mama, manchmal stehst du echt auf der Leitung."

„Ich weiß jetzt echt nicht, was du meinst. Aber allen Menschen recht getan, ist eine Kunst, die niemand kann", tat ich nun das Gespräch ab und fragte: „Wie sieht's mit Abendbrot aus?"

KAPITEL 54

Maximilian war höchst erfreut über meine Nachricht.

„Wunderbar, mein Engel! Das werden herrliche Tage, du wirst sehen! Morgen kommt Carol in München an. Ich hole sie gegen dreizehn Uhr vom Flughafen ab. Nachdem sie sicher Jetlag haben wird, werden wir noch eine Nacht im Schloss übernachten. Da kann ich ihr dann auch von dir erzählen. Wir würden dich dann übermorgen so gegen vierzehn Uhr abholen. Ist dir das recht?“

„Max, das ist alles okay, nur würde ich gerne selber fahren. Man weiß ja nie, ob ich nicht doch überraschend im Stall gebraucht werde. So bin ich dann unabhängig.“

Er lachte.

„Typisch meine Theresa. Nur nicht von irgendwem oder irgendwas abhängig sein.“

„Sei nicht böse, aber es ist so sicher klüger. Manchmal muss es schnell gehen und dann will ich niemandem zur Last fallen.“

„Ich bin dir nicht böse, ich bin einfach amüsiert“, sagte nun Maximilian ganz weich, bevor er sich mit einem Kuss durchs Telefon verabschiedete.

Als ich am nächsten Morgen auf mein Handy schaute, war da eine Nachricht von Max:

Haben über Silvester einen Überraschungsgast, Carols Mutter Anne kommt auch.
Kuss, Maximilian.

Augenblicklich war ich hellwach. Was sollte ich jetzt davon halten? Einerseits war es natürlich ihr gutes Recht, ihre Tochter zu begleiten, andererseits würde sich dadurch möglicherweise eine seltsame Situation auf Asten ergeben.

Dieser Gedanke ließ mich den ganzen Tag nicht mehr los. Unruhig tigerte ich umher. Sollte ich absagen? Gemeinsam mit Maximilians Familie zu feiern, hatte ich mir sehr nett vorgestellt. Jedoch war da noch nicht von seiner Exfrau die Rede gewesen.

Nach dem Mittagessen sagte Sarah beim Kaffee dann zu mir.

„Gibt's irgendetwas?"

Ich sah sie verwundert an.

„Nein, wieso?"

„Nun, du wirkst so abwesend."

„Echt? Wie kommst du darauf?"

„Du hast statt der Zuckerdose das Salzfass auf den Tisch gestellt."

Ich schaute verdutzt, dann lachte ich auf.

„Tatsächlich! Wieso ist mir denn das passiert?"

„Weil du mit deinen Gedanken ganz woanders bist", stellte mein Kind nun fest und sah mich forschend an. Ich nahm den Zucker aus dem Schrank und ließ mich auf den Stuhl fallen.

„Du hast recht. Ich grüble tatsächlich über etwas nach."

„Na, dann spuck es aus, bevor ich zu meiner Springstunde muss", forderte sie mich auf und machte ein gespanntes Gesicht.

„Max hat mir geschrieben, dass nun Carols Mutter Anne überraschend mitkommt." Ich atmete tief durch.

„Wow“, kommentierte Sarah die Situation mit einem Wort.

„Ja, genau, wow! Ich weiß nicht, wie ich mich jetzt verhalten soll.“ Ich stöhnte.

Sarah dachte nach. Schließlich sagte sie:

„Denk nicht so viel darüber nach. Geh mit den Hunden spazieren und tanke frische Luft. Und dann höre einfach in dich hinein, was *du* willst. Vielleicht wird es sehr nett, vielleicht wird es grauenvoll, wer kann das schon sagen? Wir kennen ja die gute Dame und ihren Spross nicht. Ich denke, du solltest wissen, welche Position du in Maximilians Leben einnehmen willst, und danach handeln.“ Ich schluckte und schaute ihr zu, wie sie aufstand und zur Tür ging. „Ich muss jetzt los,“ erklärte sie mir und zuckte mit den Schultern. Dann war sie verschwunden und ich starrte ihr nach.

Welche Position wollte ich in Maximilians Leben einnehmen? Diese Worte hallten in mir nach. Ich wusste keine Antwort darauf.

KAPITEL 55

Die Hunde freuten sich über den ausgiebigen Spaziergang. Die Temperatur lag leicht unter null Grad und es lag ein wenig Schnee. Somit konnte man auch die Wiesen und Waldwege begehen, ohne im Matsch zu versinken. Ich wählte den Weg durch den Wald zu Tillys Gedenkkreuz. Vielleicht hatte sie einen Rat für mich, wie ich mich verhalten sollte. Fixi lief, lustig über die Schollen springend, vor mir her, während Elly gemächlich neben mir trabte. Ich atmete die frische, kalte Luft ein und spürte, wie sie mich belebte.

„Fixi, nicht so weit voraus!", rief ich dem Hündchen nach und beschleunigte den Schritt. Doch Fixi hatte wohl irgendeine interessante Spur entdeckt und ignorierte mich gekonnt. Schließlich bog sie in den Wald ab. „Fixi, Fiiiiiixi, hier! Fixi, hierher!", rief ich vergebens und ärgerte mich über mich selbst. *Wieso, zum Teufel, habe ich sie nicht an die Leine genommen?*, fragte ich mich. Elly hob nun ebenfalls witternd den Kopf. Schnell griff ich nach ihrem Halsband, um die Leine zu befestigen. „Nein, nein, mein Mädchen. Du verschwindest jetzt nicht auch noch", erklärte ich ihr, dann ging ich auf dem Weg weiter, immer wieder Fixis Namen rufend.

So viel zur inneren Einkehr, dachte ich grimmig. Eilig schritt ich weiter, bis ich zu der mir bekannten

Kreuzung mitten im Wald kam. Links ging es zu Tilly, rechts führte der Weg durch den Forst zu einem kleinen Weiher. Wohin sollte ich gehen? Ratlos stand ich da, als Elly abermals ihre Nase schnuppernd in die Luft streckte.

„Elly, such Fixi. Wo ist Fixi? Elly, suuuuch, such Fixi“, redete ich ihr gut zu und hoffte, als sie sich in Bewegung setzte, dass sie tatsächlich Fixi nachlief und nicht irgendeinem Hasen.

Elly strebte in einem flotten Tempo dem Weiher zu. Seitenstechen quälte mich und ich keuchte schon gewaltig, als wir am Waldrand ankamen. Und da sah ich meine kleine Jack-Russell-Hündin, wie soeben die Eisdecke unter ihr nachgab und sie in dem Teich versank.

„Fixi!“, rief ich und rannte zum Ufer. Hektisch schaute ich mich um. Nichts lag herum, mit dem ich nach ihr hätte fischen können. Panisch fingerte ich mein Handy heraus, während ich das Ufer untersuchte, ob es nicht eine Möglichkeit bot, näher an die Hündin heranzukommen.

„Mama?“, hörte ich Sarahs Stimme aus dem Telefon.

„Schnell, ihr müsst zum Weiher hinter dem Grundinger Forst kommen!“, rief ich und erklärte rasch die Sachlage.

Vorsichtig stieg ich auf das Eis. Es schien mich tragen zu können. Dann fiel mir ein, dass es besser war, mich darauf zu legen. Also schob ich mich bäuchlings auf dem Eis liegend zu Fixi vor. Das Eis machte komische Geräusche und ich blieb immer wieder kurz ruhig liegen. Schließlich trennte mich nur noch ein Meter von Fixi, die tapfer versuchte, zu mir zu kommen. *Wie viel Zeit war vergangen? Wie lange würde sie noch durchhalten können? Bitte, lieber Gott, hilf uns*, flehte ich innerlich. Im nächsten Moment fragte ich mich, wo die anderen so lange blieben. Die Zeit schien stillzustehen.

Als endlich der Landrover über den Weg hoppelte, merkte ich, dass Fixis Kräfte zu Ende waren. Verzweifelt schob ich mich weiter. Im nächsten Augenblick gab die Eisdecke unter mir nach und ich versank in den eisigen Fluten. Prustend tauchte ich wieder auf. Vor mir war nun Fixi, die ich mit einer schnellen Handbewegung zu fassen bekam. Ich zog sie zu mir und legte sie über meine Schulter, denn ich brauchte nun beide Hände, um nicht unterzugehen. Die dicke Winterbekleidung und der nasse Hund zogen mich bleischwer nach unten. Ich versuchte, in Richtung Ufer zu kommen, jedoch war hier das Eis zu stark, um zu brechen. Wir waren gefangen.

In diesem Moment stürzten Sarah, Leo und Michael ans Ufer. Dann ging alles so schnell, dass ich es gar nicht richtig erfassen konnte. Leo lief unbeirrt aufs Eis zu mir, legte sich dann ebenfalls hin und robbte zu mir.

„Gib mir deine Hände!“, rief er und gleichzeitig: „Ich habe sie, zieht!“

Es war ein Kampf, mich wieder aus dem Wasser zu bekommen. Fixi war in der Zwischenzeit schon zum Ufer gelaufen, während Leo mich Zentimeter um Zentimeter herauszog, wobei immer wieder Stücke des Eises nachgaben. Meine Kräfte ließen merkbar nach, während Leos scheinbar ins Unermessliche zu wachsen schienen.

Wie ich schlussendlich aus dem Wasser gekommen war, weiß ich bis heute nicht zu sagen. Meine Erinnerung setzte erst wieder ein, als Sarah mich zum Auto brachte. Ich sah, wie Michael Leo von dem Seil, das sie ihm umgebunden hatten, befreite. Dann verstauten die Männer die Hunde im Kofferraum und es ging in einem Höllentempo zurück. Völlig durchgeschüttelt erreichten wir den Lindenhof.

KAPITEL 56

Eine Stunde später saßen wir noch immer in der Küche. Der Kachelofen verströmte wohlige Wärme. Trotzdem durchrollten mich immer wieder Wellen von Schüttelfrost. Auch Fixi lag völlig fertig und dick eingemummelt in ihrem Körbchen. Sie schlief und erlebte in ihren Träumen wohl noch einmal die Katastrophe nach, denn immer wieder winselte sie. Ihre Pfoten zuckten wie wild.

In mir verdrängte der altbewährte Himbeerschnaps Kälte und Erlebtes. Sarah und Leo saßen bei mir, einzig Michael war wieder in den Stall gegangen. Leo sah völlig fertig aus. Nicht nur, dass auch er bis zum Oberkörper völlig durchnässt worden war, hatte er wohl auch all seine Kraftreserven völlig ausgeschöpft. Es war still im Raum, einzig das Ticken der alten Pendeluhr war zu hören. Jeder hing seinen Gedanken nach. Irgendwann stand Sarah auf und sagte:

„Ich gehe mal in den Stall und schaue, ob ich wo helfen kann."

Nun waren Leo und ich allein. Draußen wurde es langsam dunkel. Die Finsternis kroch durch die Fenster in die Stube und ich sah ihr zu, wie sie die Konturen von Leo verschwimmen ließ. Es fühlte sich an, als ob uns eine warme, dunkle Decke einhüllen würde. Er sagte nichts und auch ich fühlte mich außerstande, meine Gefühle zum Ausdruck zu bringen. Schock, Entsetzen, Erleichterung, Dankbarkeit wogten in mir hoch. Irgendwann begannen Tränen aus meinen Augen zu fließen. Ganz langsam, dann immer mehr, bis mich schließlich ein heftiger Weinkrampf erschütterte.

Da stand Leo wortlos auf und kam zu mir. Er nahm mich sanft in den Arm und wiegte mich wie ein kleines Kind. Und ich ließ mich in diese starken Arme fallen und vergaß Zeit und Raum. Als meine Tränen versiegt waren, löste ich mich vorsichtig aus seiner Umarmung und setzte mich neben ihn.

„Danke", flüsterte ich, unfähig, mehr zu sagen.

Leo stand wackelig auf und blickte zu mir herab. Mittlerweile war es völlig dunkel im Raum.

„Ich gehe jetzt", krächzte er mit rauer Stimme. „Bis morgen, Thesi."

Ich konnte nicht einschlafen. Sämtliche Geister, tote wie lebendige, spukten durch meine Gedanken. Tilly und Paul, Fixi, Moses, Amor, Sepp, Mama, Sarah, Leo, Sophie und sogar Hannes. Erlebnisse der letzten Jahre blitzten auf und waren völlig real. Ich wälzte mich hin und her. Irgendwann fiel ich in einen unruhigen Schlaf, der mich völlig erschöpft und schweißnass aufwachen ließ.

Ich schaute zum Fenster hinaus. Es dämmerte erst. Ich sank ermattet in die Kissen zurück. Ich fühlte mich völlig erschlagen und unfähig, aufzustehen. Eine Welle von Schüttelfrost durchfuhr meinen Körper und ich ringelte mich wie Sunny auf der Fensterbank in meiner Bettdecke ein.

So fand mich eine Stunde später Sarah.

„Mama?" Ich drehte mich ächzend zu ihr. „Ist alles in Ordnung?"

„Nein, ich habe eine schreckliche Nacht hinter mir. Und nun fühle ich mich, als hätte mich ein Bus überfahren“, stöhnte ich.

Besorgt kam mein Kind näher. Fürsorglich griff sie auf meine Stirn und zuckte augenblicklich zurück.

„Mama, du glühst ja!“, rief sie. Ich griff nun ebenfalls auf meine Stirn. Tatsächlich war ich brennheiß. „Ich rufe jetzt Dr. Hölzl an“, bestimmte sie und tippte schon auf ihr Handy.

Dr. Hölzl, unser Allgemeinmediziner im Ort, war eine halbe Stunde später da. Er hatte den Besuch tatsächlich noch vor seine Ordinationszeit geschoben. Das war wieder einmal ein Vorteil des Landlebens. Hier wurde spontan gehandelt und geholfen. Er hörte sich also die Geschichte von Sarah an, dann untersuchte er mich gründlich. Er runzelte die Stirn, dann sagte er:

„Liebe Frau Klingenbach, da bahnt sich eine Lungenentzündung an. Wir werden versuchen, das hier zu Hause in den Griff zu bekommen. Ich verschreibe Ihnen Medikamente, die Sarah umgehend aus der Apotheke holen soll. Sie bleiben im Bett! Falls sich etwas verschlimmert, informieren Sie mich umgehend. Ansonsten komme ich morgen wieder vorbei.“

Ich sank zurück in die Kissen, als mich ein trockener Husten erschütterte.

Als Sarah mit den Medikamenten wiederkam, fragte ich:

„Wie geht es eigentlich Fixi?“

Sarah lächelte.

„Besser als dir. Sie ist am Morgen schon durch den Hof gesaust.“

„Na Gott sei Dank“, flüsterte ich und setzte mich auf, um die Medizin einzunehmen.

KAPITEL 57

Zum Mittag brachte mir Sarah eine Suppe von Mama, die sich natürlich gleich angeboten hatte, die Mannschaft zu verköstigen. Ich aß ein paar Löffel, zu mehr war ich nicht imstande. Da läutete mein Telefon und ein gut gelaunter Maximilian rief mir ins Ohr:

„Hallo, mein Engel! Wir fahren in einer halben Stunde los. Wann wirst du zu uns stoßen?"

Ich erschrak heftig. Ich hatte ihn völlig vergessen! Heute war der 30. Dezember und wir wollten uns am Nachmittag auf Asten treffen. Ich spürte eine Hitzewelle durch meinen Körper fahren.

„Theresa?"

Ich atmete durch.

„Maximilian, ich kann nicht kommen."

„Wie bitte? Warum nicht? Es ist doch schon alles organisiert. Anne und Carol freuen sich, dich kennenzulernen. Mama, Adele-Sophie und August brechen auch noch heute nach Asten auf. Wir rechnen doch fest mit dir!"

„Maximilian, ich habe eine Lungenentzündung."

„Was? Wieso?"

„Ich wollte gestern Fixi retten und bin ins Wasser gefallen."

Am anderen Ende war es still. Dann sagte er:

„Nochmals zum Mitschreiben: *Was* hast du gemacht?"

„Fixi ist beim Spaziergang auf einen Weiher gelaufen und dort im Eis eingebrochen."

„Und was hast du gemacht?"

„Ich wollte sie retten und bin auch eingebrochen."

„Und dann?"

„Dann hat mich Leo mit Michaels und Sarahs Hilfe herausgezogen."

„Bist du verrückt?"

„Was hätte ich denn tun sollen?"

„Theresa, das weiß doch jedes Kind, dass so etwas nicht gutgeht."

„Aber Fixi wäre ertrunken."

„Mag sein, aber es ist ein Hund. Dafür lohnt es sich doch nicht, das eigene Leben zu riskieren."

Mein Herz setzte einen Augenblick aus.

„Was hättest du getan?"

„Na, ich hätte garantiert keinen Selbstmordversuch gestartet."

„Liegt dir nichts an deinem Hund?"

„Es ist nicht mein Hund, in Wahrheit ist Hubertus der Jagdhund meines Schwagers. Aber um auf den Punkt zu kommen, kein Tier ist es wert, dafür sein Leben zu riskieren."

„In solch einer Situation denkt man doch darüber gar nicht nach, da will man einfach helfen."

„Nein, Theresa, da muss ich dir leider widersprechen. Kopflos in eine Gefahr zu laufen, macht keinen Sinn. Das ist einfach nur dumm."

Nun wurde ich wütend.

„Man nennt es Empathie, Mitleid für alle Kreaturen dieser Welt zu empfinden. Aber ich hätte mir ja denken können, dass ein Jäger das nicht kennt. Doch du hast recht damit, dass ich dumm bin. Denn wäre es nicht so, hätte ich sehen müssen, was für ein herzloser, selbstgefälliger Mensch du doch bist."

Nach diesem Ausbruch von mir war es still. Dann folgte ein tiefer Seufzer von Max.

„Nun gut, Thesi. Es ist, wie es ist. Achte auf dich und werde bald gesund. Ich melde mich, wenn wir zurück sind.“ Er legte auf.

Ich sank ermattet zurück in die Kissen. Das Gespräch hatte mich sehr angestrengt. Schweiß stand auf meiner Stirn und ich fühlte mich furchtbar. Max hatte sich nicht einmal nach Fixi erkundigt.

Gegen Abend kam Leo zu mir. Er brachte eine würzige Note von Stallduft in mein Zimmer und ich musste lächeln.

„Wie geht es dir?“, fragte er besorgt.

„Ich bin völlig k.o.“

„Na ja, ein paar Tage wird es schon dauern, das war ja doch eine Riesenbelastung für deinen Körper.“

Ich schob das Polster in meinen Rücken und setzte mich ein wenig auf.

„Leo, darf ich dich etwas fragen?“

Er sah mich erstaunt an.

„Ja, klar, was immer du möchtest.“

„Was hättest du getan?“

Er setzte sich vorsichtig auf die Bettkante und lächelte.

„Ich hätte es genauso gemacht wie du, Hilfe rufen und es dann selbst versuchen.“

„War das nicht dumm?“

„Dumm? Wieso? Was hätte man anderes machen sollen?“

„Maximilian sagt, kein Tier der Welt sei es wert, seine Gesundheit oder sein Leben zu riskieren.“

Leo sagte nichts. Ich sah ihn, nach einer Antwort heischend, an. Schließlich rettete er sich aus der Situation, indem er meinte:

„Ich denke, das muss jeder für sich entscheiden. Ich bin jetzt fertig und gehe nach Hause. Alex macht sich mit Sorins Hilfe nicht schlecht. Er ist noch schrecklich langsam, aber das wird schon werden. Ruh dich aus, wir sehen uns morgen." Und damit war er auch schon wieder weg.

Morgen war der 31. Dezember und somit Leos letzter Arbeitstag. Der Gedanke daran erzeugte erneut einen Schüttelfrost.

KAPITEL 58

Der letzte Tag des Jahres präsentierte sich von seiner Sonnenseite. Ein prachtvoller Wintertag lachte zum Fenster herein. Aus der Ferne grüßten die weiß schimmernden Alpen.

Ich trank schluckweise meinen Kräutertee und streichelte gedankenverloren Sunny, die es sich neben mir im Bett bequem gemacht hatte. Eigentlich mochte ich die Tiere bei aller Liebe nicht in meinem Bett. Doch nun war ich über ihren Besuch sehr froh, da sie mir über meine Einsamkeit etwas hinweghalf. Natürlich war ich in Wirklichkeit nicht einsam, denn Sarah und Mama kümmerten sich fürsorglichst um mich, aber irgendwie fühlte ich mich so. Abermals sah ich zu den Bergen: Da hinten irgendwo lag Asten. Was dort wohl gerade vor sich ging? War Maximilian gerade Schifahren mit seiner Tochter? Was hatten sie für heute Abend geplant? Wie verlief die Beziehung zu Anne? Wie lange würden sie bleiben? Kurz überlegte ich, ob ich ihn anrufen sollte, doch dann verwarf ich diese Idee wieder. Unser Gespräch hatte unschön geendet. Somit wusste ich gar nicht, ob er überhaupt mit mir sprechen wollte.

Am Nachmittag, ich war gerade ein wenig eingenickt, schaute Sophie bei mir vorbei. Sie setzte sich zu mir und erzählte einige Neuigkeiten aus dem Dorf:

„Stell dir vor, der Peter Pichler hat einen neuen Traktor bekommen. Alle sind völlig fertig, weil er mehr als ein Luxussportwagen gekostet haben soll. Sein Sohn, der Florian, ist damit durch den Ort gefahren. Na, das war ein Auflauf! Vorm Gemeindeamt hat er ihn abgestellt, weil er etwas von seinem Vater, dem Bürgermeister, gebraucht hat. Der hat vier Parkplätze benötigt!"

Ich musste lächeln. So war die Landjugend, die konnte man mit einem Traktor weit mehr beeindrucken als mit einem Rolls Royce.

„Triffst du dich eigentlich noch mit Peter?", wechselte ich nun das Thema.

Sie wurde augenblicklich rot.

„Ja, hin und wieder. Wieso fragst du?"

„Nur so aus Interesse. Er ist ein netter und hilfsbereiter Bursche, der ist viel vernünftiger als gedacht."

Sie nickte.

„Ja, das hat Papa auch gesagt."

„Apropos Papa. Auch wenn er jetzt nicht mehr hier arbeitet, hoffe ich doch, dass wir in Verbindung bleiben. Selbstverständlich kannst du jederzeit kommen." Sophie sah mich mit glänzenden Augen an. „Und ich hätte da gleich auch noch eine große Bitte: Geh bitte weiterhin zu meiner Mutter. Sie ist so glücklich, wenn sie dir das Kochen und Backen beibringen kann. Es wäre für euch beide schade, wenn ihr das nicht fortsetzen würdet." Ich sah sie bittend an.

Sophie lachte.

„Wie kommst du darauf, dass ich damit aufhören würde? Das macht mir doch solchen Spaß. Und überhaupt: Welche Probleme ihr Erwachsenen miteinander habt, geht mich nichts an. Ich mag euch alle!"

Mir fiel ein Stein vom Herzen.

„Damit machst du uns eine große Freude, denn wir mögen dich auch alle sehr", erklärte ich ihr und sank erschöpft zurück in die Kissen.

Als Sophie das sah, rief sie:

„Ich bin so dumm! Du solltest dich nicht so anstrengen. Ich gehe jetzt lieber. Aber keine Sorge, ich komme bald wieder vorbei."

„Ich wünsche dir einen guten Rutsch!", rief ich ihr nach und wurde gleich darauf von einem heftigen Hustenanfall geschüttelt.

Gerade als ich mich einigermaßen gefangen hatte, klopfte es an den Türstock, da die Zimmertür weit offenstand.

„Herein" sagte ich verwundert, da ja von der Familie niemand anklopfte.

„Hallo, du Heldin! Wie geht es dir?", fragte Michael und lächelte aufmunternd.

„Danke der Nachfrage, bescheiden geht's mir." Ich grinste schief zurück. „Aber wieso Heldin?"

„Na, weil du in Not geratene Tiere aus den unmöglichsten Flüssigkeiten ziehst! Voriges Jahr das Kalb aus der Güllegrube und jetzt Fixi aus dem Eiswasser. Eine merkwürdige Art zu baden, hast du schon, das muss man dir lassen." Michael grinste von einem Ohr zum anderen.

„Also, bei genaueren Betrachtungen ist Gülle gesünder als Eiswasser", stellte ich fest und verzog angewidert das Gesicht.

Michael nickte.

„Ja, wie es aussieht, ist Scheiße bekömmlicher." Ich musste lachen. „Eigentlich bin ich vorbeigekommen, um dir ein gutes neues Jahr zu wünschen", sagte er jetzt und schaute mich bemitleidend an.

„Danke, es kann nur besser werden. Was machst du heute Abend?"

„Ach, nichts Besonderes. Ich bin auch mit von der Partie im Reiterstübchen. Hoffentlich kannst du schlafen, wenn wir feiern."

„Ich kann den ganzen Tag über schlafen, mach dir wegen mir keine Sorgen."

„Na, dann ist's ja gut. Wir werden auf dich anstoßen. Ein frohes neues Jahr, Thesi."

„Dir auch, Michael. Und danke für alles."

Als er wieder weg war, dachte ich über seine Worte nach. Heldin. Ich sah mich überhaupt nicht so. Maximilian hatte mich dumm genannt. Wahrscheinlich hatten beide ein bisschen recht.

Eine Stunde später stand Leo in der Tür – verlegen wie am ersten Tag.

„Störe ich?", fragte er.

„Unbedingt! Ich habe, wie du siehst, alle Hände voll zu tun", antwortete ich und legte mit einem Lächeln mein Buch beiseite.

Er trat näher und blickte auf mich herab. Ich schaute zu ihm auf und wartete. Für einen Augenblick sagte keiner etwas. In diesem kurzen Zeitraum liefen unsere gemeinsamen Erlebnisse wie im Schnelldurchlauf in meinem Kopf ab. *Jetzt nur nicht sentimental werden*, rief ich mich zur Besinnung. Also sagte ich fröhlich:

„Und, wie werdet ihr heute den Jahreswechsel verbringen?"

Leo sah mich verdutzt an. Offensichtlich hatte er mit solch einer Frage nicht gerechnet.

„Ich bin allein zu Hause. Ich habe Bereitschaft bei der Feuerwehr. Zu Silvester müssen wir oft mehrmals ausrücken, da wird dann jeder Kamerad gebraucht. Sophie ist heute hier auf dem Hof bei der Party. Ich hab's erlaubt, auch wenn sie noch recht jung ist. Sarah hat versprochen, ein Auge auf sie zu werfen."

Wow, mit solch einem Redeschwall hatte ich nicht gerechnet. Ich nickte also, ehe ich sagte:

„Sie werden so schnell groß und brauchen einen nicht mehr. Andererseits ist es auch schön, wenn sie so selbstständig werden. Sophie ist ein vernünftiges Mädchen. Da brauchst du dir keine Sorgen zu machen."

„Du und Hanna habt ihr viel Halt gegeben."

„Das war wohl vom Schicksal so gewollt, dass ich sie damals aufgelesen habe. Es ist doch immer wieder erstaunlich, wie sich Dinge fügen."

„Ja, manchmal zum Guten, aber manchmal hat das Schicksal kein Erbarmen", bestätigte er meine Worte und wirkte irgendwie verloren.

Ich sah ihn nachdenklich an. Was er da sagte, stimmte natürlich zu hundert Prozent. Das hatten wir beide schmerzlich erfahren müssen. Doch so wollte ich ihn nicht gehen lassen. Deshalb schlug ich einen leichten Ton an, als ich sagte:

„Nun, in sieben Stunden wird ein neues Kapitel aufgeschlagen. Besonders für dich! Ein neuer Job, neue Eindrücke, neue Kollegen. Ich wünsche dir, dass alles so gelingt, wie du es dir wünscht. Und natürlich ein frohes und glückliches neues Jahr!"

Leo sah mich mit einer undefinierbaren Miene an. Dann lächelte er und sagte etwas steif:

„Dir auch ein gutes neues Jahr! Und baldige Besserung." Mit diesen Worten drehte er sich um und stürmte die Treppe hinunter.

Ich hörte die davoneilenden Schritte. Als sie verhallt waren, erfüllte mich plötzlich eine tiefe Traurigkeit und Leere. Er würde nicht nur dem Betrieb fehlen. Ich stellte nun schmerzlich fest, dass ich ihn bereits in dieser Minute schrecklich vermisste.

KAPITEL 59

Diese Nacht war lang. Eigentlich war ich todmüde von den Gesprächen am Nachmittag und Leos Abgang und doch wollte sich der Schlaf nicht einstellen. Ich ging wackelig in die Stube und drehte den Fernseher auf. Doch all die Heiterkeit, die mir serviert wurde, verpuffte ohne Wirkung. Nach den ersten fünf Minuten von „Dinner for one" drehte ich dann endgültig ab und ging wieder ins Bett.

Vom Stall klang ausgelassen Gelächter und Musik herauf. Ich schloss die Augen. Die Geräusche katapultierten mich augenblicklich zurück an die Seine. Ein Jahr war vergangen. Mit welchen großen Hoffnungen hatte es begonnen und wie dramatisch war es verlaufen! Vielleicht war es ja jetzt umgekehrt? Ein zaghafter Wunsch regte sich in mir. Und so betete ich inbrünstig, dass sich mit dem neuen Jahr wieder alles zum Guten wenden möge, während die Zeiger der Uhr den Jahreswechsel ankündigten.

Am Neujahrstag rief mich gegen Mittag Maximilian an.

„Ein frohes neues Jahr und eine gute Genesung, mein Engel", schmeichelte er ins Telefon.

„Dankeschön, dir auch ein gutes neues Jahr."

„Danke, danke! Ich melde mich erst jetzt, weil ich nicht wusste, ob du in der Nacht wach warst. Ich wollte dich nicht aus dem Schlaf reißen. Wie geht es dir?“, fragte er jetzt fürsorglich.

„Na ja, ein wenig besser. Um wieder fit zu sein, werde ich aber noch eine Weile brauchen. Wie war dein Jahreswechsel?“

„Fantastisch! Von hier oben hatten wir bei diesem klaren Wetter einen perfekten Ausblick auf die Feuerwerke im Tal. Und nach dem Mittagessen werden wir die Pisten unsicher machen. Der Schnee ist ein Gedicht“, schwärmte er mir nun vor.

Ich sah zum Fenster hinaus. In der Ferne leuchteten die Berggipfel im Sonnenschein. Sehnsuchtsvoll seufzte ich. Nun wäre ich schon sehr gerne auf Asten gewesen. Dann fiel mir aber ein, dass ja Anne auch da war, und so fragte ich:

„Wie geht es dir mit der Familie? Ist es harmonisch?“

Maximilian lachte.

„Oh yes! It's marvellous. Anne und Carol genießen the Austrian way of life. Anne möchte sogar um eine Woche verlängern. Ihr nächstes Engagement beginnt erst Ende Januar.“

Ich überlegte, was ich nun mit dieser Information anfangen sollte. Also sagte ich:

„Wie schön für Carol, beide Elternteile für einige Zeit beisammen zu haben.“

„Es genießt nicht nur Carol. Wir sind ja nicht im Bösen auseinandergegangen. Somit haben wir auch eine gute Zeit.“

„Wie lange bleibt ihr noch auf Asten?“

„Nun, nachdem Anne noch nicht zurückmuss, bleiben wir noch vier Tage. Den Rest ihres Aufenthalts verbringen wir dann in Salzburg.“

Irgendwie hatte ich genug gehört von Friede, Freude, Eierkuchen. Urplötzlich ging mir das Geplapper unglaublich auf die Nerven. Darum beendete ich das Gespräch eher abrupt.

„Nun, das klingt ja wunderbar. Melde dich, wenn du wieder zurück bist. Und Hals- und Beinbruch für eure Schitouren. Kuss!“

„Ja, dankeschön, auch Kuss“, stammelte jetzt Max, dann hatte ich schon aufgelegt.

Hatte ich das jetzt allen Ernstes gesagt? Hals- und Beinbruch? Ich musste kichern, denn wenn es auch ein üblicher Glückwunsch war, hatte er in diesem Fall doch etwas Zweideutiges.

KAPITEL 60

Einige Tage später, ich fühlte mich schon deutlich besser und erledigte kleinere Arbeiten im Büro, tauchte Maximilian auf. Er brachte einen hübschen Blumenstrauß in Pastellfarben mit und war blendender Laune. Sein Küsschen auf die Wange schrieb ich meiner Krankheit zu. Er erzählte von herrlichen Schiabfahrten und Kaiserwetter, von Schihüttengaudi und Nachtrodelfahrten. Ich hörte mir das Ganze bei einer Tasse Kaffee an und fragte mich, ob seine Familienidylle etwas mit uns zu tun hatte.

Als er schließlich gegangen war, fühlte ich in mich hinein. Was empfand ich für ihn? Dabei fiel mir auf, dass diese Frage der eigentliche Grund für den Spaziergang, bei dem die Tragödie ihren Lauf genommen hatte, gewesen war. Ich war also um keinen Schritt weiter als vor einer Woche. So sinnierend fand mich Sarah in der Küche sitzend.

„Na, Krankensessel, was grübelst du vor dich hin?“, wollte sie wissen.

„Ach, Max war hier und hat von den ‚wonderfulen‘ Tagen in den Bergen geschwärmt.“

„Das kann ich mir vorstellen. Das Wetter ist zurzeit tatsächlich ein Traum.“

„Ja, ja, aber um das geht es ja nicht. Ich stecke noch immer in der Frage, was aus uns werden soll.“

Sarah sah mich nachdenklich an.

„Möchtest du eine ehrliche Antwort?"

„Ja, bitte. Von außen betrachtet sieht man ja oft Dinge viel klarer."

„Maximilian hat dich aus deinem Kummer um Paul gerissen. Dafür solltest du ihm dankbar sein. Wenn er sich jetzt aber doch wieder seiner Familie zuwendet, würde ich es an deiner Stelle ohne Groll akzeptieren. So ein großartiger Mann er auch sein mag, er passt doch nicht zu dir."

„Was soll denn das jetzt heißen?", brauste ich daraufhin auf.

„Mama, sei doch ehrlich: Du liebst den Lindenhof mit all seinem Chaos. Was machst du auf lange Sicht mit einem Grafen? Du brauchst doch jemanden an deiner Seite, der deine Sorgen und Probleme versteht. Der notfalls zupacken kann und immer für dich da ist." Ich sah sie nachdenklich an. Sie war aber noch nicht fertig. „Und damit du es weißt: So sehr ich Paul mochte, war auch er nicht der Richtige. Du hast wirklich ein Händchen, dir die falschen Typen anzulachen." Ich schluckte schwer, denn so hatte mein Kind noch nie mit mir gesprochen. Die Sprache verschlug es mir aber endgültig, als sie fortfuhr: „Nimm dir ein Beispiel an mir. Ich habe mir ein äußerst passendes Modell ausgesucht", sagte sie und grinste dabei wie eine Katze, die gerade das Milchschälchen ausgeleckt hat.

Ich riss die Augen auf.

„Habe ich etwas verpasst?"

Sie lachte.

„Na, sagen wir so, beim Jahreswechsel hat Amor ein bisschen gezaubert. Und ich spreche nicht von deinem Pferd." Sie sah mich verschmitzt an.

„Was redest du denn da? Was, wer, wie, wo?" Ich sah sie jetzt neugierig an.

„Du kennst ihn gut."

„Sarah, lass die Spielchen."

„Es macht aber gerade so viel Spaß."

„Behandelt man so seine kranke Mutter?"

„Stimmt. Aber dein Herz ist ja gesund. Und ein bisschen Aufregung kurbelt deinen Kreislauf an. Aber um es kurz zu machen: Michael und ich sind jetzt zusammen."

Mir blieb der Mund offen stehen.

„Michael? Echt?" Sarah strahlte mich dermaßen an, dass sich jede weitere Frage zum Wahrheitsgehalt ihrer Neuigkeit erübrigt hatte. „Aber ist er nicht ein bisschen zu alt für dich?", rutschte es dann aus mir heraus.

„Mama, was sind schon elf Jahre? Wir passen perfekt zusammen. Und ehrlich gesagt hat er mir schon immer gefallen."

Ich betrachtete sie. Wie sie leuchtete! Wahrscheinlich hatte sie recht. Der Altersunterschied war unwichtig, wenn man in seinen Interessen harmoniert. Die beiden gaben ein schönes Paar ab.

„Na, das sind Neuigkeiten", sagte ich also und lächelte sie an. „Ich freue mich für euch. Du hast recht, ihr passt wirklich gut zueinander. Das bedeutet wohl auch, dass ich dich während der Studienzeit nun öfter zu Hause zu sehen bekommen werde?"

„Wenn es die Prüfungen zulassen, unbedingt." Sie nickte. Dann stand sie auf und kam zu mir, um mich zu umarmen. „Für dich finden wir auch noch den passenden Deckel", sagte sie und gab mir einen Kuss auf die Wange.

KAPITEL 61

Während ich langsam wieder fit wurde, entwickelte sich das Management im Stall nicht wie gewünscht. Alex war ruhig und bemüht, jedoch, um die Wahrheit zu sagen, unbrauchbar. Offenbar konnte er nicht lesen, obwohl Sarah schon alle wichtigen Informationen in rumänischer Sprache und in Bildern ausgedruckt im Stall aufgehängt hatte. Er starrte die Zettel minutenlang an, um dann doch das Verkehrte zu machen. Der Futterplan war ein Buch mit sieben Siegeln für ihn, also fütterte er einfach irgendetwas nach Gefühl. Ein großes Pferd bekam viel Futter, weil es groß war, egal, ob es gerade krank war oder nicht. Ein kleines Pferd bekam auch viel Futter, weil es ja noch wachsen musste. Dass ein Pony ein kleines Pferd ist und nicht mehr weiterwächst, akzeptierte er nicht. Solange Sarah noch zu Hause war, versuchte sie, ihm auf die Finger zu schauen. Als sie jedoch wieder nach München fuhr, nahm das Chaos seinen Lauf. Sepp kam am Morgen vorbei, um mit Sorin die Arbeiten zu besprechen, wofür ich ihm sehr dankbar war. Ich hielt mich noch nicht sehr viel im Freien auf, da mir die kalte Luft nicht guttat.

Am Nachmittag schaute Michael den Männern ein wenig auf die Finger. Trotzdem ging so einiges schief. Die Tür zur Schrittmaschine wurde schlecht verriegelt, wodurch drei unserer Schulpferde ausbüchsten. Gott sei Dank begnügten sie sich mit einem Ausflug in die Streuobstwiese. Das Wasser am Waschplatz wurde am Abend nicht abgedreht, wodurch der Wasserhahn bei den Minusgraden in der Nacht auffror. Inschallah, ein kostbarer Araber, wurde ohne Decke auf das Paddock gestellt, wodurch er sich verkühlte. Gamaschen wurden nach dem Koppelgang auf den Pferdebeinen vergessen und in Lords Box wurde versäumt, nach dem Misten wieder frische Einstreu hineinzugeben. All diese Fehler führten zu wachsendem Unmut bei den Einstellern. Fast täglich bekam ich von irgendjemandem einen Anruf, was wieder nicht in Ordnung war. Mehrmals am Tag patrouillierte ich also dick vermummt durch den Stall, um die Geschehnisse zu kontrollieren. Selbstverständlich hatte ich gleich wieder ein Inserat geschaltet. Doch auch diesmal kamen keine vernünftigen Bewerber.

Mittlerweile waren Anne und Carol abgereist und Maximilian kam wieder regelmäßig zu Besuch. Offensichtlich hatte ich mir nur eingebildet, dass er sich zu Anne erneut hingezogen fühlte, denn nun war er wieder ganz der Alte. Weltmännisch, charmant und liebevoll, wenn ich es zuließ. Dies war allerdings nicht immer der Fall, da ich am Abend oft sehr genervt von den Schwierigkeiten im Stall war. Und auch wenn ich es wollte, oft konnte ich das Tagesgeschehen nicht einfach hinter mir lassen.

„Theresa, jetzt, wo du wieder gesund bist, könnten wir doch den Jahreswechsel nachholen. Nur du und ich auf Asten. Die Bergluft würde dir sicher sehr gut bekommen“, meinte Max eines Abends.

Ich sah ihn erstaunt an. Gerade vorhin hatte ich ihm doch erzählt, dass die Männer eine Verletzung auf Princess’ Hinterbein übersehen hatten. Ich hatte mich noch maßlos aufgeregt, dass man das Blut auf einem weißen Pferd doch nicht übersehen konnte. Und nun wollte er mit mir nach Asten!

„Maximilian, hast du mir eigentlich zugehört?"

„Ja, klar, aber was hat das jetzt mit meiner Frage zu tun?"

„Es hat insofern mit ihr zu tun, weil es fast täglich zu Fehlern kommt. Die Pferdebesitzer beschweren sich laufend. Ich kann doch in dieser Situation nicht Urlaub machen!"

„Nun ja, aber auch wir haben ein Recht auf ein Privatleben. Die können doch nicht verlangen, dass du rund um die Uhr für ihre Gäule da bist. Frag doch einfach Sepp, der wird dich schon vertreten."

Ich schnaubte.

„Es ist mein Betrieb. Ich kann nicht davonlaufen, wenn es Probleme gibt. Und Sepp das umzuhängen, wäre ja mehr als eine Zumutung."

Maximilians Augen wurden schmal und ich merkte, dass er wütend wurde.

„Ich denke, dass ich genügend Rücksicht auf dich nehme. Jedoch bin ich kein Hanswurst. Ich erwarte, dass du eine Lösung findest. Wir fahren am 20. für vier Tage nach Asten. Und du fährst gefälligst mit, denn auch ich habe Rechte." Seine Halsschlagader war heftig angeschwollen und er presste die Worte zwischen den Zähnen hervor. Er war aufgesprungen und sah auf mich herab.

Ich starrte ihn erschrocken an. So hatte ich ihn noch nie gesehen. Noch bevor ich antworten konnte, war er zur Tür hinausgestürmt. Erschüttert blieb ich sitzen. Ich starrte einfach Löcher in die Luft.

Nach einiger Zeit kam er wie ausgewechselt zurück.

„Entschuldige, Theresa, das war unfair von mir. Trotzdem versuche bitte, dich für die paar Tage freizumachen. Es würde uns beiden guttun." Dabei war er hinter mich getreten und massierte sanft meinen Nacken. Das verfehlte seine Wirkung nicht. Wohlig seufzte ich.

„Ich werde mich bemühen. Mir würde etwas Abstand von dem Chaos hier auch gut bekommen. Sowohl mental als auch gesundheitlich.“

„Eben“, sagte er nun sanft und küsste mich zärtlich am Ohr. Spätestens jetzt war die unschöne Szene von vorhin vergessen und ich gab mich wohlig seufzend seinen Liebkosungen hin.

KAPITEL 62

Die Tage auf Asten brachten tatsächlich Abstand zum Stallalltag. Bei dichtem Schneetreiben kämpfte sich der Mercedes den Berg hinauf und ich fürchtete mich ein wenig, wenn ich aus dem Fenster in den Abgrund blickte. Doch Maximilian kannte die Straße und manövrierte uns souverän ans Ziel.

Drinnen hatte er bald den Kachelofen und den Kamin eingeheizt und führte mich nun durchs Haus. In dem oberen Stockwerk war ich ja noch gar nicht gewesen und so eröffneten sich mir liebevollst eingerichtete Schlafzimmer, die mit exquisiten Accessoires ausgestattet waren.

„Wo habt ihr nur diese wunderschönen Dinge her?“, fragte ich entzückt.

„Meine Mutter liebt Flohmärkte. Dort entwickelt sie ein besonderes Gespür für die Dinge. Diese Kissenbezüge waren zum Beispiel einmal alte Mehlsäcke“, erklärte er mir nun lächelnd.

Ich betrachtete die Aufdrucke näher und schüttelte nur bewundernd den Kopf.

„Auf diese Idee muss man erst einmal kommen. Respekt an deine Frau Mama.“

Am nächsten Morgen glitzerte und funkelte der frisch gefallene Schnee im hellen Sonnenschein. Die dick zugeschneiten Tannen wirkten wie Zauberwesen und die Eiszapfen am Dachvorsprung glichen leuchtenden Orgelpfeifen. Tiefblauer Himmel überspannte die Szene und die frische kalte Bergluft erweckte alle Lebensgeister neu. Ich war vor das Haus getreten und bewunderte das Panorama.

„Mein Gott, ist das schön!“, rief ich verzückt.

Maximilian stand hinter mir. Er hatte die Arme um mich gelegt und hauchte mir ins Ohr:

„Alles für dich bestellt, mein Engel.“

Der Tag verging mit wohltuender Ruhe. Ich ging ein wenig spazieren, während Max zum Schilaufen war. Ich hatte lange überlegt, ob ich es schon wagen sollte, doch fühlte ich mich dazu noch nicht fit genug. Dann saß ich gut zugedeckt in der Sonne. Max kam nach zwei Stunden zurück und wir kochten gemeinsam das Mittagessen. Das machte unglaublichen Spaß. Wir alberten herum und prüften dabei, wie sattelfest der andere bei den Rezepten war.

„Nur noch einen Schuss Essig!“

„Essig? Bist du verrückt?“

„Meine Mutter gibt immer Essig dazu!“

„Okay, gib Essig dazu, ich hole schon mal eine Dose Ravioli. Weil essen kann man das dann sicher nicht mehr!“

„Gut, ich gebe jetzt den Essig hinein. Du bekommst aber gar nichts davon, weil du mir nicht vertraust. Warte nur, da hilft dann auch kein Betteln. Auch wenn es himmlisch schmeckt, musst du die Ravioli essen.“

So ging der Schlagabtausch hin und her und wir lachten uns schief.

Am Nachmittag wollte ich unbedingt einen Schneemann bauen.

„Das wird nichts. Der Schnee ist zu trocken“, sagte Max.

„Jetzt lass es uns doch versuchen“, bettelte ich.

„Es ist zu kalt für einen Schneemann, der Schnee klebt nicht zusammen.“

„Jetzt sei doch kein Spielverderber.“

Daraufhin hob mich mein Geliebter einfach hoch, trug mich ein Stück vom Haus weg und warf mich in die unberührte weiße Schneedecke.

„So, hier kannst du dich nun verewigen mit einem Schneeengel“, sagte er.

„Schneeengel ist auch gut!“, rief ich begeistert und bewegte nun meine Arme. „Du musst auch einen machen“, befahl ich und Maximilian griff sich an den Kopf.

„Was habe ich mir denn da angetan?“, fragte er und warf sich ebenfalls in den Schnee.

Anschließend standen wir beide da und bewunderten unsere Abdrücke.

„Zufrieden?“

„Ja, sehr. Können wir nun einen Glühwein trinken gehen?“

Max sah mich erstaunt an.

„Glühwein?“

„Ja, bitte. Unbedingt, der gehört zu so einem Wintertag dazu.“ Ich grinste und umarmte ihn liebevoll.

Die Tage entrissen uns völlig der Realität und verstrichen viel zu schnell. Von zu Hause hatte ich tatsächlich nichts gehört und so fiel mir das Stalldrama erst wieder bei der Heimfahrt ein. Dann jedoch traf mich die Erkenntnis mit voller Wucht. Was würde mich erwarten? Ich seufzte tief. Maximilian sah mich von der Seite an.

„Woran denkst du?“

Ich überlegte, wie ich es formulieren sollte. Dann erklärte ich ihm:

„Wenn ich mit dir unterwegs bin, vergesse ich regelmäßig, wer ich bin und welches Leben ich führe. Mit dir ist alles so anders. Mondän, leicht und unbeschwert. Die reale Welt scheint gar nicht zu existieren. Umso schlimmer ist dann jedes Mal das Aufwachen aus dem Traum. Du hattest zu hundert Prozent recht, die vier Tage haben mir unglaublich gutgetan. Jetzt aber muss ich mich wieder den Problemen stellen. Die werden sich vermutlich nicht in Luft aufgelöst haben."

Maximilian schwieg. Nach einer Weile meinte er dann:

„So ist das leider. Alle müssen die ihnen zugeteilten Aufgaben lösen, egal, wie schwer sie sind. Doch wir haben wenigstens das Glück, dass wir von Zeit zu Zeit in eine bessere Welt flüchten können. Und mit dieser Aussicht erträgst du dein Chaos vielleicht ein wenig leichter, oder?"

Ich musste schmunzeln.

„Das heißt, ich darf mich darauf verlassen, dass du mich wieder aus dem Narrenturm entführst, wenn ich wahnsinnig zu werden drohe?"

„Wahnsinnig bist du schon, sonst hättest du dir diesen Betrieb nicht angetan. Aber ja, sprich nur ein Wort und ich komme mit meinem silbernen Stahlross angefahren und entreiße dich der tobenden Einsteller-Meute."

Ich verdrehte die Augen und antwortete:

„Na, so schlimm wird es ja hoffentlich doch nicht werden!"

KAPITEL 63

Es kam jedoch noch viel schlimmer.

Als wir in den Hof einbogen, stand da ein Polizei- und ein Rettungswagen mit Blaulicht. Ich wäre beinahe aus dem fahrenden Fahrzeug gesprungen. Kaum kamen wir zum Stillstand, war ich auch schon auf dem Weg zum Stall. Ich rannte die Stallgasse entlang und um die Ecke. Und da sah ich eine Menschentraube.

„Was ist passiert?“, rief ich. Alle drehten sich überrascht zu mir um. Sorin löste sich aus der Versammlung und kam zu mir.

„Alex ist von Luke gefallen.“ Ich blickte hinauf. Tatsächlich, wir befanden uns genau unter der Öffnung, die zum Heu-Abwerfen genutzt wurde.

„Wie kann denn das passieren? Da ist doch eine Absperrung!“

„Alex hat Balken weggetan“, erklärte mir Sorin schulterzuckend.

„Wie geht es ihm?“ Ich drängte mich nun zu der Rettungsmannschaft vor. Einer der Helfer drehte sich zu mir um.

„Wer sind Sie?“, fragte er misstrauisch.

„Theresa Klingenbach, die Chefin“, sagte ich ungeduldig.

„Tja, der Gute dürfte ein Riesenglück gehabt haben. Er ist auf die vorher heruntergeworfenen Heuballen gestürzt. Ein Bein dürfte gebrochen sein, was bei dieser Höhe rein gar nichts ist", klärte mich der Mann auf.

Ich atmete durch.

„Na, Gott sei Dank! Ich will gar nicht daran denken, was da alles hätte passieren können."

Zehn Minuten später fuhr die Rettung los. Mit an Bord Sorin, der im Krankenhaus dolmetschen sollte. Ich beantwortete währenddessen noch die Fragen der Polizei.

Als auch die endlich abrückte, schaute ich mich um. Es musste noch Heu gefüttert werden, da das ja noch in Ballenform in der Stallgasse lag. Also schnappte ich mir den ersten, schnitt ihn auf und begann ihn zu verteilen. Ich arbeitete zügig vor mich hin. Als ich fertig war, fegte ich den Boden und besuchte Amor, ehe ich noch das Kraftfutter auszuteilen begann. Maximilian hatte ich völlig vergessen. Als ich dann endlich zum Haus ging, wurde mir dieser Umstand bewusst.

Wären die Tage davor nicht so traumhaft und harmonisch gewesen, wäre mir sein Wutausbruch, der mich nun erwartete, nicht so in Erinnerung geblieben:

„Darf man fragen, wo du jetzt so lange warst? Der Rettungswagen ist vor zwei Stunden gefahren", fragte er gereizt, als ich die Küche betrat.

Ich sah ihn erstaunt an.

„Ja und Sorin ist mitgefahren. Es war also niemand mehr im Stall."

„Na und? Die Pferde sind es wohl gewöhnt, öfter einmal allein zu sein."

„Ich musste doch noch Heu füttern, dann zusammenkehren und schließlich das Kraftfutter verteilen."

„Wieso du? Das könnte ja auch Sorin machen, wenn er zurückkommt."

„Maximilian, ist das dein Ernst? Schau doch mal auf die Uhr. Es ist mittlerweile sieben Uhr abends. Die Tiere haben ihren Rhythmus, die brauchen ihr Futter jetzt und nicht in drei Stunden."

„Vielleicht hättest du mir Bescheid geben können. Ich sitze hier wie ein Trottel und warte auf dich!" Mittlerweile war die Lautstärke angeschwollen. Nun wurde auch ich ärgerlich.

„Du hättest auch nachschauen kommen können. Und wenn du mir geholfen hättest, dann wäre es schneller gegangen!"

„Ich bin doch nicht dein Stallbursche!"

„Was hat das damit zu tun? Man kann sich einfach gegenseitig unterstützen, wenn es die Situation erfordert!"

„Du meinst, man kann sich zum Deppen machen! Das hättest du wohl gerne. Aber nicht mit mir! Mich teilst du nicht ein. Das kannst du gleich wieder vergessen."

„Gut, dann hätten wir das auch geklärt. Am besten, du fährst in deine Nobelhütte und pflegst deine manikürten Fingerchen. Ich muss nämlich jetzt ins Krankenhaus, Sorin abholen", schnaubte ich verbittert.

„Hast du den Verstand verloren? Wozu? Es gibt Taxis!"

„So ein reicher Schnösel wie du kann sich wohl nicht vorstellen, dass das Taxi von Salzburg hierher für einen einfachen Arbeiter ein Vermögen kostet."

Maximilian fuhr sich durch die Haare.

„Bitteschön, wenn der Herr Sorin wichtiger ist als ich, dann ziehe ich mich zurück."

„Du wirst es nicht glauben, er ist tatsächlich wichtiger als du! Er arbeitet für mich! Was man von dir ja nicht behaupten kann!" Diese Worte warf ich ihm zornig an den Kopf.

Maximilian war schon an der Haustür. Nun drehte er sich nochmals um und schaute mit einem mitleidigen Gesichtsausdruck auf mich herab.

„Du redest solchen Unsinn, unfassbar!"

Dann war er zur Tür draußen, begleitet von einem gewaltigen Scheppern. Ich sprang ihm nach und riss die Tür wieder auf. Er hatte Leos Hufeisen-Kleeblatt wohl einen Tritt gegeben, denn es lag nun einige Meter weiter im Hof. Bei diesem Anblick kamen mir nun die Tränen.

Ich ging hinunter und hob es mit zitternden Händen behutsam auf. Dann blickte ich Maximilians Wagen hinterher, der rasch den Hof verließ. Das Kleeblatt drückte ich fest an mich. In diesem Moment schob sich ganz sacht eine kühle Hundeschnauze in meine Hand. Ich schaute hinab und blickte in Ellys treue Augen.

„Mein gutes Mädchen", schniefte ich und blinzelte die Tränen weg. „Komm, lass uns ins Haus gehen."

KAPITEL 64

Ich war erst nach dreiundzwanzig Uhr nach Hause gekommen. Dementsprechend müde war ich am nächsten Morgen. Die Eindrücke des Vortages lasteten schwer auf mir.

Als um acht Uhr mein Handy klingelte, griff ich nur zaghaft danach.

„Guten Morgen, mein Engel. Wie geht's dir heute? Hast du Sorin gut nach Hause gebracht? Und was ist mit Alex?" Maximilian, freundlich besorgt, schien unseren Streit völlig ausgeblendet zu haben.

Nach dem ersten Erstaunen nahm ich die Hand, die er mir offensichtlich reichen wollte, dankbar an. Also berichtete ich sachlich vom Rest des Abends und fragte, wann wir uns wiedersehen würden. Nachdem Max einige Termine hatte, einigten wir uns auf Freitag. Ich hoffte, dass bis dahin Sarah kommen würde und ich mich damit etwas aus der Stallarbeit würde herausnehmen können.

Sarah kam tatsächlich schon am Donnerstagabend heim. Das lag sicher nicht nur am Personalmangel, sondern hatte wohl eher mit unserem smarten Reitlehrer zu tun. Zumindest neckte ich sie damit.

„Also, Mama, wirklich! Ich komme nur, um dich zu entlasten“, versicherte sie mir und grinste dabei so schelmisch, dass damit alles gesagt war.

Am Freitagmorgen rief mich Maximilian an und schlug einen Konzertbesuch am Abend vor.

„Mozart im wunderbaren Rahmen von Schloss Mirabell. Was sagst du dazu?“

Was sollte ich dazu sagen? Vielleicht, dass ich die ganze Woche schwer gearbeitet hatte und genau genommen zu müde für ein Konzert war? Oder konnte ich offen zugeben, dass die Musik von Mozart nicht unbedingt meinen Geschmack traf? Das war in Salzburg wahrscheinlich Ketzerei. Dafür würde ich vermutlich in die Salzach geschmissen werden.

Also versuchte ich mich diplomatisch:

„Ach Max, warum sagst du denn das erst heute Morgen? Damit habe ich überhaupt nicht gerechnet. Ich dachte, ich komme gegen zwanzig Uhr zu dir. Davor habe ich noch einen Arzttermin, auf den ich vier Monate warten musste. Den kann ich unmöglich nicht wahrnehmen. Hast du denn niemanden, der dich begleiten könnte? Das tut mir jetzt so leid!“

Maximilian räusperte sich, dann sagte er, und es klang fast ein wenig zerknirscht:

„Das ist jetzt dumm gelaufen. Die Karten sind von meiner Schwester. Sie ist krank geworden und hat sie mir deshalb heute Morgen gegeben.“

„Das ist jetzt wirklich schade“, sagte ich und versuchte, bedauernd zu klingen.

„Nun, vielleicht freut sich ja meine Frau Mama, wenn sie mit ihrem Sohn ins Konzert gehen kann“, sprach Max jetzt eher zu sich.

„Das ist doch eine blendende Idee“, stimmte ich erleichtert zu.

„Und was wird dann aus uns?“, wollte mein Geliebter jetzt wissen.

„Ich könnte trotzdem zu dir fahren und auf dich warten“, schlug ich jetzt mit verlockender Stimme vor.

„Hmmm. Das würdest du tun?“

„Selbstverständlich. Ich habe morgen frei. Sarah ist da und von unseren Reitmädchen helfen einige im Stall mit. Somit habe ich jede Menge Zeit für dich.“

„Dann freue ich mich auf ein spätes Souper mit dir. Ich sage gleich Agatha Bescheid.“

Zufrieden legte ich auf. Das hatte ich gut hinbekommen. Ich war richtig stolz auf mich, dass ich Mozart so elegant hatte umschiffen können.

KAPITEL 65

Die darauffolgenden Wochen vergingen, ohne dass es einen Plan gab. Am Morgen half ich Sorin bis Mittag. Am Nachmittag kamen manchmal Peter und Sophie, Mädchen vom Schulbetrieb, die mit anpackten, oder Sepp. Alle versuchten, ein wenig zu helfen, und so meisterten wir die anfallende Arbeit. Sarah versuchte ebenfalls, so oft wie möglich nach Hause zu kommen, sie hatte allerdings auch noch Michael als Anreiz. Wenn die beiden miteinander trainierten, diskutierten und lachten, verspürte ich manchmal einen kleinen Stich im Herzen. Nicht nur, weil sie noch so herrlich jung waren, sondern auch, weil sie so gut harmonierten. Wie auch immer all meine Beziehungen waren, diese Einigkeit hatte ich noch nie erlebt. Und so sehr ich es den zwei gönnte, war ich doch ein wenig neidisch.

Selbstverständlich half Maximilian bei meinem Stalldilemma nicht mit. Ganz im Gegenteil. Er erwartete, dass ich am Wochenende immer Zeit für ihn haben würde, da ja dann genug Aushilfen zur Verfügung standen. Oftmals reagierte er ärgerlich, wenn ich seine Pläne durchkreuzte. Erklärungen waren dann zumeist sinnlos. Aus diesem Grund versuchte ich, so weit wie möglich mitzuspielen. Das war jedoch manches Mal sehr anstrengend, weil ich meine Verpflichtungen hintanstellen musste. Außerdem hätte ich zwischendurch die wenige Freizeit auch gerne meinem geliebten Pferd gewidmet.

Eines Freitagnachmittags läutete mein Handy. Zu meiner Überraschung war Leo dran.

„Hallo Thesi. Wie geht's euch?", begann er das Gespräch.

Ich freute mich riesig, ihn zu hören.

„Leo, das ist aber schön, dass du anrufst! Wie geht's dir denn?"

„Ja, danke, ich habe mich schon gut eingearbeitet. Es läuft nicht schlecht. Aber wie ich von Sophie höre, ist bei euch ja der Wurm drin."

Ich seufzte.

„Das kannst du laut sagen. Alex hat die Absperrung von der Heubodenluke weggenommen und ist dann hinuntergestürzt. Zum Glück ist er auf die Heuballen gefallen. Aber der Knöchel ist trotzdem gebrochen. Ersatz für ihn zu finden, ist kaum möglich."

„Ja, eine sehr dumme Geschichte. Wie geht's denn Sorin?"

„Sorin ist echt arm dran. Er muss den Hauptteil der Arbeit erledigen."

„Genau deshalb rufe ich an. Ich könnte ihn dieses Wochenende ablösen, damit er sich einmal richtig ausruhen kann."

„Echt? Das würdest du machen?"

„Ja, klar. Ich kann mir vorstellen, wie k.o. er ist."

„Ich weiß gar nicht, was ich dazu sagen soll."

Jetzt lachte Leo auf.

„Die Lindenhofchefin ist sprachlos, das glaubt mir keiner."

„Hey, was soll denn *das* jetzt heißen?", rief ich empört. Ich konnte sein Grinsen vor mir sehen, als er sagte:

„Nun, man kennt dich eben als schlagfertig."

„Das muss man bei solch einem Betrieb auch sein."

„Ja, absolut. Aber trotzdem ist es schön, wenn dir mal die Worte fehlen. Sag Sorin, dass er morgen ausschlafen kann. Ich bin um sieben Uhr im Stall."

„Gut, dann gibt es um neun Uhr Kaffee und um zwölf Uhr Mittagessen, wie in den guten alten Zeiten", versprach ich.

„Das klingt gut." Leo lachte und verabschiedete sich.

Nachdem ich Sorin die freudige Nachricht übermittelt hatte, fiel mir siedendheiß ein, dass mich ja Maximilian um neun Uhr abholen wollte. Augenblicklich begann mein Herz heftig zu schlagen. Was auch immer er geplant hatte, das musste ich absagen. Denn wenn uns Leo schon aushalf, musste ich vor Ort sein und ihn verköstigen.

KAPITEL 66

Mit zitternden Händen wählte ich Maximilians Nummer. Nach dem dritten Läuten war er in der Leitung.

„Engelchen, was gibt es?“, fragte er.

In meinem Hals steckte ein Kloß. Ich räusperte mich. Diesmal konnte ich mich nicht herausreden, ich musste ihm einfach die Wahrheit sagen.

„Hallo Max. Stell dir vor, mich hat vorhin Leo angerufen. Er wird morgen und am Sonntag die Stallarbeit übernehmen, damit Sorin sich endlich einmal ausruhen kann. Ist das nicht wunderbar?“, versuchte ich, die Geschichte schön zu beschreiben.

„Na, auf jeden Fall wunderbar für Sorin.“ Max lachte.

„Nein, auch wunderbar für uns. Dadurch kommt Sorin zu neuen Kräften. Stell dir vor, er fällt uns auch noch aus! Das wäre eine Katastrophe.“

„Hm, da hast du natürlich recht. Also ist es für euch alle wunderbar“, stimmte er mir zu und klang dabei ein wenig spöttelnd.

„Es gibt nur einen Haken bei der Sache“, begann ich daraufhin vorsichtig.

„Okay, welchen?“

„Ich muss zu Hause bleiben. Wenn er uns schon hilft, muss ich ihn wenigstens ordentlich verköstigen.“

Er sagte einen Augenblick nichts, dann meinte er hörbar erbost:

„Willst du mich auf den Arm nehmen? Du willst für ihn kochen und mich versetzen? Wir wollten doch nach Asten und nach dem Rechten schauen, uns ein schönes Wochenende machen. Sag bitte, dass du das nicht ernst meinst."

Ich atmete tief durch.

„Doch. Es tut mir leid. Ich bin so froh, dass er uns hilft."

„Theresa", unterbrach er mich, „es gibt Pizzaservice. Wegen eines Essens muss man heutzutage wirklich nicht zu Hause bleiben. Auch der Dorfwirt hat geöffnet, und wenn das alles nicht gut genug ist, dann kocht doch sicher deine Mutter Leo gerne einen Braten."

„Mama und Sepp sind in Wien", klärte ich ihn auf.

„Na gut, dann zahle ihm halt das Essen beim Dorfwirt."

„Ich hab's ihm versprochen", sagte ich jetzt kleinlaut.

„Echt jetzt? Wie kannst du das nur tun? Du bist mit mir verabredet!" Nun klang er richtig sauer.

„Maximilian, bitte, das ist doch nicht so schlimm. Du bist doch so gerne auf Asten. Mach dir doch allein eine gute Zeit."

„Großartig! Ich will mir aber allein keine gute Zeit machen! Ich will nicht allein bei Kerzenschein, Wildpastete und Champagner sitzen. Und ich will nicht einfach sitzen gelassen werden!"

„Max, verstehst du denn nicht, wie wertvoll Leos Hilfe im Moment für uns ist?"

„Verstehst du denn nicht, wie wertvoll mir die Zeit mit dir ist? Aber offensichtlich ist dieses Empfinden nur einseitig. Offensichtlich liegt dir an einem Stallarbeiter mehr als an mir."

Nun wurde es mir zu bunt.

„Du brauchst gar nicht so herablassend über Leo zu reden. Er macht sich wenigstens Gedanken über unsere Situation."

„Und ich nicht, wie? Ich will dir jetzt einmal etwas sagen: Auf deinem Hof gibt es genug Leute, die Leo verköstigen können. Darum geht es gar nicht. Du willst einfach deine Zeit lieber mit ihm als mit mir verbringen. So sieht es doch aus, oder?“

„Vielleicht. Denn er ist nett und hilfsbereit. Ach ja, und er ist selbstlos! Dass *das* für dich ein Fremdwort ist, ist mir mittlerweile klar geworden. Du bist einfach ein verwöhntes Kind, das nie gelernt hat, bei etwas zurückzustecken. Aber es ist nie zu spät für neue Erfahrungen. Jetzt wirst du es lernen. Ich wünsche dir noch ein geruhsames Wochenende.“ Ich legte daraufhin einfach auf.

Mein Herz schlug bis zum Hals und meine Hand zitterte. Ich legte das Handy beiseite und ging zum Küchenschrank. Erst als der erste Schluck Himbeergeist durch meine Kehle rann, beruhigte ich mich ein wenig.

KAPITEL 67

Am nächsten Morgen ging ich in den Stall, um nachzusehen, wer nun tatsächlich da war und neben Sarah noch mithalf.

Leo werkte, als wäre er nie weg gewesen, Sophie schwang munter den Besen und Peter schoss mit der Schubkarre in so einem Renntempo um die Kurve, dass er mich beinahe umgefahren hätte.

„Hoppla!“, rief ich und sprang auf die Seite.

Peter lachte und Sarah warnte mich:

„Pass nur auf. Hier herrscht heute eine andere Arbeitsmoral. Leo hat so viele liegengebliebene Dinge entdeckt, die will er alle heute und morgen beheben. Deshalb wird jetzt auf die Tube gedrückt.“

Ich wandte mich Leo zu:

„Habt ihr trotzdem Zeit für ein Gabelfrühstück?“

Leo lachte.

„Na klar, danach geht's dann mit vollem Einsatz weiter.“

„Gut, dann kommt doch in einer halben Stunde hinüber zu mir“, sagte ich und ließ sie weiterarbeiten.

U

Bei der Jause fragte ich Leo ein Loch in den Bauch: Wie war die neue Arbeit? Wie war das Betriebsklima und vieles mehr. Zu guter Letzt stellte ich die Frage, die mich am meisten beschäftigte:

„Wie schaut unser Betrieb aus? Wie beurteilst du die Arbeit von Sorin und Alex?"

Leo legte das Buttermesser beiseite und sah mich ernst an.

„Möchtest du die Wahrheit wissen?"

„Ich bitte darum."

„Es ist eine Katastrophe. Die Futterkammer ist vergammelt, überall liegen Schnüre von Heuballen herum, die Tränken sind teilweise schmutzig und eine Scheibtruhe, eine Schaufel und zwei Besen sind kaputt. Einige Pferde reagieren ängstlich, wenn man die Box betritt. Das ist neu und kann nur von Alex hervorgerufen worden sein." Ich ließ mein Brot sinken und starrte ihn mit offenem Mund an. Er nickte. „Ja, genau. So habe ich auch geschaut."

Ich sah Sarah fragend an. Sie zuckte mit den Schultern.

„Was willst du jetzt machen? Sorin ist allein, und wenn ihm auch immer irgendjemand hilft, ist das halt doch nur eine Notlösung. Wir müssen froh sein, dass die Grundversorgung der Pferde funktioniert."

Damit hatte sie natürlich recht. Leo mischte sich ein:

„Ich versuche jetzt, das Wichtigste in Ordnung zu bringen. Mehr kann man im Moment eh nicht tun. Jedoch sollte man dem guten Alex schon auf die Finger schauen, wenn er zurückkommt. Der Unfall hätte wirklich vermieden werden können, wenn er den Sicherheitsbalken nicht weggeräumt hätte. So, und jetzt, meine Herrschaften, gehen wir es wieder an." Damit erhob er sich und bedeutete der Jugend, mitzukommen.

„Kann ich etwas helfen?", fragte ich.

Er drehte sich um und sein Blick hatte fast etwas Zärtliches.

„Nein, danke. Du hilfst uns, indem du uns ein gutes Mittagessen wie in alten Zeiten kochst“, sagte er und ging hinaus.

Das Mittagessen verlief wie früher. Leo erklärte mir, worauf ich in Zukunft achten musste, die Jugend alberte herum und die Stimmung war seit Langem wieder einmal gelöst und fröhlich.

Zumindest bis zu dem Zeitpunkt, als Maximilian erschien.

Wir waren gerade mit dem Essen fertig geworden, als er mit Gepolter die Küche betrat.

„Ach, wie ich sehe, ist die Tafelrunde gerade fertig geworden“, sprach er ohne Gruß und fuhr gleich fort: „Prima, dann hat ja Frau Klingenbach nun für mich Zeit.“ Er sah mich streng an. Dann wandte er sich an die Gesellschaft und sagte: „Ich nehme an, ihr habt jetzt wieder zu tun?“

Mir blieb die Luft über diese Frechheit weg. Was sollte ich machen? Ihn hier und jetzt zurechtweisen, dass in meinem Haus noch immer ich bestimmte, was geschehen sollte? Es erschien mir peinlich, eine Diskussion vor versammelter Mannschaft zu beginnen. Also holte ich tief Luft, setzte ein eisiges Lächeln auf und sagte:

„Maximilian, wie schön, dass du vorbeikommst. Setz dich doch, wir trinken noch einen Kaffee, bevor weitergearbeitet wird.“

Doch Leo war schon aufgestanden.

„Nein, nein. Wir gehen schon. Danke für das gute Essen“, sagte er, und im nächsten Augenblick waren alle fluchtartig verschwunden.

Nachdem nun kein Grund zur Zurückhaltung mehr vorhanden war, fuhr ich Max böse an:

„Wie kannst du dir solch einen Auftritt erlauben? Ich dachte immer, du hast Niveau und eine gute Erziehung genossen!"

„Ich lass mir meine Frau nicht von einem Stallarbeiter wegnehmen", konterte er mit hervortretenden Adern.

„Was?"

Ich setzte mich wieder nieder und starrte ihn an. Maximilian fuhr sich mit der Hand durch sein Haar.

„Der steht doch auf dich! Sag bloß, das weißt du nicht. Glaubst du im Ernst, der arbeitet hier in seiner Freizeit, nur weil er so ein Gutmensch ist?"

„Was redest du da?", fragte ich und war ehrlich verwirrt.

Er setzte sich mir gegenüber hin.

„Sag mal, so blind kann man doch gar nicht sein?"

Mir war sein Blick unangenehm. Ich stand auf und wandte mich der Küche zu. Emsig begann ich, den Geschirrspüler einzuräumen. Max trat hinter mich und legte seine Hände auf meine Schultern, sodass ich stehen bleiben musste. Er umfasste mich zärtlich von hinten, legte seinen Kopf neben meinen und sagte:

„Ich spüre das. Und ich bin nicht bereit, dich mir wegnehmen zu lassen." Dann küsste er ganz sanft mein Ohr und meinen Hals. Ein Schauer durchfuhr mich. Ich drehte mich um und sah ihm tief in die Augen.

„Ich denke, du irrst dich. Leo ist ein wahnsinnig hilfsbereiter Mensch. So, wie er bei der Feuerwehr ist, so hilft er jetzt uns, da es gerade wirklich dramatisch läuft. Sonst ist da nichts. Glaube mir."

Maximilian sah mich von oben spöttisch an.

„Theresa Klingenbach, wie taff und doch gleichzeitig blind kann man eigentlich sein? Ich liebe deine Naivität." Er küsste mich hart und besitzergreifend, bis mir die Luft wegblieb.

KAPITEL 68

Maximilian verschleppte mich dann doch noch nach Asten, wo wir einen romantischen Abend am Kamin verbrachten. Alle Unstimmigkeiten waren wie weggeblasen und ich tat seine Eifersucht als dumme Überreaktion wegen meiner Absage ab. Meine Mutter sprang mit der Versorgung der Truppe am Sonntag ein. Somit hatte ich kein schlechtes Gewissen, da sie ohnehin viel besser kochte als ich.

Als Maximilian mich am Abend heimbrachte, war von Leo, Sophie und Peter keine Spur mehr zu sehen. Wobei das natürlich nicht stimmte, da der Stall blitzblank dalag.

Als ich zum Haus ging, kam mir Sarah gerade mit ihrer Reisetasche entgegen.

„Hallo, geht's schon zurück nach München?“, fragte ich.

Sie blieb kurz stehen und sah mich an.

„Ja, ich habe morgen früh eine wichtige Vorlesung. War's schön?“

„Asten ist eigentlich immer schön“, antwortete ich und musterte sie. „Gab's noch etwas?“, wollte ich wissen.

„Interessiert dich das wirklich?“, fragte sie. Es klang provokant.

„Wieso denn nicht? Natürlich interessiert es mich, was hier vor sich geht!“, sagte ich mit Nachdruck.

„Wir hatten gestern Nachmittag noch ein wenig Action. Peters Vater hatte einen Autounfall und Leo musste mit der Feuerwehr ausrücken."

„Um Gottes willen! Ist ihm etwas passiert?", fragte ich nun besorgt.

„Nein, Gott sei Dank ist niemandem etwas passiert, nur die Autos waren ineinander verklemmt. Die musste die Feuerwehr auseinanderschneiden." Ich atmete auf, während Sarah fortfuhr: „Na ja, nur unser Arbeitsplan war dadurch völlig durcheinander."

„Tja, da kann man nichts machen. Hauptsache, dass niemand zu Schaden gekommen ist."

„Stimmt. Ich fahre jetzt los. Ciao, Mama."

„Fahr vorsichtig!", rief ich ihr noch nach, dann war sie auch schon weg.

Nachdenklich ging ich ins Haus. Es war tatsächlich so, dass man den Hof nicht einmal für ein paar Stunden verlassen konnte, ohne dass nicht irgendetwas passierte. In diesem Moment machte mich der Gedanke unglaublich müde und ich dachte an das beschauliche Leben anderer Menschen, für die Urlaube und Wochenendtrips ganz selbstverständlich waren. Dann wurde ich abgelenkt, weil mich die Hunde freudigst begrüßten.

Nachdem ich Leo nicht mehr angetroffen hatte, rief ich ihn an. Mir war Maximilians Auftritt vom Vortag peinlich und ich wollte die Schieflage ausbügeln.

„Hallo Thesi", erklang Leos weiche Stimme.

„Hallo Leo! Nachdem wir uns nicht mehr gesehen haben, wollte ich mich nochmals melden und mich bedanken. Sarah hat mir erzählt, was los war. Es tut mir leid, dass ich euch nicht helfen konnte. Aber ich möchte mich natürlich erkenntlich zeigen. Selbstverständlich bezahle ich dich für deine Arbeit", plapperte ich drauf los, meine Unsicherheit überspielend.

„Willst du mich beleidigen?", klang es nun rau durch den Hörer.

„Nein, natürlich nicht! Ich möchte dir nur geben, was dir auch zusteht. Warum solltest du dein Wochenende opfern, ohne wenigstens ordentlich dafür entlohnt zu werden?"

„Habe ich dir je etwas bezahlt, wenn du dich um Sophie gekümmert hast?" Seine Stimme hatte einen traurigen Unterton.

„Nein, doch das waren Notfälle. Das kannst du nicht vergleichen."

„Ist Alex' Unfall kein Notfall?"

„Ja, in gewisser Weise schon. Trotzdem ist es etwas anderes. Bitte lass mich dir deine Arbeit entlohnen."

„Hat das Maximilian vorgeschlagen?"

„Nein! Wie kommst du denn auf solch eine Idee? Das gehört sich einfach."

Leo seufzte tief, dann sagte er:

„Das ist sehr nett von dir, aber nicht notwendig. Danke für deinen Anruf. Gute Nacht." Ohne eine Antwort abzuwarten, legte er auf.

Warum musste immer alles so kompliziert sein? Maximilian behauptete, dass Leo mich begehrte. Ob das ein Grund für sein Verhalten war? Ich überlegte, verwarf aber den Gedanken sofort wieder als Unsinn, denn Leo hatte noch nie irgendetwas in diese Richtung angedeutet. Er war einfach ein guter Freund und sonst war da nichts.

KAPITEL 69

Die nächsten Wochen verliefen weiterhin sehr anstrengend. Zwar halfen viele Menschen immer wieder mit, doch das Gleichgewicht und die so wichtige Routine im Stall war dahin. Das merkte man auch an den Pferden, die immer öfter Unarten zeigten, die wir bis dahin nicht gekannt hatten.

Eines Tages kam Michael zu mir und sagte:

„Thesi, wir müssen uns etwas einfallen lassen. So kann es nicht weitergehen. Diese Unregelmäßigkeiten machen die Pferde ganz durcheinander. Es muss dringend wieder Ruhe einkehren."

Ich sah ihn ernst an.

„Sag mir, was ich tun soll?"

„Selbst wenn Alex wieder fit ist, wird es nicht besser. Er ist viel zu grob und stumpf. Er versteht einfach nicht, dass bei uns Pferde anders behandelt werden als in seiner Heimat."

„Woher soll ich nur jemanden nehmen? Ich habe so viel inseriert, telefoniert, geschrieben. Kein einziger Bewerber hat etwas getaugt. Ich weiß einfach nicht mehr weiter."

Michael seufzte.

„Ich weiß, es geht den anderen Stallungen ähnlich. Gutes Personal ist kaum zu finden. Vielleicht sollten wir andere Wege überdenken. Was ist mit Schülern von Fachschulen? Die müssen doch ein Praxisjahr machen."

„Die Idee ist gut. Nur haben wir Februar. Die werden jetzt alle unter Vertrag sein."

„Versuchen kannst du es ja, schreib doch ein paar Schulen an. Die können auch weiter weg sein, weil du ja auch eine Wohnmöglichkeit anbieten kannst."

„Ich werde mich schlau machen", versprach ich und Michael ging sichtlich zufrieden wieder in den Stall.

Am Nachmittag desselben Tages kam Sepp vorbei, um nach dem Rechten zu schauen. Ich traf ihn, als er gerade einen Müllsack zuband.

„Sepp, danke, dass du dich darum kümmerst. Das wollte ich gerade machen. Der Sack ist mir gestern schon aufgefallen", begrüßte ich ihn.

„Grias di, Thesi. Jo, i versteh a net, wieso des ka onderer sicht. Wos is dabei, den wegzurama, wenn er voll is."

„Wem sagst du das! Es sind oft nur Kleinigkeiten, um die man sich bücken müsste und es würde gleich besser hier aussehen", klagte ich.

„Wia long foit da Alex no aus?", erkundigte sich Sepp.

„Ach, sicher noch drei bis vier Wochen. Aber selbst, wenn er wiederkommt, bin ich darüber nicht glücklich. Er merkt sich nichts, er sieht die Arbeit nicht und zu den Pferden ist er auch zu grob."

„Und suachst wen anderen?"

„Ja, mit Nachdruck. Aber es ist so schwer, man glaubt es nicht."

Sepp dachte nach, dann kratzte er sein schütteres Haar, ehe er sagte:

„Soi i amoi den Matthias frogn? Du waßt schon, der früher do gorbeit hot. Der is damals jo weggegangen, weil du den Stoi verkaufen woitest. Der is a patenter Kerl."

Ich sah ihn überrascht an.

„Meinst du, der würde zurückkommen?"

„I waß net, oba frogn kost nix."

„Das stimmt. Würdest du das bitte machen?"

Ein winzig kleiner Hoffnungsschimmer stahl sich in mein Herz. Auch wenn es unwahrscheinlich war, dass Matthias wieder bei uns anfangen würde, war es der beste Vorschlag seit Langem.

Am nächsten Morgen rief mich Sepp an.

„Grias di, Thesi. I hob mitn Matthias gred. Er mecht mit dir redn. Am Montag hot er frei. Da mecht er uma Zwölfe vorbeikumma. Ist da das recht?"

„Ob mir das recht ist? Machst du Scherze? Nie hätte ich damit gerechnet, dass Matthias unser Angebot tatsächlich in Erwägung zieht." Ich war ganz aus dem Häuschen. Der winzig kleine Hoffnungsschimmer von gestern strahlte nun schon wie die Morgensonne.

„Na, dann sog i eam, dass dir des passt."

„Ja, bitte. Und vielen, vielen Dank!"

Völlig beseelt eilte ich in den Stall. Heute würde mir die Arbeit besonders leichtfallen!

Ich bog also fröhlich um die Ecke und stieg schwungvoll auf den umgefallenen Rechen, der mit den Zinken nach oben in der Stallgasse lag. Durch den Schwung sauste der Stiel in die Höhe und prallte mit voller Wucht auf meine Stirn.

„Aua!", rief ich erschrocken und fasste an meinen Kopf. Ich sah tatsächlich Sterne. Dabei dachte ich immer, dass das nur eine Redewendung sei. Nun wusste ich es besser: Man kann Sterne sehen! Es tat höllisch weh. Sorin kam angelaufen und rief besorgt:

„Was ist passiert, Chefin?“

„Diese verdammte Schlamperei hier! Wie oft habe ich schon gesagt, dass das Werkzeug ordentlich verräumt gehört. Was macht dieser Rechen eigentlich da?“, fuhr ich ihn an. Dabei spürte ich, wie sich die Haut auf meiner Stirn spannte. Vorsichtig griff ich danach und zuckte zurück: Eine riesige Beule wuchs gerade aus mir heraus.

Sorin starrte mich entsetzt an.

„Habe ich für Heu verwendet“, erklärte er mir.

„Ja und? Deshalb braucht er ja nicht hier im Weg herumliegen.“

„Ist umgefallen.“

„Grrrr.“ Ich drehte mich um und ging zurück zum Haus.

In der Küche holte ich eine Packung tiefgekühlter Erbsen aus dem Gefrierschrank, wickelte sie in ein Geschirrtuch und presste sie gegen meine Stirn. Ich lehnte mich an den Kachelofen und blickte zum Kreuz im Herrgottswinkel. Bitte mach, dass Matthias zurückkommt, betete ich, während mir die Tränen über die Wangen kullerten.

KAPITEL 70

Matthias kam tatsächlich am Montag vorbei. Er erzählte ein wenig über seine derzeitige Arbeitsstelle, die ihm nicht so recht gefiel. Es war ein großer Turnierstall mit vielen teuren Pferden, in dem alles sehr unpersönlich zuging. Die Pferdebesitzer und Trainer zahlten hohe Gebühren und erwarteten dafür nur den besten Service. Als Stallpersonal wurde man zumeist übersehen, zumindest so lange, bis etwas nicht entsprach.

„Und dann gehen sie gleich zum Chef und beschweren sich, anstatt mit uns zu reden“, schloss er die Erzählung.

„Ich schaue immer neidvoll auf solch gepflegte, perfekte Anlagen“, gab ich zu.

„Ja, natürlich, das tut jeder! Aber der Lindenhof ist tausendmal gemütlicher! Und die Einsteller sind alle viel freundlicher, falls es noch die sind, die vor vier Jahren hier waren“, belehrte mich der junge Mann.

Ich musste lächeln, denn seine Schwärmerei für unseren Betrieb fand ich rührend.

„Ja, die meisten Pferde wirst du noch kennen. Wollen wir einen Rundgang machen?“, lud ich ihn ein.

Als wir durch den Stall gingen, blieb er tatsächlich vor jeder Box stehen, betrachtete das Pferd oder begrüßte es wie einen alten Freund. Mir ging das Herz auf. Als wir dann endlich zur neuen Führanlage kamen, riss er die Augen auf.

„Das hat der Sepp gebaut?“, fragte er ungläubig.
„Ja, gemeinsam mit seinem Nachfolger“, bestätigte ich.
„Wahnsinn, das hätte ich ihm nicht zugetraut. Der Sepp ist schon ein Tausendsassa, der kann einfach alles!“, sagte er bewundernd.
„Das stimmt. Solche Multitalente findet man heutzutage selten. Leo war ähnlich“, sinnierte ich vor mich hin.
„Und warum ist er weggegangen?“, wollte Matthias jetzt wissen.
„Hm, das kam für mich auch überraschend. Er arbeitet jetzt im Baumarkt mit mehr Freizeit.“
„Und das macht ihm Spaß?“
„Ich weiß nicht. Warum sollte es keinen Spaß machen?“
„Na, weil es nichts Schöneres gibt, als mit Pferden zu arbeiten! Man ist viel im Freien, erlebt die Jahreszeiten hautnah und kann sich zumeist die Arbeit so einteilen, wie man mag.“
„Das sehen wir so, trotzdem ist es nicht jedermanns Sache.“
Matthias drehte sich zu mir um.
„Also, wenn ich wieder auf dem Hof wohnen kann, würde ich gerne zurückkommen. Natürlich muss ich erst kündigen, aber ich denke, dass ich spätestens Anfang April werde starten können.“
Mir rutschte das Herz in die Hose. Anfang April bedeutete noch über ein Monat Chaos! Ich setzte ein Lächeln auf und sagte:
„Matthias, das freut und erleichtert mich sehr. Allerdings würde ich dich bitten, mit deinen Arbeitgebern zu sprechen. Vielleicht kannst du ja auch schon früher wechseln. Damit wäre uns sehr geholfen.“
Matthias versprach, sein Möglichstes zu tun, und ich sank, nachdem er gegangen war, erschöpft in meinen Bürosessel und dankte allen guten Geistern, insbesondere Sepp.

Ս

Am nächsten Tag stand gegen Mittag plötzlich Maximilian vor mir.

„Max, was machst denn du hier?", fragte ich und schämte mich, dass er mich in meinen schmutzigen und stinkenden Stallklamotten sah.

Maximilian hatte auch ein zynisches Lächeln aufgesetzt, das aber sofort erlosch, als er sagte:

„Theresa, ich muss für ein paar Tage nach Amerika. Es gibt Probleme mit Carols Schule und Anne ist am Filmset unabkömmlich. Ich wollte dir das nicht am Telefon sagen."

„Es ist sehr lieb von dir, dass du dafür extra hierher gefahren bist. Entschuldige meine Aufmachung, aber am Vormittag muss ich mit anpacken, so lange wir keinen zweiten Mitarbeiter haben."

Nun war das zynische Lächeln wieder da.

„Das Outfit ist gar nicht so schlimm, eher das Eau de Cheval, das dich umgibt. Daher entschuldige, wenn ich dich jetzt nicht an mich drücke. Sonst laufe ich Gefahr, im Gepäckraum mitfliegen zu müssen."

Ich kicherte.

„Ob sie überhaupt so große Hundeboxen haben?"

Maximilians Augen blitzten, als er sagte:

„Warte nur, Theresa Klingenbach, bis ich zurückkomme."

„Muss ich mich fürchten?"

„Unbedingt! Es sei denn, du hast bei der Hundebox schmutzige Fantasien, dann musst du sie mir näher erklären."

„Max!", rief ich jetzt entrüstet.

Er zuckte lachend mit den Schultern.

„Na ja, eine gewisse Strenge sagt man den Reiterinnen doch nach, oder nicht?"

„Du meinst, weil wir so gut mit der Peitsche umgehen können?"

„Unter anderem. So, nun ist es genug gescherzt, ich muss leider los. Ich melde mich. Betrachte dich bitte als inniglich geküsst." Er hob bedauernd die Schultern und schickte mir aus sicherer Distanz eine Kusshand.

Ich schüttelte lachend den Kopf und winkte ihm hinterher, als er vom Hof fuhr.

In diesem Moment trat Sorin hinter mich und fragte:

„Chefin, kann ich haben Schmerztablette?"

Ich fuhr herum.

„Wieso? Was ist los?"

„Habe ich Zahnschmerzen." Er deutete auf seine Backe, die eindeutig geschwollen war. Auch das noch!, war mein erster Gedanke, dann sagte ich:

„Komm mit, ich gebe dir eine Tablette. Dann machen wir schnell den Stall fertig. Am Nachmittag musst du unbedingt zum Arzt. Ich werde gleich anrufen."

„Geht auch mit Tablette", versuchte Sorin, den Arztbesuch zu verhindern.

„Sorin, nein, da hilft eine Tablette nicht genug. Am Nachmittag fahren wir zum Zahnarzt, da gibt es nichts zu verhandeln. Wenn gefüttert ist, gehst du duschen, dann fahren wir", erklärte ich ihm nun entschieden und sah ihn ernst an. Dann musste ich aber doch innerlich schmunzeln, denn offensichtlich hatte Max recht, als er uns Pferdefrauen als streng bezeichnet hatte.

Der arme Sorin musste sich einer Wurzelbehandlung unterziehen. Während ich im Wartezimmer saß, rief ich Sepp an. Der war natürlich sofort bereit, den Nachmittagsdienst zu übernehmen. Dabei fielen keine schweren Arbeiten mehr an und somit musste ich auch kein schlechtes Gewissen haben.

KAPITEL 71

Als ich am Abend endlich zur Ruhe kam, dachte ich über diesen verrückten Tag nach. Wieder einmal war alles anders gekommen als gedacht. Sorins Zahnschmerzen waren einfach Pech gewesen. Maximilians überstürzte Abreise nach Amerika allerdings beschäftigte mich nun doch sehr. Er hatte ja nur vage Andeutungen über den Grund gemacht, sodass meiner Fantasie viel Spielraum gegeben war. Immerhin hatte er ja so „amazing Holidays" mit seiner Familie verbracht. War tatsächlich nur Carols Schule der Anlass für diese Reise? Ich ließ seine Worte der letzten Wochen durch meinen Kopf gehen. Schließlich stellte ich fest, dass ich mich nur verrückt machte. Also griff ich zum Hörer und rief Roswitha an.

Als sie sich meldete, fragte ich geradeheraus:

„Hallo Roswitha, hättest du Lust, wieder einmal essen zu gehen?"

„Mit dir?"

„Äh, ja, natürlich."

„Wo brennt der Schuh?"

„Wieso fragst du?"

Meine Freundin atmete hörbar durch.

„Weil du, seit dir dein gräflicher Max seine Gunst schenkt, diesen Wunsch nicht mehr geäußert hast."

„Wie bitte?"

„Thesi, wann waren wir das letzte Mal fort?“ Ich dachte angestrengt nach. „Siehst du, du erinnerst dich gar nicht mehr! Aber ich bin dir nicht böse, das letzte Jahr hat es für dich schon in sich gehabt. Daher also meine Frage: Wann und wo?“

Ich atmete auf.

„*Sternbräu*, wie immer? Morgen Abend?“

„Morgen habe ich Yoga, aber übermorgen ginge es. Ist dir neunzehn Uhr recht?“

Ich sagte freudig zu und war ihr wirklich dankbar, dass sie mir mein Versäumnis nicht krumm nahm.

Das *Sternbräu* war wie immer gut besucht und ich war froh, einen Tisch reserviert zu haben. Roswitha kam im Business-Outfit direkt aus der Bank. Das hatte sich gut ergeben, da es der Tag mit der langen Öffnungszeit war und sie ohnehin nicht mehr zu ihrem Pferd gefahren wäre. Wir bestellten zwei Prosecco und widmeten der Speisekarte unsere Aufmerksamkeit. Nachdem wir bestellt hatten, sah mich Roswitha neugierig an und sagte:

„Also, jetzt raus mit der Sprache, was liegt an?“

„Ist das so offensichtlich?“

„Ja, klar, ich bin die Frau fürs Eingemachte. Wenn du mich rufst, dann ist es ernst.“ Sie grinste mich frech an.

Ich musste lachen.

„Nein, nein, nicht, was du denkst. Ich musste nur einmal aus dem Irrenhaus heraus und mich mit intelligentem Leben treffen.“

Nun lachte Roswitha hell auf.

„Das sollte Maximilian aber besser nicht hören“, giggelte sie.

Ich schmunzelte.

„An Max habe ich dabei ehrlich gesagt nicht gedacht. Aber jetzt, wo du es sagst … Hmmm?“

Wir kicherten albern herum, als wären wir Teenager. Unterbrochen wurden wir schließlich von dem gutaussehenden Kellner, der uns das Essen brachte. Als er weg war, zischte Roswitha:

„Den würde ich auch nicht von der Bettkante stoßen.“ Dabei zwinkerte sie mir verschwörerisch zu.

Ich nickte und gab ihr recht.

„Man sollte tatsächlich öfters essen gehen. Vielleicht trifft man dabei nicht auf intelligentes, aber auf attraktives Leben.“

„Ui, heute hast du eine scharfe Zunge“, konstatierte meine Freundin.

„Ach, ich weiß auch nicht, im Moment bin ich wirklich unrund. Das führt zu einem gewissen Sarkasmus.“

„Womit wir beim Thema wären,“ sagte sie trocken und lud sich Salat auf ihre Gabel. Daraufhin aßen wir ruhig weiter.

Als wir fertig waren, legte sie das Besteck zur Seite, wischte elegant ihren Mund ab und sah mich mit hochgezogenen Augenbrauen fragend an.

„Maximilian ist überraschend nach Amerika geflogen“, sprudelte es aus mir heraus. „Aber das ist es nicht allein, was mich stört: Er ist der aufmerksamste, liebevollste Partner, den man sich vorstellen kann, und im nächsten Augenblick aufbrausend, übergriffig und egoistisch. Diese zwei Gesichter kann er in Sekundenschnelle wechseln. Dabei geht es immer darum, dass alles nach seinem Kopf geht. Nur in meinem Leben lässt sich nicht immer alles so planen, wie er es gerne hätte. Dafür hat er gar kein Verständnis.“

„Sozusagen ein Narzisst. Er manipuliert dich, damit du nach seinem Willen tanzt.“

Ich dachte nach.

„Ja, wahrscheinlich hast du recht. Läuft alles nach seinem Willen, ist er fantastisch. Aber wehe, er bekommt nicht, was er will. Dann bin ich unfähig, mich zu organisieren und beleidige sein Ego."

Roswitha winkte dem Kellner, der dienstbeflissen herbeigeeilt kam. Sie bestellte Rotwein und Wasser, dann wandte sie sich mir zu, nicht ohne dem Davoneilenden nachzuschauen. Ich lächelte.

„Der gefällt dir."

„Lenk nicht vom Thema ab."

„Tu ich nicht. Trotzdem gefällt er dir."

„Ja, schon gut. Doch jetzt zurück zu Max. Was bedeutet er dir?"

Ich sah sie mit großen Augen an.

„Ich weiß nicht."

„Das ist jetzt nicht dein Ernst, oder? Was heißt, du weißt es nicht?"

„Es stimmt aber. Ich bin in diese Beziehung so irgendwie hineingerutscht. Und dann war es plötzlich so intensiv. Maximilian hat mit Mamas Geburtstagsfest die ganze Familie um den Finger gewickelt. Und danach hat er mir gar keine Zeit zum Nachdenken gelassen. Mit dem Urlaub auf den Malediven hat er mir einfach alle Sinne geraubt. Diese Tage waren einfach magisch. Und danach hatte ich dann gar keine Zeit mehr, über uns nachzudenken. Leos Kündigung, der Advent und Weihnachten, Fixis Abenteuer und meine Lungenentzündung und dann der Unfall von Alex beschäftigten mich dermaßen, dass ich einfach alles so dahinlaufen ließ."

„Und was ist jetzt anders?"

„Na, Maximilian ist zu Carol nach Amerika geflogen und ich habe mich gefragt, was dahinterstecken könnte."

„Du meinst, er kehrt in den Schoß seiner Familie zurück?"

„Nein, das heißt, ich weiß es nicht. Er hat keinen genauen Grund gesagt. Aber Anne und Carol waren ja über Silvester bei ihm auf Asten. Und dann hat Anne ihren Aufenthalt noch verlängert! Wir haben über diese Zeit eigentlich gar nicht gesprochen, denn er war ja über meine Dummheit, Fixi retten zu wollen, so empört."

Roswitha legte den Kopf schief.

„Meinst du nicht, dass er einfach nur ein erfrischendes Intermezzo ist?"

Ich sah sie nachdenklich an.

„Das war Hannes. Maximilian füllt mit seiner Persönlichkeit jeden Raum so aus, dass man ihn niemals als Intermezzo bezeichnen könnte." Ich dachte nach. „Die letzten Monate hatten eher etwas mit einer Ouvertüre zu tun: Sie gaben Einblick auf etwas, was noch kommen könnte."

Roswitha starrte ihn ihr Glas, das sie mit beiden Händen umfangen hielt. Der Wein leuchtete samtig rot. Dann fragte sie:

„Und gefällt dir, was die Ouvertüre verspricht?"

Ich dachte an den weißen, puderzuckrigen Sand und die bunten Fische, an die glanzvollen Einladungen und das gemütliche Asten.

„Natürlich gefällt mir dieses feudale Leben, wen würde das nicht beeindrucken?"

„Aber?"

„Na ja, seine dominante Art macht mir manchmal Angst."

„Angst? Ehrlich?"

Ich zuckte mit den Schultern.

„Ich weiß auch nicht. Irgendwie fürchte ich mich, ihm etwas zu sagen, was ihm nicht gefallen könnte." Roswitha sah mich ernst an.

„Theresa, das geht gar nicht. Das ist doch keine Partnerschaft auf Augenhöhe. Wenn es wirklich so ist, dann sind es all die wunderbaren Momente nicht wert." Ich schluckte. Doch Roswitha fuhr nun unbarmherzig fort: „Das ist ja dann nichts anderes als mit Kurt. Nur dass Maximilian halt die guten Zeiten in rosa Seidenpapier verpackt. Siehst du das nicht?" Mittlerweile schwammen meine Augen verdächtig. Als sie das sah, wurde sie weich: „Thesi! Schau, ich weiß doch, was für Kapriolen dein Leben in den letzten Jahren geschlagen hat. Aber nun mal ehrlich: Was waren dein Befreiungskampf, deine Emanzipation, deine Zielstrebigkeit wert, wenn du nun zu guter Letzt in das gleiche Fahrwasser zurückkehrst?"

Ich griff nach dem Wasserglas, bevor ich sagte:

„Maximilians Aufmerksamkeit hat mir halt gefallen. Nach Pauls Unfall war ich so schrecklich allein. Besonders hat mich getroffen, dass ich ihn nicht mal bei mir auf dem Friedhof haben durfte. Es war plötzlich ein riesengroßes Loch in meinem Leben, wo vorher noch so viel Freude und Zuversicht gewesen war. Und dann ist Max einfach da, interessiert sich für mein Leben, ohne aufdringlich zu werden. Es hat mir einfach gutgetan."

„Ja, das verstehe ich ja, aber vielleicht hätte es auch Alternativen gegeben."

Ich starrte sie an.

„Wie meinst du das?"

„Dass Maximilian nicht der einzige Mann in deinem Umfeld war."

„Aber der Einzige, dem meine Einsamkeit aufgefallen ist."

„Bist du dir da so sicher?" Langsam wurde mir das Gespräch zu blöd. Genervt sagte ich:

„Ich verstehe kein Wort. Wenn du mir was sagen willst, dann sag es einfach. Sonst redest du ja auch nicht um den heißen Brei herum."

Roswitha trank abermals einen Schluck Rotwein, ehe sie zu mir sprach wie mit einem begriffsstutzigen Kind:

„Thesi, der Leo hat dich angeschmachtet wie ein waidwunder Hirsch. Das hat doch jeder gesehen. Denk einmal nach, es werden dir sicher Episoden einfallen, die dir vielleicht ein Zeichen hätten geben können."

Ich sah sie fassungslos an.

„Maximilian hat das auch gesagt."

„Klar. Der hat das sicher erkannt."

„Aber da war doch nie etwas."

„Bist du dir sicher? Warum glaubst du, dass er gekündigt hat?"

Mir blieb der Mund offenstehen. In diesem Moment tauchte der fesche Kellner auf und fragte:

„Darf es für die Damen noch etwas sein?"

„Noch einmal den Rotwein, bitte", sagten Roswitha und ich wie aus einem Mund.

KAPITEL 72

Während der Heimfahrt überschlugen sich meine Gedanken. Ich dachte angestrengt über Leo nach. Er war anfangs so schüchtern gewesen. Als er dann bei mir zu arbeiten begonnen hatte, wirkte er ruhig und besonnen auf mich, doch niemals verliebt! Hätte mir etwas auffallen müssen? Die Gespräche auf der Bank fielen mir ein, die sehr vertraut gewesen waren. Einmal hatte er meine Hand gehalten, vielleicht eine Spur zu lang. Als Maximilian dann intimer in mein Leben trat, war Leo oft sehr kurz angebunden gewesen. Das war mir damals schon aufgefallen. Dann kam die Kündigung, mit der ich gar nicht gerechnet hatte. Schließlich fiel mir das Hufeisen-Kleeblatt ein. War ich tatsächlich blind gewesen?

Dieser Gedanke ließ mir die nächsten Tage keine Ruhe.

Maximilian hatte sich nach seiner Ankunft in Amerika gemeldet, jedoch war kein längeres Gespräch zustande gekommen. Was hätte ich auch erzählen sollen? Mein Stallalltag mit Sorin gab nicht viel für Neuigkeiten her. Und er wusste oder wollte auch nicht viel über den Zweck seiner Reise berichten. So blieb mir viel Raum für Spekulationen.

Als dann am Freitag Leo anrief, um mir mitzuteilen, dass er am Samstag wieder helfen kommen würde, verdoppelte sich mein Herzschlag. Wie sollte ich ihm gegenübertreten? Irgendwie fühlte ich mich plötzlich befangen, obwohl das ziemlich sicher völliger Unsinn war.

Am Abend tauchte dann auch noch überraschend Sarah auf und ich war ehrlich erleichtert. Die schwere Arbeit der letzten Wochen hatte Spuren hinterlassen, und nun hoffte ich, das Wochenende etwas leiser treten zu können.

Den Abend verbrachte ich wie üblich allein, da sie natürlich mit Michael unterwegs war. Am nächsten Morgen aber erwischte ich sie beim Frühstück. Ich musste unbedingt mit ihr reden. Dieses Leo-Gerücht machte mir ernsthaft zu schaffen und ich wollte, bevor ich ihm gegenübertrat, ihre Meinung wissen.

Da ich wusste, dass sie schnell in den Stall wollte, verlor ich also keine Zeit und kam gleich zur Sache.

„Ich muss dich etwas fragen“, begann ich also vorsichtig.

Sie hob den Kopf und murmelte:

„Gibt’s etwas?“

„Ja, nein, ich weiß nicht.“

Nun wirkte sie interessiert.

„Klingt spannend, leg los“, kommentierte sie mein Gestammel.

Ich holte tief Luft.

„Ich war mit Roswitha im *Sternbräu* essen.“

„Das ist jetzt nicht so neu.“

„Ja, warte einmal. Lass mich erzählen!“ Sarah zog die Augenbrauen hoch. „Also, wir haben über Maximilian gesprochen und was mir an der Beziehung liegt, weil er ja immer wieder so ausrastet.“

Sarah legte den Kopf schief.

„Weiter, komm bitte auf den Punkt. Du weißt, dass Leo im Stall auf mich wartet.“

„Ja, tue ich ja, wenn du mich ausreden lassen würdest. Also genau darum geht es: Leo!“

Nun sah sie mich wirklich interessiert an.

„Was ist mit Leo?“

„Roswitha behauptet, dass er in mich verliebt sei. Maximilian im Übrigen auch! Stimmt das?“ Ich sah sie ängstlich an.

„Klar! War das alles?“, sagte sie ungerührt und stand auf.

„Was heißt klar?“, kreischte ich.

Sarah drehte sich zu mir um, dann sagte sie ganz langsam, als ob ich dumm wäre:

„Ja, das stimmt. Aber leider hast du ein Händchen, dir die falschen Männer auszusuchen.“

Ich sah sie völlig verdattert an.

„Und was soll ich jetzt machen?“

„Nichts. Sei einfach wie immer.“ Damit ging sie, gefolgt von den Hunden, hinaus.

KAPITEL 73

Ich sank zurück auf den Stuhl. Was für ein Schlamassel! Genau genommen hätte ich jetzt einen Himbeerschnaps gebraucht, einzig der Umstand, dass es acht Uhr morgens war, hielt mich zurück.

Als die Mannschaft wie gewohnt um zehn Uhr zum Gabelfrühstück kam, schlug mir mein Herz bis zum Hals. Doch es war wie immer: Leo berichtete über die Dinge, die ihm aufgefallen waren und die einer dringenden Reparatur bedurften. Sophie kam dazu und erzählte von dem Topfenstrudel, den sie vor ein paar Tagen mit meiner Mutter gebacken hatte, und Sarah wollte wissen, wann die Turnierpferde geimpft werden würden. Sie plante schon den Saisonstart und wollte alles gecheckt haben. Somit wurde kreuz und quer geredet und niemandem wäre in den Sinn gekommen, dass ich Leo nun verstohlen mit anderen Augen beobachtete.

Als alle wieder in den Stall gingen und ich die Küche aufräumte, klopfte es an der Tür. Sepp steckte die Nase herein und sagte:

„Grias di, Thesi. I kumm a bisserl helfen, wenns recht is."

„Grüß dich, Sepp. Natürlich freue ich mich, jedoch heute sind wir gut aufgestellt. Es muss also nicht unbedingt sein. Denk an dein Kreuz, das ist dir sicher für ein bisschen Ruhe dankbar."

Sepp lachte.

„Ach was, moch da kane Sorgn. I muas jo net die schwere Orbeit mochn. Außerdem mecht i mit dem Leo die Schrittmaschin überprüfen. Des hobm wir uns so ausgmocht.“

Ich schüttelte ungläubig den Kopf.

„Habt ihr denn so viel Kontakt zueinander?“

„Jo klor. Wir san jo beide Bastler, do gibt's immer wos zu besprechen“, erklärte er mir augenzwinkernd und machte die Tür wieder zu.

Ich blieb verwundert stehen und schaute auf die geschlossene Tür. Alle hatten irgendwie miteinander Kontakt. Nur ich wusste von all dem nichts. Das war ein unangenehmes Gefühl, das sich da in mir breit machte. Deshalb beschloss ich, nach dem Mittagessen Tilly zu besuchen. Es zog mich geradezu magisch zu ihr.

Als ich bei ihrem schmiedeeisernen Kreuz ankam, war ich direkt ins Schnaufen gekommen, so beeilt hatte ich mich. Ich zündete eine Kerze an, um etwas zur Ruhe zu kommen.

„Tilly, bist du da?“ Nichts. Ich atmete tief durch. „Tilly, ich brauche dich, bitte!“, flehte ich inniglich.

Wieso kommst du eigentlich immer nur, wenn du was brauchst?

Ich atmete auf, sie war da!

„Weil ich ziemlichen Stress habe. Im Moment ist der Lindenhof bei Gott kein Spaß.“

So, so. Was hast du denn erwartet?

Ich schaute erstaunt auf die Flamme der Kerze.

„Ich weiß nicht. Ich habe gar nichts erwartet. Ich bin ja nicht dazu gekommen, nachzudenken, was sein würde.“

Das weiß ich doch. Nur hast du mittlerweile doch schon einige Probleme gelöst. Und dass das nicht immer spaßig ist, solltest du schon gewöhnt sein.

„Ich weiß. Aber dieser Personalnotstand dauert nun schon zu lange. Es ist unglaublich mühsam. Und dazu kommt, dass ich mich in der Kommunikation ausgegrenzt fühle. Jeder redet mit jedem, nur ich bekomme nichts mit."

Redest du auch mit jedem?

„Natürlich! Muss ich ja. Ich muss ja alles einteilen."

Das meine ich nicht. Redest du auch in deiner Freizeit mit den Menschen um dich herum? Oder nur über die notwendigen Angelegenheiten?

Ich stutzte.

„Was meinst du?"

Thesi, stell dich nicht dümmer, als du bist. Schaust du bei Reitstunden zu? Gehst du ab und zu zum Dorfwirt? Setzt du dich mit Sorin auf ein Bier zusammen?

„Ähm, eher nicht."

Na, was erwartest du denn dann? Wenn du mit ihnen nicht kommuniziert, reden sie auch nicht mit dir. Außer die beruflichen Notwendigkeiten.

„Aber für so etwas habe ich keine Zeit!"

Für so etwas solltest du dir aber Zeit nehmen. Da lernst du, was die Menschen um dich herum bedrückt und dadurch kannst du dich dann besser auf deine Umgebung einstellen und manches Missverständnis von vornherein verhindern.

Ich dachte nach. Da war etwas Wahres dran.

Und dann würdest du so manchen Wink des Schicksals auch erkennen.

KAPITEL 74

Das Gespräch, wenn man es denn so nennen wollte, spukte noch lange in meinem Kopf herum.

Als ich eines Tages bei Mama und Sepp zum Mittagessen eingeladen war, traute ich mich und fragte geradeheraus:

„Sagt mal, findet ihr eigentlich auch, dass ich mich zu wenig mit den Menschen um mich herum beschäftige?“

Die beiden sahen mich erstaunt an. Mama fragte:

„Was meinst du damit?“

Ich schluckte meinen Bissen von dem himmlisch flaumigen Semmelknödel hinunter und sagte:

„Tilly meint, ich interessiere mich zu wenig für andere Leute.“

„Tilly?“

„Ja. Tilly.“

Mama sah mich nun äußerst interessiert an.

„Du redest mit Tilly?“

„Ja, schon immer.“

„Und sie redet mit dir?“

Ich legte mein Besteck zur Seite.

„Außer dir und Roswitha gibt sie mir die besten Ratschläge.“

Mama legte nachdenklich den Kopf schief, dann sagte sie liebevoll:

„Alles klar, mein Kind. Ist ja gerade eine schwere Zeit für dich. Wenn Matthias dann wieder da ist, werden sich auch deine Nerven beruhigen, du wirst sehen."

Sie nahm mich tatsächlich nicht ernst! Was war daran nicht zu verstehen? Ich atmete schwer ein.

Sepp erkannte, dass ich keine Lust hatte, mich als überarbeitet und somit als durcheinander abstempeln zu lassen. Also sagte er schnell:

„Um auf dei Frog zurückzukommen: A wengerl mehr kenntast die scho noch deine Leit umschaun. Damit man i net, dass du di net guat kümmerst. Oba über di Orbeit hinaus a bisserl trotschn, warat net verkehrt."

Ich seufzte.

„Mir liegt der Tratsch halt gar nicht, wie du weißt. Ich hasse schon die Ausfragerei, wenn ich im Ort einkaufen gehe. Und über andere reden ist auch nicht meins."

„Du soist jo net über andere tratschn. Sondern afoch zuhean, was deine Leit so bewegt. Des baut Vertrauen auf und du dest a so manches vielleicht besser verstehen. Dann warat der Leo vielleicht a no do."

Ich starrte ihn an.

„Jetzt fängst du auch noch damit an! Was redet ihr euch da alle ein? Zwischen Leo und mir war nie irgendetwas, das über ein Arbeitsverhältnis hinausgegangen wäre!", rief ich jetzt aufgebracht.

„Nur weil du es net gsehn host, haßt des net, dass da nix woa", meinte Sepp trocken.

Mama hatte in der Zwischenzeit Kaffee auf den Tisch gestellt. Sie setzte sich wieder mir gegenüber hin.

„Wann kommt Maximilian zurück?", wechselte sie nun geschickt das Thema.

Ich zuckte mit den Schultern.

„Keine Ahnung. Es ist mir im Moment auch egal. Ich habe so viel um die Ohren, da bin ich froh, wenn ich mich nicht auch noch um ihn kümmern muss", erklärte ich trotzig.

Daraufhin nahm sie seelenruhig die Kuchengabel und sagte:

„Möchtest du ein Stück Kirschkuchen? Das sind die letzten vom vorigen Jahr. Auf die neue Ernte müssen wir jetzt noch ein Weilchen warten.“ Und damit hatte sie alle heiklen Gespräche für beendet erklärt.

KAPITEL 75

Eine Woche später war noch immer alles beim Alten. Ich stieg kaum noch aufs Pferd, weil ich einfach zu müde zum Reiten war. Nun wurde mir der Segen, eine Schrittmaschine zu besitzen, erst richtig bewusst. Damit bekam Amor genügend Bewegung und ich musste mir keine Sorgen machen.

Eines Abends raffte ich mich noch zu einem kleinen Spaziergang auf. Wir hatten nun schon März und die Tage waren deutlich länger. Auch die Temperaturen ließen den nahen Frühling erahnen. Ich ging hinten hinaus durch die Streuobstwiese. In der Ferne lagen die Berge in dunklen Blautönen, darüber spannte sich ein roséfarbener Himmel. Die Hunde sprangen glücklich um mich herum und ich spürte seit Langem wieder die Liebe zu diesem wunderschönen Fleckchen Erde. Am Wegrand entdeckte ich die ersten Primeln und plötzlich war in mir eine Zuversicht, die mir seit Monaten gefehlt hatte. In drei Wochen würde Matthias bei uns zu arbeiten anfangen, dann war das Schlimmste überstanden. Diese drei Wochen würden wir schon noch schaffen.

Beseelt kam ich zum Hof zurück. Als ich um die Ecke bog, stand da völlig überraschend der Wagen von Maximilian. Ich hielt einen Moment inne. Er war über zwei Wochen in Amerika gewesen. Wir hatten öfters telefoniert, von seiner Rückkehr hatte er jedoch nichts erwähnt. Ich fühlte mich nun geradezu überrumpelt.

Dann sah ich, dass er noch im Auto saß. Er musste soeben angekommen sein. Also ging ich zu ihm. Er sprang aus dem Wagen und sagte mit etwas Akzent:

„Darling! So nice to be back again!“ Dann lachte er und meinte: „Wrong language, sorry! Lass dich drücken, mein Engel.“ Er nahm mich in den Arm, um mich leidenschaftlich zu küssen. Als er mich losließ, hielt er mich ein wenig auf Distanz und meinte: „Sorry, aber du smellst, äh, riechst etwas streng.“

Ich grinste.

„Mein Lieber, das ist der teuerste Duft der Welt! Da können Dior, Chanel und Co nicht mithalten. Um diesen Duft tragen zu können, musst du sehr, sehr viel Geld ausgeben.“

Max hielt mich auf Abstand, legte den Kopf leicht schief, um dann festzustellen:

„That‘s right, aber könntest du ihn trotzdem ablegen? Daran muss ich mich erst wieder gewöhnen.“

Versöhnlich nahm ich ihn an der Hand und zog ihn zum Haus.

„Einverstanden. Ich gehe schnell duschen und du gönnst dir ein gutes Salzburger Bier. Und dann erzählst du, was los war und wieso du so überraschend zurück bist.“

Nach dem Duschen schlüpfte ich in einen kuscheligen Hausanzug und ging hinunter in die Stube zu Maximilian. Er hatte kein Bier geöffnet, stattdessen funkelte Champagner in meinen geschliffenen Gläsern. Im Kamin prasselte ein gemütliches Feuer und auf einer silbernen Platte lagen Lachshäppchen. Ich schaute erstaunt auf das liebevoll angerichtete Arrangement.

„Gibt es etwas zu feiern?“, fragte ich vorsichtig.

Maximilian erhob sich, trat zu mir und umfasste mich liebevoll. Dann schnupperte er an meinem Hals, ehe er raunte:

„Mhhh, Armani. Viel besser! Ich liebe diesen Duft an dir.“ Seine Lippen kitzelten mich und ich musste kichern.

„Willst du mir jetzt verraten, wieso du mit all diesen Herrlichkeiten aus dem Nichts auftauchst?“

„Ich will dich einfach verwöhnen. Braucht es dazu einen Grund?“ Er nahm mich an der Hand und zog mich zu sich aufs Sofa. Dann reichte er mir ein Glas und sagte: „Ich habe festgestellt, dass ich wirklich gerne hierher zurückgekehrt bin. Das hat mich selbst überrascht. Genau genommen konnte ich diesen Augenblick gar nicht erwarten. Deshalb verdient es dieser Moment, zelebriert zu werden.“

Ich schluckte. Er klang so überzeugend und hatte ein solches Charisma, dass er mich in Sekundenschnelle für sich einnahm. Ich sank in seine Arme und er nahm die Einladung augenblicklich an.

„Hast du mich ebenso vermisst?“, fragte er, als wir uns eine Pause gönnten.

„Nach dieser Begrüßung muss ich zugeben, dass ich dich vermisst habe. Aber ehrlich gesagt hatte ich in den letzten zwei Wochen keine Zeit, um über meine Sehnsüchte nachzudenken. Ich arbeite den ganzen Tag und abends bin ich dann zu müde für alles.“

Maximilian lächelte.

„Du bist mir vorhin gar nicht müde vorgekommen.“

„Du hast mich wiederbelebt. Wäre ich jetzt allein nach Hause gekommen, hätte ich meinen Körper wahrscheinlich nur noch vor den Fernseher geworfen.“ Ich schmunzelte.

Max drehte sich zu mir, sodass er mir tief in die Augen schauen konnte. Dann sagte er sehr ernst:

„Theresa, das geht so nicht weiter. Du machst dich kaputt. Ich möchte, dass wir viel Zeit füreinander haben. Ich möchte ins Theater, in Konzerte und nach Asten. Und dabei möchte ich dich an meiner Seite wissen. Es geht nicht, dass du hier noch länger den Rossknecht spielst.“ Seine Augen waren dunkel. In ihnen spiegelte sich das Feuer. Oder waren es seine Augen, die dieses Feuer in sich hatten?

Ich musste Abstand gewinnen. Also setzte ich mich auf und nahm einen Schluck Champagner. Dann sagte ich:

„Wenn du mir eine Lösung verrätst, dann bin ich dir ewig dankbar. Ich habe wirklich alles versucht, Hilfe zu bekommen. Anfang April kommt Matthias, ein ehemaliger Mitarbeiter, zurück. Ich hoffe, dass es dann im Stall wieder rund läuft. Bis dahin werde ich wohl oder übel mitanpacken müssen.“

Maximilian schob sich wieder an mich heran und flüsterte:

„Das klingt vielversprechend. Darf ich dich nochmals zum Leben erwecken?“ Und damit küsste er zärtlich meine Brüste, sodass ich gar keine Chance mehr hatte, ihm zu widerstehen.

KAPITEL 76

Am nächsten Morgen fragte ich also nochmals:

„Nun erzähle doch Näheres von deiner Reise! Zuerst brichst du überstürzt auf und plötzlich stehst du ohne Ankündigung wieder da. Was war denn los?“

Maximilian trank einen Schluck Orangensaft, ehe er antwortete:

„Ach, alles halb so schlimm. Carol hat im Internat eine heimliche Party gefeiert. Dabei dürfte ziemlich viel Alkohol geflossen sein. Ein Mädchen musste ins Spital und die Schule hat gedroht, alle Beteiligten hinauszuwerfen.“

Ich zog die Augenbrauen hoch.

„Und was hast du bewirkt?“

Er lachte.

„Gar nichts! Ich habe sie mitgenommen. Dieses Institut war mir noch nie sympathisch.“

Ich riss die Augen auf.

„Du hast sie mit nach Österreich genommen? Wo ist sie denn jetzt?“

„Bei meiner Familie. Sie wird in die International School in St. Gilgen gehen. Wir haben das schon gecheckt. Diese Schule hat einen hervorragenden Ruf und ebenso ein Internat. Nur bin ich in nächster Nähe und sie kann an den Wochenenden zu mir kommen. Ich habe dann ein Auge auf ihre Aktivitäten, you understand?“

Ich nickte. Diese Schule war tatsächlich etwas Besonderes. Was sie kosten würde, wollte ich mir gar nicht vorstellen.

„Wie sieht das Carol?"

„Gechillt. Für sie ist es ein Abenteuer."

„Und Anne?"

„Sie findet es gut, dass Carol in ‚old europe' studiert. Hier wird sie ein Cosmopolitan werden. In dieser Schule trifft sie auf Mitschüler der verschiedensten Nationen, was ihre Weltsicht sicher entscheidend beeinflussen wird. Und bei uns zu Hause bekommt sie den richtigen Schliff, was Etikette anbelangt." Er grinste mich zufrieden an.

Wow, da wird nichts dem Zufall überlassen, dachte ich und fühlte mich armselig. Bei uns war eine normale Schulbildung mit einigermaßen annehmbaren Noten immer ausreichend gewesen. In Maximilians Kreisen rümpfte man wahrscheinlich die Nase darüber.

Mit einem Mal fühlte ich mich nicht mehr wohl in meiner bürgerlichen Haut. Zumindest in Maximilians Gegenwart nicht. Deshalb stand ich auf und sagte:

„Entschuldige, ich muss jetzt wirklich in den Stall. Der arme Sorin wundert sich sicher schon, wo ich heute bleibe."

Ein Schatten huschte über Maximilians Gesicht, doch dann sagte er verständnisvoll:

„Natürlich! Wie dumm von mir, daran nicht zu denken. Ich muss im Übrigen ja auch los. Ich habe mein Business sowieso zu lange vernachlässigt."

„Wann sehen wir uns wieder?", wollte ich noch wissen.

Maximilian schien nachzudenken, dann meinte er:

„Lass uns doch telefonieren."

Ich nickte.

„Okay, dann hab einen schönen Tag."

„Du auch, mein Engel. Ciao!"

Nachdenklich ging ich mit den Hunden zum Stall. Dieses Gespräch hatte mich verstört. Wie würde nun wohl die Zukunft aussehen, mit Carol im Gepäck?

Dies zeigte sich bald, da Maximilian nun sehr oft Treffen absagte. Auch ein Kennenlernen seiner Tochter war nicht zustande gekommen. Andererseits vergingen die Wochen wie im Flug, da die Arbeit sowieso gemacht werden musste.

Eines Tages, an einem Donnerstag Ende März, rief mich Maximilian an:

„Theresa, mein Engel, wollen wir morgen in der Stadt dinieren? Ich würde dir gerne meine Tochter vorstellen. Ich hole sie gegen siebzehn Uhr in St. Gilgen ab, wir könnten um neunzehn den Abend zusammen beginnen."

Ich atmete durch. Endlich würde ich nun Carol kennenlernen, was ich für ungemein wichtig erachtete. Außerdem war ich so lange Zeit vom Hof nicht weggekommen, sodass ich mich über dieses Angebot wirklich freute.

Ich rief also Sepp an und bat ihn, den Abenddienst zu übernehmen.

„Jo, klor. An schenen Abend host da eh verdient! Moch da kann Sorgn und genieß die Einladung."

Auf Sepp war immer Verlass! Somit begann ich gleich darüber nachzudenken, welche Garderobe ich wählen sollte. Modern oder traditionell in Tracht? In Salzburg war beides üblich, somit hatte ich die Qual der Wahl.

KAPITEL 77

Als ich am darauffolgenden Abend in Richtung Stadt aufbrach, hatte ich mich für ein lässig-modernes Outfit entschieden. Ich wollte bei der jungen Amerikanerin nicht den Eindruck einer verstaubten Landpomeranze hinterlassen. Fröhlich lenkte ich den Wagen durch den Abendverkehr. In drei Tagen würde Matthias bei uns anfangen und dann würde mein Leben endlich wieder zur Normalität zurückkehren: Ich sah mich mit Maximilian auf Asten, mit Amor Hindernisse überfliegen und gemütliche Nachmittage bei Mama verbringen.

In dieser Hochstimmung betrat ich also das feine Restaurant, in das mich Max eingeladen hatte. Ein völlig in Schwarz gekleideter Empfangschef begrüßte mich und geleitete mich zum Tisch. Zu meinem Erstaunen war ich die Erste, obwohl ich fünf Minuten zu spät war. Maximilian war immer überpünktlich, sodass ich tatsächlich irritiert war. Nachdem weitere zehn Minuten verstrichen, ohne dass mein Graf aufgetaucht wäre, bestellte ich einen Kir Royal als Aperitif. Ich nippte daran und versuchte mich in einem entspannten Gesichtsausdruck, als der Kellner mich nach weiteren Wünschen fragte.

„Danke, ich warte noch", antwortete ich mit einem süßen Lächeln.

Dann erschien mein Geliebter, wie immer im perfekt sitzenden Anzug, souverän das Personal begrüßend. Ich beobachtete ihn, wie er elegant durch den Raum schritt, verfolgt von interessierten Blicken einiger Damen.

„Theresa, mein Engel, verzeih mir, dass ich dich habe warten lassen“, raunte er mir zu und küsste mich auf die Wange.

Ich sah ihn verwundert an.

„Wo ist Carol?“

Er setzte sich, winkte dem Kellner und bestellte einen Negroni. Dann wandte er sich wieder mir zu und erklärte:

„Carol fühlt sich nicht wohl. Du weißt schon, die ersten Frauengeschichten. Ich habe versucht, sie zum Mitkommen zu überreden. Aber was kann man als Vater da schon tun?“ Er zuckte entschuldigend mit den Schultern.

Ich griff über den Tisch an seine Hand und sagte:

„Schade, ich hätte sie gerne endlich kennengelernt. Andererseits ist es so doch auch hübsch. Wann waren wir das letzte Mal allein essen? Ich freue mich auf diesen Abend mit dir.“

Maximilian nahm einen Schluck von seinem Aperitif, dann meinte er:

„Nun, das liegt ja wohl nicht an mir. So viel ich mich erinnere, hast du ja keine Zeit für mich gefunden.“

Ich sah ihn sprachlos an. So hatte ich mir den Beginn des Abends nicht vorgestellt. Nachdem ich aber noch immer im „Glücklichsein-Modus“ war, sagte ich darauf versöhnlich:

„Nun, das ist ja jetzt vorbei. In drei Tagen fängt Matthias an. Dann kehrt endlich wieder Normalität auf dem Lindenhof ein.“

Maximilian sah mich zweifelnd an.

„Was verstehst du unter Normalität?“

Ich lachte.

„Du hast recht. Normal ist bei uns nichts. Trotzdem wird es wieder geregelter und ich werde mehr Zeit für dich haben."

Nachdem wir bestellt hatten, erzählten wir einander einige Erlebnisse der letzten Tage. Dann kamen die Vorspeisen und ich probierte vorsichtig den Avocado-Mangosalat, den ich gewählt hatte. Er schmeckte himmlisch! Genüsslich steckte ich gerade ein Stück Mango in den Mund, als mein Telefon vibrierte. Ich überlegte, ob ich es ignorieren sollte, denn eigentlich war es unhöflich, abzuheben. Andererseits wollte ich auch erreichbar sein, falls im Stall etwas passieren sollte. Also zog ich mein Handy aus der Tasche. Es hatte aufgehört zu vibrieren. Max zog unwillig die Augenbrauen zusammen. Ich sagte:

„Entschuldige, ich möchte nur nachsehen, wer angerufen hat."

KAPITEL 78

Es war Michael. Michael rief mich eigentlich nie an. Zumeist besprachen wir die Dinge, wenn er auf dem Hof war. Somit beschlich mich ein ungutes Gefühl. Kurzentschlossen rief ich zurück, sehr zum Unmut von Maximilian. Dieser hatte seinen Suppenlöffel weggelegt und sah mich vorwurfsvoll an. Ich ignorierte ihn. Michael war in der Sekunde dran.

„Thesi, Gott sei Dank! Wo bist du? Wie schnell kannst du da sein? Wir brauchen dein Auto!"

„Was ist denn passiert, um Gottes willen?"

„Princess kolikt. Dr. Süßenbacher war schon da. Sie muss unverzüglich in die Klinik."

Ich war aufgesprungen, der Sessel fiel hinter mir polternd um.

„Ich komme. In einer halben Stunde bin ich da. Informiert die Klinik!", rief ich und rannte zur Tür. Dort entriss ich dem Garderobier meinen Mantel, den ich nicht anzog. Ich rannte zum Auto, das zwei Querstraßen weiter parkte, ohne mich um irgendetwas zu kümmern. Schnaufend startete ich den Wagen und brauste los. Bei der Stadtausfahrt wurde ich geblitzt.

„Scheiße!", rief ich und gab noch mehr Gas. Nach fünfundzwanzig Minuten bremste ich im Hof. Der Hänger stand schon bereit. Während ich zum Anhängen zurückschob, kam bereits Sepp gelaufen, um mir zu helfen. Es dauerte keine fünf Minuten und Princess stand im Hänger. Michael sprang auf den Beifahrersitz und rief:

„Fahr los!"

Vorsichtig setzte ich das Gespann in Bewegung. Auf dem Weg in die Klinik sagte ich dann:

„Zum Glück ist sie ein Turnierprofi, sodass das Verladen so problemlos geklappt hat."

Michael nickte.

„Ja, Pferde, die brav einsteigen, sind schon Gold wert. Und in solch einer Situation sowieso."

Als wir bei der Klinik ankamen, wurden wir schon erwartet. Princess wurde sofort von Michael in den Untersuchungsstand geführt, während ich ins Büro ging. Mittlerweile kannte ich ja das Procedere und füllte den Fragebogen flink aus. Dann kam die alles entscheidende Frage, die ich von Amor her schon kannte:

„Dürfen wir, wenn es notwendig sein sollte, operieren?"

Dieses Mal zögerte ich keine Minute.

„Selbstverständlich", war meine Antwort.

„Gut", sagte die Assistentin. „Dann gebe ich diese Information so Herrn Doktor Hammerschmied weiter."

Ich folgte ihr in den Untersuchungsraum, in dem man Princess mittlerweile eine Nasen-Schlund-Sonde gesetzt hatte. Michael stand neben ihr und sprach auf sie beruhigend ein. Ich beobachtete das emsige Treiben des Ärzteteams und betete inständig, dass es die Stute überleben würde.

Wie viel Zeit vergangen war, konnte ich nicht benennen, als die Tür vorsichtig geöffnet wurde und Sarahs Gesicht hereinschaute.

„Darf ich hereinkommen?“, fragte sie leise. Princess hob den Kopf und spitzte die Ohren. Dr. Hammerschmied hob ebenfalls den Kopf.

„Sind Sie die Besitzerin?“

„Ja.“

„Sehr gut. Man hat es an der Reaktion der Stute gemerkt. Kommen Sie ruhig näher. Vielleicht entspannt sie sich durch Sie.“

Sarah trat zu ihrem Pferd, küsste sanft Michaels Wange, um dann sofort auf Princess einzureden. Die Stute schnaubte.

Nach unendlich langer Zeit sagte dann der Arzt:

„So, nun schauen wir einmal, wie die Nacht verläuft. Im Moment besteht kein Grund, operative Maßnahmen zu ergreifen. Wir geben sie nun in den Überwachungsraum. Sie“, und damit schaute er uns drei an, „können hier nun nichts mehr tun. Fahren Sie nach Hause. Sollte sich ihr Zustand verschlechtern, melden wir uns umgehend. Falls die Nacht ruhig verläuft, rufen wir Sie morgen früh so gegen zehn Uhr an.“

Wir bedankten uns, streichelten nochmals Princess und traten vor die Tür.

„Wie bist denn du hierhergekommen?“, fragte ich mein Kind.

„Michael hat mich angerufen, da habe ich mich gleich auf den Weg gemacht“, erklärte mir Sarah und sah mit einem Mal schrecklich mitgenommen aus. Michael sah das wohl auch, denn er legte den Arm um sie und sagte:

„Komm, wir fahren jetzt zu mir nach Hause, da sind wir näher und können schnell wieder da sein. Dir ist das doch recht, Thesi?“

Ich nickte.

„Ja, klar, fahrt nur. Ich komme schon allein zurecht.“

Also nahm Michael Sarahs Autoschlüssel aus ihrer Hand, setzte sie auf den Beifahrersitz und hob zum

Gruß die Hand, bevor er einstieg und davonfuhr. Ich sah dem Wagen nach.

Nun spürte ich, wie die Anspannung nachließ. Meine Beine waren plötzlich sehr weich und ich hätte weiß Gott was dafür gegeben, nun auch einen starken Mann an meiner Seite zu haben.

KAPITEL 79

Ich hatte das Gespann einfach mitten im Hof stehen lassen. Entgegen allen Erwartungen war ich auch sofort eingeschlafen. Offensichtlich war die Erschöpfung größer gewesen als der emotionale Aufruhr. Als ich erwachte, blinzelte ich vorsichtig zum Wecker.

Mit dem Blick war ich hellwach: Er zeigte neun Uhr dreißig an! Das konnte doch nicht sein. Ich schaute aufs Handy. Die Uhrzeit stimmte. Es war kein Anruf darauf, aber drei neue Nachrichten.

Die von Sarah lautete:

Hallo Mama, waren schon bei Princess. Alles okay, helfen jetzt Sorin im Stall. Ruh dich aus!

Ich atmete durch. Gott sei Dank war die Stute auf dem Weg der Besserung und eine Operation war nicht notwendig gewesen.

Die zweite Nachricht war von Sepp:

Ich komm heute, ruh dich aus!

Nun musste ich schmunzeln. Offensichtlich sah man mir die arbeitsreichen Wochen schon so sehr an, dass alle mich abzulösen versuchten. *Wenn es so offensichtlich ist, dann werde ich das Angebot annehmen*, freute ich mich und überlegte, ob ich Roswitha anrufen sollte, um sie nach einem Ausritt zu fragen.

Die dritte Nachricht war von Max. Dass sie nicht so positiv wie die beiden anderen sein würde, war mir klar.

Ich zögerte einen Augenblick, bevor ich sie öffnete:

Ich bitte um eine Erklärung

... stand da kurz und bündig. Das war natürlich völlig in Ordnung, denn schließlich hatte ich ihn einfach sitzen lassen. Nachdem ich jedoch nicht telefonieren wollte, textete ich:

Ja, natürlich! Sorry! Möchtest du am Nachmittag vorbeikommen?

Die Antwort kam erst zwei Stunden später:

Bin mit Carol unterwegs. Komme morgen Vormittag.

Ich betrachtete die Mitteilung kurz, dann dachte ich: *Auch gut, dann habe ich diesen Samstag doch tatsächlich einmal für mich. Amor, ich komme!*

Das tat ich aber nicht, denn meinen Helferlein wollte ich zumindest ein gutes Mittagessen auf den Tisch stellen. Also schaute ich in meine Speisekammer, um nach Inspirationen zu suchen. Da entdeckte ich noch ein Glas mit getrockneten Steinpilzen aus dem letzten Sommer. Die waren perfekt, da Sarah ja nicht so gerne Fleisch aß.

Zwei Stunden später saß nach langer Zeit wieder einmal fast die gesamte Mannschaft bei Tisch und langte bei meinem Risotto kräftig zu. Die Stimmung war ausgesprochen fröhlich, denn Princess' gute Genesungsaussichten wirkten wie ein Aufputschmittel. Sarah erzählte von einem komischen Professor und Sepp gab Anekdoten zum Besten. Unter anderem sagte er:

„Thesi, dei Reis is wirklich guat! Stell da vur, dei Mama hat jetzt amoi des Salz mit dem Zucker verwechselt! Das host net essen kenna! Und dann wü sie mir no einredn, dass des orientalisch is! I bin do ka Depp!" Er schüttelte entrüstet den Kopf, während wir uns vor Lachen bogen.

Michael verschluckte sich bei der Gelegenheit an seinem Marmorgugelhupf und Sarah musste ihm fest auf den Rücken klopfen. Als er wieder Luft bekam, nahm er einen großen Schluck Kaffee, dann sagte er:

„Ich habe auch eine gute Story. Da kommt doch eine Mutter mit ihrem ca. siebenjährigen Sohn und möchte, dass er eine Schnupperreitstunde bekommt. Ich sattle also den braven Moritz und gehe mit den beiden in die Halle. Als der Junge auf dem Pferd sitzt, fragt mich die Mutter, ob sie in der Zwischenzeit mit dem Hund spazieren gehen kann. Ich bejahe und sie verschwindet. Moritz geht los und ich versuche, Kontakt mit dem Kind aufzunehmen. Der ignoriert mich völlig. Ich hatte schon fast den Verdacht, dass er taubstumm ist. Als ich Moritz stehen lasse, um ihn direkt ansprechen zu können, springt der glatt vom Pony, ruft: ‚Ich mag dich nicht', und läuft davon."

Ich sah ihn ungläubig an.

„Ist nicht wahr, oder?"

Michael nickte heftig.

„Doch."

„Und was hast du gemacht?"

„Ich habe Moritz einfach stehen gelassen und bin dem Jungen nach. Beim Hallentor habe ich ihn geschnappt und zurück aufs Pferd verfrachtet." Nun lachte Michael verschmitzt.

„Und wie ist es weitergegangen?"

„Ich habe mit ihm die Einheit fertig gemacht. Und als seine Mutter gekommen ist und ihn gefragt hat, wie es war, hat er doch glatt ‚schön' gesagt."

„Na, zumindest wird da net langweilig bei soiche Reitgäst", kommentierte Sepp die Geschichte.

Michael nickte.

„Manchmal ist es total verrückt. Unlängst reitet eine Dame in der Bahn. Ich sage: ‚Bei C geradeaus.' Daraufhin sagt sie: ‚Wie soll das bitte gehen, wenn da doch eine Ecke kommt?'" Der ganze Tisch brach in schallendes Gelächter aus, nur Michael blieb ernst: „Ich weiß bis heute nicht, ob die das ernst gemeint hat oder mich verarschen wollte."

Nun grölten wir alle, während unser Reitlehrer noch immer fassungslos den Kopf schüttelte.

„Wem wird hier schon langweilig?", fragte ich in die Runde.

„Immer was los", bestätigte Sorin, der ja zumeist nur Zuhörer war.

„Apropos immer was los: Wie geht es denn Alex?", fragte ich ihn.

„Schon ziemlich gut. Wird aber zu Hause Arbeit suchen. Sagt, in Österreich zu viel Stress."

Nun mussten wir alle grinsen. Diese Entscheidung wussten wir ja bereits und nahmen sie locker, da ja sowieso Matthias bald anfangen würde. Nur Sepp sah ihn todernst an. Dann sagte er ganz ruhig:

„Loss eam schön griassn, den Alex! Und dann sagst eam, dass i mit mein kaputten Kreiz jetzt sei Orbeit in der halben Zeit moch. Des hot aber nix mit Stress zu tuan, sondern mit da Orbeitseinstellung. Dei Alex war a fauler Hund, so schaut's aus. Und dumm dazu, sonst warat ihm der Unfall net passiert. Für ihn is eh besser, wann er z'Haus bleibt."

Augenblicklich war es am Tisch ruhig. Sorin sah ihn befremdet an.

Oh, oh, da muss ich jetzt besänftigen, erkannte ich sofort die heikle Situation. Denn Sorin hatte Alex ja mitgebracht und war sogar mit ihm befreundet. Also sagte ich:

„Na ja, Sepp, Alex hatte ja keine Erfahrung mit der Arbeit. Da ist es schon verständlich, dass er für alles länger gebraucht hat."

Sorin nickte zufrieden. Sepp erkannte meinen Vermittlungsversuch und meinte gutmütig wie immer:

„Jo, des is schon richtig. Aber die Orbeit hot net fia ihm passt. Net jeder is so tüchtig wia der Sorin.“ Damit lächelte er dem Arbeiter wieder freundlich zu und sagte: „Wia schau ma aus, Herrschaften? Pack mas wieder?“ Als alle bejahten, stand er auf, klopfte Sorin nochmals auf die Schulter und sagte: „Dankschen fias Essen, Thesi. Und versprich ma, dass du den Nochmittog fia die verwendest.“

Ich lächelte.

„Das mache ich, versprochen. Und danke noch einmal, dass ihr mir die Auszeit ermöglicht.“

Als alle draußen waren, atmete ich durch. So lustig die Runde begonnen hatte, hätte sich die Stimmung doch ganz schnell ändern können. Ich wusste, dass Sorin bezüglich seiner Arbeit empfindlich war. Sepp wusste das im Übrigen auch. Was er mit dem Angriff auf Alex bezweckt hatte, war mir daher nicht ganz klar.

Kapitel 80

Am nächsten Morgen erwachte ich mit einem flauen Gefühl im Magen. Maximilian hatte sich angesagt und ich war ihm eine Erklärung schuldig. Auch, wenn es tatsächlich um Leben und Tod gegangen war, war mein überstürzter Aufbruch doch unentschuldbar. So etwas tat man einfach nicht. Ich hatte ein schlechtes Gewissen. Wie ich von Fixis Rettung schon wusste, hatten Tiere für Max nicht so einen hohen Stellenwert wie für mich. Für mich waren sie Familienmitglieder, für die ich alles in meiner Macht Stehende tun würde. Ohne nachzudenken, was Max ja am meisten kritisierte. Daher würde ich auch in diesem Fall nicht auf sehr viel Verständnis hoffen dürfen.

Sarah saß noch beim Frühstück, als ich in die Küche kam.

„Guten Morgen, gibt es etwas Neues von Princess?“, begrüßte ich sie.

Sie schluckte ihr Müsli hinunter, ehe sie sagte:

„Guten Morgen, nein, heute habe ich noch nichts gehört. Aber das ist ja ein gutes Zeichen. Gestern Abend hat Dr. Hammerschmied gesagt, dass sie, wenn die Nacht gut verlaufe, heute angefüttert würde.“

Ich schenkte mir einen Kaffee ein und setzte mich ihr gegenüber hin.

„Na, das klingt doch super. Dann hoffen wir jetzt, dass sie das Anfüttern verträgt.“

Sarah nickte, dann meinte sie:
„Mama, du darfst heute auch freimachen. Sophie und Peter helfen mit. Wenn du uns wieder ein Mittagessen machst, reicht das völlig."
Ich schaute sie erfreut an.
„Ihr verwöhnt mich. Damit ist also das Arbeitslager vorbei, denn morgen beginnt ja Matthias." Ich atmete durch. „Ich kann dir gar nicht sagen, wie froh ich bin."
„Du hast aber auch wirklich toll durchgehalten. Wir bewundern dich alle sehr."
Ich lachte auf.
„Was ist mir denn anderes übriggeblieben? Diese Personalsuche war schon sehr nervenaufreibend. Gott sei Dank hatte Sepp die Idee, Matthias zu fragen."
„Ja, Sepp war überhaupt sensationell. Was er in seinem Alter noch alles schafft, Hut ab! Ich verstehe ihn schon, wenn er sich über Alex aufgeregt hat."
Ich stimmte ihr zu, dann wechselte sie das Thema:
„Ab sofort kannst du dich jetzt wieder deinem Amor widmen."
„Wie meinst du denn das?", fragte ich zweideutig.
Sarah verdrehte die Augen.
„Ich rede von dem armen Gaul, der die letzte Zeit viel zu kurz gekommen ist. Alles andere will ich gar nicht wissen."
Ich hob beschwichtigend die Hände und lachte.
„Schon gut. Wie es allerdings mit deinem Amor steht, würde ich schon gerne wissen."
„Topf und Deckel", erklärte mir mein Kind kurz und bündig.
„Das freut mich", sagte ich und sah ihr nach, wie sie sich in den Stall aufmachte.

Ich schenkte mir noch einen Kaffee ein, dann blickte ich aus dem Fenster. Es schien ein wunderbarer Frühlingstag zu werden, der Himmel gewann zunehmend an Farbe. Während ich über einen

Ausritt nachdachte, sprang Moses von außen auf das Fensterbrett. Er sah müde aus, vermutlich war er die ganze Nacht auf Mäusejagd gewesen. Ich stand auf, um ihm das Fenster zu öffnen.

„Komm herein, du Strolch. Wo hast du dich denn wieder herumgetrieben?", begrüßte ich ihn.

„Ich treibe mich nicht herum, das liegt wohl eher dir", erklang es hinter mir.

Ich fuhr herum. Maximilian stand in der Tür und sah mich streng an.

„Hallo Max, ich habe dich gar nicht hereinkommen gehört", sagte ich und schloss das Fenster.

Maximilian blieb im Türrahmen stehen. Er lehnte sich an und verschränkte die Arme. Dabei sah er mich fragend an. Er sagte nichts, doch seine ganze Erscheinung war ein einziger Vorwurf. Augenblicklich regte sich in mir Widerstand. Okay, mein Abgang war unglücklich gewesen, doch dieser Auftritt war ebenso daneben. Also richtete ich mich trotzig auf und sagte mit erhobenem Kopf:

„Sarahs Springpferd war in Lebensgefahr. Sie musste unverzüglich in die Klinik und ich habe das einzige Zugfahrzeug, das einen Pferdeanhänger ziehen kann."

Maximilian lächelte. Es war jedoch kein freundliches Lächeln, sondern ein spöttisches.

„Theresa Klingenbach, die selbstlose, aufopfernde Retterin der Welt. In dieser Rolle gefällst du dir am besten, stimmt's?"

Ich wurde ärgerlich.

„Was hat das eine mit dem anderen zu tun? Ich handle nach Bedarf. Aber da Empathie und Hilfsbereitschaft ja offensichtlich Fremdwörter für dich sind, erkläre ich es dir mit deiner Weltanschauung: Dieses Pferd wird mit über hunderttausend Euro gehandelt, was bedeutet, dass sie für uns von unschätzbarem Wert ist. Sorry, dass ich ihr in diesem Fall den Vorzug gegeben habe." Die letzten Worte hatte ich herausgespien.

Max lachte hell auf. Dann kniff er die Augen zusammen und fauchte:

„So siehst du mich also? Sorry, diese Diskussion wird mir wirklich zu skurril. Du denkst, dass du unter dem Mäntelchen des Gutmenschen dir alles erlauben kannst. Was immer Paul daran fasziniert haben mag, mich beeindruckst du damit nicht. Ich lasse mich so sicher nicht behandeln. Was für ein Idiot bin ich eigentlich, auch noch hierher zu fahren?“ Er stieß sich daraufhin vom Türrahmen ab und gab dem Papierkorb einen kräftigen Tritt.

Die Tür flog zu mit einem Knall. Danach herrschte Stille. Man konnte die einsame Stubenfliege, die am Fenster summte, hören. Offenbar war sie mit Moses hereinkommen. Als draußen ein Motor aufheulte, seufzte ich tief.

Wieder einmal war alles schiefgelaufen. Ich fragte mich, warum ich mich nicht daran gewöhnte: an ein falsch verstandenes Wort, an heftige Wortgefechte und den darauffolgenden Abgang. Max war aufbrausend, wenn etwas nicht nach seinen Vorstellungen lief. Oft reichte eine Kleinigkeit, um ihn zum Ausrasten zu bringen. Andererseits provozierte er mich auch oft mit seiner diktatorischen Art, sodass ich mich zu emotionalen Diskussionen hinreißen ließ.

Ich stand auf und räumte den Papierkorb wieder ein, den er mit einem Fußtritt durchs Zimmer befördert hatte. Dann ging ich zum Fenster, um die Fliege hinauszulassen.

KAPITEL 81

Versunken saß ich auf dem Sofa und starrte auf die Bilder im Fotoalbum, als die Tür aufflog. Sarah schaute mich völlig ratlos an.

„Mama?“

Ich erschrak. Verwirrt sah ich sie an.

„Ja? Was gibt's denn?“

„So wie es aussieht, gibt's nichts“, stellte sie trocken fest.

„Was meinst du?“

„Wolltest du uns nicht ein Mittagessen kochen?“

Ich sprang auf.

„Natürlich! Wie spät ist es denn schon?“, rief ich erschrocken.

„Zu spät. Ich bestelle Pizza und hole sie auch gleich.“ Sarah seufzte.

Ich sah auf die Uhr: Es war kurz nach zwölf, in einer halben Stunde erwartete das Team, dass das Essen auf dem Tisch stand.

„Danke“, stammelte ich, während Sarah schon die Nummer unserer Pizzeria wählte.

Beschämt ging ich an ihr vorbei in die Küche, um den Tisch zu decken.

Kurze Zeit später saßen wir alle bei Tisch. Während sich die Jugend offensichtlich über die Pizzen freute, zog Sepp nur kritisch die Augenbrauen hoch. Ich wusste es zu schätzen, dass er keinen Kommentar abgab.

Gerade, als alle wieder aufbrechen wollten, klopfte es an der Tür.

„Herein!“, rief ich und wunderte mich, wer sonntags zur Mittagszeit zu Besuch kam. Im nächsten Augenblick steckte Leo seinen Kopf herein und sagte:

„Mahlzeit! Störe ich?“

Einen Moment lang setzte mein Herzschlag aus, um dann im doppelten Tempo weiterzumachen. Ich zwang mich zu einem neutralen: „Selbstverständlich nicht. Komm doch herein, möchtest du einen Kaffee?“

Leo schloss hinter sich die Tür und schaute in die Runde. Dann blieb sein Blick an den leeren Pizzaschachteln hängen.

Dem Team erging es offenbar ähnlich wie mir, denn urplötzlich rührte sich keiner vom Fleck. Alle starrten ihn an. Leo schien es nicht zu bemerken, denn er sagte so natürlich wie immer:

„Eigentlich wollte ich nur Sophie abholen. Wir müssen heute noch für die Mathematik-Schularbeit üben. Ja, und nebenbei wollte ich mich nach Princess erkundigen. Ich habe gehört, dass der nächtliche Rettungseinsatz erfolgreich war.“ Er nickte anerkennend, ehe er fortfuhr: „Aber für eine Tasse Kaffee hätte ich schon noch Zeit.“ Damit strahlte er mich zufrieden an.

„Na prima, dann setz dich doch dazu“, sagte ich und machte mich an der Kaffeemaschine zu schaffen. Da schaltete sich Sarah ein:

„Trinkt ihr nur euren Kaffee, wir gehen jetzt wieder arbeiten. Sophie, komm auch mit, dein Vater kann dich ja dann vom Stall abholen.“

Augenblicklich erhoben sich alle und verließen die Küche. Ich lachte verunsichert.

„Hoppla, ich wollte sie nicht verjagen“, sagte Leo.

„Nein, das hast du sicher nicht. Sie wollten ja schon gehen, als du die Küche betreten hast“, erklärte ich ihm.

Daraufhin lehnte er sich zurück und streckte die Beine unter den Tisch.

„Na, dann ist es ja gut. Nun erzähle, wie es dir geht. Morgen soll ja dieser Matthias wieder bei dir anfangen. Taugt der etwas?“

Ich stellte den Kaffee vor ihn und auch ein Stück Mohntorte, das vom Vortag übriggeblieben war. Dann sagte ich:

„Ich hoffe, dass er etwas taugt. So ganz genau kenne ich ihn ja auch nicht. Er war da, als wir über den Verkauf des Lindenhofs nachdachten. Und da das damals doch ziemlich konkret war, hat er sich eine andere Stelle gesucht. Aber Sepp hat ihn vorgeschlagen und Sepp irrt sich nie!“

Leo lachte.

„Das stimmt allerdings. Sepp ist mit dem Lindenhof fest verwurzelt. Der würde dir keine hohle Nuss hereinsetzen.“

„Wir sind nach den letzten Monaten ehrlich gesagt alle ziemlich fertig. Auch Sepp ist immer wieder eingesprungen. Es ist höchste Zeit, dass da nun wieder ein tüchtiger Mann die Zügel in die Hand nimmt.“

„Dann hoffen wir das Beste. Und wie geht es nun Princess?“

„Sie wird heute angefüttert. Wenn das gut geht, darf sie in ein paar Tagen nach Hause.“

„Na, dann drücke ich die Daumen.“

„Danke. Und wie geht's dir im Baumarkt?“

Leo lachte verschmitzt, was ihm ungeheuer gut stand. Dann sagte er:

„Geregelt.“ Nun musste auch ich lachen.

„Das klingt eigentlich langweilig.“

„Na ja, mit dem Lindenhof kann der Baumarkt nicht mithalten. Es stellt sich dabei aber die Frage, ob man das denn will. So ein gewisses Maß an Routine ist auch nicht schlecht. Zumindest lässt mich dort niemand pitschnass auf einem schlammigen Acker stehen."

Ich schlug die Hände vors Gesicht und kicherte. Dann gluckste ich:

„Das war schon ein legendärer Einsatz, gib's zu."

„Auf jeden Fall unvergesslich, so wie das Fangenspiel mit Amor in der Streuobstwiese."

„Ach ja, das war auch schräg", gab ich ihm recht.

So kramten wir gemeinsam diverse Erinnerungen hervor und unterhielten uns prächtig. Als Leo dann auf die Uhr sah, waren doch tatsächlich eineinhalb Stunden vergangen.

„Mein Gott, schon so spät!", rief er und sprang auf. „Entschuldige, Thesi, aber ich muss mich jetzt wirklich um Sophie kümmern. Danke für den Kaffee. Es war fein, mit dir zu plaudern. Tschüss dann!", sprudelte er heraus und war im nächsten Augenblick verschwunden.

„Bis bald!", rief ich ihm noch nach, nicht sicher, ob er es gehört hatte.

KAPITEL 82

Sinnierend ging ich später zu Amor, der mich schon sehnsuchtsvoll erwartete. Zumindest wieherte er mir freudig entgegen, als ich den Stall betrat. Mein Herz schmolz dahin.

„Hey, mein Hübscher. Du Armer hast jetzt so lange auf mich warten müssen“, schmeichelte ich, während ich ihm eine Karotte ins Maul schob. Zufrieden mampfte er und schien kein bisschen nachtragend. „Du verstehst es, wenn man dich vernachlässigt und bist gar nicht böse. Warum kann das bei den Menschen nicht auch so sein?“, fragte ich in sein warmes Fell hinein. Er schnaubte. „Du hast recht, man kann nur schnauben.“ Ich lächelte und sah ihm in seine wunderschönen, sanften Augen. „Was ist, wollen wir noch ein wenig die Reitbahn unsicher machen?“ Er gab mir einen Stups, geradezu so, als wollte er sagen: Nun rede nicht so viel, mach schon! Ich lachte. „Ist ja gut, ich verstehe.“ Damit legte ich sein Halfter an und führte ihn zum Putzplatz.

Eine gute Stunde später glitt ich beseelt von seinem Rücken. Ach, war das herrlich gewesen! Ich klopfte kräftig seinen Hals und lockerte den Sattelgurt. Amor drehte den Kopf zu mir und schnupperte in meiner Hosentasche.

„Jetzt warte doch, gleich bekommst du dein Leckerli!", rief ich ihn zur Ordnung. Genau in diesem Moment kam Michael um die Ecke.

„Da schau her, die Thesi reitet wieder." Er grinste mich an.

Ich nickte strahlend und sagte:

„Ja, und Spaß hat's gemacht!"

„Dann können wir ja ab sofort wieder Pläne machen", meinte mein Reitlehrer und legte fragend den Kopf schief.

„Na ja, ein bisschen Zeit brauchen wir beide schon noch, um zur alten Form zurückzufinden", bremste ich ihn ein.

Nun lächelte er spöttisch.

„Du vielleicht."

„Hey, was ist das jetzt für eine Frechheit", fragte ich lachend, weil ich ja wusste, dass er mich auf den Arm nahm.

Michael kratzte sich am Kopf, streichelte Amor und flüsterte ihm dann so laut ins Ohr, dass ich es hören musste:

„Lass sie in dem Glauben. Ich verspreche dir, in zwei Wochen darfst du wieder springen. Lass mich nur machen."

„So, ihr zwei verschwört euch also gegen mich!", rief ich gespielt entrüstet.

Michael zwinkerte mir zu und sagte:

„Anfang Mai findet eine Lizenzprüfung in Mattighofen statt. Jetzt gibt's keine Ausreden mehr, Chefin." Er drehte sich daraufhin um und ging zur Reithalle.

Ich starrte ihm mit offenem Mund nach. *Ob er das wirklich ernst gemeint hat?*, fragte ich mich, während ich Amor den Sattel abnahm. Aber allein der Gedanke erzeugte ein feines Prickeln in mir und Freude kam auf. Die Plackerei würde morgen zu Ende sein und ich konnte endlich wieder die schönen Seiten des Reiterhoflebens auskosten!

KAPITEL 83

Am Abend, Sarah war wieder nach München abgereist, holte mich der Vormittag ein. Maximilians Worte hallten in mir nach. Es tat weh. Vielleicht hatte er mit manchem auch recht. Andererseits war ich eben spontan und flexibel. Das hatte ich in den paar Jahren gelernt. Nur so konnte man einen solchen Betrieb führen. Langfristige Pläne überholten sich schneller, als man denken konnte. Und abgesehen davon würde ich niemals ein Tier leiden lassen, für nichts und niemanden. Wer das nicht verstand, passte einfach nicht zu mir. Ich atmete tief durch. Genau das musste ich Max sagen, und zwar gleich!

Also sprang ich in die Dusche, schlüpfte in mein Lieblingsoutfit, um mich besonders stark zu fühlen, und fuhr zum Schloss. Damit brach ich alle Regeln. Unangemeldet erschien man bei Familie Hohenstein nicht. Es war mir aber egal. Das Einzige, das zählte, war, dass ich diese Geschichte zu Ende bringen musste.

Es war bereits dunkel, als ich das stattliche Anwesen erreichte. Ich parkte frech vor der Haupttreppe.

Ein mir unbekanntes Dienstmädchen öffnete die Tür.

„Ja, bitte?“

„Guten Abend, ich würde gerne Herrn Maximilian Hohenstein sprechen. Theresa Klingenbach ist mein Name.“

Sie ließ mich in die feudale Halle. Dann verschwand sie über die breite Treppe in das obere Stockwerk, wo sich Maximilians Gemächer befanden. Während ich wartete, rüstete ich mich, denn was nun kam, war sicher nicht erfreulich.

Wenige Minuten später kam Max die Treppe herunter. Zwei Stufen über mir blieb er stehen, um seinem Auftreten mehr Wirkung zu verleihen.

„Theresa! Welch unerwarteter Besuch."

„Guten Abend, Max. Können wir bitte irgendwo ungestört reden?"

Maximilian zog die Augenbrauen hoch, dann geleitete er mich in den Salon.

Wie passend, dachte ich, da wir hier in unserer ersten Nacht Champagner getrunken hatten. Max bot mir keinen Platz an. Das war mir aber ehrlich gesagt sowieso lieber. Ich wollte die Sache nur hinter mich bringen.

Maximilian wusste das wohl auch, denn er sagte eher geschäftsmäßig:

„Nun, was wolltest du besprechen?"

Ich lächelte, denn irgendwie hätte es gar keiner Worte mehr gebraucht. Also sah ich ihn mit hoch erhobenem Haupt an und sagte:

„Ich bin gekommen, um mich zu bedanken." Max legte den Kopf leicht schief. „Du hast mir einen Einblick in eine Welt ermöglicht, die faszinierend und beeindruckend ist. Und so sehr ich die vielen schönen Stunden genossen habe, so muss ich heute doch zu dem Schluss kommen, dass es niemals meine Welt werden wird. Ich liebe mein unvorhersehbares, chaotisches Leben, ich liebe den Lindenhof mit all seinen zwei- und vierbeinigen Bewohnern, und ich liebe die Arbeit, die oft schmutzig ist und stinkt, die einen aber so unglaublich ausfüllen kann. Das alles liebe ich unglaublich, jedoch", und nun holte ich nochmals Luft, um dann Maximilian tief in die Augen zu schauen, „jedoch dich liebe ich nicht. Es tut mir leid."

Für einen Augenblick war es ganz still im Raum. Dann räusperte sich Max und sagte mit rauer Stimme:

„Nun gut, dann lass mich dich zur Tür begleiten."

Ich nickte und atmete innerlich auf. Wie es schien, gab es keinen Streit, keine Diskussion. An der Tür drehte ich mich nochmals um und blickte zu ihm auf.

„Danke, danke für alles."

Über Maximilians Gesicht huschte ein Schatten von Traurigkeit. Er war jedoch nur eine Sekunde zu sehen. Dann sagte er:

„Pass auf dich auf, Theresa Klingenbach."

Ich nickte, dann ging ich die Treppe hinunter, während er hinter mir die Tür schloss.

KAPITEL 84

Die nächsten Tage waren erstaunlich leer. Ich verspürte weder Wehmut noch Erleichterung. Matthias hatte seinen Dienst angetreten und unglaublich schnell wieder die Abläufe im Stall gemanagt. Es tat unglaublich gut, nun endlich aufatmen zu können. Doch das war es neben Princess' Genesung auch schon. Ansonsten schienen sämtliche Emotionen aus mir gewichen zu sein. Erstaunt beobachtete ich mich dabei, wie ich den Alltag ohne jegliche Empfindungen meisterte.

Eines Nachmittags saß ich zum Kaffee bei meiner Mutter. Sie erzählte gerade vom Geburtstagsfest einer Bekannten, als sie plötzlich innehielt und dann fragte:

„Sag, wie geht's eigentlich Max? Ich habe schon länger nichts mehr von ihm gehört."

Ich sah sie an und sagte so gleichgültig wie möglich:

„Das ist kein Wunder, denn ich habe mich von ihm getrennt."

Mama ließ die Kuchengabel sinken.

„Warum denn das, Kind?"

„Mama, ehrlich, was mache ich mit einem Grafen? Der passt doch nicht zu mir. Außerdem ist er sehr dominant. Wenn etwas nicht nach seinem Kopf geht, kann er sehr unangenehm werden. Sprich: Das Gesamtpaket war in schönes Papier gepackt, der Inhalt hatte aber leider einige Fehler."

Meine Mutter schüttelte den Kopf.
„Du hast auch kein Glück mit Männern."
Nun musste ich lachen.
„Was heißt auch? Was gibt's denn an Sepp zu meckern?"
Mama sah mich verdutzt an.
„Ach was! Ich rede doch nicht von mir! Das ist halt so eine Redewendung. Irgendwie schaffst du es, dir die falschen Typen zu angeln."
„Ich habe mir Max nicht geangelt. Das ist irgendwie passiert. Keine Ahnung, was ich mir dabei gedacht habe."
Mama fragte mich neckend:
„Du denkst bei der Männerwahl?"
„Hallo, was ist das für eine Gemeinheit?", rief ich nun gespielt empört, um dann trotzig hinzuzufügen: „Vielleicht brauche ich ja gar keinen Mann. In Wahrheit ist man allein eh viel besser dran."
Da sah mich meine Mutter sehr ernst an und sagte:
„Das habe ich auch immer gesagt. Bis dann der Richtige vor dir steht. Weißt du, Thesi, der Sepp ist vielleicht schrullig und in vielen Dingen einfach gestrickt. Aber er hat ein Herz aus Gold. Und irgendwann weiß man, dass das fürs tägliche Leben viel mehr zählt als Bildung und Status." Diese Worte hatte sie so liebevoll ausgesprochen, dass ihre Augen nun verdächtig schimmerten. Dieser Anblick berührte mich mit einem Mal so sehr, dass ich aufstand und sie umarmte.
„Es freut mich so für dich. Und du hast sicher recht, Menschlichkeit und Herzenswärme sind in Wahrheit das, was zählt."
Sie lächelte und erwiderte:
„Es wird schon noch ein Deckel für dich auftauchen."
„Apropos Deckel." Ich grinste. „Sarah dürfte da schon fündig geworden sein."

Mama nickte.

„Ja, die beiden passen aber auch wirklich gut zusammen. Da hoffe ich sehr, dass es so bleibt. Und der Michael ist ja auch ein Kerl, der mit einem durch dick und dünn geht. Auf den ist immer Verlass."

Ich ließ die Worte so stehen und dachte darüber nach. Mama hatte recht, unser Reitlehrer war in jeder Hinsicht ein Glücksgriff.

Auf dem Nachhauseweg grübelte ich über unser Gespräch nach. Na super, zwei von dreien haben ihr Glück gefunden, sinnierte ich. Das freute mich zwar für Mama und Sarah, aber neidisch war ich trotzdem ein wenig. Und so keimte in mir die Erkenntnis, dass ich als Singlefrau wahrscheinlich nicht glücklich werden würde.

KAPITEL 85

Natürlich gingen mir die Gerüchte rund um Leo nicht aus dem Kopf. War etwas Wahres dran? Und wenn es tatsächlich so sein sollte, dass Leo in mich verliebt war, wie stand ich dazu? Diese Frage beschäftigte mich in stillen Stunden sehr. Leo sah gut aus. Seine ruhige, oft schüchterne Art stand im krassen Gegensatz zu den anderen Männern. Vielleicht war er ja der Schlüssel zum Glück? Immerhin hatten wir so manche Turbulenzen gemeinsam gut durchgestanden. Damit hatte er sich schon als Fels in der Brandung ausgezeichnet. Aber welche Gefühle hatte eigentlich ich für ihn? Ich mochte ihn, sogar sehr gerne. Aber um herauszufinden, ob da noch mehr war, hatte sich einfach nie eine Gelegenheit ergeben.

So vergingen die Wochen nun wieder in geregelten Bahnen. Matthias tat einen guten Job und ich fand endlich wieder Zeit für Amor und meine Freunde. Als ich einmal in der Nähe war, fuhr ich spontan bei Hannes' Hof vorbei. Arthus empfing mich wie eine alte Freundin und mir ging das Herz auf.

„Hallo Arthus! Wo ist dein Herrchen?", begrüßte ich ihn. Im nächsten Augenblick hatte ich ein Déjà-vu, denn der Schäferhund sprang freudig wedelnd davon, um mir ein Stöckchen zu bringen. Ich lachte herzlich auf. „Arthus, das hatten wir doch schon! Bring mir dein Herrchen!“ Arthus setzte sich erwartungsvoll mit heraushängender Zunge vor mich hin.

In diesem Moment trat meine Güllegrubenaffaire vom vorigen Sommer aus dem Haus und rief:

„Na, wenn das keine Überraschung ist? Die Lindenhof-Thesi kommt uns besuchen!“ Mit diesen Worten trat er zu mir und küsste mich freundschaftlich links und rechts auf die Wange.

„Was führt dich denn zu uns?“

„Ich war gerade zufällig in der Gegend und dachte, ich würde gerne wieder einmal die Thesi sehen“, erklärte ich und konnte nicht verhindern, dass ich ein wenig rot wurde.

„Ja, klar! Aber vorher musst du Jenny und meinen Sohn kennenlernen.“ Hannes strahlte übers ganze Gesicht und führte mich zum Haus. Irgendwie war es ja schon ein merkwürdiges Gefühl, wieder in diese Stube zu treten. Erinnerungen schwappten hoch, während Hannes fröhlich durchs Haus rief:

„Scha-atz, wir haben Besuch.“

Hannes’ Frau war ebenso herzlich wie er. Wir tranken Kaffee und ich bewunderte das stramme Baby, das glucksend in seiner Wippe lag.

„Der ist euch perfekt gelungen, dem sieht man den Landwirt schon jetzt an“, sagte ich zu den glücklichen Eltern.

„Wir haben ihn auch immer dabei, bei der Stallarbeit, auf der Weide, und Hannes hat ihn sogar schon mit dem Traktor mitgenommen, als ich einen Arzttermin hatte“, berichtete Jenny und ihre Wangen waren dabei rosig.

Ich lachte.

„Dann kann ja gar nichts schiefgehen. So werden also Bauern gezüchtet.“ Nun lachten wir alle drei.

Als Hannes sagte: „So, komm, jetzt gehen wir Thesi besuchen“, meldete sich nochmals Jenny zu Wort:

„Theresa, das war ja eine Wahnsinnsaction, die du da geleistet hast. Ich bewundere dich sehr. Einfach in die Güllegrube zu steigen, das macht dir so schnell keine Frau nach."

Nun wurde ich tatsächlich rot. Tomatenrot. Ich wiegelte ab:

„Da gibt es nichts zu bewundern. Ich habe gar nicht nachgedacht, sondern einfach nur gehandelt."

„Ja, schon, trotzdem kann ich mir das gar nicht vorstellen."

„Das willst du dir auch gar nicht vorstellen", antwortete ich nun zweideutig. Denn was nach der Rettung des Kalbes geschehen war, wollte sie sicher nicht wissen. Hannes spürte mein Unwohlsein und sagte:

„So, nun genug gequatscht. Auf geht's zur Weide."

Dort traute ich meinen Augen nicht: Thesi war zu einer stattlichen Kuh herangewachsen, während ihre Mutter schon das nächste Kälbchen neben sich hatte. Gerührt betrachtete ich diese Idylle. Alles war so friedlich, und ich beschloss nach einer Weile, mich wieder zu verabschieden.

Als ich den Wagen wendete, stand die Familie Burger da und winkte mir nach: Hannes mit dem Baby, Jenny und auch Artus saß daneben und war wahrscheinlich enttäuscht, dass ich gar nicht mit ihm gespielt hatte. Für einen Augenblick gab mir diese heile Welt einen Stich im Herzen. Denn auch hier schienen nun Topf und Deckel zu passen.

KAPITEL 86

Mittlerweile war es Anfang Mai und der Lizenzprüfungstermin rückte näher. Michael hatte tatsächlich alles daran gesetzt, mich für diese Aufgabe vorzubereiten. Wenn ich auch anfangs skeptisch war, so machte mir dieses Ziel von Training zu Training mehr Spaß. Auch Amor schien zu merken, dass etwas Wichtiges bevorstand, denn auch er arbeitete jedes Mal konzentriert mit.

Als dann der Prüfungstag mit strahlendem Himmel begann, war die ganze Mannschaft schon frühmorgens auf den Beinen. Sarah und Sophie flochten Amors Mähne ein, Sepp packte Futter und Kübel in das Auto, Peter trug den frisch geputzten Sattel zum Hänger und der Lindenhof glich einem Ameisenhaufen. Schließlich trat Michael mit dem auf Hochglanz polierten Wallach aus dem Stall und führte ihn zum Hänger. Als das Pferd verladen war, rief er laut:

„Aufsitzen!" Damit meinte er, dass alle einsteigen sollten, weil es nun losging.

Allen schien dieses Event große Freude zu machen. Einzig ich verspürte ein flaues Gefühl inmitten der Magengrube. Michael sah mich von der Seite an und sagte lächelnd:

„Thesi, schau nicht so ernst. Das ist keine Hexerei. Ihr beide seid topfit. Du wirst sehen, das läuft heute wie geschmiert."

Ich grinste schief zurück.

„Du hast leicht reden, du Jungspund. Warte nur, bis du mein Alter erreichst, dann wirst du sehen, dass man manche Dinge nicht mehr ganz so sorglos angeht."

Er lächelte gutmütig.

„Ja, klar, aber du bist bestens beritten. Vertraue auf Amor. Du wirst sehen, einen besseren Partner gibt es nicht."

Rückblickend musste ich zugeben, dass Michael vollkommen recht gehabt hatte. Die paar Turniere, die ich im Vorjahr geritten war, hatten mir schon etwas Sicherheit gegeben. Den Rest erledigte tatsächlich Amor, der sich einmal mehr als Profi hervorgetan hatte.

Als wir am Nachmittag unter der Linde bei einer Brettljause saßen, erschienen mir meine morgendlichen Bedenken als lächerlich. Ich erhob mein Glas und sagte zu meinem Fanclub:

„Ihr Lieben, ich möchte mich ganz herzlich bedanken. Ihr seid ein großartiges Team. Nicht nur heute, wo ihr mich ja mit einem Full-Service verwöhnt habt, nein, auch sonst seid ihr fantastisch. Besonders im heurigen Winter! Ich wüsste nicht, wie ich das alles ohne euch geschafft hätte."

„Drauf trink ma!", rief Sepp und alle stießen mit ihren Gläsern an. Und so klang der Tag feucht-fröhlich aus, weil die Lindenhof-Chefin nun endlich auch eine richtige Turnierreiterin war.

KAPITEL 87

Einige Tage später kam Matthias zu mir ins Büro. Ich sortierte gerade Rechnungen, als er anklopfte.

„Hallo Matthias, was gibt's denn?“, fragte ich.

Er überreichte mir einen Zettel mit den Worten:

„Könntest du bitte einkaufen fahren? Es gibt nach dem Winter noch immer einiges zu reparieren und uns fehlen ein paar Sachen.“

Ich nahm den Zettel und nickte.

„Ja, klar kann ich das machen. Ich muss sowieso wieder einmal einen größeren Einkauf in Salzburg machen, da kann ich auch gleich diese Dinge besorgen.“

Als Matthias gegangen war, sah ich mir die Liste näher an und stellte fest, dass ich zum Reitsportgeschäft fahren musste. Fünfhundert Meter Elektrozaunschnur, fünfzig Isolatoren, vier Weidezaungriffe, ein Futtertrog und drei Heunetze standen auf dem Zettel. Ich freute mich auf diesen Einkauf, denn im Fachgeschäft würde ich den Besuch gleich ein wenig zum Shoppen nutzen. Wie lange hatte ich keinen Kopf für solche Vergnügungen gehabt! Vielleicht würde ich mir ja eine neue Reithose und Sommerreithandschuhe gönnen. Und eigentlich könnte ich für Amor eine hübsche Fliegenhaube kaufen, eventuell mit passender Schabracke? Ich malte mir dieses Vergnügen in den schönsten Farben aus und betrachtete den Zettel gar nicht mehr.

Gleich am Nachmittag fuhr ich los. Am Stadtrand befand sich ein großes Fachgeschäft für Pferdesport und genau das war mein Ziel. Neugierig schlenderte ich durch die Regalreihen und liebäugelte mit schicken Outfits für Pferd und Reiter. Ich überlegte, probierte und packte mehr ein, als ich beabsichtigt hatte. Schließlich kam ich zur Abteilung für Stallbedarf. Hier kramte ich den Zettel heraus und begann, die aufgezählten Dinge zu suchen. Als ich fast alles beisammen hatte, fiel mein Blick auf die Rückseite der Liste: Auch hier waren diverse Posten angeführt, die ich jedoch nur in einem Baumarkt bekommen würde: eine Packung mit 15 cm langen Nägeln, eine Packung Schweißdraht, zwei halbzöllige Schläuche für die Pferdetränken, einen Schubkarrenreifen, zwei Besen, eine Schaufel und einen Kanister Zwei-Takt-Gemisch für die Motorsäge.

Ich seufzte tief, denn dies würde noch ziemlich viel Zeit benötigen, bevor ich zum Supermarkt kam. Also beeilte ich mich zur Kasse, um dann den nächsten Baumarkt anzusteuern.

Anders als im Reitsportgeschäft fand ich mich hier nicht so gut zurecht. Zwar waren die Waren, die im jeweiligen Gang zu finden waren, gut beschildert, das riesige Angebot ließ mich aber trotzdem ratlos verzweifeln. Beim Schweißdraht gab ich auf. Schließlich machte ich mich auf die Suche nach einem Berater. Am Infopoint bat ich um Hilfe. Eine nette ältere Dame ergriff das Telefon und orderte einen Verkäufer, der mir helfen sollte.

Nach einiger Zeit, die mir viel zu lange gedauert hatte, kam nun ein junger Bursche, der mich zu den gewünschten Dingen begleitete. Am Ende landeten wir wieder beim Schweißdraht. Nun standen wir zu zweit ratlos vor den unzähligen Schachteln mit verwirrenden Zahlenkombinationen. Der junge Mann wurde verlegen.

„Entschuldigen Sie, aber ich hole lieber einen Kollegen, da kenne ich mich selber nicht so gut aus", erklärte er mir und verschwand.

Ich stöhnte auf. Mittlerweile war es schon sechzehn Uhr dreißig. Der heutige Tag war somit gelaufen, wenn ich nun auch noch meinen Lebensmittel-Großeinkauf durchziehen wollte.

„Dann wollen wir einmal schauen, ob wir helfen können", erklang eine mir bestens vertraute Stimme. Erstaunt drehte ich mich um und schaute Leo direkt in die Augen. Nun blieb auch er abrupt stehen und riss den Mund auf.

„Thesi!"

„Leo! Du arbeitest hier?"

„Ja, klar, das weißt du doch!"

„Äh, nein, das weiß ich eigentlich nicht", stammelte ich nun blöd.

Er legte den Kopf fragend schief.

„Aber du weißt doch, dass ich im Baumarkt arbeite!"

„Ich habe nie darüber nachgedacht, in welchem du arbeitest. Ich dachte … Ich weiß eigentlich nicht, was ich dachte", gab ich zu und machte eine bedauernde Grimasse.

Nun lachte Leo herzhaft auf.

„Thesi, du bist schon eine Nummer!"

Ich schämte mich nun wirklich.

„Entschuldige, wie gedankenlos von mir", versuchte ich, es wenigstens ein bisschen gutzumachen. Doch Leo tat das Ganze mit einer Handbewegung ab.

„Schon gut, du hattest die letzten Monate wahrlich andere Sorgen, als über meinen Arbeitsplatz nachzudenken."

Der junge Kollege stand noch immer bei uns und verfolgte neugierig die Konversation. Wahrscheinlich dachte er, dass wir hier gerade einen Film drehten. Leo wandte sich ihm zu und sagte:

„Vielen Dank, Herr Fiedler, aber wir kommen hier nun allein zurecht." Daraufhin überzog eine feine Röte das Gesicht des Jünglings. Er nickte und verließ fluchtartig den Schauplatz. Wir sahen ihm nach und mussten lachen.

Dann fragte Leo völlig geschäftsmäßig:

„So, und wobei kann ich dir jetzt helfen?"

Mir würde da so Einiges einfallen, durchzuckte mich ein Gedanke und ich starrte ihn an.

„Thesi?", fragte nun Leo irritiert.

Ich schüttelte erwachend den Kopf und reichte ihm den Zettel. Mit einem Handgriff war das richtige Paket gefunden und er gab es mir in die Hand. Dabei berührten wir uns flüchtig und ein Schauer durchrieselte meinen Körper.

„Brauchst du sonst noch etwas?", wollte mein ehemaliger Stallmeister nun wissen.

Jede Menge, meldete sich mein Körper. Ich schüttelte den Kopf.

„Nein, danke. Bei all den anderen Sachen war mir dein Kollege behilflich."

„Na dann. Es war nett, dich wiederzusehen. Wie ich gehört habe, läuft ja mit diesem Matthias jetzt wieder alles nach Plan."

Eigentlich schade, sonst würdest du wieder aushelfen, antwortete mein Gehirn. Stattdessen sagte ich:

„Ja, dem Himmel sei Dank."

„Das freut mich zu hören, also tschüss, Thesi", verabschiedete er sich.

Nein!, schrie mein Gehirn.

„Leo!"

„Ja?" Er drehte sich nochmals zu mir um.

„Möchtest du nicht wieder einmal auf einen Kaffee vorbeikommen?"

Nun lächelte er ein Lächeln, das es sonst nur in Fernsehwerbungen gab.

„Warum nicht? Sehr gerne."

Ich atmete auf.

„Fein, dann bis demnächst."

Er nickte.

„Ja, bis demnächst." Dann war er zwischen den Menschen an der Kasse verschwunden.

KAPITEL 88

Nach diesem Gespräch mutierte ich zur Sechzehnjährigen. Bei jedem Summen des Handys hoffte ich auf eine Nachricht von Leo. Wenn es läutete, schlug mein Herz erwartungsvoll höher. In Wahrheit aber meldete er sich nicht und ich wälzte Gedanken, was ich noch aus dem Baumarkt brauchen könnte.

Als eine Woche später Sophie mit einem Marmorgugelhupf, den sie mit meiner Mutter gebacken hatte, vorbeikam, sprach ich sie einfach auf ihren Vater an:

„Ich habe unlängst im Baumarkt deinen Vater getroffen", begann ich das Gespräch.

Sie nickte wohlerzogen.

„Ah ja?"

„Ja, ich habe ihn auf einen Kaffee eingeladen. Das fällt mir beim Anblick dieses fantastischen Gugelhupfs wieder ein", log ich.

Sophie schien völlig unbeeindruckt. Sie sagte mit stoischer Ruhe:

„Dann wird er sicher demnächst vorbeikommen."

Nachdem Sonntag war, bohrte ich weiter:

„Was macht er denn am Sonntag immer?"

„Er geht gerne Radfahren mit Annemarie. Oder wandern."

In mir schrillten sämtliche Alarmglocken.

„Annemarie? Wer ist denn das?“, versuchte ich, im neutralen Ton zu fragen.

„Na, die Annemarie von der Bäckerei Wolfsgruber, die, die im Geschäft steht.“

Ich kniff die Augen zusammen. Wie sah die doch gleich aus?

„Hmm, das sagt mir jetzt gar nichts.“

„Die hübsche Brünette, die mit dem Rossschwanz.“

Das auch noch! Die war hübsch und hatte einen Rossschwanz, dachte ich entsetzt.

„Kennt er sie schon länger?“ Ich konnte mich einfach nicht zurückhalten.

„Ich weiß nicht. Er kauft halt immer seine Jause beim Wolfsgruber ein.“ Sophie zuckte mit den Schultern.

„Na, ist ja auch egal“, sagte ich leichthin und fuhr fort: „Lass ihn lieb grüßen und richte ihm aus, dass der Kaffee noch offen ist.“

Meine Hoffnungen erfüllten sich nicht. Stattdessen ließ er über Sophie ausrichten, dass es im Moment im Baumarkt sehr viel zu tun gab und er auch Extradienste schieben musste. Meiner Einladung würde er gerne folgen, wenn es wieder ruhiger werden würde.

Ich wusste mit dieser Nachricht nichts anzufangen. Es schien mir zu bestätigen, dass an all den Gerüchten über seine Zuneigung zu mir nichts Wahres gewesen war. Und allmählich verebbten auch meine Gedanken an ihn.

Der Sommer war mit all seiner Pracht ins Land gezogen und der gut florierende Betrieb verlangte viel Aufmerksamkeit. Matthias und Sorin hatten sich gut zusammengerauft und so konnte ich in meiner Freizeit tatsächlich an meiner Turnierkarriere arbeiten. Gemeinsam mit Sarah fuhren wir nun regelmäßig auf Veranstaltungen in der Umgebung, stets perfekt gecoached von Michael. Und mit jedem Start wuchs mein Selbstvertrauen und das Vertrauen in mein wundervolles Pferd.

Während ich in den Anfängerbewerben meine Höherreihungspunkte sammelte, galoppierte mein Kind mittlerweile in den mittelschweren Klassen von Platzierung zu Platzierung. Princess war wieder ganz die Alte und Sarah zeigte nun, wie sie das Temperament der Stute für beachtliche Manöver nutzen konnte. Ich war natürlich über alle Maßen stolz auf die beiden, die nun schon in aller Munde waren. Diese Bekanntheit, so hoffte ich, würde meiner Tochter dann auch im Beruf weiterhelfen. Denn ein Tierarzt, der sich mit Sportpferden auskannte, war immer hoch angesehen.

Kapitel 89

Eines Samstagnachmittags im Juli stand ich in meinem Gemüsegarten und harkte die Erde. Eigentlich war es viel zu heiß für diese Arbeit. Trotzdem wollte ich sie endlich einmal fertigbringen, da immer wieder etwas dazwischengekommen war. Da es schon länger nicht geregnet hatte, war die Erde ziemlich hart und mir rann bereits der Schweiß von der Stirn. Ich bückte mich gerade, um Unkraut auszujäten, als ich Roswithas Stimme hörte:

„Thesi? Thesi, bist du da?"

Ich richtete mich stöhnend hinter den Paradeis-Stauden auf und sagte:

„Hier bei der Arbeit."

Roswitha lachte.

„Bist du verrückt? Bei so einem Wetter steht man doch nicht im Gemüsegarten. Komm, lass uns baden fahren."

Ich schüttelte den Kopf.

„Nein, danke. Ich muss das hier fertigbekommen."

Meine Freundin trat näher. Sie beäugte den Boden, dann sagte sie resolut:

„So ein Unsinn. Diese Arbeit läuft dir nicht davon. Beim Wetter weiß man das jedoch nicht. Das kann morgen schon ganz anders sein. Darum kommst du jetzt mit zum Wallersee. Und keine Widerrede!"

„Roswitha, ich weiß nicht …“

„Ich weiß! Und ich weiß, dass wir diesen gottvollen Tag heute zum Baden nutzen werden.“

„Was ist mit deinem Lord?“

Sie grinste.

„Ich habe ihn vorhin gefragt, er findet, dass es zu heiß zum Reiten ist. Er meint auch, dass wir besser zum Baden fahren sollten.“

Ich schüttelte schmunzelnd den Kopf über diesen Unsinn. Dann stellte ich die Harke an den Gartenzaun und ging mit ihr ins Haus, um mich umzuziehen.

Fünfzehn Minuten später fuhren wir mit ihrem schicken Cabrio zum Tor hinaus. Und wieder einmal war ich ihr unendlich dankbar. Der warme Wind ließ meine Haare wehen und streichelte sanft meine Haut.

Am See angekommen, war es gar nicht so einfach, einen Parkplatz zu bekommen. Offensichtlich war der ganze Flachgau am Wallersee baden.

Als wir schon mächtig aufgeheizt endlich unsere Körper in die Fluten tauchten, entfuhr mir ein Wohliges: „Ahhh, tut das gut.“

Roswitha lachte.

„Dich muss man immer zu deinem Glück zwingen.“

„Ich bekenne mich schuldig“, gestand ich mein Zaudern ein.

„Na, immerhin hörst du auf deine weise Freundin Roswitha.“ Ich drehte mich auf den Rücken und genoss die sanften Schaukelbewegungen der Wellen. „Komm, lass uns noch ein Stück hinausschwimmen“, trieb mich meine Kameradin an.

Also schwammen wir ein ganzes Stück in den See hinaus und ließen das laute Treiben am Ufer hinter uns. Hier war das Wasser etwas kühler und erfrischte mich ungemein. *Warum gönne ich mir so kurze Auszeiten nicht öfters?*, fragte ich mich.

„Was grübelst du denn?"

Roswitha hatte mich schon wieder durchschaut.

„Ich grüble nicht, ich bin nur soeben zu dem Schluss gekommen, dass immerzu arbeiten einfach dumm ist", erklärte ich nun ernsthaft.

„Halleluja!", rief Roswitha und meinte: „Lass uns zurückschwimmen. Sonst ist vielleicht der Aperol Sprizz beim Strand-Café gar noch ausverkauft, das wäre eine Katastrophe!"

Ich schüttelte lachend den Kopf und versuchte ihr zu folgen, da sie nun ein mächtiges Tempo vorlegte.

Gott sei Dank war noch genug Aperol Sprizz vorhanden. Wir saßen mit ausgestreckten Beinen an einem der kleinen Tische und beobachteten die Menschen am Strand. Plötzlich erweckte ein großes Hallo am Ufer meine Aufmerksamkeit. Ich richtete mich ein wenig auf, um besser sehen zu können. Eine Gruppe versuchte, eine aufblasbare Insel im Wasser zu platzieren und gleichzeitig darauf Platz zu nehmen. Das war offenbar eine schwierige Angelegenheit, denn unter Gekreische und Gelächter wurden sie immer wieder von dem rutschigen Ding abgeworfen.

„Die haben richtig Spaß", stellte meine Freundin fest und nahm einen großen Schluck Aperol.

Ich nickte und verfolgte das Geschehen weiterhin mit meinen Blicken. Irgendwie konnte ich die Personen nicht richtig erkennen und beschloss, demnächst einmal einen Augenarzt aufzusuchen.

Einige Zeit später gingen wir zurück zu unserer Decke. Dabei mussten wir verhältnismäßig nahe am Ufer vorbei. Nochmals ließ ich den Blick zu der Plastikinsel schweifen und erstarrte:

Darauf tummelten sich Sophie und Peter, Leo und eine schlanke, junge Frau. *Annemarie!*, schoss die Erkenntnis in mein Gehirn.

Roswitha drehte sich um.

„Thesi? Was stehst du denn da rum?“, fragte sie, weil ich ihr nicht folgte. Dann schaute sie ebenfalls in meine Blickrichtung. Ihr Mund blieb offenstehen, bevor ihr ein „Ach, du Scheiße!“ entfuhr.

Ich drehte mich um und ging zu unserem Platz. Das herrliche Feeling von vorhin war erloschen. Nachdenklich setzte ich mich hin und starrte geradeaus ins Nichts.

Roswitha seufzte.

„Du hast doch immer behauptet, dass zwischen euch nichts ist“, sagte sie jetzt leise.

Ich hob den Kopf und sah sie an.

„Das stimmt ja auch. Es war nie irgendetwas.“

„Hm, hat aber gerade anders ausgesehen.“

Ich zuckte mit den Schultern.

„Das behaupten alle. Ich hab's nicht bemerkt.“

Meine Freundin lächelte spöttisch.

„Das verstehe ich sogar. Immerhin warst du von Glanz und Gloria geblendet.“

Nun musste auch ich grinsen.

„Verblendet trifft es wohl eher.“

Roswitha dachte nach.

„Komm, wir starten einen Großangriff!“

„Einen was?“

„Einen Großangriff auf die verletzte Männlichkeit!“ Sie hob mehrmals die Augenbrauen und schaute verschmitzt.

„Bist du verrückt?“

„Nein, wieso?“

„So etwas mache ich ganz sicher nicht!“

Nun sah sie mich streng an.

„Kindchen, hör auf eine Frau voller Lebensweisheiten. Wenn man etwas haben will, muss man etwas dafür tun.“

„Ist das so?“
„Klar.“
„Aha. Zum Beispiel den Kellner im *Sternbräu.*?“
Roswitha sah mich erstaunt an, dann lächelte sie wissend und sagte:
„Die Frau von Welt genießt und schweigt.“
Ich riss die Augen auf und hauchte:
„Du Luder!“
Herzhaft prusteten wir los.
Danach sagte sie wieder ernst:
„So, das hätten wir nun auch besprochen. Und jetzt komm, lass uns gehen.“
„Roswitha, bitte, wie peinlich ist das?“
Meine Freundin verdrehte die Augen, dann hob sie zu einer heftigen Belehrung an:
„Thesi, jetzt sage ich dir etwas: Bisher sind dir die Männer ja vor die Füße gefallen. Allesamt Prachtexemplare, die sich nach dir verzehrt haben. Und trotzdem bist du jetzt Single. Die Frage ist doch, ob er der Richtige sein könnte. Wenn dem so ist, dann wäre es jetzt an der Zeit, einmal selbst aktiv zu werden. Vielleicht will dir das Leben ja genau das lehren. Und gib es zu, du weißt so gut wie ich, dass er der Richtige ist. Jedoch im Gegensatz zu den anderen hat er seine Gefühle für sich behalten und sich diskret zurückgezogen, als er keinen Platz zum Landen sah. Und wenn dir an ihm liegt, dann wirst jetzt einmal du die Initiative ergreifen müssen. That’s life!“
Da war sie wieder, meine schonungslos ehrliche Freundin Roswitha. Und so sehr ich es mir auch nicht eingestehen wollte, wusste ich doch, dass sie recht hatte.

KAPITEL 90

Roswitha sah mich erwartungsvoll an. Wie sollte ich nun bloß aus dieser dummen Situation herauskommen? Schließlich wurde es ihr zu bunt:

„Komm, wir setzen uns ein wenig auf den Steg und lassen die Füße ins Wasser baumeln. Da ist doch nichts dabei. Vielleicht sieht uns Leo ja. Und dann wird sich herausstellen, wie er reagiert. Alles ganz harmlos. Einfach ein Zufall. Und jetzt komm endlich!" Der letzte Satz hatte einen genervten Unterton. Um sie nicht vollends zu verärgern, willigte ich auf diesen Vorschlag ein. „Na endlich!", entfuhr es ihr, als wir lostrabten.

Am Steg saßen ziemlich viele Leute. Kinder hüpften kreischend ins Wasser, während ihre Eltern am Steg tratschten. Es lagen Handtücher, Schwimmnudeln und Badeschuhe herum und ich musste mich konzentrieren, wohin ich stieg. Endlich erreichten wir einen freien Platz und ich richtete meinen Blick auf den See. Genau in diesem Moment passierte es: Ich blieb mit meinem Flipflop in einer Spalte zwischen den Brettern hängen und verlor das Gleichgewicht. Hilfesuchend fuchtelte ich in der Luft herum, als vor mir im Wasser eine große Plastikpalme auftauchte. Im Fallen versuchte ich, die Palme zu umarmen und mich daran zu klammern. Selbstverständlich hielt diese meinem Angriff nicht stand und bog sich um. Damit bekam die ganze Insel

Seitenlage und während ich, noch immer die Palme umklammernd, in den Fluten versank, sah ich neben mir andere Personen ins Wasser purzeln.

Prustend tauchte ich wieder auf und schaute genau in die Augen von Leo. Neben ihm schwamm die umgedrehte Insel, an der sich Sophie und Peter festhielten und husteten. Und von dieser Annemarie war weit und breit nichts zu sehen. *Habe ich sie versenkt?*, war mein erster Gedanke.

„Was war denn das jetzt eben?", ertönte von oben Roswithas Stimme.

Ich blickte zu ihr und sagte erklärend:

„Ich bin mit dem Flipflop hängen geblieben."

Da tauchte neben Roswitha Annemarie auf. Sie war staubtrocken und bei meinem Angriff wohl gar nicht dabei gewesen.

„Was ist denn hier los?", fragte sie und schaute Leo an. Der drehte die Plastikinsel wieder um und sagte grinsend:

„Freundetreffen. Darf ich die Damen vorstellen: Theresa, Roswitha, Annemarie."

Annemarie schaute mich verdutzt an. Dann sagte sie:

„Und wieso schwimmt ihr da jetzt alle im Wasser?"

Leos Blick streifte mich kurz, ehe er dann völlig ernst fortfuhr:

„Theresa ist eine sehr gute Reiterin. Sie nutzt die Badetage immer zur Verbesserung der Falltechniken. Unter Miteinbeziehung von Luftmatratzen oder Ähnlichem kann sie die Bewegungsabläufe noch besser koordinieren."

Während sich Roswitha den Mund zuhalten musste, um nicht loszuprusten, starrte mich Annemarie fassungslos an.

„Ist das so üblich?", wollte sie nun todernst wissen.

Ich schnappte nach Luft. Dann versuchte ich mich ebenfalls in einem sachlichen Tonfall:

„Nun ja, üblich ist es vielleicht nicht. Man kann aber möglicherweise mit dieser Falltechnik gröberen Verletzungen vorbeugen." Und ohne nachzudenken, entschlüpfte mir: „Höchstens es betrifft das Herz, das kann man dabei sogar noch mehr verwunden." Mit diesen Worten sah ich Leo traurig an und schwamm um die Insel herum zur Treppe. Dort versuchte ich, so elegant wie möglich den Fluten zu entsteigen.

Leo starrte mich vom Wasser aus noch immer an. Dann drehte er sich zu den Kindern um und sagte:

„Ich denke, es ist sowieso genug für heute. Kommt, helft mir, dieses Ding an Land zu bringen."

Und während nun die ganze Mannschaft am Werken war, gingen Roswitha und ich zurück zu unserer Decke.

Dort sah sie mich bewundernd an.

„Von dir kann man noch etwas lernen." Sie nickte anerkennend.

„Was willst du von mir lernen? Wie mache ich mich zum größten und peinlichsten Idioten weit und breit?"

Nun lachte sie.

„Nein. Aber wie starte ich einen Großangriff auf das Objekt meiner Begierde mit einschlagender Wirkung."

Ich schlug die Hände vor die Augen.

„Das ist so ziemlich die peinlichste Aktion, die ich je geliefert habe. Und das heißt etwas!"

„Mag sein. Jedoch hast du sie gut genutzt. Das muss dir erst mal jemand nachmachen."

Ich ließ mich nach hinten auf den Rücken fallen und starrte durch die Blätter eines Ahornbaumes in den Himmel. Was mochte nun Leo von mir denken? Wie sollte ich ihm je wieder in die Augen schauen können?

KAPITEL 91

Nachdem mich Roswitha heimgebracht hatte, drehte ich noch eine Runde über den Hof. Mit den Hunden neben mir ging ich durch die Stallungen, die bereits ruhig und menschenleer dalagen. Ich roch den vertrauten Geruch, hörte die Pferde zufrieden malmen und schnauben und trat hinter dem Stall ins Freie.

Ein großartiger Sonnenuntergang kündigte sich mit Orangetönen an. Davor zeichnete sich die Silhouette des Untersberg in Blaugrau ab. Noch näher und dunkler waren die feinen Konturen des Tannenwaldes, an dessen Ecke Tillys Gedenkkreuz stand. Ich ließ den Blick über die so vertraute Landschaft schweifen und beobachtete dann die Fledermäuse, die eifrig auf Insektenjagd waren. Ich atmete tief durch und allmählich kam ich zur Ruhe. Es war, wie es war. Ich konnte nichts ungeschehen machen, und wenn ich Leo nun vollends verstört hatte, dann sollte es eben so sein.

Schweren Herzens ging ich zurück zum Haus, holte mir Holunder-Saft und Wasser und setzte mich auf die nette Bank an der Hauswand. Neben mir blühten meine Rosen, die nun am Abend einen betörenden Duft verströmten. Daneben stand die Hortensie mit ihren beeindruckenden Blütenkronen, die mir Leo einmal geschenkt hatte. Müde lehnte ich mich zurück und streckte die Beine von mir. Langsam verschwammen die

Farben und die Nacht brach herein. Meine Gedanken wanderten zurück zu so vielen verrückten Episoden, die ich mit Leo erlebt und gemeistert hatte.

Die Hauswand strahlte noch die Wärme des Tages ab und ich ließ mich in die Dunkelheit sinken. Plötzlich hob Fixi neugierig den Kopf. Ich schaute in die Richtung, die ihr Interesse erweckt hatte.

Nur undeutlich nahm ich ihn wahr, als er langsam näherkam. Als ich ihn erkannte, hielt ich die Luft an. Er blieb stehen, ohne ein Wort zu sagen. Fixi wedelte mit dem Schwanz. Elly erhob sich schwerfällig und ging zu ihm, um ihn zu begrüßen. So stand er da, unbeweglich, umgeben von meinen Hunden. Langsam stand ich auf. Mir schlug das Herz bis zum Hals. Uns trennten noch ungefähr vier Meter, als er zu sprechen begann. Seine Stimme klang rau:

„Ist das wahr, Thesi?“

„Was meinst du?“ Ich zitterte und konnte es nicht unterdrücken.

„Das mit dem Herzen. Ist es verwundet?“

Ich musste erst einen Kloß hinunterschlucken und all meinen Mut zusammennehmen, ehe ich antworten konnte:

„Ich bin eine Närrin. Ich habe das Beste vor Augen und greife nach den Sternen. Es tut mir unendlich leid, Leo. Ich habe vor lauter Größenwahn das Glück nicht gesehen. Wirst du mir je verzeihen können?“

Nun spürte ich, wie sich lange aufgestaute Tränen leise ihren Weg über meine Wangen bahnten. Ich wischte sie nicht weg, stand einfach nur bewegungslos da und wartete atemlos, was nun passieren würde.

Dann war er plötzlich bei mir. Er sagte nichts. Forschend sah er mich an. Ich erbebte, als er sanft meinen Kopf in seine Hände nahm. Seine weichen, vollen Lippen küssten zärtlich meine Tränen weg, bevor sie ganz langsam und bedächtig meinen Mund fanden.

Und während dieses ersten Kusses eröffnete sich das Universum. Gestern und alles, was gewesen war, war vergessen. Das Heute existierte nicht und die Zukunft war noch unendlich weit weg. Es war, als würde uns der Himmel mit all seinen funkelnden Sternen als ein warmer, schützender Mantel umhüllen und bestätigen, dass hier und jetzt das einzig Richtige geschah.

Und eine Botschaft drang in jede Faser meines Ichs: *Nun bist du zu Hause, Theresa!*

EPILOG

Fünf Jahre später denke ich an die Anfangszeit auf dem Lindenhof nur noch kopfschüttelnd zurück. Welch verrückte Reise mit so vielen „Capriolen“ und „Bierouetten“ musste ich erleben, bevor ich das Herz gefunden habe, das nur für mich schlägt. Und was ein Gefühlschaos das damals war!

Chaos gibt es auch heute noch im Stall hin und wieder, doch zumindest die Herzensebene ist nun in ruhigeren Gewässern gelandet. Mit Leo an meiner Seite habe ich einen Mann gefunden, der mich und das Leben, das wir führen, versteht. Er ist für mich da, wenn ich eine starke Schulter zum Anlehnen brauche. Andererseits lässt er meinen Vorstellungen Raum und gibt mir die Möglichkeit, meine Träume zu verwirklichen. Geheiratet haben wir nicht, wir leben in „wilder Ehe“ zusammen und sind dabei rundum glücklich. Einzig unseren guten Monsignore Pfeiffer stört das ein bisschen. Aber mittlerweile hat auch er sich an meine Eskapaden gewöhnt. Nachdem uns Sorin verlassen hat, ist Leo wieder in den Betrieb zurückgekehrt. Gemeinsam mit Matthias haben wir nun ein Dreamteam, für das ich Gott nicht genug danken kann.

Sarah hat ihr Studium zum Diplomtierarzt abgeschlossen und sammelt nun Erfahrung bei Dr. Hammerschmied. Als Turnierreiterin hat sie sich einen guten Ruf erworben. Das verdankt sie nicht zuletzt Michael, der ihr nach wie vor als Trainer und Partner zur Seite steht.

Auch meine Turnierreiterei hat sich gut entwickelt. Mittlerweile habe ich aber Amor in Pension geschickt. Er darf nun seinen Lebensabend auf unseren Weiden mit seinem Freund Snowball genießen. Ich habe mir mit Michaels Hilfe ein junges Pferd gekauft, mit dem ich nun viel über die Ausbildungsarbeit lerne. Escudo ist oftmals noch temperamentvoll, und so habe ich hier meine neuen Herausforderungen gefunden, die ich wohl immer wieder suche und brauche.

Sophie schließt demnächst die Hotelfachschule ab und möchte dann einige Zeit im Ausland ihr Wissen erweitern. Sie ist mittlerweile eine ausgezeichnete Köchin geworden und meine Mutter ist wahnsinnig stolz, dass sie dazu den Grundstein gelegt hat.

Ja, und Mama und Sepp sind Gott sei Dank noch immer frisch und munter. Sie genießen ihren Freundeskreis und ihre Reisen und sind natürlich jederzeit für uns da, wenn wieder einmal der „Hut brennt".

Charlie Chaplin hat einmal gesagt:

> *„An den Scheidewegen des Lebens stehen keine Wegweiser."*

Damit hat er absolut recht gehabt. Andererseits weiß ich eines mit Gewissheit: Wenn ich nicht all die Fehler und Umwege gemacht hätte, wüsste ich nicht, wie glücklich ich jetzt bin!

DANKE

Liebe Leserinnen und Leser,

mit „Halt und Kuss" ist nun Schluss mit Thesi Klingenbachs Geschichte. Nach vielen chaotischen, lustigen, spannenden und traurigen Episoden ist sie endlich angekommen. Ich hoffe, dass Sie mit dem Ende der Geschichte zufrieden sind. In Wahrheit muss ich gestehen, dass niemals drei Bände geplant waren. Nach dem ersten Band haben mich Ihre Reaktionen ermutigt, weiterzuschreiben. Nach dem zweiten Band mit seinem wunderschönen Ende hätte dann tatsächlich Schluss sein können. Jedoch hat mich irgendetwas daran gestört. Ich hatte das Gefühl, dass diese Geschichte noch nicht fertig erzählt ist, und so entstand nun dieser dritte Band.

Ehrlich gesagt bin ich traurig, mich nun von all diesen mehr oder weniger liebenswerten Figuren verabschieden zu müssen. Andererseits bin ich dankbar, dass ich diese Geschichte erzählen durfte und so viel positives Feedback von Ihnen bekommen habe.

In dieser Trilogie habe ich immer wieder wahre Schauplätze mit fiktiven Orten verwoben. War es unter anderem im zweiten Band das *Sternbräu* in Salzburg, dessen Geschäftsleitung mir sogar gestattet hat, das Zunftschild für das Cover verwenden zu dürfen, so ist es in diesem Band der wunderschöne Bergbauernhof namens *Asten*. Es gibt ihn und seine Geschichte wirklich und er gehört lieben Freunden, die mir nicht nur alle Informationen, sondern auch das Titelblatt-Foto zur Verfügung gestellt haben. Dafür ein ganz herzliches Dankeschön an die Familie Skotnik.

Durch alle drei Bände haben mich mein Lektorinnen-Duo Petra Weymar und ihre Tochter Sandra Krichling mit viel Fingerspitzengefühl begleitet. Als Schriftsteller-Neuling, der ich war, mussten sie so einiges an Fragen ertragen. Doch immer bin ich auf Verständnis getroffen und dafür möchte ich mich ganz besonders bedanken!

Zur Freundin geworden ist Katharina Strobl, die ich über Empfehlung als Grafikerin kennengelernt habe. Sie hat jedes Manuskript gelesen, ehe sie mit der Gestaltung des Covers begonnen hat. Danach haben wir unzählige Male hin und her probiert, was wo in welcher Form platziert werden soll. Dabei hat sie eine Engelsgeduld bewiesen, wofür ich unglaublich dankbar bin! Schlussendlich erzählt jedes Cover die Geschichte in Bildern, was ich ganz besonders schön finde.

Nochmals möchte ich mich bei Marlene Schalko bedanken, die mich überhaupt erst ermutigt hat, den ersten Band „Capriolen“ zu veröffentlichen.

Wie Sie ja mittlerweile wissen, führen meine Familie und ich einen großen Reitstall. Dieser Umstand hat zu vielen Episoden in den Büchern beigetragen. Auch wenn die Geschichten frei erfunden sind, verhält es sich ähnlich wie bei den Schauplätzen: Manche Ereignisse sind tatsächlich so passiert, andere sind meiner Fantasie entsprungen. Ebenso habe ich es mit den Charakteren gehalten: Manch eine Figur ist frei erfunden, andere wurden von meinem Umfeld mit dessen Farbe und Esprit inspiriert. Daraus ist der leichte Lesestil, den Sie alle so lieben, entstanden.

Einen besonderen Dank möchte ich meiner Mutter aussprechen, die stets die ersten Korrekturlesungen vorgenommen und mich mit einem ersten Feedback bestätigt hat.

Sie, liebe Leserinnen und Leser, haben mich mit Ihrer positiven Resonanz sehr glücklich gemacht.

In meinen Büchern kommen immer wieder Sprüche und Redewendungen vor. Deshalb finde ich es passend, auch hier mit einem Zitat die Danksagung zu beenden:

„Nicht die Glücklichen sind dankbar.
Es sind die Dankbaren, die glücklich sind.“
(Francis Bacon, englischer Philosoph und Staatsmann, 1561–1626)

Weitere Titel der Autorin

»CAPRIOLEN – Wohin dein Herz dich führt«. Roman, erschienen bei epubli, Juni 2023

«BIEROUETTEN – Für wen dein Herz tanzt«. Roman, erschienen bei epubli, Mai 2024

»LIO, DAS MEERSCHAUMPFERD«. Kinderbuch, erschienen bei epubli, September 2023

ISBN 978-3-7598-7619-5
www.epubli.com